Harry Potter
E O Prisioneiro
de Azkaban

J.K. ROWLING é a autora da eternamente aclamada série Harry Potter.

Depois que a ideia de Harry Potter surgiu em uma demorada viagem de trem em 1990, a autora planejou e começou a escrever os sete livros, cujo primeiro volume, *Harry Potter e a Pedra Filosofal*, foi publicado no Reino Unido em 1997. A série, que levou dez anos para ser escrita, foi concluída em 2007 com a publicação de *Harry Potter e as Relíquias da Morte*. Os livros já venderam mais de 600 milhões de exemplares em 85 idiomas, foram ouvidos em audiolivro ao longo de mais de 80 milhões de horas e transformados em oito filmes campeões de bilheteria.

Para acompanhar a série, a autora escreveu três pequenos livros: *Quadribol através dos séculos*, *Animais fantásticos e onde habitam* (em prol da Comic Relief e da Lumos) e *Os contos de Beedle, o Bardo* (em prol da Lumos). *Animais fantásticos e onde habitam* inspirou uma nova série cinematográfica protagonizada pelo magizoologista Newt Scamander.

A história de Harry Potter quando adulto foi contada na peça teatral *Harry Potter e a Criança Amaldiçoada*, que Rowling escreveu com o dramaturgo Jack Thorne e o diretor John Tiffany, e vem sendo exibida em várias cidades pelo mundo.

Rowling é autora também de uma série policial, sob o pseudônimo de Robert Galbraith, e de dois livros infantis independentes, *O Ickabog* e *Jack e o Porquinho de Natal*.

J.K. Rowling recebeu muitos prêmios e honrarias pelo seu trabalho literário, incluindo a Ordem do Império Britânico (OBE), a Companion of Honour e o distintivo de ouro Blue Peter.

Ela apoia um grande número de causas humanitárias por intermédio de seu fundo filantrópico, Volant, e é a fundadora das organizações sem fins lucrativos Lumos, que trabalha pelo fim da institucionalização infantil, e Beira's Place, um centro de apoio para mulheres vítimas de assédio sexual.

J.K. Rowling mora na Escócia com a família.

Para saber mais sobre J.K. Rowling, visite:
jkrowlingstories.com

J.K. ROWLING

HARRY POTTER
E O PRISIONEIRO DE AZKABAN

ILUSTRAÇÕES DE MARY GRANDPRÉ

TRADUÇÃO DE LIA WYLER

Título original
HARRY POTTER
and the Prisoner of Azkaban

Copyright do texto © 1999 by J.K. Rowling
Direitos de publicação e teatral © J.K. Rowling

Copyright das ilustrações de miolo, de Mary GrandPré © 1999 by Warner Bros.

Copyright ilustração de capa, de Kazu Kibuishi © 2013 by Scholastic Inc.
Reproduzida com autorização.

Todos os personagens e símbolos correlatos
são marcas registradas e © Warner Bros. Entertainment Inc.
Todos os direitos reservados.

Todos os personagens e acontecimentos nesta publicação, com exceção
dos claramente em domínio publico, são fictícios e qualquer semelhança
com pessoas reais, vivas ou não, é mera coincidência.

Nenhuma parte desta obra pode ser reproduzida, armazenada em sistema,
ou transmitida, sob qualquer forma ou meio, sem a autorização prévia, por escrito,
do editor, não podendo, de outro modo, circular em qualquer formato de impressão
ou capa diferente daquela que foi publicada; sem as condições similares, que inclusive,
deverão ser impostas ao comprador subsequente.

Direitos para a língua portuguesa reservados
com exclusividade para o Brasil à
EDITORA ROCCO LTDA.
Rua Evaristo da Veiga, 65 – 11º andar
Passeio Corporate – Torre 1
20031-040 – Rio de Janeiro, RJ
Tel.: (21) 3525-2000 – Fax: (21) 3525-2001
rocco@rocco.com.br / www.rocco.com.br

Printed in Brazil/Impresso no Brasil

Preparação de originais
MÔNICA MARTINS FIGUEIREDO

CIP-Brasil. Catalogação na fonte.
Sindicato Nacional dos Editores de Livros, RJ.

R778h   Rowling, J.K. (Joanne K.), 1967-
         Harry Potter e o Prisioneiro de Azkaban / J.K. Rowling;
     ilustrações de Mary GrandPré; tradução de Lia Wyler. –
     1ª ed. – Rio de Janeiro: Rocco, 2015.
     il.

     Tradução de: Harry Potter and the Prisoner of Azkaban
     ISBN 978-85-325-2997-8

     1. Literatura infantojuvenil inglesa. I. GrandPré, Mary, 1954-.
     II. Wyler, Lia, 1934-. III. Título.

15-22824   CDD-028.5
                                                                   CDU-087.5

O texto deste livro obedece às normas
do Acordo Ortográfico da Língua Portuguesa

Impressão e Acabamento: GEOGRÁFICA

PARA JILL PREWETT
E AINE KIELY,
AS AVÓS DO SWING

1

O CORREIO-CORUJA

Harry Potter era um menino bastante fora do comum em muitas coisas. Para começar, ele detestava as férias de verão mais do que qualquer outra época do ano. Depois, ele realmente queria fazer seus deveres de casa mas era obrigado a fazê-los escondido, na calada da noite. E, além de tudo, também era bruxo.

Era quase meia-noite e Harry estava deitado de bruços na cama, as cobertas puxadas por cima da cabeça como uma barraca, uma lanterna em uma das mãos e um grande livro encadernado em couro (*História da magia* de Batilda Bagshot), aberto e apoiado no travesseiro. Harry correu a ponta da caneta de pena de águia pela página, franzindo a testa, à procura de alguma coisa que o ajudasse a escrever sua redação, "A queima de bruxas no século XIV foi totalmente desproposital – discuta".

A caneta pousou no alto de um parágrafo que pareceu a Harry promissor. Ele empurrou os óculos redondos para a ponte do nariz, aproximou a lanterna do livro e leu:

> Os que não são bruxos (mais comumente conhecidos pelo nome de trouxas) tinham muito medo da magia na época medieval, mas não tinham muita capacidade para reconhecê-la. Nas raras ocasiões em que apanhavam um bruxo ou uma bruxa de verdade, a sentença de queimá-los na fogueira não produzia o menor efeito. O bruxo, ou bruxa, executava um Feitiço para Congelar Chamas e depois fingia gritar de dor, enquanto sentia uma cocegazinha suave e prazerosa. De fato, Wendelin a Esquisita gostava tanto de ser queimada na fogueira que se deixou apanhar nada menos que quarenta e sete vezes, sob vários disfarces.

Harry prendeu a caneta entre os dentes e passou a mão embaixo do travesseiro à procura do tinteiro e de um rolo de pergaminho. Devagar e com muito cuidado, retirou a tampa do tinteiro, molhou a pena e começou a escrever, parando de vez em quando para escutar, porque se algum dos Dursley, a caminho do banheiro, ouvisse sua pena arranhando o pergaminho, ele provavelmente ia acabar trancafiado no armário embaixo da escada pelo resto do verão.

A família Dursley, que morava na rua dos Alfeneiros, 4, era o motivo pelo qual Harry jamais aproveitava as férias de verão. Tio Válter, tia Petúnia e o filho deles, Duda, eram os únicos parentes vivos de Harry. Eram trouxas e tinham uma atitude muito medieval com relação à magia. Os pais de Harry, já falecidos, que tinham sido bruxos, nunca eram mencionados sob o teto dos Dursley. Durante anos, tia Petúnia e tio Válter tinham alimentado esperanças de que, se oprimissem Harry o máximo possível, seriam capazes de acabar com a magia que houvesse nele. Para sua fúria, tinham fracassado. Agora, viviam aterrorizados que alguém pudesse descobrir que Harry passara a maior parte dos últimos dois anos na Escola de Magia e Bruxaria de Hogwarts. O máximo que podiam fazer, porém, era trancar os livros de feitiços, a varinha, o caldeirão e a vassoura de Harry no início das férias de verão e proibir que o menino falasse com os vizinhos.

A separação dos seus livros de feitiços tinha sido um verdadeiro problema para Harry, porque os professores em Hogwarts tinham passado muitos deveres para as férias. Uma redação, particularmente espinhosa, sobre poções redutoras fora pedida pelo professor de quem Harry menos gostava, o Prof. Snape, que ficaria encantado de ter uma desculpa para castigá-lo com um mês de detenção. Por isso Harry tinha aproveitado uma oportunidade que surgira na primeira semana de férias. Quando tio Válter, tia Petúnia e Duda foram ao jardim admirar o novo carro da companhia a serviço do tio Válter (em altas vozes para que toda a rua o visse), Harry desceu silenciosamente as escadas, arrombou a fechadura do armário sob a escada, apanhou alguns livros e os escondeu em seu quarto. Desde que não deixasse manchas de tinta nos lençóis, os Dursley não precisariam saber que ele estava estudando magia à noite.

Harry tomava muito cuidado para evitar problemas com seus tios no momento, pois eles já estavam bastante mal-humorados com o sobrinho, só porque o menino recebera um telefonema de um coleguinha bruxo uma semana depois de entrar em férias.

Rony Weasley, que era um dos melhores amigos de Harry em Hogwarts, descendia de uma família em que todos eram bruxos. Isto significava que ele sabia um montão de coisas que Harry desconhecia, mas Rony jamais usara um telefone antes. E, por azar, fora o tio Válter que atendera a ligação.

— Válter Dursley.

Harry que, por acaso, se achava na sala àquela hora, gelou ao ouvir a voz do amigo responder.

– ALÔ! ALÔ! ESTÁ ME OUVINDO? QUERIA – FALAR – COM – O – HARRY – POTTER!

Rony gritou com tanta força que tio Válter deu um salto e afastou o fone a mais de um palmo da orelha com uma expressão em que se misturavam a fúria e o susto.

– QUEM É QUE ESTÁ FALANDO? – berrou ele em direção ao bocal. – QUEM É VOCÊ?

– RONY, WEASLEY! – berrou Rony em resposta, como se ele e tio Válter estivessem falando de extremidades opostas de um campo de futebol. – SOU – UM AMIGO – DE – HARRY – DA – ESCOLA...

Os olhinhos de tio Válter se viraram para Harry, que estava pregado no chão.

– NÃO TEM NENHUM HARRY POTTER AQUI! – vociferou ele, agora segurando o fone com o braço esticado, como se receasse que o aparelho pudesse explodir. – NÃO SEI DE QUE ESCOLA VOCÊ ESTÁ FALANDO! NUNCA MAIS TORNE A LIGAR PARA CÁ! FIQUE LONGE DA MINHA FAMÍLIA!

E atirou o fone no gancho como se estivesse se livrando de uma aranha venenosa.

A briga que se seguiu foi uma das piores da vida de Harry.

– COMO É QUE VOCÊ SE ATREVE A DAR ESTE NÚMERO PARA GENTE COMO – GENTE COMO *VOCÊ*! – berrava tio Válter, salpicando Harry de cuspe.

Rony obviamente percebera que metera Harry em uma encrenca, porque não telefonou mais. A outra grande amiga de Harry em Hogwarts, Hermione Granger, tampouco o procurara. O menino suspeitava que Rony tinha avisado à amiga para não telefonar, o que era uma pena, porque Hermione, a bruxa mais inteligente da turma deles, tinha pais trouxas, sabia usar o telefone perfeitamente bem e provavelmente teria o bom-senso de não dizer que frequentava Hogwarts.

Com isso, Harry não ouvira uma única palavra de nenhum dos seus amigos de bruxaria durante cinco longas semanas, e este verão estava saindo quase tão ruim quanto o anterior. Havia apenas uma coisinha que melhorara – depois de jurar que não iria usar sua coruja para remeter cartas aos amigos, Harry tivera permissão de soltar Edwiges, à noite. Tio Válter concordara com isso diante da barulheira que o bicho aprontava quando ficava preso na gaiola o tempo todo.

Harry terminou de escrever sobre Wendelin a Esquisita e parou mais uma vez para escutar. O silêncio da casa às escuras só era interrompido pelos roncos sonoros e distantes do seu enorme primo, Duda.

Deve ser muito tarde, pensou Harry. Seus olhos comichavam de cansaço. Talvez terminasse a redação na noite seguinte...

Ele repôs a tampa do tinteiro; puxou uma fronha velha debaixo da cama; guardou dentro a lanterna, *História da magia*, a redação, a caneta e a tinta; levantou-se da cama e escondeu tudo sob uma tábua solta do soalho debaixo da cama. Então ficou em pé, se espreguiçou e verificou a hora no despertador luminoso sobre a mesa de cabeceira.

Era uma hora da manhã. Harry sentiu uma contração engraçada na barriga. Fizera treze anos de idade havia uma hora e não tinha se dado conta disso.

Mas outra coisa fora do comum em Harry é que ele não ligava nem um pouco para os seus aniversários. Nunca recebera um cartão de aniversário na vida. Os Dursley não tinham dado a mínima atenção aos dois últimos e ele não tinha razão alguma para supor que fossem se lembrar deste agora.

Harry atravessou o quarto escuro, passou pela espaçosa gaiola vazia de Edwiges e foi abrir a janela. Debruçou-se no peitoril, achando gostoso o ar fresco da noite que batia em seu rosto depois de ter passado tanto tempo debaixo das cobertas. Fazia duas noites que Edwiges andava fora. Mas Harry não estava preocupado – a coruja já ficara fora tanto tempo assim antes. Mas o garoto desejou que ela voltasse logo –, era a única criatura na casa que não se esquivava quando o via.

Harry, embora continuasse pequeno e magricela para sua idade, crescera alguns centímetros desde o ano anterior. Seus cabelos muito pretos, porém, continuavam como sempre tinham sido – teimosamente despenteados, por mais que ele fizesse. Os olhos por trás das lentes eram verde vivo, e na testa havia, claramente visível através dos cabelos, uma cicatriz fina, em forma de raio.

De todas as coisas fora do comum em Harry, essa cicatriz era a mais extraordinária de todas. Não era, como tinham fingido os Dursley durante dez anos, uma lembrança do acidente de carro que matara seus pais, porque Lílian e Tiago Potter não tinham morrido em um acidente de carro. Tinham sido assassinados, assassinados pelo bruxo das trevas mais temido do mundo nos últimos cem anos, Lorde Voldemort. Harry escapara desse mesmo atentado com uma simples cicatriz na testa, no lugar em que o feitiço do bruxo, em vez de matá-lo, tinha se voltado contra o próprio feiticeiro. Quase morto, Voldemort fugira...

Mas Harry voltara a defrontar com ele outra vez em Hogwarts. Ao se recordar do último encontro, ali parado à janela escura, Harry teve de admitir que era uma sorte ter chegado ao seu décimo terceiro aniversário vivo.

Examinou o céu estrelado à procura de um sinal de Edwiges, voando ao seu encontro talvez com um rato morto pendurado no bico, contando receber elogios. Mas ao olhar distraidamente por cima dos telhados, Harry demorou alguns segundos para perceber o que estava vendo.

Recortado contra a lua dourada, e sempre crescendo, vinha um bicho estranhamente torto voando em sua direção. Harry ficou muito quieto esperando o bicho descer. Por uma fração de segundo ele hesitou, a mão no trinco da janela, pensando se devia fechá-la. Mas, nessa hora o bicho esquisito sobrevoou um lampião da rua dos Alfeneiros e Harry, identificando o que era, saltou para o lado.

Pela janela entraram três corujas, duas delas segurando uma terceira que parecia desmaiada. Pousaram com um *ruído* fofo na cama do menino e a coruja do meio, que era grande e cinzenta, tombou para o lado, imóvel. Trazia um grande pacote amarrado às pernas.

Harry reconheceu a coruja desmaiada na mesma hora – seu nome era Errol e pertencia à família Weasley. O menino correu para a cama, desamarrou os barbantes que envolviam as pernas de Errol, soltou o pacote e, em seguida, levou a coruja para a gaiola de Edwiges. Errol abriu um olho lacrimejante, deu um pio fraquinho de agradecimento e desatou a beber água em grandes sorvos.

Harry se virou para as corujas restantes. Uma delas, a fêmea grande, branca como a neve, era a sua Edwiges. Ela também trazia um pacote e parecia muito satisfeita consigo mesma. Deu uma bicadinha carinhosa em Harry quando ele soltou sua carga, depois saiu voando pelo quarto para se juntar a Errol.

Harry não reconheceu a terceira coruja, um belo espécime pardo, mas soube imediatamente de onde viera, porque além de um terceiro pacote, ela trazia uma carta com o escudo de Hogwarts. Quando Harry acabou de aliviá-la de sua carga, ela sacudiu as penas, cheia de si, abriu as asas e saiu voando pelo céu noturno.

O menino sentou-se na cama e apanhou o pacote de Errol, rasgou o papel pardo e encontrou um presente embrulhado em ouro, e o primeiro cartão de aniversário de sua vida. Com os dedos trêmulos, ele abriu o envelope. Caíram dois papéis – uma carta e um recorte de jornal.

O recorte fora visivelmente tirado do jornal dos bruxos, o *Profeta Diário*, porque as pessoas nas fotos em preto e branco estavam se mexendo. Harry apanhou o recorte, alisou-o e leu.

FUNCIONÁRIO DO MINISTÉRIO DA MAGIA
GANHA GRANDE PRÊMIO

Arthur Weasley, chefe da Seção de Controle do Mau Uso dos Artefatos dos Trouxas no Ministério da Magia, ganhou o Grande Prêmio Anual da Loteria do Profeta Diário.

A Sra. Weasley, encantada, declarou ao Profeta Diário: *"Vamos gastar o ouro em uma viagem de férias ao Egito, onde nosso filho mais velho, Gui, trabalha para o Banco Gringotes como desfazedor de feitiços."*

A família Weasley vai passar um mês no Egito, de onde voltará no início do ano letivo em Hogwarts, escola que cinco dos seus filhos ainda frequentam.

Harry examinou a foto em movimento, e um sorriso espalhou-se pelo seu rosto ao ver os nove Weasley acenando freneticamente para ele, diante de uma enorme pirâmide. A Sra. Weasley, pequena e gorducha, o Sr. Weasley, alto e um pouco careca, os seis filhos e uma filha, todos (embora a foto em preto e branco não mostrasse isso) com flamejantes cabelos vermelhos. Bem no meio da foto se achava Rony, alto e desengonçado com o seu rato de estimação, Perebas, no ombro e o braço passado pelas costas da irmã, Gina.

Harry não conseguia pensar em ninguém que merecesse mais ganhar um monte de ouro do que os Weasley, que eram gente muito fina e extremamente pobre. Ele apanhou a carta de Rony e a desdobrou.

Caro Harry,

Feliz aniversário!

Olhe, estou muito arrependido daquele telefonema. Espero que os trouxas não tenham engrossado com você. Perguntei ao papai e ele acha que eu não devia ter gritado.

O Egito é incrível. Gui nos levou para ver os túmulos e você não ia acreditar nos feitiços que os velhos bruxos egípcios lançavam neles. Mamãe não quis deixar a Gina ver o último. Só continha esqueletos mutantes de trouxas que violaram o túmulo e acabaram com duas cabeças e outras esquisitices.

Nem consegui acreditar quando o papai ganhou a Loteria do Profeta Diário. Setecentos galeões! A maior parte foi gasta nesta viagem, mas eles vão me comprar uma varinha nova para o próximo ano letivo.

Harry lembrava-se bem demais do dia em que a velha varinha de Rony se partira. Acontecera quando o carro em que os dois voaram para Hogwarts batera de encontro a uma árvore nos jardins da escola.

Estaremos de volta uma semana antes do ano letivo começar e vamos a Londres comprar minha varinha e os livros da escola. Alguma chance de nos encontrarmos lá?
Não deixe os trouxas arrasarem você!
Faça uma força para ir a Londres,
Rony

P.S.: Percy agora é monitor-chefe. Recebeu a carta de nomeação na semana passada.

Harry tornou a admirar a foto. Percy, que estava no sétimo e último ano em Hogwarts, parecia muito cheio de si. Prendera o distintivo de monitor-chefe no fez que usava num ângulo elegante sobre os cabelos bem penteados, seus óculos de aros de tartaruga faiscavam ao sol do Egito.

Harry voltou então sua atenção para o presente e o desembrulhou. Dentro havia um objeto que parecia um pequenino pião de vidro. Debaixo, mais um bilhete de Rony.

Harry — isto é um "bisbilhoscópio" de bolso. Dizem que quando tem alguma coisa suspeita por perto, ele acende e gira. Gui falou que é porcaria que vendem a bruxos turistas e que não é confiável porque ontem, durante o jantar, ficou acendendo o tempo todo. Mas ele não percebeu que Fred e Jorge tinham posto besouros na sopa dele.
Tchau — Rony

Harry pôs o bisbilhoscópio em cima da mesa de cabeceira, onde o pião ficou parado, equilibrado sobre a ponta, refletindo os ponteiros luminosos do despertador. O menino admirou-o feliz por alguns segundos, então apanhou o pacote que Edwiges lhe trouxera.

Dentro deste também havia um presente embrulhado, um cartão e uma carta, desta vez de Hermione.

Caro Harry,
Rony me escreveu contando o telefonema que deu para o seu tio Válter. Espero que você esteja bem.
Estou de férias na França neste momento e não sabia como ia mandar o meu presente para você — e se eles abrissem o pacote na alfândega? —, mas então a Edwiges apareceu! Acho que ela queria garantir que você recebesse alguma coisa no seu aniversário, para variar. Comprei o seu presente pelo reembolso-coruja; vi um anúncio no Profeta Diário (mandei entregar o jornal no meu endereço de férias; é tão bom continuar em dia com o que está acontecendo no mundo dos bruxos). Você viu a foto de Rony com a família que saiu no jornal

na semana passada? Aposto que ele está aprendendo um monte de coisas. Estou com inveja — os bruxos do Egito antigo são fascinantes.

    Aqui também tem histórias de bruxaria locais interessantes. Reescrevi todo o meu trabalho de História da Magia para incluir algumas coisas que descobri. Espero que não fique grande demais — são dois rolos de pergaminho a mais do que o Prof. Binns pediu.

    Rony diz que vai a Londres na última semana de férias. Você também vai poder ir? Será que sua tia e seu tio vão deixar? Espero realmente que possa. Se não, a gente se vê no Expresso de Hogwarts no dia 1º de setembro!

    Afetuosamente,
    Hermione

    P.S.: Rony contou que Percy virou monitor-chefe. Aposto como ele está realmente satisfeito. Quem não parece ter gostado é o Rony.

Harry deu risadas enquanto punha a carta de Hermione de lado e apanhava o presente. Era muito pesado. Conhecendo a amiga, ele teve certeza de que seria um livrão cheio de feitiços complicados — mas não era. Seu coração deu um enorme salto quando ele rasgou o papel de embrulho e viu um belo estojo de couro preto, com dizeres em letras prateadas: *Estojo para manutenção de vassouras*.

— Uau, Hermione! — exclamou Harry baixinho, abrindo o estojo para ver dentro.

    Havia um frasco grande de líquido para polir cabos, uma tesoura prateada e reluzente para aparar cerdas, uma pequena bússola para prender na vassoura em viagens longas e um manual *Faça a manutenção da sua vassoura*.

    À exceção dos amigos, o que Harry mais sentia falta de Hogwarts era o quadribol, o esporte mais popular do mundo mágico — extremamente arriscado, muito emocionante, que se jogava montado em uma vassoura. Harry, por acaso, era um ótimo jogador de quadribol; fora o menino mais novo do século a ser escolhido para um time de casa em Hogwarts. Uma das coisas que Harry mais prezava na vida era sua vassoura de corrida, uma Nimbus 2000.

    Harry pôs o estojo de couro de lado e apanhou o último embrulho. Reconheceu os garranchos no papel pardo do embrulho na mesma hora: eram de Hagrid, o guarda-caça de Hogwarts. Ele rasgou o papel de embrulho externo e viu um pedacinho de alguma coisa em couro verde, mas antes que conseguisse desfazê-lo direito, o embrulho estremeceu de um modo estranho e o que havia dentro se fechou com um estalo — como se a coisa tivesse mandíbulas.

Harry congelou. Sabia que Hagrid jamais lhe mandaria uma coisa perigosa de propósito, mas, por outro lado, seu amigo não tinha a visão de uma pessoa normal sobre o que era perigoso. Todos sabiam que Hagrid já fizera amizade com aranhas gigantescas, mas nocivas, com cães de três cabeças dados por gente que ele encontrou em bares, e contrabandeara ovos de dragão, um bicho ilegal, para dentro da cabana em que morava.

Harry cutucou o embrulho, nervoso. A coisa tornou a se fechar com ruído. O garoto apanhou o abajur na mesa de cabeceira, agarrou-o com firmeza com uma das mãos e ergueu-o acima da cabeça, pronto para desferir uma pancada. Então agarrou o resto do papel de embrulho com a outra mão e puxou.

E a coisa caiu — um livro. Harry só teve tempo de reparar na bela capa, adornada com um título dourado, *O livro monstruoso dos monstros*, antes do livro virar de lombada e começar a correr pela cama como um caranguejo esquisito.

— Ah-ah — gemeu Harry.

O livro caiu da cama com um barulho metálico e arrastou-se rápido pelo quarto. O menino o seguiu furtivamente. O livro foi se esconder no espaço escuro embaixo da escrivaninha. Rezando para os Dursley não terem acordado, Harry ficou de quatro e tentou apanhá-lo.

— Ai!

O livro se fechou sobre sua mão e se afastou do menino se sacudindo e andando aderado sobre as capas.

Harry saiu correndo, ainda agachado, e se atirou para a frente conseguindo achatar o livro. Tio Válter soltou um grunhido sonolento e alto no quarto ao lado.

Edwiges e Errol observaram com interesse quando Harry abraçou com força o livro que se debatia, correu até a cômoda e pegou um cinto, com que o amarrou firmemente. O livro monstruoso estremeceu de raiva, mas não conseguiu mais se agitar e morder, então Harry atirou-o na cama e apanhou o cartão de Hagrid.

Caro Harry,
    Feliz aniversário
    Achei que isto pudesse lhe ser útil no ano que vem.
    Não vou dizer mais nada aqui. Conto quando a gente se encontrar.

Espero que os trouxas estejam tratando você bem.
Tudo de bom,
Hagrid

Pareceu a Harry um mau agouro que Hagrid pudesse achar que um livro que morde tivesse utilidade futura, mas pôs o cartão do amigo ao lado do de Rony e Hermione, sorrindo mais satisfeito do que nunca. Agora só sobrava a carta de Hogwarts.

Reparando que era bem mais grossa do que de costume, Harry abriu o envelope, puxou a primeira página de pergaminho de dentro e leu:

Prezado Sr. Potter,

Queira registrar que o novo ano letivo começará em 1º de setembro. O Expresso de Hogwarts partirá da estação de King's Cross, plataforma 9¾, às onze horas.

Os alunos de terceiro ano têm permissão para visitar a aldeia de Hogsmeade em determinados fins de semana. Assim, queira entregar a autorização anexa ao seu pai ou guardião para que a assine.

Estamos anexando, nesta oportunidade, a lista de livros para o próximo ano.
Atenciosamente,
Profª M. McGonagall
Vice-Diretora

Harry tirou do envelope o formulário de autorização para ir a Hogsmeade e leu-o, mas já não sorria. Seria maravilhoso visitar Hogsmeade nos fins de semana; ele sabia que era um povoado só de bruxos, em que nunca estivera. Mas como é que ia convencer o tio Válter ou a tia Petúnia a assinar o formulário?

Ele olhou para o despertador. Eram agora duas horas da manhã.

Decidindo que se preocuparia com o formulário de Hogsmeade quando acordasse, Harry voltou para a cama e se esticou para riscar mais um dia no calendário que fizera para contar o tempo que faltava para regressar a Hogwarts. Tirou então os óculos e se deitou, de olhos abertos, de frente para os três cartões de aniversário.

Mesmo sendo muito fora do comum, naquele momento Harry Potter se sentiu como todo mundo: feliz, pela primeira vez na vida, porque era o dia do seu aniversário.

2

O GRANDE ERRO
DE TIA GUIDA

Harry desceu para o café na manhã seguinte e já encontrou os três Dursley sentados à mesa. Estavam assistindo a uma televisão novinha em folha, um presente de boas-vindas para as férias-de-verão-em-casa de Duda, que andara se queixando, em altas vozes, sobre a grande distância entre a geladeira e a televisão da sala. Duda passara a maior parte do verão na cozinha, seus miúdos olhinhos de porco fixos na telinha e sua papada em cinco camadas balançando enquanto ele comia sem parar.

Harry sentou-se entre Duda e tio Válter, um homem grande e socado, com pescoço de menos e bigodes de mais. Longe de desejarem a Harry um feliz aniversário, os Dursley não deram qualquer sinal de que tinham reparado em sua entrada na cozinha, mas o menino estava mais do que acostumado com isso para se importar. Serviu-se de uma fatia de torrada e em seguida olhou para o repórter na televisão, que já ia adiantado na transmissão de uma notícia sobre um fugitivo da prisão.

"... alertamos os nossos telespectadores de que Black está armado e é extremamente perigoso. Se alguém o avistar deverá ligar para o número do plantão de emergência imediatamente."

— Nem precisa dizer quem ele é — riu-se tio Válter, espiando o prisioneiro por cima do jornal. — Olhem só o estado dele, a imundice do desleixado! Olhem o cabelo dele!

E lançou um olhar de esguelha, maldoso, para Harry, cujos cabelos despenteados sempre tinham sido uma fonte de grande aborrecimento para o tio. Comparado ao homem da televisão, porém, cujo rosto ossudo era emoldurado por um emaranhado que lhe chegava aos cotovelos, Harry se sentiu, na verdade, muito bem penteado.

O repórter reaparecera.

"O Ministério da Agricultura e da Pesca irá anunciar hoje..."

— Espere aí! — berrou tio Válter, olhando furioso para o repórter. — Você não disse de onde esse maníaco fugiu! De que adiantou o alerta? O louco pode estar passando na minha rua neste exato momento!

Tia Petúnia, que era ossuda e tinha cara de cavalo, virou-se depressa e espiou com atenção pela janela da cozinha. Harry sabia que a tia simplesmente adoraria poder ligar para o telefone do plantão de emergência. Era a mulher mais bisbilhoteira do mundo e passava a maior parte da vida espionando os vizinhos sem graça, que nunca faziam nada errado.

— Quando é que eles vão *aprender* — exclamou tio Válter, batendo na mesa com o punho grande e arroxeado — que a forca é a única solução para gente assim?

— É verdade — concordou tia Petúnia, que ainda procurava ver alguma coisa por entre a trepadeira do vizinho.

Tio Válter terminou de beber a xícara de chá, deu uma olhada no relógio de pulso e acrescentou:

— É melhor eu ir andando, Petúnia. O trem de Guida chega às dez.

Harry, cujos pensamentos andavam no andar de cima com o *Estojo para manutenção de vassouras*, foi trazido de volta à terra com um tranco desagradável.

— Tia Guida? — o garoto deixou escapar. — É... *ela* não está vindo para cá, está?

Tia Guida era irmã de tio Válter. Embora não fosse um parente consanguíneo de Harry (cuja mãe fora irmã de tia Petúnia), a vida inteira ele tinha sido obrigado a chamá-la de "tia". Tia Guida morava no campo, em uma casa com um grande jardim, onde ela criava buldogues. Raramente se hospedava na rua dos Alfeneiros, porque não conseguia suportar a ideia de se separar dos seus preciosos cachorros, mas cada uma de suas visitas permanecia horrivelmente nítida na cabeça de Harry.

Na festa do quinto aniversário de Duda, tia Guida tinha dado umas bengaladas nas canelas de Harry para impedi-lo de vencer o primo em uma brincadeira. Alguns anos mais tarde, ela aparecera no Natal trazendo um robô computadorizado para Duda e uma caixa de biscoitos de cachorro para Harry. Na última visita, um ano antes do garoto entrar para Hogwarts, ele pisara sem querer o rabo do cachorro favorito da tia. Estripador perseguira Harry até o jardim e o acuara em cima de uma árvore, mas tia Guida se recusara a recolher o cachorro até depois da meia-noite. A lembrança desse incidente ainda produzia lágrimas de riso nos olhos de Duda.

— Guida vai passar uma semana aqui — rosnou tio Válter — e enquanto estamos nesse assunto — ele apontou um dedo gordo e ameaçador para Harry — precisamos acertar algumas coisas antes de eu sair para apanhá-la.

Duda fez ar de riso e desviou o olhar da televisão. Assistir a Harry ser maltratado pelo pai era sua diversão favorita.

— Em primeiro lugar — rosnou tio Válter —, você vai falar com bons modos quando se dirigir a Guida.

— Tudo bem — disse Harry com amargura —, se ela fizer o mesmo quando se dirigir a mim.

— Em segundo lugar — continuou o tio, fingindo não ter ouvido a resposta de Harry —, como Guida não sabe nada da sua *anormalidade*, não quero nenhuma... nenhuma *gracinha* enquanto ela estiver aqui. Você vai se comportar, está me entendendo?

— Eu me comporto se ela se comportar — retrucou Harry entre dentes.

— E em terceiro lugar — disse tio Válter, seus olhinhos maldosos agora simples fendas na enorme cara púrpura —, dissemos a Guida que você frequenta o Centro St. Brutus para Meninos Irrecuperáveis.

— Quê? — berrou Harry.

— E você vai sustentar essa história, moleque, ou vai se dar mal — cuspiu tio Válter.

Harry ficou sentado ali, o rosto branco e furioso, encarando o tio Válter, sem conseguir acreditar no que ouvia. Tia Guida vinha fazer uma visita de uma semana — era o pior presente de aniversário que os Dursley já tinham lhe dado, incluindo nessa conta o par de meias velhas do tio.

— Bom, Petúnia — disse tio Válter, levantando-se com esforço —, vou indo para a estação, então. Quer me acompanhar para dar um passeio, Dudoca?

— Não — respondeu o menino, cuja atenção se voltara para a televisão agora que o pai acabara de ameaçar Harry.

— O Dudinha tem que ficar elegante para receber a titia — disse tia Petúnia, alisando os cabelos louros e espessos do filho. — Mamãe comprou para ele uma linda gravata-borboleta.

Tio Válter deu uma palmadinha no ombrão de porco de Duda.

— Vejo vocês daqui a pouco, então — disse ele, e saiu da cozinha.

Harry, que estivera sentado em uma espécie de transe de horror, teve uma ideia repentina. Abandonando a torrada, ele se levantou depressa e acompanhou o tio até a saída.

Tio Válter estava vestindo o paletó que usava no carro.

— Eu não vou levar *você* — rosnou ele ao se virar e ver Harry observando-o.

— Como se eu quisesse ir — disse Harry friamente. — Quero lhe perguntar uma coisa.

O tio mirou-o desconfiado.

— Os alunos do terceiro ano em Hog... na minha escola às vezes têm permissão para visitar o povoado próximo — disse Harry.

— E daí? — retrucou o tio, tirando as chaves do carro de um gancho próximo à porta.

— Preciso que o senhor assine o formulário de autorização — disse Harry depressa.

— E por que eu iria fazer isso? — falou o tio com desdém.

— Bom — respondeu Harry, escolhendo cuidadosamente as palavras —, vai ser duro fingir para tia Guida que eu frequento o Saint não sei das quantas...

— Centro St. Brutus para Meninos Irrecuperáveis! — berrou o tio, e Harry ficou satisfeito de ouvir uma inconfundível nota de pânico em sua voz.

— Exatamente — disse Harry, encarando com toda a calma o rosto púrpura do tio. — É muita coisa para eu me lembrar. Tenho que parecer convincente, não é mesmo? E se eu, sem querer, deixar escapar alguma coisa?

— *Vou fazer picadinho de você, não é mesmo?* — rugiu o tio, avançando para o sobrinho com o punho levantado. Mas Harry aguentou firme.

— Fazer picadinho de mim não vai ajudar tia Guida a esquecer o que eu poderia contar a ela — disse em tom de ameaça.

Tio Válter parou, o punho ainda levantado, a cara de uma feia cor marrom-arroxeada.

— Mas se o senhor assinar o meu formulário de autorização — apressou-se Harry a acrescentar —, juro que vou me lembrar da escola que o senhor diz que frequento, e vou me comportar como um trou... como se fosse normal e todo o resto.

Harry percebeu que o tio estava considerando a proposta, mesmo que seus dentes estivessem arreganhados e uma veia latejasse em sua têmpora.

— Certo — disse por fim, bruscamente. — Vou vigiar o seu comportamento muito de perto durante a visita de Guida. Se, quando terminar, você tiver andado na linha e sustentado a história, eu assino a droga do formulário.

E, dando meia-volta, abriu a porta e bateu-a com tanta força que uma das vidraças no alto se soltou.

Harry não voltou à cozinha. Subiu as escadas e foi para o quarto. Se ia se comportar como um trouxa de verdade, era melhor começar já. Devagar e com tristeza, reuniu seus presentes e cartões de aniversário e escondeu-os debaixo da tábua solta do soalho com os deveres de casa. Depois, foi até a gaiola de Edwiges. Errol parecia ter-se recuperado; ele e Edwiges estavam dormindo, com a cabeça enfiada embaixo da asa. Harry suspirou e cutucou as corujas para acordá-las.

— Edwiges — disse deprimido —, você vai ter que dar o fora por uma semana. Vá com Errol. Rony cuidará de você. Vou escrever um bilhete para ele explicando. E não me olhe assim — os grandes olhos âmbar de Edwiges se encheram de censura —, não é minha culpa. É o único jeito que tenho de conseguir uma autorização para visitar Hogsmeade com Rony e Hermione.

Dez minutos depois, Errol e Edwiges (que levava um bilhete para Rony amarrado na perna) saíram voando pela janela e desapareceram de vista. Harry, agora se sentindo completamente infeliz, guardou a gaiola vazia dentro do armário.

Mas não teve muito tempo para se entristecer. Não demorou quase nada e tia Petúnia já estava gritando lá embaixo para Harry descer e se preparar para dar as boas-vindas à hóspede.

— Faça alguma coisa com o seu cabelo! — disse tia Petúnia bruscamente quando o sobrinho chegou embaixo.

Harry não via sentido em tentar fazer seu cabelo ficar penteado. Tia Guida adorava criticá-lo, por isso, quanto mais desarrumado, mais satisfeita ela iria ficar.

Demasiado cedo, ouviu-se um ruído de pneu triturando areia quando o carro de tio Válter entrou de marcha a ré pelo caminho da garagem, depois, batidas de portas e passos no jardim.

— Atenda a porta! — sibilou tia Petúnia para Harry.

Com uma sensação de grande tristeza e depressão na boca do estômago, Harry abriu a porta.

Na soleira encontrava-se tia Guida. Era muito parecida com o tio Válter; corpulenta, alta, socada, a cara púrpura, tinha até bigode, embora não tão peludo quanto o do irmão. Em uma das mãos ela trazia uma enorme mala, e, aninhado sob a outra, um buldogue velho e mal-humorado.

— Onde está o meu Dudoca? — bradou tia Guida. — Onde está o meu sobrinho fofo?

Duda veio gingando em direção ao hall, os cabelos louros emplastrados na cabeça gorda, uma gravata-borboleta quase invisível sob a papada quíntupla. Tia Guida largou a mala na barriga de Harry, deixando-o sem ar, agarrou Duda num abraço apertado com o braço livre e plantou-lhe uma beijoca na bochecha.

Harry sabia perfeitamente bem que Duda só aguentava os abraços da tia porque era bem pago para isso, e não deu outra, quando os dois se separaram, Duda levava uma nota novinha de vinte libras apertada na mão gorda.

— Petúnia! — exclamou tia Guida, passando por Harry como se ele fosse um cabide de chapéus. As duas se beijaram, ou melhor, tia Guida deu uma queixada na bochecha ossuda de tia Petúnia.

Tio Válter entrou nesse momento, sorrindo jovialmente e fechou a porta.

— Chá, Guida? — ofereceu. — E o que é que o Estripador vai tomar?

— Estripador pode beber um pouco de chá no meu pires — respondeu tia Guida enquanto seguiam todos para a cozinha, deixando Harry sozinho no hall com a mala. Mas o menino não ia se queixar; qualquer desculpa para ficar longe da tia era bem-vinda, por isso começou a carregar a pesada mala para o quarto de hóspedes, demorando o máximo que pôde.

No momento em que voltou à cozinha, tia Guida já fora servida de chá e bolo de frutas e Estripador lambia alguma coisa, fazendo muito barulho, a um canto. Harry viu tia Petúnia fazer uma ligeira careta ao ver gotas de chá e baba pontilharem o seu chão limpo. Ela detestava animais.

— Quem ficou cuidando dos outros cachorros, Guida? — perguntou tio Válter.

— Ah, deixei o coronel Fubster tratando deles — ribombou em resposta Guida. — Ele entrou para a reforma agora e é bom ter alguma coisa para fazer. Mas não pude deixar o coitado do Estripador, tão velho. Ele fica doente de tristeza quando viajo.

Estripador recomeçou a rosnar quando Harry se sentou. Isto atraiu a atenção de tia Guida para Harry, pela primeira vez.

— Então! — vociferou ela. — Ainda está por aqui?

— Estou — respondeu o menino.

— Não diga "estou" nesse tom ingrato — rosnou tia Guida. — É uma grande bondade Válter e Petúnia acolherem você. Eu não teria feito o mesmo. Eu o teria mandado direto para um orfanato se alguém largasse você na *minha* porta.

Harry estava doido para responder que preferia viver em um orfanato do que com os Dursley, mas a lembrança do formulário de Hogsmeade fez com que se calasse. Ele se esforçou para dar um sorriso constrangido.

— Não me venha com sorrisinhos! — trovejou tia Guida. — Estou vendo que não melhorou nada desde a última vez que o vi. Tive esperanças que a escola lhe desse educação à força, se fosse preciso. — Ela tomou um grande gole de chá, limpou o bigode e continuou: — Aonde mesmo que você o está mandando, Válter?

— St. Brutus — respondeu o tio prontamente. — É uma instituição de primeira classe para casos irrecuperáveis.

— Entendo. Eles usam a vara em St. Brutus? — vociferou ela do lado oposto da mesa.

— Ah...

Tio Válter fez um breve aceno de cabeça por trás de tia Guida.

— Usam — respondeu Harry. Depois, sentindo que devia fazer a coisa bem-feita, acrescentou: — o tempo todo.

— Ótimo — aprovou tia Guida. — Eu não aceito essa conversa fiada de não bater em gente que merece. Uma boa surra de vara resolve noventa e nove casos em cem. *Você* já apanhou muitas vezes?

— Ah, já — respondeu Harry —, um monte de vezes.

Tia Guida apertou os olhos.

— Não gosto do seu tom, moleque. Se você consegue falar das surras que leva com esse tom displicente, obviamente não estão lhe batendo com a força que deviam. Petúnia, se eu fosse você escreveria à escola. Deixaria claro que os tios aprovavam o uso de força extrema no caso desse moleque.

Talvez tio Válter estivesse preocupado que Harry pudesse esquecer o acordo que tinham feito; o caso é que ele mudou o assunto bruscamente.

— Ouviu o noticiário hoje de manhã, Guida? E aquele prisioneiro que fugiu, hein?

Enquanto tia Guida começava a se fazer em casa, Harry se surpreendeu pensando quase com saudade na vida na rua dos Alfeneiros, nº 4 sem ela.

Tio Válter e tia Petúnia em geral encorajavam Harry a ficar fora do caminho deles, o que o menino fazia com a maior satisfação. Tia Guida, por outro lado, queria Harry debaixo dos seus olhos o tempo todo, para poder fazer, com aquele vozeirão, sugestões para melhorá-lo. Adorava comparar Harry a Duda, e tinha o maior prazer de comprar presentes caros para Duda enquanto olhava feio para Harry, como se o desafiasse a perguntar por que não recebera um presente também. Além disso, ela não parava de soltar piadas de mau gosto sobre as razões de Harry ser uma pessoa tão deficiente.

— Você não deve se culpar pelo que os meninos são hoje, Válter — comentou ela durante o almoço do terceiro dia. — Se existe alguma coisa podre por dentro, não há nada que ninguém possa fazer.

Harry tentou se concentrar na comida, mas suas mãos tremiam e seu rosto começou a arder de raiva. *Lembre-se do formulário,* disse a si mesmo. *Pense em Hogsmeade. Não diga nada. Não se levante...*

Tia Guida esticou a mão para a taça de vinho.

— Isso é uma das regras básicas da criação — disse ela. — A gente vê isso o tempo todo com os cachorros. Se tem alguma coisa errada com uma cadela, vai ter alguma coisa errada com o filhote...

Naquele momento, a taça de vinho que tia Guida segurava explodiu em sua mão. Cacos de vidro voaram para todo lado e ela engrolou e piscou, a caraça vermelha pingando.

— Guida! — guinchou tia Petúnia. — Guida, você está bem?

— Não se preocupe — resmungou tia Guida, enxugando o rosto com o guardanapo. — Devo ter segurado a taça com muita força. Fiz a mesma coisa na casa do coronel Fubster no outro dia. Não precisa se preocupar, Petúnia, tenho a mão pesada...

Mas tia Petúnia e tio Válter olharam desconfiados para Harry, por isso o menino resolveu que era melhor não comer a sobremesa e se retirar da mesa o mais depressa que pudesse.

No corredor, apoiou-se na parede e respirou profundamente. Fazia muito tempo desde a última vez que se descontrolara e fizera uma coisa explodir. Não podia deixar que isso acontecesse de novo. O formulário de Hogsmeade não era a única coisa em jogo — se ele continuasse a agir assim, ia se encrencar com o Ministério da Magia.

Harry ainda era um bruxo menor de idade, portanto, pela lei dos bruxos, era proibido de fazer mágica fora da escola. A ficha dele não era muito limpa. Ainda no verão anterior recebera uma carta oficial em que o avisavam muito claramente que se o Ministério tomasse conhecimento de qualquer magia ocorrida na rua dos Alfeneiros, ele seria expulso de Hogwarts.

Harry ouviu os Dursley se levantarem da mesa e correu escada acima para sair do caminho.

Harry conseguiu sobreviver os três dias seguintes forçando-se a pensar no manual de *Faça a manutenção da sua vassoura* sempre que tia Guida implicava com ele. A coisa funcionou muito bem, embora seu olhar parecesse vidrado, porque tia Guida começou a ventilar a opinião de que ele era mentalmente deficiente.

Finalmente, um finalmente muito demorado, chegou a última noite da estada de tia Guida. Tia Petúnia preparou um jantar caprichado e tio Válter abriu várias garrafas de vinho. Eles conseguiram terminar a sopa e o salmão sem mencionar nem uma vez os defeitos de Harry; quando comiam a torta-merengue de limão, tio Válter deu um cansaço em todo mundo com uma longa conversa sobre Grunnings, sua empresa de brocas; depois tia Petúnia preparou o café e o marido apanhou uma garrafa de conhaque.

— Posso lhe oferecer essa tentação, Guida?

Tia Guida já bebera muito vinho. Sua cara enorme estava muito vermelha.

— Só um pouquinho, então — disse ela rindo. — Um pouquinho mais... mais... aí, perfeito.

Duda estava comendo o quarto pedaço de torta. Tia Petúnia bebericava café com o dedo mindinho esticado. Harry realmente queria desaparecer e ir para o quarto, mas deparou com os olhinhos zangados do tio Válter e viu que teria de aguentar até o fim.

— Aah! — exclamou tia Guida, estalando os lábios e pousando o cálice de conhaque. — Um senhor jantar, Petúnia. Normalmente só como uma coisinha rápida à noite, com uma dúzia de cachorros para cuidar... — Ela soltou um gostoso arroto e deu umas palmadinhas na grande barriga coberta de tweed. — Me desculpem. Mas gosto de ver um menino de tamanho saudável — continuou ela, dando uma piscadela para Duda. — Você vai ter tamanho de homem, Dudoca, como seu pai. Sim, senhor, acho que vou querer mais um pouquinho de conhaque, Válter...

"Agora esse outro aí..."

Ela virou a cabeça para indicar Harry, que sentiu um aperto no estômago. O *manual*, pensou depressa.

— Esse aí tem um jeito ruim e mirrado. A gente vê isso nos cachorros. Pedi ao coronel Fubster para afogar um no ano passado. Era um ratinho. Fraco. Subnutrido.

Harry tentou se lembrar da página doze do seu livro *Feitiço para reverter feitiços persistentes*.

— A coisa toda está ligada ao sangue, como eu ia dizendo ainda outro dia. O sangue ruim acaba aflorando. Mas, não estou dizendo nada contra a sua família, Petúnia — ela deu umas pancadinhas na mão ossuda da cunhada com sua mão que mais parecia uma pá —, mas sua irmã não era flor que se cheirasse. Isso acontece nas melhores famílias. Depois, fugiu com aquele imprestável e aí está o resultado bem diante dos olhos da gente.

Harry olhava fixamente para o próprio prato, sentindo uma zoeira engraçada nos ouvidos. *Segure sua vassoura pela cauda com firmeza*, pensou. Mas não conseguiu se lembrar do que vinha depois. A voz de tia Guida parecia perfurá-lo como se fosse uma das brocas do tio Válter.

— Esse Potter — continuou tia Guida bem alto, agarrando a garrafa e derramando mais conhaque no copo e na toalha da mesa —, você nunca me contou o que ele fazia.

Tio Válter e tia Petúnia tinham uma expressão extremamente tensa. Duda chegara a levantar os olhos da torta para olhar os pais, boquiaberto.

— Ele... não trabalhava — disse tio Válter, sem chegar a olhar de todo para Harry. — Desempregado.

— Era o que eu esperava — disse tia Guida, bebendo um enorme gole de conhaque e limpando o queixo na manga. — Um parasita preguiçoso, imprestável, sem eira nem beira que...

— Não era, não — exclamou Harry inesperadamente. Todos à mesa ficaram muito quietos. Harry tremia da cabeça aos pés. Nunca sentira tanta raiva na vida.

— MAIS CONHAQUE! — bradou tio Válter, que empalidecera sensivelmente. Ele esvaziou a garrafa no cálice de tia Guida. — Você, moleque — rosnou para Harry. — Vá se deitar, ande...

— Não, Válter — soluçou tia Guida, erguendo a mão, os olhinhos injetados e fixos em Harry. — Continue, moleque, continue. Tem orgulho dos seus pais, é? Eles saem por aí e se matam num acidente de carro (imagino que bêbados)...

— Eles não morreram num acidente de carro! — protestou Harry, que percebeu que se levantara.

— Morreram num acidente de carro, sim, seu mentiroso infeliz, e jogaram você nos ombros de parentes decentes e trabalhadores! — gritou tia Guida, inchando de fúria. — Você é um ingrato, insolente e...

Mas repentinamente ela se calou. Por um instante pareceu que tinham-lhe faltado palavras. Parecia estar inchando, engasgada de tanta raiva... mas não parou de inchar. Sua cara enorme e vermelha começou a crescer, os olhos miúdos saltaram das órbitas, e a boca se esticou tanto que a impedia de falar — no segundo seguinte vários botões simplesmente saltaram do seu paletó de tweed e ricochetearam nas paredes —, ela inflou como um balão monstruoso, a barriga transbordou o cós da saia, os dedos engrossaram como salames...

— GUIDA! — berraram tio Válter e tia Petúnia juntos quando o corpo dela começou a se erguer da cadeira em direção ao teto. Estava completamente redonda agora, como uma enorme boia com olhinhos porcinos, e as mãos e os pés se projetaram estranhamente do corpo que flutuava no ar, dando estalinhos apopléticos. Estripador entrou derrapando na sala, latindo enlouquecido.

— NÃÃÃÃÃÃO!

Tio Válter agarrou Guida por um pé e tentou puxá-la para baixo, mas quase foi erguido do chão também. Um segundo depois, Estripador avançou, e de um salto abocanhou a perna do tio Válter.

Harry se precipitou para fora da sala de jantar antes que alguém pudesse impedi-lo, e correu para o armário sob a escada. A porta do armário se abriu magicamente quando ele se aproximou. Em segundos, o garoto tinha arrastado o seu malão para a porta da rua. Subiu aos saltos a escada e se atirou embaixo da cama, levantando a tábua solta do soalho, agarrou a fronha cheia de livros e presentes de aniversário. Arrastou-se para fora, passou a mão na gaiola vazia de Edwiges, correu de volta ao lugar em que deixara o malão, na hora em que tio Válter irrompia da sala de jantar, com a perna da calça em tiras ensanguentadas.

— VOLTE AQUI! — urrou. — VOLTE AQUI E FAÇA-A VOLTAR AO NORMAL!

Mas uma raiva que não media consequências se apoderara de Harry. Ele deu um chute no malão para abri-lo, puxou a varinha e apontou-a para o tio Válter.

— Ela mereceu — disse, ofegante. — Ela mereceu o que aconteceu. E o senhor fique longe de mim.

Depois, tateou às costas à procura do trinco da porta.

— Vou-me embora. Para mim já chega.

E no momento seguinte Harry estava na rua escura e silenciosa, puxando o malão pesado, a gaiola de Edwiges debaixo do braço.

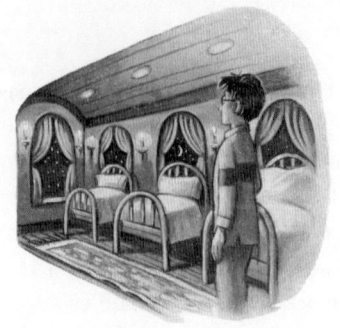

3

O NÔITIBUS ANDANTE

Harry já estava bem distante quando se largou em cima de um muro baixo na rua Magnólia, uma rua curva de prédios geminados, ofegante com o esforço de arrastar o malão. Sentou-se muito quieto, ainda espumando de raiva, escutando o galope desenfreado do seu coração.

Mas depois de uns dez minutos sozinho na rua escura, uma nova emoção se apoderou dele: o pânico. De qualquer maneira que considerasse o caso, ele nunca se vira em situação pior. Estava perdido, sozinho, no escuro mundo dos trouxas, absolutamente sem ter aonde ir. E o pior era que acabara de executar um feitiço sério, o que significava que quase certamente seria expulso de Hogwarts. Violara tão flagrantemente o decreto que limitava o uso da magia por menores, que se surpreendeu que os representantes do Ministério da Magia não tivessem caído em cima dele ali mesmo.

Harry estremeceu e olhou para os dois lados da rua Magnólia. O que ia lhe acontecer? Seria preso ou simplesmente banido do mundo dos bruxos? Ele pensou em Rony e em Hermione, e seu coração ficou ainda mais apertado. Harry tinha certeza de que, fosse criminoso ou não, Rony e Hermione iriam querer ajudá-lo agora, mas os dois estavam no exterior e, com Edwiges ausente, ele não tinha meios de entrar em contato com os amigos.

E tampouco tinha dinheiro dos trouxas. Havia um ourinho na carteira que guardara no fundo do malão, mas o resto da fortuna que seus pais tinham lhe deixado estava depositado em um cofre do banco dos bruxos em Londres, o Gringotes. Ele jamais conseguiria arrastar o malão até Londres. A não ser que...

Ele olhou para a varinha que ainda mantinha segura na mão. Se já fora expulso (seu coração agora batia dolorosamente depressa), um pouco mais de magia não iria fazer mal algum. Tinha a Capa da Invisibilidade que herdara do pai – e se encantasse o malão para torná-lo leve como uma pena, o amarrasse à vassoura e voasse até Londres? Então poderia retirar o resto do seu dinheiro do cofre e... começar uma vida de proscrito. Era uma perspectiva terrível, mas não podia ficar sentado naquele muro para sempre, ou ia acabar tendo que explicar à polícia dos trouxas o que estava fazendo ali, na calada da noite, com um malão cheio de livros de bruxaria e uma vassoura.

Harry tornou a abrir o malão e empurrou as coisas para um lado à procura da Capa da Invisibilidade – mas antes de apanhá-la, endireitou o corpo de repente e olhou mais uma vez a toda a volta.

Um formigamento estranho na nuca o fizera sentir que estava sendo observado, mas a rua parecia deserta e não havia luz nos grandes prédios quadrados.

Ele tornou a se curvar para o malão, mas quase imediatamente se endireitou, a mão apertando a varinha. Não ouvira, sentira uma coisa: alguém ou alguma coisa estava parado no estreito vão entre a garagem e a grade atrás dele. Harry apertou os olhos para enxergar melhor a passagem escura. Se ao menos aquilo se mexesse, então ele saberia se era apenas um gato sem dono ou... outra coisa qualquer.

– Lumus – murmurou Harry, e apareceu uma luz na ponta de sua varinha, que quase o cegou. Ele levantou a varinha acima da cabeça e as paredes incrustadas de seixos do nº 2, de repente, faiscaram; a porta da garagem reluziu e entre as duas Harry viu, com muita clareza, os contornos maciços de alguma coisa muito grande com olhos enormes e brilhantes.

Harry recuou. Suas pernas bateram no malão e ele tropeçou. A varinha voou de sua mão quando ele abriu os braços para amortecer a queda, e aterrissou com toda a força na sarjeta.

Ouviu-se um estampido ensurdecedor e Harry ergueu as mãos para proteger os olhos da luz repentina e ofuscante...

Com um grito, ele rolou para cima da calçada bem em tempo. Um segundo depois, dois faróis altos e dois gigantescos pneus pararam cantando exatamente no lugar em que Harry estivera caído. As duas coisas pertenciam, Harry viu quando ergueu a cabeça, a um ônibus de três andares, roxo berrante, que se materializara do nada. Letras douradas no para-brisa informavam: *Nôitibus Andante*.

Por uma fração de segundo, Harry ficou imaginando se o tombo o teria deixado abobado. Então, um condutor de uniforme roxo saltou do ônibus para anunciar em altas vozes aos ventos da noite:

– Bem-vindo ao ônibus Nôitibus Andante, o transporte de emergência para bruxos e bruxas perdidos. Basta esticar a mão da varinha, subir a bordo e podemos levá-lo aonde quiser. Meu nome é Stanislau Shunpike, Lalau, e serei seu condutor por esta noi...

Lalau parou abruptamente. Acabara de avistar Harry que continuava sentado no chão. O menino recuperou a varinha e ficou de pé como pôde. Aproximando-se, viu que Lalau era apenas alguns anos mais velho que ele, tinha dezoito ou dezenove anos no máximo, grandes orelhas de abano e uma grande quantidade de espinhas.

— Que é que você estava fazendo aqui? — perguntou Lalau, pondo de lado sua pose profissional.

— Caí — respondeu Harry.

— E por que foi que você caiu? — caçoou Lalau.

— Não caí de propósito — respondeu Harry, incomodado. Uma perna de seu jeans se rasgara e a mão que ele estendera para aliviar a queda estava sangrando. De repente ele se lembrou por que caíra e se virou depressa para o lado para ver a passagem entre a garagem e a cerca. Os faróis do Nôitibus agora a inundavam de luz e ela estava vazia.

— Que é que você está olhando? — perguntou Lalau.

— Havia uma coisa grande e escura — respondeu Harry, apontando hesitante para a abertura. — Parecia um cachorro... mas enorme...

Harry olhou para Lalau, cuja boca estava entreaberta. Com um certo constrangimento, Harry viu o seu olhar se deter na cicatriz de sua testa.

— Que é que é isso na sua testa? — perguntou Lalau de repente.

— Nada — apressou-se a dizer Harry, achatando os cabelos em cima da cicatriz. Se os funcionários do Ministério da Magia estivessem à sua procura, ele não ia facilitar a vida deles.

— Qual é o seu nome? — insistiu Lalau.

— Neville Longbottom — respondeu Harry com o primeiro nome que lhe veio à cabeça. — Então... este ônibus — emendou ele depressa na esperança de desviar a atenção do rapaz —, você disse que vai a *qualquer lugar*?

— Isso aí — respondeu Lalau orgulhoso —, qualquer lugar que você queira desde que seja em terra. É imprestável debaixo da água. Aqui — disse ele outra vez desconfiado —, você *fez* sinal para a gente parar, não fez? Esticou a mão da varinha, não esticou?

— Claro — confirmou Harry depressa. — Escuta aqui, quanto custaria me levar até Londres?

— Onze sicles, mas por treze você ganha chocolate quente e por quinze um saco de água quente e uma escova de dentes da cor que você quiser.

Harry remexeu outra vez no malão, tirou a bolsa de dinheiro, e empurrou um ourinho na mão de Lalau. Ele e o rapaz então ergueram o malão, com a gaiola de Edwiges equilibrada na tampa, e subiram no ônibus.

Não havia lugares para a pessoa sentar; em vez disso havia meia dúzia de estrados de latão ao longo das janelas protegidas por cortinas. Ao lado de cada cama, ardiam velas em suportes, que iluminavam as paredes revestidas de painéis de madeira. Na traseira do ônibus, uma bruxa miúda usando touca de dormir murmurou:

— Agora não, obrigada, estou fazendo uma conserva de lesmas. — E voltou a adormecer.

— Você fica com essa aí — cochichou Lalau, empurrando o malão de Harry para baixo da cama logo atrás do motorista, que se achava sentado em uma cadeira de braços diante do volante. — Este é o nosso motorista, Ernesto Prang. Este aqui é o Neville Longbottom, Ernesto.

Ernesto Prang, um bruxo idoso que usava óculos de grossas lentes, cumprimentou com um aceno de cabeça o novo passageiro, que tornou a achatar nervosamente a franja contra a testa e se sentou na cama.

— Pode mandar ver, Ernesto — disse Lalau, sentando-se na cadeira ao lado do motorista.

Ouviu-se mais um estampido assustador e, no instante seguinte, Harry se sentiu achatado contra a cama, atirado para trás pela velocidade do Nôitibus. Endireitando-se, o menino espiou pela janela escura e viu que agora deslizavam suavemente por uma rua completamente diferente. Lalau observava o rosto surpreso de Harry achando muita graça.

— Era aqui que a gente estava antes de você fazer sinal para o ônibus parar — disse ele. — Onde é que nós estamos, Ernesto? Em algum lugar do País de Gales?

— Hum-hum — respondeu o motorista.

— Como é que os trouxas não ouvem o ônibus? — perguntou Harry.

— Os trouxas! — exclamou Lalau com desdém. — E eles lá escutam direito? E também não enxergam direito. Nunca reparam em nada, não é mesmo?

— É melhor ir acordar Madame Marsh, Lalau — disse Ernesto. — Vamos entrar em Abergavenny dentro de um minuto.

Lalau passou pela cama de Harry e desapareceu por uma estreita escada de madeira. Harry continuou a espiar pela janela, sentindo-se mais nervoso a cada hora. Ernesto não parecia ter dominado o uso do volante. O Nôitibus a toda hora subia na calçada, mas não batia em nada; os fios dos lampiões, as caixas de correio e as latas de lixo saltavam fora do caminho quando o ônibus se aproximava e tornavam à posição anterior depois de ele passar.

Lalau voltou do primeiro andar, seguido de uma bruxa meio esverdeada e embrulhada em uma capa de viagem.

— Chegamos, Madame Marsh — exclamou Lalau alegremente, enquanto Ernesto metia o pé no freio e as camas deslizavam bem uns trinta centímetros para a dianteira do ônibus. Madame Marsh cobriu a boca com um lenço e desceu as escadas, titubeante. Lalau atirou a mala para ela e bateu as portas do ônibus; ouviu-se novo estampido, e o veículo saiu roncando por uma estradinha do interior, fazendo as árvores saltarem de banda.

Harry não teria conseguido dormir mesmo se estivesse viajando em um ônibus que não produzisse tantos estampidos e saltasse um quilômetro e meio de cada vez. Seu estômago deu muitas voltas quando ele tornou a refletir no que iria lhe acontecer, e se os Dursley já teriam conseguido tirar tia Guida do teto.

Lalau abrira um exemplar do Profeta Diário e agora o lia mordendo a língua. Um homem de rosto encovado e cabelos longos e embaraçados piscou devagarinho para Harry em uma grande foto na primeira página. Pareceu-lhe estranhamente familiar.

— Esse homem! — exclamou Harry, esquecendo-se por um momento dos próprios problemas. — Ele apareceu no noticiário dos trouxas!

Lalau virou para a primeira página e deu uma risadinha.

— Sirius Black — disse, confirmando com a cabeça. — Claro que apareceu no noticiário dos trouxas, Neville, por onde você tem andado?

E deu uma risadinha de superioridade ao ver o olhar vidrado no rosto de Harry, rasgou a primeira página e entregou-a ao garoto.

— Você devia ler mais jornal.

Harry ergueu a página diante da luz e leu:

BLACK AINDA FORAGIDO

Sirius Black, provavelmente o condenado de pior fama já preso na fortaleza de Azkaban, continua a escapar da polícia, confirmou hoje o Ministério da Magia.

"Estamos fazendo todo o possível para recapturar Black", disse o Ministro da Magia, Cornélio Fudge, ouvido esta manhã, "e pedimos à comunidade mágica que se mantenha calma."

Fudge tem sido criticado por alguns membros da Federação Internacional de Bruxos por ter comunicado a crise ao primeiro-ministro dos trouxas.

"Bem, na realidade, eu tinha que fazer isso ou vocês não sabem?", comentou Fudge, irritado. "Black é doido. É um perigo para qualquer pessoa que o aborreça, seja bruxo ou trouxa. O primeiro-ministro me garantiu que não revelará a verdadeira identidade de Black. E vamos admitir — quem iria acreditar se ele revelasse?"

Enquanto os trouxas foram informados apenas de que Black está armado (com uma espécie de varinha de metal que os trouxas usam para matar uns aos outros), a comunidade mágica vive no temor de um massacre como o que ocorreu há doze anos, quando Black matou treze pessoas com um único feitiço.

Harry olhou bem dentro dos olhos sombrios de Sirius Black, a única parte do rosto encovado que parecia ter vida. O menino jamais encontrara um vampiro, mas vira fotos nas aulas de Defesa Contra as Artes das Trevas, e Black, com a pele branca como cera, se parecia muito com um.

— Carinha sinistro, não é mesmo? — comentou Lalau, que estivera observando Harry enquanto lia.

— Ele matou *treze pessoas*? — admirou-se Harry, devolvendo a página a Lalau. — Com um feitiço?

— É isso aí, bem na frente de testemunhas e tudo. Em plena luz do dia. Armou uma confusão do caramba não foi, Ernesto?

— Hum-hum — confirmou Ernesto sombriamente.

Lalau girou a cadeira de braços, cruzou as mãos às costas, a fim de olhar melhor para Harry.

— Black foi um grande partidário de Você-Sabe-Quem — disse ele.

— De quem, do Voldemort? — disse Harry sem pensar.

Até as espinhas de Lalau ficaram brancas; Ernesto deu tal golpe de direção que uma casa de fazenda inteira teve que saltar para o lado para fugir do ônibus.

— Você ficou maluco? — gritou Lalau. — Pra que foi que você foi dizer o nome dele?

— Desculpe — apressou-se a dizer Harry. — Desculpe, eu... me esqueci...

— Se esqueceu! — exclamou Lalau com a voz fraca. — Caramba, meu coração até desembestou...

— Então... então Black era partidário de Você-Sabe-Quem? — repetiu Harry como se pedisse desculpas.

— Éé — confirmou Lalau, ainda esfregando o peito. — Éé, isso aí. Dizem que era muito chegado ao Você-Sabe-Quem... Em todo o caso, quando o pequeno Harry Potter levou a melhor sobre Você-Sabe-Quem...

Harry, nervoso, achatou a franja na testa outra vez.

— ... todos os partidários de Você-Sabe-Quem foram caçados, não foi assim, Ernesto? A maioria deles sacou que estava tudo acabado, Você-Sabe-Quem tinha desaparecido e o pessoal ficou na moita. Mas o Sirius Black, não. Ouvi dizer que ele achou que ia ser o vice quando Você-Sabe-Quem assumisse o poder. Em todo o caso, eles cercaram Black no meio de uma rua cheia de trouxas e o cara puxou a varinha e explodiu metade da rua, atingiu um bruxo e mais uma dúzia de trouxas que estavam no caminho. Uma coisa horrorosa! E sabe o que foi que o Black fez depois? – Lalau continuou num sussurro teatral.

— Quê? – perguntou Harry.

— *Deu uma gargalhada*. Ficou ali parado dando gargalhadas. E quando chegaram os reforços do Ministério da Magia, ele acompanhou os caras sem a menor reação, rindo de se acabar. Porque ele é maluco, não é, Ernesto? Ele não é maluco?

— Se ele ainda não era quando foi para Azkaban, agora é – comentou Ernesto com sua voz arrastada. – Eu preferia estourar os miolos a pisar naquele lugar. Mas acho que é bem feito... depois do que ele aprontou...

— Tiveram uma trabalheira para abafar o caso, não foi, Ernesto? – disse Lalau. – Ele mandou a rua antiga para o espaço e matou todos aqueles trouxas. Que foi mesmo que falaram que tinha acontecido, Ernesto?

— Explosão de gás – resmungou Ernesto.

— E agora ele anda solto por aí – continuou Lalau, examinando mais uma vez a cara encovada de Black na foto do jornal. – Ninguém nunca fugiu de Azkaban antes, não é mesmo, Ernesto? Não sei como foi que ele fez isso. É de apavorar, hein? E olha só, não acho que ele tivesse muita chance contra aqueles guardas de Azkaban, hein, Ernesto?

Ernesto sentiu um arrepio repentino.

— Vamos mudar de assunto, Lalau. Esses guardas de Azkaban me dão até dor de barriga.

Lalau largou o jornal com relutância e Harry se encostou na janela do Nôitibus, sentindo-se pior que nunca. Não podia deixar de imaginar o que Lalau iria contar aos passageiros nas próximas noites... "Você soube o que aconteceu com aquele Harry Potter? Mandou a tia pelos ares! Ele viajou aqui no Nôitibus com a gente, não foi mesmo, Ernesto? Estava tentando se mandar..."

Ele, Harry Potter, tinha infringido as leis dos bruxos igualzinho ao Sirius Black. Fazer tia Guida virar balão seria suficiente para ir parar em Azkaban? Harry não sabia nada sobre a prisão dos bruxos, embora todo mundo que ele já ouvira falar daquele lugar o fizesse no mesmo tom de medo. Hagrid, o guarda-caça de Hogwarts, passara dois meses lá ainda no ano passado. Harry jamais esqueceria a expressão de terror no rosto do amigo quando lhe disseram aonde ia, e Hagrid era uma das pessoas mais corajosas que Harry conhecia.

O Nôitibus corria pela escuridão, espalhando para todo o lado moitas de plantas, latas de lixo, cabines telefônicas e árvores, e Harry continuava deitado, inquieto e infeliz, em sua cama de penas. Passado algum tempo, Lalau se lembrou de que Harry pagara pelo chocolate quente, mas derramou-o no travesseiro do garoto quando o ônibus passou bruscamente de Anglesea para Aberdeen. Um a um, bruxos e bruxas de roupa de dormir e chinelos desceram dos andares superiores e desembarcaram do ônibus. Todos pareciam satisfeitos de descer.

Finalmente, Harry foi o único passageiro que restou.

— Muito bem, então, Neville — disse Lalau, batendo palmas —, em que lugar de Londres você vai ficar?

— No Beco Diagonal — respondeu Harry.

— É pra já. Segura firme aí...

BANGUE.

E na mesma hora o Nôitibus estava correndo pela rua Charing Cross como uma trovoada. Harry se sentou e ficou observando os edifícios e bancos se espremerem para sair do caminho do veículo. O céu estava um pouquinho mais claro. Ele tentaria passar despercebido por umas duas horas, iria ao Gringotes no instante em que o banco abrisse, depois iria embora — para onde, ele não sabia muito bem.

Ernesto fincou o pé no freio e o Nôitibus parou derrapando diante de um bar pequeno e de aparência malcuidada, o Caldeirão Furado, nos fundos do qual havia a porta mágica para o Beco Diagonal.

— Obrigado — disse Harry a Ernesto.

Ele desceu os degraus com um pulo e ajudou Lalau a descer o malão e a gaiola de Edwiges para a calçada.

— Bem — disse Harry. — Então, tchau!

Mas Lalau não estava prestando atenção. Ainda parado à porta do ônibus, arregalava os olhos para a entrada sombria do Caldeirão Furado.

— Ah, *aí* está você, Harry — exclamou uma voz.

Antes que Harry pudesse se virar, sentiu uma mão segurá-lo pelo ombro. Ao mesmo tempo, Lalau gritou:

— Caramba! Ernesto, corre aqui! Corre *aqui*!

Harry ergueu a cabeça para o dono da mão em seu ombro e teve a sensação de que um balde de gelo estava virando dentro do seu estômago — desembarcara diante de Cornélio Fudge, o Ministro da Magia em pessoa.

Lalau saltou para a calçada, ao lado deles.

— Que nome foi que o senhor chamou Neville, ministro? — perguntou ele, animado.

Fudge, um homenzinho gorducho, vestindo uma longa capa de risca de giz, parecia enregelado e exausto.

— Neville? — repetiu ele, franzindo a testa. — Este é Harry Potter.

— Eu sabia! — gritou Lalau radiante. — Ernesto! Ernesto! É o Harry Potter! Estou olhando para a cicatriz dele!

— Bem — disse Fudge, irritado —, muito bem, fico satisfeito que o Nôitibus tenha apanhado o Harry, mas ele e eu precisamos entrar no Caldeirão Furado agora...

Fudge aumentou a pressão no ombro de Harry, e o menino sentiu que estava sendo conduzido para o interior do bar. Um vulto curvo segurando uma lanterna apareceu à porta atrás do balcão. Era Tom, o dono encarquilhado e sem dentes do bar-hospedaria.

— O senhor o encontrou, ministro! — exclamou Tom. — Quer alguma coisa para beber? Cerveja? Conhaque?

— Talvez um bule de chá — disse Fudge, que continuava segurando Harry.

Ouviram-se passos que arranhavam o chão e gente ofegante atrás deles, e Lalau e Ernesto apareceram, carregando o malão de Harry e a gaiola de Edwiges, olhando para os lados, animados.

— Por que é que você não nos disse quem era, hein, Neville? — disse Lalau sorrindo, radiante, para Harry, enquanto o cara de coruja do Ernesto espiava muito interessado por cima do ombro do ajudante.

— E uma sala *reservada*, por favor, Tom — pediu Fudge enfaticamente.

— Tchau — disse Harry, infeliz, a Lalau e Ernesto, enquanto Tom encaminhava Fudge, com um gesto, para um corredor que se abria atrás do bar.

— Tchau, Neville! — disse Lalau se retirando.

Fudge conduziu Harry por um corredor estreito, acompanhando a lanterna de Tom, até uma saleta. Tom estalou os dedos, um fogo se materializou na lareira, e, fazendo uma reverência, ele se retirou do aposento.

— Sente-se, Harry — começou Fudge, indicando a poltrona junto à lareira.

Harry obedeceu, sentindo arrepios percorrerem seus braços apesar da lareira acesa. Fudge despiu a capa de risca de giz, atirou-a a um lado, depois suspendeu as calças do seu terno verde-garrafa e se sentou em frente a Harry.

— Eu sou Cornélio Fudge, Harry. Ministro da Magia.

Harry já sabia disso, é claro; vira Fudge antes, mas como estava usando a Capa da Invisibilidade do pai na ocasião, Fudge não devia saber disso.

Tom, o dono do bar-hospedaria reapareceu, com um avental por cima do camisão de dormir, trazendo uma bandeja com chá e pãezinhos de minuto. Pousou a bandeja entre Fudge e Harry e saiu, fechando a porta ao passar.

— Muito bem, Harry — disse Fudge, servindo o chá —, não me importo de confessar que você nos deixou preocupadíssimos. Fugir da casa dos seus tios desse jeito! Eu já tinha até começado a pensar... mas você está são e salvo, e isto é o que importa.

Fudge passou manteiga em um pãozinho e empurrou o prato para Harry.

— Coma, Harry, sua cara é de quem não está se aguentando em pé. Agora... Você vai ficar satisfeito em saber que cuidamos do infeliz acidente com a Srta. Guida Dursley. Dois funcionários do Departamento de Reversão de Feitiços Acidentais foram mandados à rua dos Alfeneiros há algumas horas. A Srta. Dursley foi esvaziada e sua memória alterada. Ela não lembra mais nada do acidente. E isto é tudo, não houve danos.

Fudge sorriu para Harry por cima da borda da xícara de chá, como faria um tio examinando um sobrinho querido. Harry, que não conseguia acreditar no que estava ouvindo, abriu a boca para falar, não conseguiu pensar em nada para dizer, e tornou a fechá-la.

— Ah, você está preocupado com a reação dos seus tios? Bom, não vou negar que eles estão muitíssimo aborrecidos, Harry, mas se dispuseram a recebê-lo de volta no próximo verão, desde que você passe em Hogwarts as férias do Natal e da Páscoa.

A língua de Harry se soltou.

— Eu *sempre* passo em Hogwarts as férias do Natal e da Páscoa, e não quero nunca mais voltar à rua dos Alfeneiros.

— Vamos, vamos, tenho certeza de que você vai pensar diferente depois que se acalmar — disse Fudge em tom preocupado. — Afinal, eles são sua família, e tenho certeza de que... *bem lá no fundo,* vocês se querem bem.

Não ocorreu a Harry corrigir Fudge. Continuava esperando ouvir o que ia lhe acontecer em seguida.

— Então agora só falta — disse Fudge, passando manteiga em um segundo pãozinho — decidir onde é que você vai passar as duas últimas semanas de férias. Sugiro que alugue um quarto aqui no Caldeirão Furado e...

— Espera aí — falou Harry sem pensar. — E o meu castigo?

Fudge piscou os olhos.

— Castigo?

— Eu desobedeci à lei! — disse Harry. — O decreto que proíbe o uso da magia aos menores!

— Ah, meu caro menino, nós não vamos castigá-lo por uma coisinha à toa como essa! — exclamou Fudge, agitando o pãozinho com impaciência. — Foi um acidente! Nós não mandamos ninguém para Azkaban por fazer a tia virar um balão!

Mas isto não batia com os contatos que Harry tivera anteriormente com o Ministério da Magia.

— No ano passado, recebi uma notificação oficial só porque um elfo doméstico largou um pudim no chão da casa do meu tio! — disse ele a Fudge, franzindo a testa. — O Ministério da Magia disse que eu seria expulso de Hogwarts se acontecesse mais um caso de magia por lá!

A não ser que os olhos de Harry o enganassem, Fudge de repente parecia pouco à vontade.

— As circunstâncias mudam, Harry... Temos que levar em consideração... no clima atual... Com certeza você não quer ser expulso?

— Claro que não — disse Harry.

— Bom, então, por que toda essa agitação? — riu-se Fudge. — Agora coma mais um pãozinho, enquanto vou ver se Tom tem um quarto para você.

Fudge saiu da saleta e Harry ficou observando-o se retirar. Havia alguma coisa muito estranha acontecendo ali. Por que Fudge viera esperá-lo no Caldeirão Furado, se não ia castigá-lo pelo que fizera? E agora, pensando bem, com certeza não era normal um Ministro da Magia se envolver *pessoalmente* com casos de magia praticada por menores!

Fudge voltou acompanhado de Tom, o dono do bar-hospedaria.

— O quarto onze está livre, Harry — anunciou Fudge. — Acho que você vai ficar muito bem instalado nele. Mas tem uma coisa, e estou certo de que vai compreender... Não quero você passeando pela Londres dos trouxas, certo? Fique no Beco Diagonal. E tem que voltar todos os dias antes do escurecer. Tenho certeza de que vai compreender. Tom vai ficar de olho em você por mim.

— Tudo bem — disse Harry lentamente —, mas por quê...?

— Não queremos perdê-lo outra vez, não é mesmo? — disse Fudge com uma risada calorosa. — Não, não... é melhor sabermos onde é que você anda... quero dizer...

Fudge pigarreou alto e apanhou a capa de risca de giz.

— Bom, vou andando, muito que fazer, sabe...

— Já teve alguma sorte com o Black? — perguntou Harry.

Os dedos de Fudge escorregaram no fecho de prata da capa.

— Que foi que disse? Ah, você ouviu falar... bem, não, ainda não, mas é só uma questão de tempo. Os guardas de Azkaban até hoje não falharam... e nunca os vi tão furiosos.

Fudge estremeceu ligeiramente.

— Então, vou dizendo até logo.

Ele estendeu a mão, e Harry, ao apertá-la, teve uma ideia repentina.

— Ah... ministro? Posso perguntar uma coisa?

— Com toda certeza — disse Fudge com um sorriso.

— Bom, em Hogwarts os alunos do terceiro ano podem visitar Hogsmeade, mas os meus tios não assinaram o formulário de autorização. O senhor acha que poderia?

Fudge pareceu constrangido.

— Ah — respondeu. — Não, não, sinto muito, Harry, mas não sou seu pai nem seu guardião...

— Mas o senhor é o Ministro da Magia — disse Harry, ansioso. — Se o senhor me desse autorização...

— Não, sinto muito, Harry, mas regras são regras — disse Fudge sem entusiasmo. — Talvez você possa visitar Hogsmeade no ano que vem. De fato, acho melhor você nem ir... é... bem, vou andando. Aproveite a sua estada aqui, Harry.

E com um último sorriso e um aperto de mão, Fudge deixou a saleta. Tom, então, adiantou-se sorridente para Harry.

— Se o senhor quiser me acompanhar, Sr. Potter. Já levei suas coisas para cima...

Harry o seguiu por uma bela escada de madeira até uma porta com uma placa de latão de número onze, que Tom destrancou e abriu para ele.

Dentro havia uma cama muito confortável, uma mobília de carvalho muito lustroso, uma lareira em que o fogo crepitava alegremente e, encarrapitada no alto do armário...

— Edwiges! — exclamou Harry.

A coruja muito branca deu estalinhos com o bico e voou para o braço de Harry.

— Coruja muito inteligente a sua — disse Tom rindo. — Chegou uns cinco minutos depois do senhor. Se precisar de alguma coisa, Sr. Potter, por favor, é só pedir.

Ele fez outra reverência e saiu.

Harry ficou sentado na cama durante muito tempo, acariciando, distraído, as penas de Edwiges. O céu visto pela janela foi mudando rapidamente de um azul-escuro e aveludado para um cinzento metálico e frio, depois, lentamente, para um rosa salpicado de ouro. Harry mal conseguia acreditar que abandonara a rua dos Alfeneiros havia apenas algumas horas, que não fora expulso e que, agora, tinha diante de si duas semanas inteiras sem os Dursley.

— Foi uma noite muito estranha, Edwiges — bocejou ele.

E sem nem ao menos tirar os óculos, ele se largou em cima do travesseiro e adormeceu.

4

O CALDEIRÃO FURADO

Harry levou vários dias para se acostumar àquela estranha liberdade nova. Nunca antes ele pudera se levantar quando quisesse nem comer o que lhe desse vontade. Podia até ir aonde desejasse, desde que não saísse do Beco Diagonal, e como essa longa rua de pedras era repleta das lojas de magia mais fascinantes do mundo, Harry não sentia desejo algum de romper a palavra dada a Fudge e voltar ao mundo dos trouxas.

Todas as manhãs ele tomava o café no Caldeirão Furado, onde gostava de observar os outros hóspedes: bruxas do interior, franzinas e engraçadas, que vinham passar o dia fazendo compras; bruxos de aspecto venerável discutindo o último artigo do *Transfiguração Hoje*; bruxos de ar amalucado; anões de voz roufenha; e, uma vez, alguém, que tinha a aparência suspeita de uma bruxa malvada, pedira um prato de fígado cru, o rosto semiescondido por uma carapuça de lã.

Depois do café Harry saía para o pátio dos fundos, puxava a varinha, batia no terceiro tijolo a contar da esquerda, acima do latão de lixo, e se afastava enquanto se abria na parede o arco para o Beco Diagonal.

O garoto passou os dias longos e ensolarados explorando as lojas e comendo à sombra dos guarda-sóis de cores vivas à porta dos cafés, em que os seus companheiros de refeição mostravam uns aos outros as compras que tinham feito ("é um lunascópio, meu amigo — é o fim dessa história de mexer com tabelas lunares, me entende?") ou então discutiam o caso de Sirius Black ("pessoalmente, não vou deixar nenhum dos meus filhos sair sozinho até que ele esteja outra vez em Azkaban"). Harry não precisava mais fazer os deveres de casa debaixo das cobertas, à luz de uma lanterna; agora podia se sentar à luz do sol, na calçada da Sorveteria Florean Fortescue, terminar suas redações e até contar com a ajuda ocasional do próprio Florean, que, além de conhecer a fundo as queimas de bruxas em fogueiras, ainda oferecia a Harry, a cada meia hora, *sundaes* de graça.

Depois de ter reabastecido a carteira com galeões de ouro, sicles de prata e nuques de bronze retirados do seu cofre no Gringotes, Harry precisava se controlar muito para não gastar tudo de uma vez. Precisava se lembrar o tempo todo de que ainda lhe faltavam cinco anos de escola e que se sentiria mal em pedir dinheiro aos Dursley para comprar livros de bruxaria, e se segurou para não comprar um belo conjunto de bexigas de ouro maciço (um jogo de bruxos parecido com o de bolas de gude, em que as bolas espirram um líquido fedorento na cara do outro jogador quando ele perde um ponto). Harry se sentiu tentadíssimo, também, por um modelo perfeito de uma galáxia em movimento, dentro de um grande globo de vidro, e que teria significado que ele jamais precisaria assistir a uma aula de astronomia na vida. Mas a coisa que mais testou a força de vontade de Harry apareceu em sua loja preferida, a Artigos de Qualidade para Quadribol, uma semana depois do menino ter chegado ao Caldeirão Furado.

Curioso para saber a razão do ajuntamento diante da loja, Harry foi entrando com jeitinho e se espremendo entre as bruxas e os bruxos até conseguir ver um tablado recentemente erguido, em que haviam montado a vassoura mais deslumbrante que ele já vira na vida.

— Acabou de ser lançada... um protótipo — comentava um bruxo de queixo quadrado para o companheiro.

— É a vassoura mais rápida do mundo, não é, papai? — perguntou a vozinha aguda de um menino mais novo do que Harry, que se pendurava no braço do pai.

— O time internacional da Irlanda acabou de mandar um pedido para sete desses vassourões! — informou o proprietário da loja aos presentes. — E o time é o favorito para a Copa Mundial!

Uma bruxa corpulenta, na frente de Harry, se mexeu e o menino pôde ler o cartaz ao lado da vassoura:

FIREBOLT

Fabricada com tecnologia de ponta, a Firebolt possui um cabo de freixo, superfino e aerodinâmico, acabamento com resistência de diamante e número de registro entalhado na madeira. As cerdas da cauda, em lascas de bétula selecionadas à mão, foram afiladas até atingirem a perfeição aerodinâmica, dotando a Firebolt de equilíbrio insuperável e precisão absoluta. A Firebolt atinge 240km/h em dez segundos e possui um freio encantado de irrefreável ação. Cotação a pedido.

Cotação a pedido... Harry nem queria pensar quanto ouro a Firebolt custaria. Jamais desejara tanto alguma coisa em toda a sua vida – mas jamais perdera uma partida de quadribol com a sua Nimbus 2000, e qual era a vantagem de esvaziar seu cofre no Gringotes para comprar uma Firebolt, quando já possuía uma excelente vassoura? Harry não pediu a cotação, mas voltou, quase todos os dias depois disso, só para admirar a Firebolt.

Havia, no entanto, coisas que Harry precisava comprar. Ele foi à Botica para reabastecer seu estoque de ingredientes para poções e, como agora suas vestes escolares estavam vários centímetros mais curtas nos braços e nas pernas, ele visitou a Madame Malkin – Roupas para Todas as Ocasiões e comprou novos uniformes. E, o mais importante, tinha que comprar os novos livros para o ano letivo, que incluiriam duas novas matérias: Trato das Criaturas Mágicas e Adivinhação.

Harry teve uma surpresa quando parou para olhar a vitrine da livraria. Em vez da decoração habitual com livros de feitiçaria gravados a ouro, do tamanho de lajotas, havia uma grande gaiola de ferro com uns cem exemplares de O livro monstruoso dos monstros. Páginas arrancadas voavam para todo o lado, enquanto os livros se agrediam e se atracavam em furiosas lutas livres e mordidas agressivas.

Harry puxou a lista de livros do bolso e consultou-a pela primeira vez. O livro monstruoso dos monstros estava arrolado como o livro-texto para a matéria Trato das Criaturas Mágicas. Agora ele compreendia por que Hagrid dissera que o livro futuramente seria útil. Sentiu alívio; andara imaginando se o amigo ia querer ajuda para cuidar de um novo bicho de estimação apavorante.

Quando Harry entrou na Floreios e Borrões, o gerente veio correndo ao seu encontro.

– Hogwarts? – perguntou o homem sem rodeios. – Veio comprar os seus livros?

– Vim. Preciso...

– Saia do caminho – disse o gerente empurrando Harry para o lado com impaciência. Em seguida, puxou um par de luvas muito grossas, apanhou um bengalão nodoso e rumou para a porta da gaiola em que estavam os exemplares de O livro monstruoso dos monstros.

– Espere aí – disse Harry depressa –, já tenho um desses.

– Já? – Uma expressão de imenso alívio espalhou-se pelo rosto do gerente. – Graças a Deus. Já fui mordido cinco vezes esta manhã...

Um barulho alto de papel rasgado cortou o ar; dois livros monstruosos tinham agarrado um terceiro e começavam a destruí-lo.

— Parem com isso! Parem com isso! — exclamou o gerente, enfiando a bengala pelas grades e separando os livros à força. — Nunca mais vou ter essas coisas em estoque, nunca mais! Tem sido uma loucura! Pensei que já tínhamos visto o pior quando compramos duzentos exemplares de *O livro invisível da invisibilidade*, custaram uma fortuna e nunca achamos os livros... Bem... tem mais alguma coisa em que possa lhe servir?

— Tem — disse Harry, consultando a lista de livros —, preciso de *Esclarecendo o futuro*, de Cassandra Vablatsky.

— Ah, vai começar a estudar Adivinhação? — perguntou o gerente descalçando as luvas e conduzindo Harry ao fundo da loja, onde havia um canto reservado para esse assunto. Em uma mesinha estavam empilhados livros como *Prevendo o imprevisível: proteja-se contra choques* e *Bolas rachadas: quando a sorte se transforma em azar*.

"Aqui está", disse o gerente, que subira em um escadote para apanhar um livro grosso, encadernado de preto. "*Esclarecendo o futuro*. Um bom guia para todos os métodos básicos de adivinhação do futuro, quiromancia, bolas de cristal, tripas de aves..."

Mas Harry não estava escutando. Seu olhar havia pousado em outro livro, que fazia parte de um arranjo em outra mesinha: *Presságios de morte: o que fazer quando se sabe que vai acontecer o pior*.

— Ah, eu não leria isso se fosse você — disse o gerente de passagem, procurando ver o que Harry estava olhando. — Você vai começar a ver presságios de morte por todo lado. Só isso já é suficiente para matar a pessoa de medo.

Mas Harry continuou a encarar a capa do livro; tinha um cão preto do tamanho de um urso, com olhos brilhantes. Que lhe parecia estranhamente familiar...

O gerente pôs nas mãos de Harry o livro *Esclarecendo o futuro*.

— Mais alguma coisa? — perguntou.

— Sim — respondeu Harry, desviando o olhar dos olhos do cão e consultando, meio atordoado, a lista. — Ah... preciso de *Transfiguração para o Curso Médio* e de *O livro padrão de feitiços, 3ª série*.

Harry saiu da Floreios e Borrões dez minutos depois, com os livros debaixo do braço, e tomou o rumo do Caldeirão Furado, sem reparar aonde ia, esbarrando em várias pessoas.

Subiu as escadas fazendo barulho, entrou em seu quarto e despejou os livros em cima da cama. Alguém estivera ali limpando o quarto; as janelas abertas deixavam entrar o sol. Harry ouviu os ônibus passarem lá embaixo, na rua dos trouxas que ele não via, e o som dos transeuntes invisíveis no Beco Diagonal. Viu de relance o seu reflexo no espelho acima da pia.

— Não pode ter sido um presságio de morte — disse à sua imagem em tom de desafio. — Eu estava entrando em pânico quando vi aquela coisa na rua Magnólia... Provavelmente era apenas um cão sem dono...

Ele ergueu a mão automaticamente e tentou achatar os cabelos.

— Você está empenhado em uma batalha perdida, meu querido — disse sua imagem com a voz rouca.

À medida que os dias se passavam, Harry começou a procurar por todo lugar aonde ia um sinal de Rony ou de Hermione. Muitos alunos de Hogwarts vinham ao Beco Diagonal agora, com a proximidade do ano letivo. Harry encontrou Simas Finnigan e Dino Thomas, companheiros da Grifinória, na Artigos de Qualidade para Quadribol, onde eles também haviam parado para namorar a Firebolt; encontrou também o verdadeiro Neville Longbottom, um menino de rosto redondo e muito desmemoriado, à porta da Floreios e Borrões. Harry não parou para conversar; Neville parecia ter extraviado a lista de livros e estava levando um carão da avó, uma senhora de aparência colossal. Harry desejou que a senhora jamais descobrisse que ele fingira ser Neville quando estava fugindo do Ministério da Magia.

Harry acordou no último dia de férias, com o pensamento de que finalmente iria se encontrar com Rony e Hermione no dia seguinte, no Expresso de Hogwarts. Levantou-se, se vestiu e saiu para dar uma última espiada na Firebolt, e estava pensando onde iria almoçar, quando alguém gritou seu nome e ele se virou.

— Harry! HARRY!

E ali estavam eles, os dois, sentados na calçada da Sorveteria Florean Fortescue — Rony parecendo incrivelmente sardento, Hermione muito bronzeada, os dois acenando para ele freneticamente.

— Finalmente! — exclamou Rony, rindo-se enquanto o amigo se sentava. — Fomos ao Caldeirão Furado, mas disseram que você tinha saído, fomos à Floreios e Borrões, à Madame Malkin e...

— Comprei todo o meu material escolar na semana passada — explicou Harry. — E como é que vocês sabiam que eu estava hospedado no Caldeirão Furado?

— Papai — disse Rony com simplicidade.

O Sr. Weasley, que trabalhava no Ministério da Magia, é claro que soubera da história toda que acontecera com a tia Guida.

— É *verdade* que você transformou a sua tia em um balão? — perguntou Hermione num tom muito sério.

— Eu não tive intenção — respondeu Harry, enquanto Rony rolava de rir. — Simplesmente... perdi o controle.

— Não tem a menor graça, Rony — disse Hermione rispidamente. — Francamente, fico admirada que Harry não tenha sido expulso.

— Eu também — admitiu Harry. — E nem expulso, pensei que ia ser preso. — E olhou para Rony. — Seu pai não sabe por que Fudge não me castigou, sabe?

— Provavelmente porque era você, não é? — Rony sacudiu os ombros ainda rindo. — O famoso Harry Potter e tudo o mais. Eu nem gostaria de ver o que o Ministério faria *comigo* se eu transformasse minha tia em balão. Mas não se esqueça, eles teriam que me desenterrar primeiro, porque mamãe já teria me matado antes. Em todo o caso, pode perguntar ao papai hoje à noite. Estamos hospedados no Caldeirão Furado, também! Assim você pode ir para a estação de King's Cross conosco amanhã! Hermione também está lá!

A garota confirmou com a cabeça, radiante.

— Mamãe e papai me deixaram lá hoje de manhã com todas as minhas coisas de Hogwarts.

— Fantástico! — exclamou Harry feliz. — Então você já comprou os livros e todo o resto?

— Olhe só para isso — disse Rony, tirando uma caixa comprida e fina de uma sacola e abrindo-a. — Uma varinha nova em folha. Trinta e cinco centímetros e meio, salgueiro, contendo um fio de cauda de unicórnio. E compramos todos os nossos livros... — Ele apontou para uma grande saca embaixo da cadeira. — E aqueles livros monstruosos, hein? O balconista quase chorou quando dissemos que queríamos dois.

— E isso tudo o que é, Mione? — perguntou Harry, apontando não para uma, mas para três sacas estufadas na cadeira junto à amiga.

— Bem, é que vou fazer mais matérias novas do que vocês, não é? Comprei os livros de Aritmancia, de Trato das Criaturas Mágicas, de Adivinhação, de Estudo das Runas Antigas, de Estudo dos Trouxas...

— Para que é que você vai fazer Estudo dos Trouxas? — perguntou Rony, revirando os olhos para Harry. — Você nasceu trouxa! Sua mãe e seu pai são trouxas! Você já sabe tudo sobre trouxas!

— Mas vai ser fascinante estudar os trouxas do ponto de vista dos bruxos — disse Hermione muito séria.

— Você está planejando comer ou dormir este ano, Mione? — perguntou Harry, enquanto Rony dava risadinhas abafadas. A garota não ligou para os dois.

— Ainda tenho dez galeões — disse ela examinando a bolsa. — É meu aniversário em setembro, e mamãe e papai me deram um dinheiro para eu comprar um presente de aniversário antecipado.

— Que tal um bom livro? — perguntou Rony inocentemente.

— Não, acho que não — disse Hermione controlando-se. — O que eu quero mesmo é uma coruja. Quero dizer, Harry tem a Edwiges e você tem o Errol...

— Não tenho, não — respondeu Rony. — Errol é uma coruja de família. Meu mesmo só tenho o Perebas. — E tirou o rato de estimação do bolso. — Quero mandar examinar ele — acrescentou, pousando Perebas na mesa a que estavam sentados. — Acho que o Egito não fez bem a ele.

Perebas estava mais magro do que de costume, e seus bigodes pareciam decididamente caídos.

— Tem uma loja para criaturas mágicas ali — disse Harry, que agora conhecia o Beco Diagonal como a palma da mão. — Você podia ver se eles têm algum produto para o Perebas, e Mione podia comprar a coruja.

Assim dizendo, eles pagaram os sorvetes e atravessaram a rua para ir a Animais Mágicos.

Não havia muito espaço dentro da loja. Cada centímetro das paredes estava escondido por gaiolas. Era malcheirosa e barulhenta porque os ocupantes das gaiolas guinchavam, gritavam, palravam, sibilavam. A bruxa ao balcão estava ocupada ensinando a um bruxo como cuidar de um tritão com dois rabos, por isso Harry, Rony e Hermione aguardaram, examinando as gaiolas.

Havia dois enormes sapos roxos que engoliam, com um ruído aquoso, um banquete de moscas-varejeiras mortas. Uma tartaruga gigante, o casco incrustado de pedras preciosas, cintilava junto à janela. Lesmas venenosas, cor de laranja, subiam lentamente pela parede do seu aquário, e um coelho branco e gordo não parava de se transformar em cartola de cetim e novamente em coelho, com um grande estalo. Havia ainda gatos de todas as cores, uma gaiola barulhenta de corvos, uma cesta de engraçadas bolas de pelo creme que zuniam alto, e, em cima do balcão, um gaiolão de ratos pretos e luzidios que brincavam de dar saltos se apoiando nos longos rabos lisos.

O bruxo do tritão de dois rabos saiu e Rony se aproximou do balcão.

— É o meu rato — disse à bruxa. — Ele tem andado meio indisposto desde que voltamos do Egito.

— Põe ele aqui no balcão — pediu a bruxa, tirando do bolso um par de pesados óculos de armação preta.

Rony catou Perebas do bolso interno e depositou-o ao lado da gaiola dos seus companheiros de espécie, que pararam os saltitos e correram para as grades para ver melhor.

Como todo o resto que Rony possuía, Perebas, o rato, era de segunda mão (pertencera ao irmão de Rony, Percy) e era um pouco maltratado. Ao lado dos reluzentes ratos na gaiola, ele parecia particularmente lastimável.

— Hum — fez a bruxa, levantando Perebas. — Que idade tem esse rato?

— Não sei — respondeu Rony. — Ele é bem velho. Foi do meu irmão.

— Que poderes ele tem? — perguntou a bruxa, examinando Perebas atentamente.

— Ah... — A verdade é que Perebas jamais revelara o menor vestígio de poderes interessantes. O olhar da bruxa se deslocou da orelha esquerda e esfiapada de Perebas para a pata dianteira, que tinha um dedinho a menos, e deu um muxoxo alto.

— Este aqui já sofreu muito na vida — disse ela.

— Já estava assim quando Percy me deu — respondeu Rony, se defendendo.

— Não se pode esperar que um rato comum ou rato de jardim como esse viva mais do que uns três anos — disse a bruxa. — Agora se o senhor estiver procurando alguma coisa mais resistente, talvez goste de um desses...

Ela indicou os ratos pretos, que imediatamente recomeçaram a saltar. Rony resmungou:

— Exibidos.

— Bem, se o senhor não quiser outro, pode experimentar um tônico para ratos — disse a bruxa, levando a mão embaixo do balcão e apanhando um frasquinho vermelho.

— Está bem. Quanto... UI!

Rony se encolheu quando uma coisa enorme e laranja saiu voando do teto da gaiola mais alta e aterrissou na cabeça dele, e em seguida avançou e bufou com violência para Perebas.

— NÃO BICHENTO, NÃO! — gritou a bruxa, mas Perebas escapuliu entre as suas mãos como uma barra de sabão molhado, aterrissou de pernas abertas no chão e disparou para a porta.

— Perebas! — berrou Rony, correndo atrás do rato; Harry seguiu-o.

Os dois levaram quase dez minutos para recuperar Perebas, que se refugiara embaixo de um latão de lixo à porta da Artigos de Qualidade para Quadribol. Rony tornou a enfiar o rato trêmulo no bolso e se endireitou, massageando os cabelos.

— Que foi aquilo?
— Ou um gato muito grande ou um tigre muito pequeno — disse Harry.
— Aonde foi a Mione?
— Provavelmente comprando a coruja.

Eles refizeram o caminho pela rua apinhada de gente até a Animais Mágicos. Quando iam chegando, viram Hermione sair, mas ela não trazia coruja alguma. Seus braços envolviam com firmeza um enorme gato laranja.

— Você comprou aquele monstro? — perguntou Rony, boquiaberto.
— Ele é lindo, não é? — disse Hermione radiante.

Era uma questão de opinião, pensou Harry. A pelagem do gato era espessa e fofa, mas ele decididamente tinha pernas arqueadas e uma cara de poucos amigos, estranhamente amassada, como se tivesse batido de frente numa parede de tijolos. Agora que Perebas não estava à vista, porém, o gato ronronava satisfeito nos braços de Hermione.

— Mione, essa coisa quase me escalpelou! — reclamou Rony.
— Foi sem querer, não foi, Bichento? — perguntou Hermione.
— E o que vai ser do Perebas? — disse o menino apontando para o calombo no bolso do peito. — Ele precisa de descanso e sossego! Como é que vai ter isso com esse bicho por perto?
— Isto me lembra que você esqueceu o seu tônico para ratos — disse Hermione, batendo o frasco vermelho na mão de Rony. — E pare de se preocupar, Bichento vai dormir no meu dormitório e Perebas no seu, qual é o problema? Coitado do Bichento, a bruxa disse que ele está na loja há séculos; ninguém quis o gato.
— Por que será? — perguntou Rony com sarcasmo, a caminho do Caldeirão Furado.

Encontraram o Sr. Weasley sentado no bar, lendo o *Profeta Diário*.
— Harry! — exclamou ele, erguendo a cabeça e sorrindo. — Como vai?
— Bem, obrigado — respondeu o garoto enquanto ele, Rony e Hermione se reuniam ao Sr. Weasley com todas as compras que tinham feito.

O Sr. Weasley pôs o jornal de lado e Harry viu a foto de Sirius Black, agora muito sua conhecida, encarando-o.

— Então eles ainda não pegaram o homem? — perguntou.
— Não — respondeu o Sr. Weasley, parecendo muito sério. — O Ministério nos tirou do nosso trabalho normal para tentar encontrá-lo, mas até agora não tivemos sorte.
— Nós receberíamos uma recompensa se o apanhássemos? — perguntou Rony. — Seria bom ganhar mais um dinheirinho...

— Não seja ridículo, Rony — disse o Sr. Weasley, que a um olhar mais atento parecia muito tenso. — Black não vai ser apanhado por um bruxo de treze anos. Os guardas de Azkaban é que vão levá-lo de volta, escreva o que digo.

Naquele momento a Sra. Weasley entrou no bar, carregada de sacas e acompanhada pelos gêmeos, Fred e Jorge, que iam começar o quinto ano em Hogwarts; Percy, o recém-eleito monitor-chefe; e Gina, a caçula e única menina da família.

Gina, que sempre teve um xodó por Harry, pareceu ainda mais constrangida do que de costume, talvez porque o menino lhe salvara a vida no ano anterior, em Hogwarts. Ela ficou muito corada e murmurou um "olá", sem olhar para Harry. Percy, porém, estendeu a mão solenemente como se ele e o colega jamais tivessem se encontrado e disse:

— Harry. Que prazer em vê-lo.

— Olá, Percy — respondeu Harry, tentando conter o riso.

— Você está bem, espero? — continuou Percy pomposo, durante o aperto de mãos. Parecia até que estava sendo apresentado ao prefeito.

— Muito bem, obrigado...

— Harry! — exclamou Fred, empurrando Percy com os cotovelos e fazendo uma grande reverência. — É simplesmente *esplêndido* encontrá-lo, meu caro...

— Maravilhoso — disse Jorge, empurrando Fred para o lado e, por sua vez, apertando a mão de Harry. — Absolutamente maravilhoso.

— Agora chega — interrompeu-os a Sra. Weasley.

— Mãe! — exclamou Fred como se tivesse acabado de avistá-la, apertando-lhe a mão também: — É realmente formidável encontrá-la...

— Eu já disse que chega — disse a Sra. Weasley, descansando as compras em uma cadeira vazia. — Olá, Harry, querido. Suponho que tenha sabido das nossas eletrizantes novidades? — Ela apontou para o distintivo de prata novinho em folha no peito de Percy. — É o segundo monitor-chefe na família! — exclamou, inchada de orgulho.

— E o último — resmungou Fred para si mesmo.

— Não duvido nada — disse a Sra. Weasley, franzindo a testa de repente. — Estou reparando que até hoje vocês dois não foram promovidos a monitores.

— E para que é que nós queremos ser monitores? — perguntou Jorge, parecendo se indignar até com a própria ideia. — Isso tiraria toda a graça da vida.

Gina abafou o riso.

— Vocês deviam dar um exemplo melhor para sua irmã! — ralhou a Sra. Weasley.

— Gina tem outros irmãos para lhe dar exemplo, mãe — disse Percy com altivez. — Vou mudar de roupa para o jantar...

Ele desapareceu e Jorge deixou escapar um suspiro.

— Bem que a gente tentou trancar ele numa pirâmide — disse a Harry. — Mas a mamãe flagrou a gente no ato.

O jantar àquela noite foi muito agradável. Tom, o dono do bar-hospedaria, juntou três mesas na sala, e os sete Weasley, Harry e Hermione traçaram cinco pratos maravilhosos.

— Como vamos para a estação de King's Cross amanhã, papai? — perguntou Fred quando enfiavam a colher em um suntuoso pudim de chocolate.

— O Ministério vai mandar dois carros — disse o Sr. Weasley.

Todos ergueram os olhos para ele.

— Por quê? — perguntou Percy, curioso.

— Por sua causa, Percy — disse Jorge, sério. — E vão botar bandeirinhas em cima dos capôs, com as letras TC...

— ... significando Tremendo Chefão — completou Fred.

Todos, à exceção de Percy e da Sra. Weasley, deram risadinhas baixando o rosto para os pudins.

— Por que é que o Ministério vai mandar carros, pai? — Percy repetiu a pergunta, num tom muito digno.

— Bem, como não temos mais nenhum — disse o Sr. Weasley —, e como trabalho lá, eles vão me fazer esse favor...

Sua voz era displicente, mas Harry não pôde deixar de notar que as orelhas do Sr. Weasley tinham ficado vermelhas, iguais às de Rony quando o pressionavam.

— E ainda bem — disse a Sra. Weasley, animada. — Vocês fazem ideia de quanta bagagem têm juntos? Que bela figura vocês fariam no metrô dos trouxas... Todo mundo já está de malão pronto ou não?

— Rony ainda não guardou todas as coisas novas no malão — disse Percy, com voz de sofredor. — Largou tudo em cima da minha cama.

— É melhor você subir e guardar tudo direito, Rony, porque não vamos ter tempo amanhã cedo — disse a Sra. Weasley alto, para o filho sentado mais longe. Rony amarrou a cara para Percy.

Depois do jantar todos se sentiram satisfeitos e cheios de sono. Um a um foram subindo para os quartos para verificar as coisas para o dia seguinte.

Rony e Percy estavam hospedados no quarto ao lado de Harry. Ele acabara de fechar e trancar seu malão quando ouviu vozes zangadas através da parede, e foi ver o que estava acontecendo.

A porta do quarto doze estava entreaberta e Percy gritava:

— Estava aqui, em cima da mesa de cabeceira, eu o tirei para polir...

— Eu não peguei, está bem? – berrava Rony em resposta.

— Que está acontecendo? – perguntou Harry.

— Meu distintivo de monitor-chefe sumiu – respondeu Percy virando-se irritado para Harry.

— E o tônico para ratos de Perebas também – falou Rony, jogando as coisas para fora do malão para procurá-lo. – Acho que deixei o frasco no bar...

— Você não vai a lugar nenhum até achar o meu distintivo – berrou Percy.

— Eu vou buscar o remédio do Perebas. Já fiz o malão – disse Harry a Rony, e desceu.

Harry estava no corredor a meio caminho do bar, agora mal iluminado, quando ouviu outras duas vozes zangadas que vinham da sala. Um segundo depois, ele as reconheceu como sendo as do Sr. e da Sra. Weasley. Hesitou, sem querer que eles soubessem que os ouvira discutindo, mas a menção do seu nome o fez parar, e, num segundo momento, se aproximar da porta da sala.

— ... não faz sentido não contar a ele – o Sr. Weasley dizia, veemente. – O garoto tem o direito de saber. Tentei dizer isso a Fudge, mas ele insiste em tratar Harry como criança. O menino já tem treze anos e...

— Arthur, a verdade iria aterrorizar Harry! – disse a Sra. Weasley com a voz esganiçada. – Você quer mesmo mandar Harry de volta à escola com essa ameaça pairando sobre a cabeça dele? Pelo amor de Deus, ele está *feliz* sem saber de nada!

— Não quero fazê-lo infeliz, quero deixá-lo de sobreaviso! – retrucou o Sr. Weasley. – Você sabe como são o Harry e o Rony andando por aí sozinhos, já foram parar na Floresta Proibida duas vezes! Mas Harry não pode fazer isto este ano! Quando penso o que poderia ter acontecido a ele na noite em que fugiu de casa! Se o Nôitibus não o tivesse apanhado, aposto que ele estaria morto antes do Ministério encontrá-lo.

— Mas ele *não* está morto, está são e salvo, então qual é o sentido...

— Molly, dizem que Sirius Black é doido, e talvez seja, mas ele foi suficientemente esperto para fugir de Azkaban, e isto é uma coisa que todos supõem que seja impossível. Já faz três semanas e nem sinal dele, e não dou a mínima para o que Fudge vive declarando ao *Profeta Diário*, estamos tão próximos de apanhar Black quanto estamos de inventar uma varinha que funcione sozinha. A única coisa de que temos certeza é que Black está atrás de...

– Mas Harry está perfeitamente seguro em Hogwarts.

– Achávamos que Azkaban era perfeitamente segura. Se Black foi capaz de sair de Azkaban, então é capaz de entrar em Hogwarts.

– Mas ninguém tem realmente certeza de que Black esteja atrás de Harry...

Ouviu-se um baque seco na mesa e Harry não teve dúvida de que o Sr. Weasley tinha dado um soco na mesa.

– Molly, quantas vezes preciso lhe dizer a mesma coisa? A imprensa não noticiou porque Fudge não queria que houvesse escândalo, mas Fudge foi até Azkaban na noite em que Black fugiu. Os guardas lhe disseram que Black andava falando durante o sono havia algum tempo. Sempre as mesmas palavras: "Ele está em Hogwarts... ele está em Hogwarts." Black é desequilibrado, Molly, e quer ver Harry morto. Se você quer saber, ele acha que se matar Harry vai trazer Você-Sabe-Quem de volta ao poder. Black perdeu tudo naquela noite em que Harry deteve Você-Sabe-Quem, e passou doze anos sozinho em Azkaban pensando nisso...

Fez-se silêncio. Harry chegou mais perto da porta, desesperado para ouvir mais.

– Bem, Arthur, você deve fazer o que acha que é certo. Mas está se esquecendo de Alvo Dumbledore. Acho que nada poderá fazer mal a Harry em Hogwarts enquanto Dumbledore for o diretor. Suponho que ele esteja sabendo de tudo isso.

– Claro que sabe. Tivemos que lhe perguntar se se importava que os guardas de Azkaban tomassem posição junto às entradas da escola. Ele não ficou muito satisfeito, mas concordou.

– Não ficou satisfeito? Por que não ficaria satisfeito, se os guardas estão lá para agarrar o Black?

– Dumbledore não gosta dos guardas de Azkaban – disse o Sr. Weasley deprimido. – Nem eu, se você quer saber... mas quando se está lidando com um bruxo como Black, por vezes a gente tem que se aliar com gente que se prefere evitar.

– Se eles salvarem Harry...

– ... então nunca mais direi uma palavra contra eles – disse o Sr. Weasley cansado. – Já está tarde, Molly, é melhor subirmos...

Harry ouviu as cadeiras serem mexidas. O mais silenciosamente que pôde, correu pelo corredor até o bar e desapareceu de vista. A porta da sala se abriu, e alguns segundos depois o ruído de passos lhe informou que o Sr. e a Sra. Weasley estavam subindo as escadas.

O frasco de tônico para ratos estava debaixo da mesa à qual o grupo se sentara mais cedo. Harry esperou até a porta do quarto do Sr. e da Sra. Weasley se fechar, depois tornou a subir levando o vidro.

Encontrou Fred e Jorge agachados nas sombras do patamar, rindo a mais não poder de ouvir Percy desmontar o quarto que ocupava com Rony, à procura do distintivo.

— Está conosco — sussurrou Fred a Harry. — Andamos dando uma melhorada nele.

No distintivo agora se lia Tremendo Chefão.

Harry forçou uma risada, foi entregar a Rony o frasco de tônico para ratos, depois se trancou em seu quarto e foi se deitar.

Então Sirius Black estava atrás dele. Isto explicava tudo. Fudge ter sido indulgente porque ficara aliviadíssimo de encontrá-lo vivo. Fizera Harry prometer não sair do Beco Diagonal onde havia um grande número de bruxos para vigiá-lo. E ia mandar dois carros do Ministério para levá-los à estação no dia seguinte, de modo que os Weasley pudessem cuidar de Harry até ele embarcar no trem.

Harry ficou deitado ouvindo a gritaria abafada no quarto vizinho e imaginando por que não se sentia mais apavorado. Sirius Black matara treze pessoas com uma maldição; o Sr. e a Sra. Weasley obviamente pensavam que Harry entraria em pânico se soubesse da verdade. Mas, por acaso, Harry concordava inteiramente com o Sr. Weasley que o lugar mais seguro da terra era aquele em que Alvo Dumbledore acontecesse estar. As pessoas não diziam sempre que Dumbledore era a única pessoa de quem Lorde Voldemort já tivera medo? Com certeza Black, sendo o braço direito de Voldemort, não teria também igual medo do diretor?

E agora havia os guardas de Azkaban de quem todos não paravam de falar. Eles pareciam deixar as pessoas paralisadas de pavor e, se estavam de prontidão a toda volta da escola, as chances de Black entrar lá pareciam muito remotas.

Não, considerando tudo, a coisa que mais incomodava Harry era o fato de que suas chances de visitar Hogsmeade agora eram zero.

Ninguém iria querer que Harry deixasse a segurança do castelo até Black ser apanhado; aliás, Harry suspeitava que todos os seus movimentos seriam atentamente vigiados até que o perigo passasse.

Olhou zangado para o teto escuro. Será que achavam que ele não sabia se cuidar? Já escapara de Lorde Voldemort três vezes; não era um completo inútil...

Sem que ele quisesse, a imagem do animal nas sombras da rua Magnólia perpassou sua mente. *Que é que se faz quando se sabe que o pior está por vir...*

— Eu não vou ser morto — disse Harry em voz alta.

— É assim que se fala, querido — disse seu espelho, cheio de sono.

5

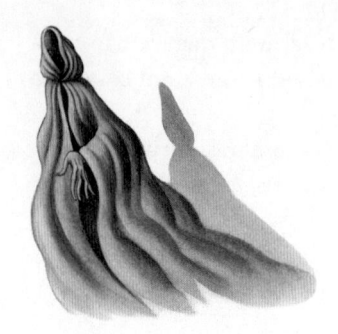

O DEMENTADOR

No dia seguinte, Tom acordou Harry, com o seu habitual sorriso banguela e uma xícara de chá. O garoto se vestiu, e tentava convencer uma maldisposta Edwiges a entrar na gaiola quando Rony irrompeu no quarto, vestindo um suéter pela cabeça e parecendo irritado.

— Quanto mais cedo embarcarmos no trem melhor — disse. — Pelo menos posso fugir do Percy em Hogwarts. Agora ele está me acusando de pingar chá na foto da Penelope Clearwater. Sabe — disse Rony com uma careta —, aquela *namoradinha* dele. Ela escondeu a cara na moldura porque ficou com o nariz todo borrado...

— Tenho uma coisa para lhe dizer — começou Harry, mas foram interrompidos por Fred e Jorge, que meteram a cara no quarto para cumprimentar Rony por ter enfurecido Percy novamente.

Eles desceram para tomar café, e encontraram o Sr. Weasley lendo a primeira página do *Profeta Diário* com a testa franzida e a Sra. Weasley descrevendo para Hermione e Gina a poção do amor que preparara quando era moça. As três não paravam de rir.

— Que é que você ia me dizer? — perguntou Rony a Harry quando se sentaram.

— Depois — murmurou Harry na hora em que Percy irrompeu pela sala.

Harry não teve mais oportunidade de falar com Rony nem com Hermione no caos da partida; ficaram demasiado ocupados, descendo as malas pela estreita escada do Caldeirão Furado e empilhando-as perto da porta, com Edwiges e Hermes, a coruja de Percy, encarapitadas no alto das gaiolas. Uma cestinha de vime fora deixada ao lado da pilha de malas, de onde alguma coisa bufava ruidosamente.

— Tudo bem, Bichento — tranquilizou-o Hermione pelas frestas do vime. — Vou soltar você no trem.

— Não vai, não — retorquiu Rony. — O que vai ser do coitado do Perebas, hein?

O menino apontou para o próprio peito, onde um grande calombo indicava que Perebas estava enroscado no bolso interno da veste.

O Sr. Weasley, que estivera à porta aguardando os carros do Ministério, meteu a cabeça na entrada do Caldeirão.

— Eles chegaram — anunciou. — Harry, vamos.

O Sr. Weasley cruzou atrás de Harry o trechinho de calçada entre a hospedaria e o primeiro dos dois carros verde-escuros e antiquados, cada um dirigido por um bruxo de aparência furtiva, vestido de veludo verde vivo.

— Para dentro, Harry — disse o Sr. Weasley, verificando um lado e outro da rua movimentada.

Harry entrou no banco traseiro do carro e se reuniram a ele Hermione, Rony e, para desgosto de Rony, Percy.

A viagem até King's Cross foi muito tranquila se comparada à de Harry no Nôitibus Andante. Os carros do Ministério da Magia pareciam quase comuns, embora Harry reparasse que eram capazes de deslizar por espaços apertados que o novo carro da companhia do tio Válter certamente não teria podido. O grupo chegou à estação de King's Cross com vinte minutos de antecedência; os motoristas do Ministério apanharam carrinhos, descarregaram a bagagem, cumprimentaram o Sr. Weasley, levando a mão ao chapéu, e partiram, conseguindo, sabe-se lá como, tomar a dianteira de uma fila de carros parados no sinal luminoso.

O Sr. Weasley manteve-se colado no cotovelo de Harry todo o percurso até a estação.

— Certo então — disse ele olhando para todos os lados. — Vamos fazer isso aos pares, porque somos muitos. Eu passo primeiro com Harry.

O Sr. Weasley dirigiu-se à barreira entre as plataformas nove e dez, empurrando o carrinho de malas e aparentemente muito interessado no Interurbano 125 que acabara de parar na plataforma nove. Com um olhar expressivo para Harry, ele se encostou displicentemente na barreira. O garoto imitou-o.

Num segundo, os dois atravessaram de lado a sólida parede de metal e saíram na plataforma nove e meia e, quando ergueram a cabeça, viram o Expresso de Hogwarts, um trem vermelho a vapor, que soltava baforadas de fumaça na plataforma apinhada de bruxas e bruxos que foram levar os filhos ao embarque.

Percy e Gina apareceram de repente atrás de Harry. Ofegavam e pelo jeito tinham corrido para atravessar a barreira.

— Ah, olha lá a Penelope! — falou Percy, alisando os cabelos e corando de novo. O olhar de Gina surpreendeu o de Harry, e os dois se viraram para esconder o riso, enquanto Percy ia ao encontro da menina de cabelos longos e cacheados, com o peito estufado para que ela não deixasse de reparar no seu distintivo reluzente.

Depois que os outros Weasley e Hermione se reuniram a eles, Harry e o Sr. Weasley saíram andando até os últimos carros do trem, passando por cabines cheias, até uma que lhes pareceu bem vazia. Embarcaram as malas na cabine, guardaram Edwiges e Bichento no bagageiro, depois tornaram a sair para que todos pudessem se despedir do Sr. e da Sra. Weasley.

A Sra. Weasley beijou os filhos, depois Hermione e, por fim, Harry. O menino ficou encabulado, mas gostou bastante quando ela lhe deu mais um abraço.

— Você vai se cuidar, não vai, Harry? — recomendou a senhora se endireitando, com um brilho estranho nos olhos. Depois, abriu uma enorme bolsa e disse: — Fiz sanduíches para todos... Tome aqui, Rony... não, não são de carne enlatada... Fred? Onde se meteu o Fred? Tome aqui, querido...

— Harry — disse o Sr. Weasley discretamente —, venha até aqui um instante.

Indicou com a cabeça uma coluna, e Harry acompanhou-o até de trás dela, deixando os outros amontoados em volta da Sra. Weasley.

— Há uma coisa que preciso dizer antes de você embarcar... — começou o Sr. Weasley com a voz tensa.

— Tudo bem, Sr. Weasley. Eu já sei.

— Você sabe? Como poderia saber?

— Eu... ah... ouvi o senhor e a Sra. Weasley conversando ontem à noite. Não pude deixar de ouvir — Harry acrescentou rapidamente. — Me desculpe...

— Não era assim que eu queria que você tivesse sabido — disse o Sr. Weasley, parecendo aflito.

— Não... sinceramente, tudo bem. Assim o senhor não faltou com a palavra que deu ao Fudge e eu sei o que está acontecendo.

— Harry, você deve estar apavorado...

— Não estou — disse Harry honestamente. — *Verdade* — acrescentou, porque o Sr. Weasley fazia cara de descrença. — Não estou tentando bancar o herói, mas, sério, o Sirius Black não pode ser pior do que o Voldemort, pode?

O Sr. Weasley se perturbou ao som daquele nome, mas conseguiu disfarçar.

— Harry, eu sabia que você tinha mais fibra do que Fudge parece imaginar, e é óbvio que fico feliz em constatar que você não se sente apavorado, mas...

— Arthur! — chamou a Sra. Weasley, que agora tocava os garotos para embarcar no trem. — Arthur, que é que você está fazendo? O trem já vai sair!

— Ele já está indo, Molly! — respondeu o Sr. Weasley, mas voltou sua atenção para Harry e continuou a falar em tom mais baixo e mais apressado. — Ouça, eu quero que você me dê sua palavra...

— ... de que serei um bom menino e não sairei do castelo? — disse Harry com tristeza.

— Não é bem isso — disse o Sr. Weasley, que parecia mais sério do que Harry jamais o vira. — Harry, jure que você não vai sair *procurando* o Black.

Harry arregalou os olhos.

— Quê?

Ouviu-se um apito forte. Guardas caminhavam ao lado do trem, batendo as portas para fechá-las.

— Prometa, Harry — disse o Sr. Weasley, falando ainda mais depressa —, que aconteça o que acontecer...

— Por que eu iria sair procurando alguém que eu sei que quer me matar? — perguntou Harry sem entender.

— Prometa que ouça o que ouvir...

— Arthur, vamos rápido! — chamou a Sra. Weasley.

O vapor saía da chaminé da locomotiva em gordas nuvens; o trem começara a se mexer. Harry correu para a porta da cabine e Rony abriu-a e se afastou para o amigo embarcar. Os dois se debruçaram na janela e acenaram para o Sr. e a Sra. Weasley até o trem fazer uma curva e o casal desaparecer de vista.

— Preciso falar com vocês em particular — murmurou Harry para Rony e Hermione quando o trem ganhou velocidade.

— Vai saindo, Gina — disse Rony.

— Ah, quanta gentileza — respondeu a garota aborrecida, mas se afastando sem pressa.

Harry, Rony e Hermione saíram pelo corredor à procura de uma cabine vazia, mas todas estavam cheias exceto uma bem no finalzinho do trem.

Esta tinha apenas um ocupante, um homem que estava ferrado no sono ao lado da janela. Os garotos pararam à porta. O Expresso de Hogwarts era em geral reservado aos estudantes e, até então, eles nunca tinham visto um adulto a bordo, exceto a bruxa que passava com a carrocinha de comida.

O estranho usava um conjunto de vestes de bruxo extremamente surradas e cerzidas em vários lugares. Parecia doente e cansado. Embora fosse jovem, seus cabelos castanho-claros estavam salpicados de fios brancos.

— Quem vocês acham que ele é? — sibilou Rony quando se sentaram e fecharam a porta, ocupando os assentos mais afastados da janela.

— O Prof. R. J. Lupin — cochichou Hermione na mesma hora.

— Como é que você sabe?

— Está na maleta — respondeu a menina, apontando para o bagageiro acima da cabeça do homem, onde havia uma maleta gasta e amarrada com vários fios de barbante caprichosamente trançados. O nome *Prof. R. J. Lupin* estava estampado a um canto em letras descascadas.

— Que será que ele ensina? — perguntou Rony, amarrando a cara para o perfil pálido do homem.

— É óbvio — sussurrou Hermione. — Só existe uma vaga, não é? Defesa Contra as Artes das Trevas.

Harry, Rony e Hermione já tinham tido dois professores nessa matéria, e ambos só duraram um ano letivo. Corriam boatos de que o cargo estava enfeitiçado.

— Bem, espero que ele esteja à altura — disse Rony em tom de dúvida. — Dá a impressão de que um bom feitiço acabaria com ele de vez, não acham? Em todo o caso... — Rony virou-se para Harry. — Que é que você ia nos dizer?

Harry contou toda a conversa entre o Sr. e a Sra. Weasley e o alerta que aquele senhor acabara de lhe dar. Quando terminou, Rony olhava abobado e Hermione cobrira a boca com as mãos. Finalmente a menina baixou as mãos e disse:

— Sirius Black fugiu para vir atrás de *você*? Ah, Harry... você vai ter que tomar muito, mas muito cuidado. Não vai sair por aí procurando encrenca, Harry...

— Eu não saio por aí procurando encrenca — respondeu Harry, irritado. — Em geral as encrencas é que vêm ao *meu* encontro.

— Harry teria que ser um bocado obtuso para sair procurando um biruta que quer matá-lo, não acha? — falou Rony com a voz trêmula.

Eles estavam reagindo às notícias pior do que Harry esperara. Tanto Rony quanto Hermione pareciam ter muito mais medo de Black do que ele próprio.

— Ninguém sabe como foi que o homem fugiu de Azkaban — disse Rony embaraçado. — Ninguém jamais tinha feito isso antes. E ainda por cima, ele era um prisioneiro de segurança máxima.

— Mas vão pegá-lo, não vão? — perguntou Hermione muito séria. — Quero dizer, todos os trouxas estão procurando Black também...

— Que barulho foi esse? — perguntou Rony de repente.

Uma espécie de apitinho fraco vinha de algum lugar. Os garotos procuraram por toda a cabine.

— Está vindo do seu malão, Harry — disse Rony se levantando e esticando os braços para o bagageiro. Pouco depois retirava o bisbilhoscópio de bolso, que fora guardado entre as vestes de Harry. O objeto girava muito rápido na palma da mão de Rony e emitia um brilho intenso.

— Isso é um *bisbilhoscópio*? — perguntou Hermione, interessada, levantando-se para ver melhor.

— É... e veja bem, é dos baratinhos — disse Rony. — Endoidou quando o amarrei na perna de Errol para mandar para Harry.

— Você estava fazendo alguma coisa suspeita na hora? — perguntou Hermione astutamente.

— Não! Bem... eu não devia estar usando o Errol. Você sabe, ele não pode realmente fazer viagens longas... mas como é que eu ia mandar o presente do Harry?

— Ponha-o de volta no malão — aconselhou Harry enquanto o bisbilhoscópio continuava a apitar baixinho —, senão vamos acordar o homem.

O menino indicou o Prof. Lupin com a cabeça. Rony enfiou o bisbilhoscópio dentro de um par de meias velhas do tio Válter particularmente horrendas, o que abafou o som, depois fechou a tampa do malão.

— Poderíamos mandar verificar esse bisbilhoscópio em Hogsmeade — disse Rony, sentando-se outra vez. — Vendem essas coisas na Dervixes e Bangues, instrumentos mágicos e artigos sortidos. Foi o que Fred e Jorge me contaram.

— Você conhece muita coisa de Hogsmeade? — perguntou Hermione interessada. — Li que é o único povoado inteiramente bruxo da Grã-Bretanha...

— É, acho que é — disse Rony meio sem pensar —, mas não é por isso que quero ir lá. Só quero conhecer a Dedosdemel!

— E o que é a Dedosdemel? — perguntou Hermione.

— É uma loja de doces — disse Rony, com uma expressão sonhadora assomando em seu rosto —, que tem de tudo... Diabinhos de Pimenta... que fazem a boca fumegar... e enormes Chocobolas recheadas de musse de morango e creme cozido, e Canetas de açúcar realmente ótimas, que a gente pode chupar em classe e fazer de conta que está pensando no que se vai escrever...

— Mas Hogsmeade é um lugar muito interessante, não é? — insistiu Hermione, pressurosa. O livro *Sítios históricos da bruxaria* diz que a estalagem foi o quartel-general da Revolta dos Duendes de 1612, e diz que a Casa dos Gritos é o prédio mais mal-assombrado da Grã-Bretanha...

— ... e bolas maciças de sorvete de frutas que fazem a gente levitar uns centímetros acima do chão enquanto está comendo — continuou Rony, que decididamente não estava ouvindo uma palavra do que Hermione dizia.

A garota virou-se para Harry.

— Não vai ser ótimo sair um pouco da escola e explorar Hogsmeade?

— Imagino que sim — respondeu Harry deprimido. — Você vai ter que me contar quando descobrir.

— Como assim? — perguntou Rony.

— Não posso ir. Os Dursley não assinaram o meu formulário de autorização e o Fudge também não quis assinar.

Rony fez uma cara de horror.

— *Você não tem autorização para ir?* Mas... nem pensar... McGonagall ou alguém vai ter que lhe dar essa autorização...

Harry deu uma risada forçada. A Prof.ª McGonagall, diretora da Grifinória, era muito rigorosa.

— ... ou podemos apelar para o Fred e o Jorge, eles conhecem todas as passagens secretas para sair do castelo...

— Rony! — ralhou Hermione com severidade. — Acho que o Harry não devia sair escondido da escola com o Black solto por aí...

— É, imagino que é o que McGonagall vai dizer quando eu pedir autorização — disse Harry amargurado.

— Mas se *nós* estivermos com ele — disse Rony, animado, a Hermione — Black não ousaria...

— Ah, Rony, não diz besteira — retrucou Hermione. — Black já matou um monte de gente bem no meio de uma rua movimentada. Você acha mesmo que ele vai se preocupar se vai ou não atacar Harry só porque *nós estamos* presentes?

Hermione mexia com as alças da cesta de Bichento enquanto falava.

— Não solta essa coisa! — exclamou Rony, mas tarde demais; Bichento saltou com leveza da cesta, espreguiçou-se, bocejou e pulou nos joelhos de Rony; o calombo no peito do menino estremeceu e ele empurrou Bichento com raiva.

— Dê o fora daqui!

— Rony, não! — disse Hermione, zangada.

O menino ia responder quando o Prof. Lupin se mexeu. Eles o miraram com apreensão, mas ele simplesmente virou a cabeça para o outro lado, a boca ligeiramente entreaberta, e continuou a dormir.

O Expresso de Hogwarts rodava numa velocidade constante para o norte e o cenário à janela ia se tornando cada vez mais bravio e escuro enquanto as nuvens, no alto, se avolumavam. Estudantes passavam pela porta da cabine correndo para cima e para baixo. Bichento agora se acomodara num assento vazio, a cara amassada virada para Rony, os olhos amarelos cravados no bolso do peito dele.

À uma hora, a bruxa gorducha com o carrinho de comida chegou à porta da cabine.

— Vocês acham que a gente devia acordar o professor? — perguntou Rony sem graça, indicando Lupin com a cabeça. — Ele está com cara de quem podia comer alguma coisa.

Hermione se aproximou cautelosamente do homem.

— Hum... professor? Com licença, professor?

O homem não se mexeu.

— Não se preocupe, querida — disse a bruxa entregando a Harry uma montanha de bolos de caldeirão. — Se ele tiver fome quando acordar, vou estar lá na frente com o maquinista.

— Suponho que ele *esteja* dormindo — disse Rony baixinho quando a bruxa fechou a porta da cabine. — Quero dizer: ele não morreu, não é?

— Não, está respirando — sussurrou Hermione, pegando o bolo de caldeirão que Harry lhe passava.

Talvez o Prof. Lupin não fosse uma ótima companhia, mas sua presença na cabine dos garotos tinha suas vantagens. No meio da tarde, bem na hora em que a chuva começou a cair, embaçando os contornos das colinas ondulantes por que passavam, os meninos ouviram novamente passos no corredor, e surgiram à porta as três pessoas que eles menos gostavam no mundo: Draco Malfoy, ladeado pelos seus asseclas, Vicente Crabbe e Gregório Goyle.

Draco Malfoy e Harry eram inimigos desde que se encontraram na primeira viagem de trem para Hogwarts. Malfoy, que tinha uma cara desdenhosa, pálida e pontuda, era aluno da Sonserina; jogava como apanhador no time de sua casa, a mesma posição de Harry no time da Grifinória. Crabbe e Goyle pareciam existir para fazer o que Draco mandava. Eram grandes e musculosos; Crabbe, mais alto, tinha um pescoço muito grosso e um corte de cabelo de cuia; os cabelos de Goyle eram curtos e espetados, e seus braços compridos como os de um gorila.

— Ora, vejam só quem está aqui — disse Draco naquela sua voz arrastada, abrindo a porta da cabine. — Potinho e Fuinha.

Crabbe e Goyle riram feito trasgos.

— Ouvi dizer que seu pai finalmente pôs as mãos no ouro neste verão — disse Malfoy. — Sua mãe não morreu do choque?

Rony se levantou tão depressa que derrubou a cesta de Bichento no chão. O Prof. Lupin soltou um pequeno ronco.

— Quem é esse aí? — perguntou Draco, dando automaticamente um passo atrás, ao ver Lupin.

— Professor novo — disse Harry, que se levantou também, caso precisasse segurar Rony. — Que é que você ia dizendo mesmo, Draco?

Os olhos muito claros do menino se estreitaram; ele não era bobo de puxar uma briga bem debaixo do nariz de um professor.

— Vamos — murmurou Draco, contrariado, para Crabbe e Goyle, e os três sumiram.

Harry e Rony tornaram a se sentar, Rony massageando os nós dos dedos.

— Não vou aturar nenhum desaforo de Draco este ano — disse cheio de raiva. — Estou falando sério. Se ele disser mais uma piadinha sobre a minha família, vou agarrar a cabeça dele e...

Rony fez um gesto violento no ar.

— Rony — sibilou Hermione, apontando para o Prof. Lupin —, *cuidado*...

Mas o Prof. Lupin continuava ferrado no sono.

A chuva engrossava à medida que o trem avançava mais para o norte; as janelas agora iam se tornando um cinza sólido e tremeluzente, que gradualmente escureceu até as lanternas se acenderem nos corredores e por cima dos bagageiros. O trem sacolejava, a chuva fustigava, o vento rugia, mas, ainda assim, o Prof. Lupin continuava adormecido.

— Devemos estar quase chegando — disse Rony, curvando-se para a frente para olhar, além do professor, a janela agora completamente escura.

Nem bem essas palavras tinham saído de sua boca e o trem começou a reduzir a velocidade.

— Legal — exclamou Rony, levantando-se e passando com todo o cuidado pelo Prof. Lupin para tentar ver lá fora. — Estou morrendo de fome. Quero chegar logo para o banquete...

— Nós ainda não chegamos — disse Hermione, consultando o relógio. — Então por que estamos parando?

O trem foi rodando cada vez mais lentamente. Quando o ronco dos pistões parou, o barulho do vento e da chuva de encontro às janelas pareceu mais forte que nunca.

Harry, que estava mais próximo da porta, levantou-se para espiar o corredor. Por todo o carro, cabeças, curiosas, surgiram à porta das cabines.

O trem parou completamente com um tranco, e baques e pancadas distantes sinalizaram que as malas tinham despencado dos bagageiros. Em seguida, sem aviso, todas as luzes se apagaram e eles mergulharam em total escuridão.

– Que é que está acontecendo? – ouviu-se a voz de Rony às costas de Harry.

– Ai! – exclamou Hermione. – Rony, isto é o meu pé!

Harry voltou ao seu lugar, às apalpadelas.

– Vocês acham que o trem enguiçou?

– Não sei...

Ouviu-se um barulho de pano esfregando vidro e Harry viu os contornos difusos de Rony desembaciando um pedaço da vidraça da janela para espiar.

– Tem uma coisa se mexendo lá fora – disse ele. – Acho que está embarcando gente no trem...

A porta da cabine se abriu repentinamente e alguém caiu por cima das pernas de Harry, machucando-o.

– Desculpe... você sabe o que está acontecendo?... Ai... desculpe...

– Oi, Neville – disse Harry tateando no escuro e levantando o colega pela capa.

– Harry? É você? Que é que está acontecendo?

– Não tenho ideia... senta...

Ouviu-se um sibilo forte e um ganido de dor; Neville tentara se sentar em cima do Bichento.

– Vou perguntar ao maquinista o que está acontecendo – ouviu-se a voz de Hermione. Harry sentiu a amiga passar por ele, ouviu a porta deslizar, e em seguida um baque e dois berros de dor.

– Quem é?

– Quem é?

– Gina?

– Mione?

– Que é que você está fazendo?

– Estava procurando o Rony...

– Entra aqui e senta...

– Aqui não! – disse Harry depressa. – Eu estou aqui!

– Ai! – disse Neville.

— Silêncio! — ordenou uma voz rouca, de repente.

O Prof. Lupin parecia ter finalmente acordado. Harry ouviu movimentos no canto em que ele estava. Ninguém disse nada.

Seguiu-se um estalinho e uma luz trêmula inundou a cabine. Pelo que viam, o professor estava empunhando um feixe de chamas. Elas iluminavam um rosto cansado e cinzento, mas seus olhos tinham uma expressão alerta e cautelosa.

— Fiquem onde estão — disse com a mesma voz rouca, e começou a se levantar lentamente segurando as chamas à sua frente.

Mas a porta se abriu antes que Lupin pudesse alcançá-la.

Parado à porta, iluminado pelas chamas trêmulas na mão do professor, havia um vulto de capa que alcançava o teto. Seu rosto estava completamente oculto por um capuz. Harry baixou os olhos depressa, e o que ele viu provocou uma contração em seu estômago. Havia uma mão saindo da capa e ela brilhava, um brilho cinzento, de aparência viscosa e coberta de feridas, como uma coisa morta que se decompusera na água...

Mas foi visível apenas por uma fração de segundo. Como se a criatura sob a capa percebesse o olhar de Harry, a mão foi repentinamente ocultada nas dobras da capa preta.

E então a coisa encapuzada, fosse o que fosse, inspirou longa e lentamente, uma inspiração ruidosa, como se estivesse tentando inspirar mais do que o ar à sua volta.

Um frio intenso atingiu todos os presentes. Harry sentiu a própria respiração entalar no peito. O frio penetrou mais fundo em sua pele. Chegou ao fundo do peito, ao seu próprio coração...

Os olhos de Harry giraram nas órbitas. Ele não conseguiu ver mais nada. Estava se afogando no frio. Sentia um farfalhar nos ouvidos que lembrava água correndo. Estava sendo puxado para o fundo, o farfalhar aumentou para um ronco que aumentava...

Então, vindos de muito longe, ouviu gritos, terríveis, apavorados, suplicantes. Ele queria ajudar quem gritava, tentou mexer os braços, mas não conseguiu... um nevoeiro claro e denso rodopiava à volta dele, dentro dele...

— Harry! Harry! Você está bem?

Alguém batia no seu rosto.

— Q... quê?

Harry abriu os olhos; havia lanternas no alto e o chão sacudia — o Expresso de Hogwarts recomeçara a andar e as luzes tinham voltado. Aparentemente ele escorregara do assento para o chão. Rony e Hermione estavam ajoelhados ao seu lado, e acima dos seus amigos ele viu que Neville e o professor o observavam. Harry se sentiu muito doente; quando ergueu a mão para ajeitar os óculos no nariz, sentiu um suor frio no rosto.

Rony e Hermione puxaram-no para cima do assento.

— Você está bem? — perguntou Rony, nervoso.

— Estou — disse Harry olhando depressa para a porta. A criatura encapuzada desaparecera. — Que aconteceu? Onde está aquela... aquela coisa? Quem gritou?

— Ninguém gritou — disse Rony, ainda mais nervoso.

Harry olhou para todos os lados da cabine iluminada. Gina e Neville retribuíram seu olhar, ambos muito pálidos.

— Mas eu ouvi gritos...

Um forte estalo assustou os meninos. O Prof. Lupin partia em pedaços uma enorme barra de chocolate.

— Tome — disse a Harry, oferecendo-lhe um pedaço particularmente avantajado. — Coma. Vai fazer você se sentir melhor.

Harry apanhou o chocolate mas não o comeu.

— Que era aquela coisa? — perguntou a Lupin.

— Um dementador — respondeu Lupin, que agora distribuía o chocolate para todos. — Um dos dementadores de Azkaban.

Todos o olharam espantados. O professor amassou a embalagem vazia de chocolate e meteu-a no bolso.

— Coma — insistiu. — Vai lhe fazer bem. Preciso falar com o maquinista, me deem licença...

Ele passou por Harry e desapareceu no corredor.

— Você tem certeza de que está bem? — perguntou Hermione, observando-o com ansiedade.

— Não entendo... Que foi que aconteceu? — perguntou Harry, enxugando mais suor do rosto.

— Bem... aquela coisa... o dementador... ficou parado ali olhando, quero dizer, acho que foi, não pude ver o rosto dele... e você... você...

— Pensei que você estava tendo um acesso ou coisa parecida — disse Rony, que conservava no rosto uma expressão de pavor. — Você ficou todo duro, escorregou do assento e começou a se contorcer...

— E o Prof. Lupin saltou por cima de você, foi ao encontro do dementador, puxou a varinha — contou Hermione — e disse: "Nenhum de nós está escondendo Sirius Black dentro da capa. Vá." — Mas o dementador não se mexeu, então Lupin murmurou alguma coisa e da varinha saiu um raio prateado contra a coisa, e ela deu as costas e se afastou como se deslizasse...

— Foi horrível — disse Neville numa voz mais alta do que de costume. — Vocês sentiram como ficou frio quando ele entrou?

— Eu me senti esquisito — disse Rony, sacudindo os ombros, desconfortável. — Como se eu nunca mais fosse sentir alegria na vida...

Gina, que se encolhera a um canto parecendo quase tão mal quanto Harry, deu um solucinho; Hermione aproximou-se e passou um braço pelas costas da menina para consolá-la.

— Mas nenhum de vocês caiu do assento? — perguntou Harry sem graça.

— Não — disse Rony, olhando para Harry, ansioso, outra vez. — Mas Gina tremia feito louca...

Harry não entendeu. Sentia-se fraco e cheio de arrepios, como se estivesse se recuperando de uma gripe muito forte; começava também a sentir um início de vergonha. Por que desmaiara daquele jeito, quando mais ninguém desmaiara?

O Prof. Lupin voltou. Parou ao entrar, olhando para todos e disse, com um leve sorriso:

— Eu não envenenei o chocolate, sabem...

Harry deu uma dentada e, para sua grande surpresa, sentiu de repente um calor se espalhar até as pontas dos dedos dos pés e das mãos.

— Vamos chegar a Hogwarts dentro de dez minutos — disse o Prof. Lupin. — Você está bem, Harry?

O menino não perguntou como é que o professor sabia seu nome.

— Muito bem — murmurou ele, constrangido.

Ninguém falou muito durante o resto da viagem. Por fim, o trem parou na estação de Hogsmeade e houve uma grande correria para desembarcar; corujas piavam, gatos miavam e o sapo de estimação de Neville coaxou alto debaixo do chapéu do seu dono. Estava frio demais na minúscula plataforma; a chuva descia em cortinas geladas.

— Alunos do primeiro ano por aqui! — chamou uma voz conhecida. Harry, Rony e Hermione se viraram e depararam com o vulto gigantesco de Hagrid, no outro extremo da plataforma, fazendo sinal para os novos alunos, aterrorizados, se aproximarem para a tradicional travessia do lago.

— Tudo bem, vocês três? — gritou Hagrid sobre as cabeças dos alunos aglomerados. Eles acenaram para o guarda-caça, mas não tiveram chance de lhe falar porque a massa de alunos em volta deles os empurrava na direção oposta. Harry, Rony e Hermione acompanharam o resto da escola pela plataforma e desceram para uma trilha enlameada, cheia de altos e baixos, onde no mínimo uns cem coches os aguardavam, cada qual, Harry só podia supor, puxado por um cavalo invisível, porque os garotos embarcaram em um, fecharam a porta e o veículo saiu andando, aos trancos e balanços, formando um cortejo.

O coche cheirava levemente a mofo e palha. Harry se sentia melhor desde o chocolate, mas continuava fraco. Rony e Hermione não paravam de lhe lançar olhares de esguelha, como se temessem que ele pudesse desmaiar outra vez.

Quando o coche foi se aproximando de um magnífico portão de ferro forjado, ladeado por colunas de pedra com javalis alados no alto, Harry viu mais dois dementadores encapuzados montando guarda dos lados do portão. Uma onda de náusea e frio tornou a invadi-lo; ele se recostou no banco encalombado e fechou os olhos até atravessarem a entrada. O coche ganhou velocidade no caminho longo e inclinado até o castelo; Hermione se debruçou pela janelinha, espiando as muitas torrinhas e torres que se aproximavam. Por fim, o coche parou balançando, e Hermione e Rony desembarcaram.

Quando Harry ia descendo, uma voz arrastada e satisfeita chegou aos seus ouvidos.

– Você desmaiou, Potter? Longbottom está falando a verdade? Desmaiou mesmo, é?

Draco passou por Hermione acotovelando-a, para impedir Harry de subir as escadas de pedra do castelo, o rosto jubilante e os olhos claros brilhando de malícia.

– Se manda, Malfoy – disse Rony, cujos maxilares estavam cerrados.

– Você também desmaiou, Weasley? – perguntou Draco em voz alta. – O velho dementador apavorante também o assustou, Weasley?

– Algum problema? – perguntou uma voz suave. O Prof. Lupin acabara de desembarcar do coche seguinte.

Malfoy lançou ao Prof. Lupin um olhar insolente, que registrou os remendos em suas vestes e a mala surrada. Com uma sugestão de sarcasmo na voz, ele respondeu:

– Ah, não... hum... *professor* – depois fez cara de riso para Crabbe e Goyle, e subiu com os dois as escadas do castelo.

Hermione bateu nas costas de Rony para apressá-lo, e os três se reuniram aos muitos alunos que enchiam as escadas, cruzavam a soleira das enormes portas de carvalho e penetravam no saguão cavernoso iluminado com tochas ardentes, onde havia uma magnífica escadaria de mármore para os andares superiores.

A porta que levava ao Salão Principal, à direita, estava aberta; Harry seguiu o grande número de alunos que se deslocava naquela direção, mas apenas vislumbrara o teto encantado, que àquela noite se mostrava escuro e anuviado, quando uma voz o chamou:

— Potter! Granger! Quero falar com os dois!

Os garotos se viraram surpresos. A Prof.ª McGonagall, que ensinava Transfiguração e dirigia a Casa da Grifinória, os chamava por cima das cabeças dos demais. Era uma bruxa de aspecto severo, que usava os cabelos presos em um coque apertado; seus olhos penetrantes eram emoldurados por óculos quadrados. Harry abriu caminho até ela com esforço e um mau pressentimento: a Prof.ª McGonagall tinha o condão de fazê-lo sentir que fizera alguma coisa errada.

— Não precisa ficar tão preocupado, só quero dar uma palavrinha com vocês na minha sala — disse ela. — Pode continuar o seu caminho, Weasley.

Rony ficou olhando a professora se afastar, com Harry e Hermione, da aglomeração de alunos que falavam sem parar; os três atravessaram o saguão, subiram a escadaria de mármore e seguiram por um corredor.

Já na sala, um pequeno aposento com uma grande e acolhedora lareira, a professora fez sinal a Harry e Hermione para que se sentassem. Ela própria se sentou à escrivaninha e disse sem rodeios:

— O Prof. Lupin mandou à frente uma coruja para avisar que você tinha passado mal no trem, Potter.

Antes que o garoto pudesse responder, ouviu-se uma leve batida na porta e Madame Pomfrey, a enfermeira, entrou com seu ar eficiente.

Harry sentiu o rosto corar. Já era bastante ruim que tivesse desmaiado, ou o que fosse, sem todo mundo ficar fazendo aquele alvoroço.

— Eu estou bem — disse. — Não preciso de nada...

— Ah, então foi você? — exclamou Madame Pomfrey, ignorando o comentário de Harry e se curvando para examiná-lo mais de perto. — Suponho que tenha feito outra vez alguma coisa perigosa.

— Foi um dementador, Papoula — informou McGonagall.

As duas trocaram olhares misteriosos e Madame Pomfrey deu um muxoxo de desaprovação.

— Postar dementadores em volta da escola — murmurou, afastando os cabelos de Harry e sentindo a temperatura na testa dele. — O menino não vai ser o último a desmaiar. É, está úmido de suor. Eles são terríveis e o efeito que produzem nas pessoas que já são delicadas...

— Eu não sou delicado! — exclamou Harry aborrecido.

— Claro que não é — disse Madame Pomfrey distraída, agora tomando o seu pulso.

— Do que é que ele precisa? — perguntou a Profª McGonagall, decidida.

— Repouso? Quem sabe não fosse bom passar a noite na ala hospitalar?

— Eu estou ótimo! — disse Harry, levantando-se de um salto. A ideia do que Draco iria dizer se ele tivesse que ir para a ala hospitalar foi uma tortura.

— Bem, ele devia, no mínimo, tomar um chocolate — disse Madame Pomfrey, que agora tentava examinar os olhos de Harry.

— Já comi chocolate — disse ele. — O Prof. Lupin me deu. Deu a todos nós.

— Deu, foi? — exclamou a bruxa-enfermeira em tom de aprovação. — Então finalmente conseguimos um professor de Defesa Contra as Artes das Trevas que sabe o que faz!

— Você tem certeza de que está se sentindo bem, Potter? — perguntou a Profª McGonagall bruscamente.

— *Estou* — respondeu Harry.

— Muito bem. Por favor, esperem aí fora enquanto dou uma palavrinha com a Srta. Granger sobre sua programação para o ano letivo, depois podemos descer juntos para a festa.

Harry saiu para o corredor com Madame Pomfrey, que seguiu para a ala hospitalar, resmungando sozinha. Ele só precisou esperar uns minutinhos; Hermione apareceu com um ar muito feliz, acompanhada pela professora, e todos desceram a escadaria de mármore para o Salão Principal.

Havia um mar de chapéus cônicos e pretos; cada uma das compridas mesas das casas estava lotada de estudantes, os rostos iluminados por milhares de velas que flutuavam no ar, acima das mesas. O Prof. Flitwick, que era um bruxo franzino de cabeleira branca, carregava um chapéu antigo e um banquinho de três pernas para fora da sala.

— Ah — comentou Hermione em voz baixa —, perdemos a cerimônia da seleção!

Os novos alunos de Hogwarts eram distribuídos pelas quatro casas do colégio, pondo na cabeça o Chapéu Seletor, que anunciava a casa (Grifinória, Corvinal, Lufa-Lufa ou Sonserina) que melhor convinha ao recém-chegado. A Profª McGonagall dirigiu-se ao seu lugar, que estava vazio à mesa dos professores e funcionários e Harry e Hermione seguiram na direção oposta, o mais silenciosamente possível para se sentarem à mesa da Grifinória. As pessoas viraram a cabeça para olhá-los passar pelo fundo do salão, e alguns apontaram para Harry. Será que a história do seu desmaio ao topar com o dementador se espalhara com tanta rapidez?

Ele e Hermione se sentaram um de cada lado de Rony, que guardara seus lugares.

— Que história foi essa? — murmurou Rony para Harry.

O amigo começou a lhe explicar aos cochichos mas, naquele momento, o diretor se ergueu para falar e ele se calou.

O Prof. Dumbledore, embora muito velho, sempre dava uma impressão de grande energia. Tinha alguns palmos de cabelos e barbas prateados, óculos de meia-lua e um nariz muito torto. Em geral era descrito como o maior bruxo da era atual, mas não era esta a razão por que Harry o respeitava. Não era possível deixar de confiar em Alvo Dumbledore, e quando Harry o contemplou sorrindo radiante para os alunos à sua volta, sentiu-se calmo, pela primeira vez, desde que o dementador entrara na cabine do trem.

— Sejam bem-vindos! — começou Dumbledore, a luz das velas tremeluzindo em suas barbas. — Sejam bem-vindos para mais um ano em Hogwarts! Tenho algumas coisas a dizer a todos, e uma delas é muito séria. Acho que é melhor tirá-la do caminho antes que vocês fiquem tontos com esse excelente banquete...

O diretor pigarreou e prosseguiu:

— Como vocês todos perceberam, depois da busca que houve no Expresso de Hogwarts, a nossa escola passou a hospedar alguns dementadores de Azkaban, que vieram cumprir ordens do Ministério da Magia.

Ele fez uma pausa e Harry se lembrou do que o Sr. Weasley comentara sobre a insatisfação de Dumbledore quanto ao fato de os dementadores estarem montando guarda na escola.

— Eles estão postados em cada entrada da propriedade e, enquanto estiverem conosco, é preciso deixar muito claro que ninguém deve sair da escola sem permissão. Os dementadores não se deixam enganar por truques nem disfarces, nem mesmo por capas de invisibilidade — acrescentou ele brandamente, e Harry e Rony se entreolharam. — Não faz parte da natureza deles entender súplicas nem desculpas. Portanto, aviso a todos e a cada um em particular, para não darem a esses guardas razão para lhes fazerem mal. Apelo aos monitores, e ao nosso monitor e monitora-chefes, para que se certifiquem de que nenhum aluno entre em conflito com os dementadores.

Percy, que estava sentado a algumas cadeiras de distância de Harry, estufou o peito outra vez e olhou à volta cheio de importância. Dumbledore fez nova pausa; percorreu o salão com um olhar muito sério mas ninguém se mexeu nem emitiu som algum.

— Agora, falando de coisas mais agradáveis — continuou ele —, tenho o prazer de dar as boas-vindas a dois novos professores este ano.

"Primeiro, o Prof. Lupin, que teve a bondade de aceitar ocupar a vaga de professor de Defesa Contra as Artes das Trevas."

Ouviram-se algumas palmas dispersas e pouco entusiásticas. Somente os que tinham estado na cabine de trem com o novo professor bateram palmas animados, Harry entre eles. Lupin parecia particularmente malvestido ao lado dos outros professores que trajavam suas melhores vestes.

— Olha a cara do Snape! — sibilou Rony ao ouvido de Harry.

O olhar do Prof. Snape, mestre de Poções, passou pelos professores que ocupavam a mesa e se deteve em Lupin. Era fato sabido que Snape queria o cargo de professor de Defesa Contra as Artes das Trevas, mas até Harry, que o detestava, se surpreendeu com a expressão que deformou o seu rosto macilento. Era mais do que raiva: era desprezo. Harry conhecia aquela expressão bem demais; era a que Snape usava sempre que o avistava.

— Quanto ao nosso segundo contratado — continuou Dumbledore quando cessavam as palmas mornas para o Prof. Lupin. — Bem, lamento informar que o Prof. Kettleburn, que ensinava Trato das Criaturas Mágicas, aposentou-se no fim do ano passado para poder aproveitar melhor os membros que ainda lhe restam. Contudo, tenho o prazer de informar que o seu cargo será preenchido por ninguém menos que Rúbeo Hagrid, que concordou em acrescentar essa responsabilidade docente às suas tarefas de guarda-caça.

Harry, Rony e Hermione se entreolharam, estupefatos. Em seguida acompanharam os aplausos, que foram tumultuosos principalmente à mesa da Grifinória. Harry se esticou para a frente para ver Hagrid, que tinha o rosto vermelho-rubi, os olhos postos nas mãos enormes, e o sorriso largo escondido no emaranhado de sua barba escura.

— Nós devíamos ter adivinhado! — berrou Rony, dando socos na mesa. — Quem mais teria nos mandado comprar um livro que morde?

Os três garotos foram os últimos a parar de aplaudir e quando o Prof. Dumbledore recomeçou a falar, eles viram que Hagrid estava enxugando os olhos na toalha da mesa.

— Bem, acho que, de importante, é só o que tenho a dizer. Vamos à festa!

As travessas e taças de ouro diante das pessoas se encheram inesperadamente de comida e bebida. Harry, de repente faminto, se serviu de tudo que conseguiu alcançar e começou a comer.

Foi um banquete delicioso; o salão ecoava as conversas, os risos e o tilintar de talheres. Harry, Rony e Hermione, porém, estavam ansiosos para a festa terminar para poderem conversar com Hagrid. Sabiam o quanto significava para ele ser nomeado professor. O guarda-caça não era um bruxo diplomado; fora expulso de Hogwarts no terceiro ano por um crime que não cometera. Harry, Rony e Hermione é que tinham limpado o seu nome no ano anterior.

Finalmente, quando os últimos pedaços deliciosos de torta de abóbora tinham desaparecido das travessas de ouro, Dumbledore anunciou que era hora de todos se recolherem e os meninos tiveram a oportunidade que aguardavam.

— Hagrid! — exclamou Hermione quando se aproximaram da mesa dos professores.

— Graças a vocês — disse Hagrid, enxugando o rosto brilhante de lágrimas no guardanapo e erguendo os olhos para os garotos. — Nem consigo acreditar... grande homem, o Dumbledore... veio direto à minha cabana quando o Prof. Kettleburn disse que para ele já chegava... É o que eu sempre quis...

Dominado pela emoção, ele escondeu o rosto no guardanapo e a Profª McGonagall tocou os meninos para fora. Harry, Rony e Hermione se reuniram aos outros colegas da Grifinória que ocupavam toda a escadaria de mármore e agora, muito cansados, caminharam por mais corredores e mais escadas até a entrada secreta para a Torre da Grifinória. Uma grande pintura a óleo de uma mulher gorda vestida de rosa perguntou-lhes:

— A senha?

— Já estou indo, já estou indo! — gritou Percy lá do fim do ajuntamento. — A nova senha? *Fortuna Major!*

— Ah, não! — exclamou Neville Longbottom com tristeza. Ele sempre tinha dificuldade para se lembrar das senhas.

Depois de atravessar o buraco do retrato e a sala comunal, as garotas e garotos tomaram escadas separadas. Harry subiu a escada circular sem pensar em nada exceto na sua felicidade por estar de volta. Quando chegaram ao dormitório redondo com as camas de colunas que já conheciam, Harry, olhando a toda volta, se sentiu finalmente em casa.

6

GARRAS E
FOLHAS DE CHÁ

Quando Harry, Rony e Hermione entraram no Salão Principal para tomar café, na manhã seguinte, a primeira coisa que viram foi Draco Malfoy, que parecia estar entretendo um grande grupo de alunos da Sonserina com uma história muito engraçada. Quando os três passaram, Malfoy fez uma imitação ridícula de um desmaio que provocou grandes gargalhadas.

— Não ligue para ele — disse Hermione, que vinha logo atrás de Harry. — Não dê bola para ele, não vale a pena...

— Ei, Potter! — chamou esganiçada Pansy Parkinson, uma garota da Sonserina com cara de buldogue. — Potter! Os dementadores estão chegando. Potter! Uuuuuuuuuuuu!

Harry se largou numa cadeira à mesa da Grifinória, ao lado de Jorge Weasley.

— Novos horários de aulas para os alunos do terceiro ano — disse Jorge, distribuindo-os. — Que é que há com você, Harry?

— Malfoy — informou Rony, sentando-se do outro lado de Jorge e olhando feio para a mesa da Sonserina.

Jorge ergueu os olhos na hora em que Malfoy fingia desmaiar de terror outra vez.

— Aquele idiota! — disse calmamente. — Ele não estava tão exibido ontem à noite quando os dementadores revistaram o nosso lado do trem. Entrou correndo na nossa cabine, não foi, Fred?

— Quase fez xixi nas calças — disse Fred, lançando a Draco um olhar de desprezo.

— Nem eu fiquei muito feliz — comentou Jorge. — Eles são um horror, aqueles dementadores...

— Meio que congelam a gente por dentro, não acha? — disse Fred.

— Mas você não desmaiou, desmaiou? — perguntou Harry em voz baixa.

— Esquece isso, Harry — disse Jorge para animá-lo. — Papai teve que ir a Azkaban uma vez, lembra, Fred? E comentou que foi o pior lugar em que esteve na vida, voltou de lá fraco e abalado... Eles sugam a felicidade do lugar, esses dementadores. A maioria dos prisioneiros acaba endoidando.

— Em todo caso, vamos ver se Draco vai continuar tão felizinho depois do primeiro jogo de quadribol — disse Fred. — Grifinória contra Sonserina, primeiro jogo da temporada, está lembrado?

A única vez em que Harry e Draco tinham se enfrentado em uma partida de quadribol, Draco decididamente tinha levado a pior. Sentindo-se um pouquinho mais animado, Harry se serviu de salsichas e tomates fritos.

Hermione examinava seu novo horário.

— Ah, que ótimo, estamos começando matérias novas hoje — comentou satisfeita.

— Hermione — disse Rony, franzindo a testa ao olhar por cima do ombro da amiga —, bagunçaram o seu horário. Veja só: dez aulas por dia. Não existe *tempo* para tudo isso.

— Eu me arranjo. Já combinei tudo com a Prof.ª Minerva.

— Mas olha aqui — continuou Rony, rindo-se —, está vendo hoje de manhã? Nove horas, Adivinhação. E embaixo, nove horas, Estudo dos Trouxas. E — o menino se curvou para olhar o horário mais de perto, incrédulo — *olha*, embaixo tem Aritmancia, *nove horas*. Quero dizer, eu sei que você é boa, Mione, mas ninguém é tão bom *assim*. Como é que você vai poder assistir a três aulas ao mesmo tempo?

— Não seja bobo — disse Hermione com rispidez. — É claro que não vou assistir a três aulas ao mesmo tempo.

— Bom, então...

— Passe a geleia — pediu Hermione.

— Mas...

— Ah, Rony, é da sua conta se o meu horário ficou um pouco cheio demais? — perguntou a menina em tom zangado. — Já disse que combinei tudo com a Prof.ª Minerva.

Nesse instante Hagrid entrou no Salão Principal. Estava usando o casaco de pele de toupeira e distraidamente balançava um gambá na mão enorme.

— Tudo bem? — perguntou ele, ansioso, parando a caminho da mesa dos professores. — Vocês vão assistir à primeira aula da minha vida! Logo depois do almoço! Estou acordado desde as cinco horas aprontando tudo... Espero que dê certo... Eu, professor... sinceramente...

E dando um grande sorriso para os garotos foi para sua mesa, ainda balançando o gambá.

— O que será que ele andou aprontando? — comentou Rony, com uma nota de ansiedade na voz.

O salão começou a se esvaziar à medida que as pessoas saíam para a primeira aula. Rony verificou seu horário.

— É melhor irmos andando, olha, Adivinhação é no alto da Torre Norte. Vamos levar uns dez minutos para chegar lá...

Os garotos terminaram o café, apressados, se despediram de Fred e Jorge, e foram saindo para o saguão. Ao passarem pela mesa da Sonserina, Draco tornou a fazer a imitação do desmaio. As gargalhadas acompanharam Harry até a entrada do saguão.

A viagem pelo castelo até a Torre Norte era longa. Dois anos em Hogwarts não tinham ensinado aos meninos tudo sobre o lugar, e nunca tinham ido à Torre Norte antes.

— Tem-que-ter-um-atalho — ofegava Rony ao subirem a sétima longa escada e chegarem a um patamar desconhecido, onde não havia nada exceto um grande quadro de um campo relvado pendurado na parede de pedra.

— Acho que é por aqui — disse Hermione, espiando o corredor vazio à direita.

— Não pode ser — discordou Rony. — Aí é sul, olha, dá para ver um pedacinho do lago pela janela...

Harry parou para examinar o quadro. Um gordo pônei cinza malhado pisou lentamente na relva e começou a pastar sem muito entusiasmo. Harry estava acostumado aos personagens dos quadros de Hogwarts andarem e até saírem pela moldura para visitar uns aos outros, mas sempre gostava de apreciar esse movimento. No instante seguinte, um cavaleiro baixo e atarracado, vestindo armadura, entrou retinindo pelo quadro à procura do seu pônei. Pelas manchas de grama nas joelheiras metálicas, ele acabara de cair do cavalo.

— Ah-ah — berrou, vendo Harry, Rony e Hermione. — Quem são esses vilões que invadem as minhas terras! Porventura vieram zombar da minha queda? Desembainhem as espadas, seus velhacos, seus cães!

Os meninos observaram, espantados, o cavaleiro nanico puxar a espada da bainha e começar a brandi-la com violência, saltando para aqui e para ali enraivecido. Mas a espada era demasiado comprida para ele; um golpe particularmente exagerado desequilibrou-o e ele caiu de cara na grama.

— O senhor está bem? — perguntou Harry, aproximando-se do quadro.

— Afaste-se, fanfarrão desprezível! Para trás, patife!

O cavaleiro retomou a espada e usou-a para se reerguer, mas a lâmina penetrou fundo na terra e, embora ele a puxasse com toda a força, não conseguiu retirá-la. Finalmente, teve que se largar outra vez no chão e levantar a viseira para enxugar o rosto coberto de suor.

— Escuta aqui — disse Harry, se aproveitando da exaustão do cavaleiro —, estamos procurando a Torre Norte. O senhor conhece o caminho, não?

— Uma expedição! — A raiva do cavaleiro pareceu sumir instantaneamente. Levantou-se retinindo a armadura e gritou: — Sigam-me, caros amigos, alcançaremos o nosso objetivo ou pereceremos corajosamente na peleja!

Ele deu mais um puxão inútil na espada, tentou mas não conseguiu montar o gordo pônei e gritou:

— A pé, então, dignos senhores e gentil senhora! Avante! Avante!

E saiu correndo, a armadura fazendo grande estrépito, passou pelo lado esquerdo da moldura e desapareceu de vista.

Os garotos se precipitaram atrás dele pelo corredor, seguindo o barulho da armadura. De vez em quando o avistavam passando para o quadro seguinte.

— Sejam fortes, o pior ainda está por vir! — berrou o cavaleiro e os três o viram reaparecer diante de um grupo assustado de mulheres vestindo anáguas de crinolina, cujo quadro fora pendurado na parede de uma estreita escada circular.

Ofegando ruidosamente, Harry, Rony e Hermione subiram os estreitos degraus em caracol, sentindo-se cada vez mais tontos, até que finalmente ouviram o murmúrio de vozes no alto e perceberam que tinham chegado à sala de aula.

— Adeus! — gritou o cavaleiro, enfiando de repente a cabeça no quadro de uns monges de aspecto sinistro. — Adeus, meus camaradas de armas! Se um dia precisarem de um coração nobre e fibra de aço, chamem Sir Cadogan!

— Ah, sim, chamaremos — murmurou Rony quando o cavaleiro foi sumindo de vista —, mas se um dia precisarmos de um maluco.

Os garotos subiram os últimos degraus e chegaram a um minúsculo patamar, onde a maioria dos colegas já estava reunida. Não havia portas no patamar, mas Rony cutucou Harry indicando-lhe o teto, onde havia um alçapão circular com uma placa de latão.

— Sibila Trelawney, Professora de Adivinhação — leu Harry. — E como é que esperam que a gente chegue lá em cima?

Como se respondesse à sua pergunta, o alçapão se abriu inesperadamente e uma escada prateada desceu aos seus pés. Todos se calaram.

— Primeiro você — disse Rony sorrindo, e Harry subiu a escada.

Chegou à sala de aula mais esquisita que já vira. Na realidade, sequer parecia uma sala de aula, e, sim, uma cruza de sótão com salão de chá antigo. Havia, no mínimo, vinte mesinhas circulares juntas ali, rodeadas por cadeiras forradas de chintz e pequenos pufes estufados. O ambiente era iluminado por uma fraca luz avermelhada; as cortinas às janelas estavam fechadas e os vários abajures, cobertos com xales vermelho-escuros. O calor sufocava e a lareira acesa sob um console cheio de objetos desprendia um perfume denso, enjoativo e doce ao aquecer uma grande chaleira de cobre. As prateleiras em torno das paredes circulares estavam cheias de penas empoeiradas, tocos de velas, baralhos de cartas em tiras, incontáveis bolas de cristal e uma imensa coleção de xícaras de chá.

Rony espiou por cima do ombro de Harry enquanto os colegas se reuniam à volta deles, todos falando aos cochichos.

— E onde está a professora? — perguntou Rony.

Uma voz saiu subitamente das sombras, uma voz suave, meio etérea.

— Sejam bem-vindos. Que bom ver vocês no mundo físico, finalmente.

A impressão imediata de Harry foi a de estar vendo um enorme inseto cintilante. A Prof.ª Sibila Trelawney saiu das sombras e, à luz da lareira, os garotos viram que era muito magra; uns óculos imensos aumentavam seus olhos várias vezes, e ela vestia um xale diáfano, salpicado de lantejoulas. Em volta do pescoço fino, usava inúmeras correntes e colares de contas, e seus braços e mãos estavam cobertos de pulseiras e anéis.

— Sentem-se, crianças, sentem-se — disse, e todos subiram desajeitados nas cadeiras ou se afundaram nos pufes. Harry, Rony e Hermione se sentaram a uma mesa redonda.

— Bem-vindos à aula de Adivinhação — disse a professora, que se acomodara em uma bergère diante da lareira. — Sou a Prof.ª Sibila Trelawney. Talvez vocês nunca tenham me visto antes, acho que me misturar com frequência à roda-viva da escola principal anuvia minha visão interior.

Ninguém fez nenhum comentário a tão extraordinária declaração. A professora rearrumou delicadamente o xale e continuou:

— Então vocês optaram por estudar Adivinhação, a mais difícil das artes mágicas. Devo alertá-los logo de início que se não possuírem clarividência, terei muito pouco a ensinar a vocês. Os livros só podem levá-los até certo ponto neste campo...

Ao ouvirem isso, Harry e Rony olharam, sorrindo, para Hermione, que pareceu assustada com a notícia de que os livros não ajudariam nessa matéria.

— Muitos bruxos e bruxas, embora talentosos para ruídos, cheiros e desaparecimentos instantâneos, permanecem, ainda assim, incapazes de penetrar nos mistérios do futuro.

A Prof.ª Sibila continuou a falar, seus enormes olhos brilhantes iam de um rosto nervoso a outro.

— É um dom concedido a poucos. Você, menino — disse ela de repente a Neville, que quase caiu do pufe. — Sua avó vai bem?

— Acho que vai — respondeu Neville trêmulo.

— Eu não teria tanta certeza se fosse você, querido — disse a professora, enquanto a luz das chamas fazia faiscarem seus longos brincos de esmeraldas. Neville engoliu em seco. Sibila continuou tranquilamente: — Vamos cobrir os métodos básicos de adivinhação este ano. O primeiro trimestre letivo será dedicado à leitura das folhas de chá. No próximo, abordaremos a quiromancia. A propósito, minha querida — disparou ela de repente para Parvati Patil —, tenha cuidado com um homem de cabelos ruivos.

Parvati lançou um olhar assustado a Rony, que se sentara logo atrás dela, e puxou a cadeira devagarinho para longe dele.

— No segundo trimestre — continuou a professora —, vamos estudar a bola de cristal, isto é, se conseguirmos terminar os presságios do fogo. Infelizmente, as aulas serão perturbadas em fevereiro por uma forte epidemia de gripe. Eu própria vou perder a voz. E, na altura da Páscoa, alguém aqui vai deixar o nosso convívio para sempre.

Seguiu-se um silêncio muito tenso a essa predição, mas a Prof.ª Sibila pareceu não tomar conhecimento.

— Será, querida — dirigiu-se ela a Lilá Brown, que estava mais próxima e se encolheu na cadeira —, que você poderia me passar o bule de prata maior?

Lilá, com um ar de alívio, se levantou, apanhou um enorme bule na prateleira e pousou-o na mesa diante da mestra.

— Obrigada, querida. A propósito, essa coisa que você receia vai acontecer na sexta-feira, dezesseis de outubro.

Lilá estremeceu.

— Agora quero que vocês formem pares. Apanhem um bule de chá na prateleira e tragam-no aqui para eu encher. Depois se sentem e bebam, bebam até restar somente a borra. Sacudam a xícara três vezes com a mão esquerda, depois virem-na, de borda para baixo, no pires, esperem até cair a última gota de chá e entreguem-na ao seu par para ele a ler. Vocês vão interpretar os desenhos formados, comparando-os com os das páginas cinco e seis de *Esclarecendo o futuro*. Vou andar pela sala para ajudar e ensinar a cada par. Ah, e querido – ela segurou o braço de Neville quando ele fez menção de se levantar –, depois que você quebrar a primeira xícara, por favor, escolha uma com desenhos azuis, gosto muito das de desenhos rosa.

Não deu outra, Neville mal chegara à prateleira de xícaras quando se ouviu um tilintar de porcelana que se quebrava. A professora deslizou até ele levando uma pá e uma escova e disse:

– Uma das azuis, então, querido, se não se importa... obrigada...

Depois que Harry e Rony levaram as xícaras para encher, voltaram à mesa e tentaram beber rapidamente o chá pelando. Sacudiram a borra conforme a professora mandara, depois viraram as xícaras e as trocaram entre si.

– Certo – disse Rony depois de abrirem os livros nas páginas cinco e seis. – Que é que você vê na minha?

– Um monte de borra marrom – disse Harry. A fumaça intensamente perfumada da sala o estava deixando sonolento e burro.

– Abram suas mentes, meus queridos, e deixem os olhos verem além do que é mundano! – gritou a Prof.ª Sibila na penumbra.

Harry tentou se controlar.

– Certo, você tem uma espécie de cruz torta... – Ele consultou o *Esclarecendo o futuro*. – Isto significa que você vai ter sofrimentos e provações... sinto muito... mas tem uma coisa que podia ser o sol... espere aí... que significa "grande felicidade"... então você vai sofrer mas vai ser muito feliz...

– Você precisa mandar examinar a sua visão interior – disse Rony, e os dois precisaram sufocar o riso quando a professora olhou na direção deles.

"Minha vez...", Rony examinou a xícara de Harry, a testa franzida com o esforço. "Tem uma pelota que lembra um pouco um chapéu-coco. Vai ver você vai trabalhar no Ministério da Magia..."

Rony girou a xícara para cima.

– Mas desse outro lado as folhas parecem mais uma bolota de carvalho... Que será isso? – O garoto consultou seu exemplar de *Esclarecendo o futuro*. – Uma sorte inesperada, ganhos de ouro. Que ótimo, você pode me emprestar algum... e tem outra coisa aqui – ele tornou a girar a xícara – que parece um animal... é, se isso fosse a cabeça... podia parecer um hipopótamo... não, um carneiro...

A Prof.ª Sibila se virou quando Harry deixou escapar um ronco de riso.

– Deixe-me ver isso, querido – disse ela em tom de censura a Rony, aproximando-se num ímpeto e tirando a xícara de Harry da mão do colega. Todos se calaram para observar.

A professora examinou a xícara, e girou-a no sentido anti-horário.

— O falcão... meu querido, você tem um inimigo mortal.

— Mas todos sabem *disso* — comentou Hermione num cochicho audível. A professora encarou-a.

"Verdade, todos sabem", repetiu a garota. "Todos sabem da inimizade entre Harry e Você-Sabe-Quem."

Harry e Rony a olharam com uma mescla de surpresa e admiração. Nunca tinham ouvido Hermione falar com uma professora daquele jeito. Sibila preferiu não responder. Tornou a abaixar seus enormes olhos para a xícara de Harry e continuou a girá-la.

— O bastão... um ataque. Ai, ai, ai, não é uma xícara feliz...

— Achei que isso era um chapéu-coco — disse Rony sem graça.

— O crânio... perigo em seu caminho, querido...

Todos observavam, hipnotizados, a professora, que deu um último giro na xícara, ofegou e soltou um berro.

Ouviu-se uma nova onda de porcelanas que se partiam tilintando; Neville destruíra sua segunda xícara. A professora afundou em uma cadeira vazia, a mão faiscante de anéis ao peito e os olhos fechados.

— Meu pobre garoto... meu pobre garoto querido... não... é mais caridoso não dizer... não... não me pergunte...

— Que foi, professora? — perguntou Dino Thomas na mesma hora. Todos tinham se levantado e aos poucos se amontoaram em torno da mesa de Harry e Rony, aproximando-se da cadeira de Sibila para dar uma boa olhada na xícara de Harry.

— Meu querido — os olhos da professora se abriram teatralmente —, você tem o Sinistro.

— O, o quê? — perguntou Harry.

Ele percebeu que não era o único que não entendera; Dino Thomas sacudiu os ombros para ele e Lilá Brown fez cara de intrigada, mas quase todos os outros levaram a mão à boca horrorizados.

— O Sinistro, meu querido, o Sinistro! — exclamou a professora, que parecia chocada com o fato de Harry não ter entendido. — O cão gigantesco e espectral que assombra os cemitérios! Meu querido menino, é um mau agouro, o pior de todos, agouro de *morte*!

Harry sentiu o estômago afundar. O cão na capa do livro *Presságios de morte* na Floreios e Borrões... o cão nas sombras da rua Magnólia... Lilá Brown levou as mãos à boca também. Todos tinham os olhos fixos em Harry, todos exceto Hermione, que se levantara e procurava chegar às costas da cadeira da professora.

— Eu não acho que isso pareça um Sinistro — disse com firmeza.

A Prof.ª Sibila mirou a menina atentamente e com crescente desagrado.

— Desculpe-me dizer isso, minha querida, mas não percebo muita aura ao seu redor. Pouquíssima receptividade às ressonâncias do futuro.

Simas Finnigan inclinou a cabeça de um lado para o outro.

— Parece um Sinistro se a gente fizer assim — disse com os olhos quase fechados —, mas parece muito mais um burro quando a gente olha de outro ângulo — disse ele, inclinando-se para a esquerda.

— Quando vão terminar de resolver se eu vou morrer ou não? — perguntou Harry, surpreendendo até a si mesmo. Agora parecia que ninguém queria olhar para ele.

— Acho que vamos encerrar a aula por hoje — disse a professora no tom mais etéreo possível. — É... por favor, guardem suas coisas...

Em silêncio a classe devolveu as xícaras à professora, guardou os livros e fechou as mochilas. Até mesmo Rony evitava o olhar de Harry.

— Até que tornemos a nos encontrar — disse Sibila com uma voz fraca — que a sorte lhes seja favorável. Ah, e querido — disse apontando para Neville —, você vai se atrasar da próxima vez, portanto trate de trabalhar muito para recuperar o tempo perdido.

Harry, Rony e Hermione desceram a escada da Prof.ª Sibila e a escada em caracol em silêncio, e seguiram para a aula de Transfiguração, da Prof.ª Minerva. Levaram tanto tempo para encontrar a sala de aula que, por mais cedo que tivessem saído da aula de Adivinhação, acabaram chegando em cima da hora.

Harry escolheu um lugar no fundo da sala, sentindo-se como se estivesse sentado sob um holofote; o resto da classe não parou de lhe lançar olhares furtivos, como se ele estivesse prestes a cair morto a qualquer momento. Ele mal conseguiu ouvir o que a professora dizia sobre Animagos (bruxos que podiam se transformar à vontade em animais), e sequer estava olhando quando ela própria se transformou, diante dos olhos deles, em um gato malhado com marcas de óculos em torno dos olhos.

— Francamente, o que foi que aconteceu com os senhores hoje? — perguntou a Prof.ª Minerva, voltando a ser ela mesma, com um estalinho, e encarando a classe toda. — Não que faça diferença, mas é a primeira vez que a minha transformação não arranca aplausos de uma turma.

Todas as cabeças tornaram a se virar para Harry, mas ninguém falou. Então Hermione ergueu a mão.

— Com licença, professora, acabamos de ter a nossa primeira aula de Adivinhação, estivemos lendo folhas de chá e...

— Ah, naturalmente — comentou Minerva, fechando a cara de repente. — Não precisa me dizer mais nada, Srta. Granger. Me diga qual dos senhores vai morrer este ano?

Todos olharam para ela.

— Eu — disse, por fim, Harry.

— Entendo — disse a Prof.ª Minerva, fixando em Harry seus olhos de contas. — Então, Potter, é melhor saber que Sibila Trelawney tem predito a morte de um aluno por ano desde que chegou a esta escola. Nenhum deles morreu ainda. Ver agouros de morte é a maneira com que ela gosta de dar boas-vindas a uma nova classe. Não fosse o fato de que nunca falo mal dos meus colegas...

A professora se calou, mas todos viram que suas narinas tinham embranquecido de cólera. Ela continuou, mais calma:

— A Adivinhação é um dos ramos mais imprecisos da magia. Não vou ocultar dos senhores que tenho muito pouca paciência com esse assunto. Os verdadeiros videntes são muito raros e a Prof.ª Trelawney...

Ela parou uma segunda vez, e em seguida disse, num tom despido de emoção:

— Para mim o senhor parece estar gozando de excelente saúde, Potter, por isso me desculpe mas não vou dispensá-lo do dever de casa, hoje. Mas fique descansado, se o senhor morrer, não precisa entregá-lo.

Hermione riu com gosto. Harry se sentiu um pouco melhor. Era mais difícil sentir medo de folhas de chá longe daquela sala fracamente iluminada por luzes vermelhas, que recendia ao perfume atordoante da Prof.ª Sibila. Ainda assim, nem todos ficaram convencidos. Rony continuava com a expressão preocupada e Lilá cochichou:

— E a xícara de Neville?

Quando a aula de Transfiguração terminou, eles se reuniram ao resto dos alunos que atroavam a escola em direção ao Salão Principal para almoçar.

— Anime-se, Rony — falou Hermione, empurrando uma travessa de ensopado para o amigo. — Você ouviu o que a Prof.ª Minerva disse.

Rony se serviu do ensopado e apanhou o garfo mas não começou a comer.

— Harry — perguntou ele, em tom baixo, com ar sério —, você *não* viu um canzarrão preto em algum lugar, viu?

— Vi, sim. Na noite em que saí da casa dos Dursley.

Rony deixou o garfo cair com estrépito.

— Provavelmente um cão sem dono — comentou Hermione calmamente.

O garoto olhou para Hermione como se ela tivesse enlouquecido.

— Mione, se Harry viu um Sinistro, isso é... é ruim. Meu tio Abílio viu um e... e morreu vinte e quatro horas depois!

— Coincidência — replicou Hermione dignamente, servindo-se de suco de abóbora.

— Você não sabe o que está falando! — disse Rony, começando a se zangar. — Os Sinistros deixam a maioria dos bruxos mortos de medo!

— Então é isso — retrucou a garota em tom superior. — Eles veem o Sinistro e morrem de medo. O Sinistro não é um agouro, é a causa da morte! E Harry continua conosco porque não é burro de ver um Sinistro e pensar "certo, muito bem, então é melhor eu bater as botas"!

Rony fez protestos para Hermione, que abriu a mochila, tirou o novo livro de Aritmancia e apoiou-o na jarra de suco.

— Acho que Adivinhação é uma coisa meio confusa — disse, procurando a página que queria. — É muita adivinhação, se querem saber a minha opinião.

— Não houve nada confuso com o Sinistro naquela xícara! — retrucou Rony acaloradamente.

— Você não me pareceu tão confiante quando disse ao Harry que era um carneiro — respondeu a menina sem se alterar.

— A Prof.ª Sibila disse que você não tinha a aura necessária! Você não gosta é de ser ruim em uma matéria para variar!

Ele acabara de tocar num ponto sensível. Hermione bateu com o livro de Aritmancia na mesa com tanta força que voaram pedacinhos de carne e cenoura para todo lado.

— Se ser boa em Adivinhação é ter que fingir que estou vendo agouros de morte em borras de folhas de chá, não tenho certeza se quero continuar a estudar essa matéria por muito mais tempo! Aquela aula foi uma idiotice completa se comparada à minha aula de Aritmancia!

E, agarrando a mochila, a menina se retirou.

Rony franziu a testa acompanhando com os olhos a amiga se afastando.

— Do que é que ela estava falando? — perguntou a Harry. — Ela ainda não assistiu a nenhuma aula de Aritmancia.

* * *

Harry ficou contente de sair do castelo depois do almoço. A chuva do dia anterior parara; o céu estava claro, cinza-pálido e a grama parecia elástica e úmida sob os pés quando os garotos rumaram para a primeiríssima aula de Trato das Criaturas Mágicas.

Rony e Hermione não estavam se falando. Harry caminhava ao lado dos dois em silêncio enquanto desciam os gramados em direção à cabana de Hagrid, na orla da Floresta Proibida. Somente quando identificaram três costas muito conhecidas à frente é que se deram conta de que iriam compartilhar as aulas com os alunos da Sonserina. Draco falava animadamente com Crabbe e Goyle, que riam com gosto. Harry tinha quase certeza de qual era o assunto da conversa.

Hagrid já estava à espera dos alunos à porta da cabana. Vestia o casaco de pele de toupeira, com Canino, o cão de caçar javalis, nos calcanhares, e parecia impaciente para começar.

— Vamos, andem depressa! — falou quando os alunos se aproximaram. — Tenho uma coisa ótima para vocês hoje! Vai ser uma grande aula! Estão todos aqui? Certo, então me acompanhem!

Por um momento de apreensão, Harry pensou que Hagrid os levaria para a Floresta Proibida; o menino já tivera suficientes experiências desagradáveis ali para a vida inteira. No entanto, o guarda-caça contornou a orla das árvores e cinco minutos depois eles estavam diante de uma espécie de picadeiro. Não havia nada ali.

— Todos se agrupem em volta dessa cerca! — mandou ele. — Isso... procurem garantir uma boa visibilidade... agora, a primeira coisa que vão precisar fazer é abrir os livros...

— Como? — perguntou a voz fria e arrastada de Draco Malfoy.

— Que foi? — perguntou Hagrid.

— Como é que vamos abrir os livros? — repetiu o menino. Ele retirou da mochila seu exemplar de *O livro monstruoso dos monstros*, amarrado com um pedaço de corda. Outros alunos fizeram o mesmo, alguns, como Harry, tinham fechado o livro com um cinto; outros os tinham enfiado em sacos justos ou fechado os livros com grampos.

— Será... será que ninguém conseguiu abrir o livro? — perguntou Hagrid, com ar de desapontamento.

Todos os alunos sacudiram negativamente as cabeças.

— Vocês têm que fazer *carinho* neles — falou o novo professor, como se isso fosse a coisa mais óbvia do mundo. — Olhem aqui...

Ele apanhou o livro de Hermione e rasgou a fita adesiva que o prendia. O livro tentou morder, mas Hagrid passou seu gigantesco dedo indicador pela lombada, o livro estremeceu, se abriu e permaneceu quieto em sua mão.

— Ah, mas que bobeira a nossa! — caçoou Draco. — Devíamos ter feito *carinho* no livro! Como foi que não adivinhamos!

— Eu... eu achei que eles eram engraçados — disse Hagrid, inseguro, para Hermione.

— Ah, engraçadíssimos! — comentou Draco. — Uma ideia realmente espirituosa, nos dar livros que tentam arrancar nossa mão.

— Cala a boca, Malfoy — advertiu-o Harry baixinho. Hagrid parecia arrasado, e o garoto queria que aquela primeira aula do seu amigo fosse um sucesso.

— Certo, então — continuou Hagrid, que pelo jeito perdera o fio do pensamento — ... então vocês já têm os livros e... e... agora faltam as criaturas mágicas. É. Então vou buscá-las. Esperem um pouco...

Ele se afastou na direção da floresta e desapareceu de vista.

— Nossa, essa escola está indo para o brejo! — falou Draco em voz alta. — Esse pateta dando aulas, meu pai vai ter um acesso quando eu contar...

— Cala a boca, Malfoy — repetiu Harry.

— Cuidado, Potter, tem um dementador atrás de você...

— Aaaaaaah! — guinchou Lilá Brown, apontando para o lado oposto do picadeiro.

Trotavam em direção aos garotos mais ou menos uma dezena dos bichos mais bizarros que Harry já vira na vida. Tinham os corpos, as pernas traseiras e as caudas de cavalo, mas as pernas dianteiras, as asas e a cabeça de uma coisa que lembrava águias gigantescas, com bicos cruéis cinza-metálico e enormes olhos laranja vivo. As garras das pernas dianteiras tinham uns quinze centímetros de comprimento e um aspecto letal. Cada um dos bichos trazia uma grossa coleira de couro ao pescoço engatada em uma longa corrente, cujas pontas estavam presas nas imensas mãos de Hagrid, que entrou correndo no picadeiro atrás dos bichos.

— Upa! Upa! Aí! — bradou ele, sacudindo as correntes e incitando os bichos na direção da cerca onde se agrupavam os alunos. Todos recuaram, instintivamente, quando Hagrid chegou bem perto e amarrou os bichos na cerca.

— Hipogrifos! — bradou Hagrid alegremente, acenando para eles. — Lindos, não acham?

Harry conseguiu entender mais ou menos o que Hagrid quis dizer. Depois que se supera o primeiro choque de ver uma coisa que é metade cavalo, metade ave, a pessoa começava a apreciar a pelagem luzidia dos hipogrifos, que mudava suavemente de pena para pelo, cada animal de uma cor diferente: cinza-chuva, bronze, ruão rosado, castanho brilhante e nanquim.

— Então – disse Hagrid, esfregando as mãos e sorrindo para todos –, se vocês quiserem chegar mais perto...

Ninguém pareceu querer. Harry, Rony e Hermione, porém, se aproximaram cautelosamente da cerca.

— Agora, a primeira coisa que vocês precisam saber sobre os hipogrifos é que são orgulhosos – explicou Hagrid. – Se ofendem com facilidade, os hipogrifos. Nunca insultem um bicho desses, porque pode ser a última coisa que vão fazer na vida.

Malfoy, Crabbe e Goyle não estavam prestando atenção; falavam aos cochichos e Harry teve o mau pressentimento de que estavam combinando a melhor maneira de estragar a aula.

— Vocês sempre esperam o hipogrifo fazer o primeiro movimento – continuou Hagrid. – É uma questão de cortesia, entendem? Vocês vão até eles, fazem uma reverência e aí esperam. Se o bicho retribuir o cumprimento, vocês podem tocar nele. Se não retribuir, então saiam de perto bem depressinha, porque essas garras machucam feio.

"Certo, quem quer ser o primeiro?"

Em resposta, a maioria dos alunos recuou mais um pouco. Até Harry, Rony e Hermione se sentiram apreensivos. Os hipogrifos balançavam as cabeças de aspecto feroz e flexionavam as fortes asas; não pareciam gostar de estar presos daquele jeito.

— Ninguém? – disse Hagrid, com um olhar suplicante.

— Eu vou – disse Harry.

Ouviu-se gente ofegar atrás dele e Lilá e Parvati murmuraram a mesma coisa:

— Aaah, não, Harry, lembra das folhas de chá!

Harry não deu ouvido às meninas. Trepou pela cerca do picadeiro.

— É assim que se faz, Harry! – gritou Hagrid. – Certo, então... vamos ver como você se entende com o Bicuço.

E, dizendo isso, soltou uma das correntes, separou o hipogrifo cinzento dos restantes e retirou a coleira de couro. A turma do outro lado da cerca parecia estar prendendo a respiração. Os olhos de Draco se estreitaram maliciosamente.

— Calma, agora, Harry — disse Hagrid em voz baixa. — Você fez contato com os olhos, agora tente não piscar... Os hipogrifos não confiam na pessoa que pisca demais...

Os olhos de Harry imediatamente começaram a se encher de água, mas ele não os fechou. Bicuço virara a cabeçorra alerta e fixava um cruel olho laranja em Harry.

— Isso mesmo — disse Hagrid. — Isso mesmo, Harry... agora faça a reverência...

Harry não se sentia nada animado a expor a nuca a Bicuço, mas fez o que era mandado. Curvou-se brevemente e ergueu os olhos.

O hipogrifo continuava a fixá-lo com altivez. Nem se mexeu.

— Ah! — exclamou Hagrid, parecendo preocupado. — Certo... recue, agora, Harry, devagarinho...

Mas nesse instante, para enorme surpresa de Harry, o hipogrifo inesperadamente dobrou os escamosos joelhos dianteiros e afundou o corpo em uma inconfundível reverência.

— Muito bem, Harry! — aplaudiu Hagrid, extasiado. — Certo... pode tocá-lo! Acaricie o bico dele, vamos!

Com a impressão de que recuar teria sido uma recompensa melhor, Harry avançou devagarinho para o hipogrifo e estendeu a mão. Acariciou seu bico várias vezes e o bicho fechou os olhos demoradamente, como se estivesse gostando.

A turma prorrompeu em aplausos, à exceção de Malfoy, Crabbe e Goyle, que pareciam profundamente desapontados.

— Certo então, Harry — falou Hagrid. — Acho que ele até deixaria você montar nele!

Isto era mais do que o toma lá dá cá proposto por Harry. Ele estava acostumado a montar vassouras; mas não tinha muita certeza se um hipogrifo seria a mesma coisa.

— Isso, suba ali, logo atrás da articulação das asas — mandou Hagrid. — E cuidado para não arrancar nenhuma pena, ele não vai gostar nem um pouco...

Harry pisou no alto da asa de Bicuço e se içou para cima das costas do bicho. O bicho se ergueu. Harry não tinha muita certeza de onde deveria se agarrar; à sua frente tudo era coberto de penas.

— Pode ir, então! — bradou Hagrid, dando uma palmada nos quartos do hipogrifo.

Sem aviso, as asas de quase quatro metros se abriram a cada lado de Harry; ele só teve tempo de se agarrar ao pescoço do hipogrifo e já estava voando para o alto. Não foi nada semelhante a uma vassoura e Harry soube na hora qual dos dois preferia; as asas do hipogrifo adejavam desconfortavelmente dos lados, batendo por baixo de suas pernas e dando-lhe a sensação de que estava prestes a ser jogado no ar; as penas acetinadas escorregavam dos seus dedos e o garoto não se atrevia a se agarrar com mais força; em vez do voo suave da Nimbus 2000, ele agora balançava para a frente e para trás quando os quartos do hipogrifo subiam e desciam acompanhando o movimento das asas.

Bicuço deu uma volta por cima do picadeiro e em seguida embicou para o chão; essa foi a parte que Harry teve receio; ele jogou o corpo para trás, à medida que o pescoço liso do bicho abaixava, achando que ia escorregar por cima do bico, então, sentiu um baque quando os quatro membros desparelhados do bicho tocaram o chão. Por milagre, conseguiu se segurar e tornar a se endireitar.

— Bom trabalho, Harry! — berrou Hagrid enquanto todos, exceto Malfoy, Crabbe e Goyle, aplaudiam. — Muito bem, quem mais quer experimentar?

Encorajados pelo sucesso, os outros alunos subiram, cautelosos, pela cerca do picadeiro. Hagrid soltou os hipogrifos, um a um, e logo os garotos, nervosos, começaram a fazer reverências por todo o picadeiro. Neville fugiu várias vezes do dele, pois o bicho não estava com jeito de querer dobrar os joelhos. Rony e Hermione praticaram no hipogrifo castanho, enquanto Harry observava.

Malfoy, Crabbe e Goyle ficaram com Bicuço. Ele acabara de retribuir a reverência de Malfoy, que agora lhe acariciava o bico, com um ar desdenhoso.

— Isso é moleza — disse Draco com a voz arrastada, suficientemente alta para Harry ouvir. — Só podia ser, se o Potter conseguiu fazer... Aposto que você não tem nada de perigoso, tem? — disse ao hipogrifo. — Tem, seu brutamontes feioso?

Aconteceu num breve movimento das garras de aço; Draco soltou um berro agudo e no momento seguinte, Hagrid estava pelejando para enfiar a coleira em Bicuço, enquanto o bicho fazia força para avançar no garoto, que caíra dobrado na relva, o sangue aflorando em suas vestes.

— Estou morrendo! — gritou Malfoy enquanto a turma entrava em pânico. — Estou morrendo, olhem só para mim! Ele me matou!

— Você não está morrendo! — disse Hagrid, que ficara muito pálido. — Alguém me ajude... preciso tirar ele daqui...

Hermione correu para abrir o portão enquanto Hagrid erguia Malfoy nos braços, sem esforço. Quando os dois passaram, Harry observou que havia um corte grande e fundo no braço de Draco; o sangue pingava no gramado e o guarda-caça, com o garoto ao colo, subiu correndo a encosta em direção ao castelo.

Muito abalados, os alunos da aula de Trato das Criaturas Mágicas os seguiram caminhando normalmente. Os alunos da Sonserina gritavam contra Hagrid.

— Deviam despedir ele, imediatamente! — disse Pansy Parkinson, que estava às lágrimas.

— Foi culpa do Draco! — replicou Dino Thomas com rispidez. Crabbe e Goyle flexionavam os braços, ameaçadores.

Os garotos subiram os degraus de pedra para o saguão deserto.

— Vou ver se ele está bem! — disse Pansy, e os outros ficaram observando-a subir de corrida a escadaria de mármore. Os alunos da Sonserina, ainda murmurando contra Hagrid, rumaram para sua sala comunal, em uma masmorra; Harry, Rony e Hermione subiram as escadas para a Torre da Grifinória.

— Vocês acham que ele vai ficar bem? — perguntou Hermione, nervosa.

— Claro que vai. Madame Pomfrey cura cortes em um segundo — disse Harry, que já tivera ferimentos muito mais sérios curados magicamente pela enfermeira.

— Foi realmente ruim acontecer isso na primeira aula de Hagrid, vocês não acham? — comentou Rony, parecendo preocupado. — Sempre se pode contar com o Draco para estragar as coisas para o Hagrid...

Os três foram os primeiros a chegar ao Salão Principal para jantar, na esperança de verem Hagrid, mas o amigo não estava lá.

— Não iriam despedir ele, vocês acham que sim? — perguntou Hermione aflita, sem tocar no pudim de carne e rins.

— É melhor não — replicou Rony, que também não estava comendo.

Harry ficou observando a mesa da Sonserina. Um grande grupo, que incluía Crabbe e Goyle, estava reunido, absorto em conversas. Harry teve certeza de que estavam inventando a própria versão para o ferimento de Draco.

— Bem, não se pode dizer que não foi um primeiro dia de aula interessante — comentou Rony, deprimido.

Os três subiram para o salão comunal da Grifinória depois do jantar e tentaram fazer o dever de casa que a Prof.ª Minerva passara, mas ficaram o tempo todo interrompendo-o para espiar pela janela.

— Tem luz na janela de Hagrid — disse Harry de repente.

Rony consultou o relógio.

— Se a gente andar depressa, pode descer para ver ele. Ainda é cedo...

— Não sei — disse Hermione, lentamente, e Harry viu que a amiga o olhava.

— Eu tenho permissão para andar pela *propriedade* — disse o garoto incisivamente. — Sirius Black ainda não passou pelos dementadores ou passou?

Então eles guardaram o material de estudo e se dirigiram ao buraco do retrato, felizes por não encontrar ninguém no caminho até a porta principal, porque não tinham tanta certeza assim de que podiam sair.

O gramado ainda estava úmido e parecia quase preto à luz das estrelas. Quando chegaram à cabana de Hagrid, bateram e uma voz resmungou rouca:

— Pode entrar.

Hagrid estava sentado em mangas de camisa à mesa de madeira escovada; o cachorro, Canino, tinha a cabeça no colo dele. Ao primeiro olhar, os garotos perceberam que o amigo andara bebendo muito; havia uma caneca de alpaca quase do tamanho de um balde diante dele e parecia ter dificuldade para focalizá-los.

— Imagino que seja um recorde — disse com a voz pastosa, quando os reconheceu. — Calculo que nunca tiveram um professor que só durasse um dia.

— Você não foi despedido, Hagrid! — ofegou Hermione.

— Ainda não — respondeu ele, infeliz, tomando um grande gole do que havia na caneca. — Mas é só uma questão de tempo, não é, depois que Malfoy...

— Como é que ele está? — perguntou Rony enquanto se sentavam. — Não foi grave, foi?

— Madame Pomfrey fez o melhor que pôde — disse Hagrid num tom inexpressivo —, mas ele diz que continua doendo muito... todo enfaixado... gemendo...

— Ele está fingindo — disse Harry na mesma hora. — Madame Pomfrey sabe curar qualquer coisa. Ela fez crescer metade dos meus ossos no ano passado. Pode contar que Draco vai se aproveitar o máximo que puder do acidente.

— Os conselheiros da escola foram informados, é claro — disse Hagrid, infeliz. — Acham que comecei muito grande. Devia ter deixado os hipogrifos para mais tarde... que estudasse vermes ou outra coisa pequena... Só quis fazer uma primeira aula boa... Então a culpa é minha...

— É tudo culpa do *Malfoy*, Hagrid! — disse Hermione, séria.

— Somos testemunhas — acrescentou Harry. — Você avisou que os hipogrifos atacam quando são insultados. O problema é do Malfoy se ele não estava prestando atenção. Vamos contar ao Dumbledore o que realmente aconteceu.

— Vamos, sim, não se preocupe, Hagrid, vamos confirmar sua história — disse Rony.

Lágrimas saltaram dos cantos enrugados dos olhos de Hagrid, escuros como besouros. Ele puxou Harry e Rony e lhes deu um abraço de quebrar as costelas.

— Acho que você já bebeu o suficiente, Hagrid — falou Hermione com firmeza. E apanhou a caneca na mesa e saiu da cabana para esvaziá-la.

— Ah, talvez ela tenha razão — reconheceu Hagrid, soltando Harry e Rony, que recuaram cambaleando e massageando as costelas. O guarda-caça levantou-se com esforço da cadeira e seguiu Hermione até o lado de fora, com o andar vacilante. Os garotos ouviram barulho de água caindo.

— Que foi que ele fez? — perguntou Harry, nervoso, quando Hermione voltou trazendo a caneca vazia.

— Meteu a cabeça no barril de água — respondeu Hermione, guardando a caneca.

Hagrid voltou, os cabelos e barbas longas empapados, enxugando a água dos olhos.

— Assim está melhor — falou, sacudindo a cabeça como um cachorro e molhando os garotos. — Escutem, foi muita bondade vocês terem vindo me ver, eu realmente...

Hagrid parou de repente, encarando Harry como se tivesse acabado de perceber que ele estava ali.

— QUE É QUE VOCÊ ACHA QUE ESTÁ FAZENDO, HEIN? — bradou, tão inesperadamente que os garotos deram um pulo de mais de um palmo. — VOCÊ NÃO PODE SAIR ANDANDO POR AÍ DEPOIS DO ANOITECER, HARRY! E VOCÊS DOIS! DEIXARAM-NO SAIR!

Hagrid foi até Harry, agarrou-o pelo braço e puxou-o para a porta.

— Vamos! — disse aborrecido. — Vou levar vocês de volta à escola, e não quero pegar ninguém saindo para me ver depois do anoitecer. Eu não valho o risco!

7
O BICHO-PAPÃO NO ARMÁRIO

Draco não reapareceu nas aulas até o fim da manhã de quinta-feira, quando os alunos da Sonserina e da Grifinória já estavam na metade da aula dupla de Poções. Ele entrou cheio de arrogância na masmorra, o braço direito enfaixado e pendurado em uma tipoia, agindo, na opinião de Harry, como se fosse o sobrevivente heroico de uma terrível batalha.

— Como vai o braço, Draco? — perguntou Pansy Parkinson, com um sorrisinho insincero. — Está doendo muito?

— Está — respondeu o garoto, fazendo uma careta corajosa. Mas Harry o viu piscar para Crabbe e Goyle, quando Pansy desviou o olhar.

— Vá com calma, vá com calma — disse o Prof. Snape gratuitamente.

Harry e Rony fizeram caretas um para o outro; Snape não teria dito "vá com calma" se *eles* tivessem entrado atrasados, teria lhes dado uma detenção. Mas Draco sempre conseguira escapar com qualquer coisa nas aulas de Poções; Snape era o diretor da Sonserina e em geral favorecia os próprios alunos em prejuízo dos demais.

A classe estava preparando uma poção nova naquele dia, uma Solução Redutora. Draco armou seu caldeirão bem ao lado do de Harry e Rony, de modo que os três ficaram preparando os ingredientes na mesma mesa.

— Professor — chamou Draco —, vou precisar de ajuda para cortar as raízes de margarida, porque o meu braço...

— Weasley, corte as raízes para Malfoy — disse Snape sem erguer a cabeça.

Rony ficou vermelho como um tomate.

— O seu braço não tem nenhum problema — sibilou o garoto para Draco.

Draco deu um sorriso satisfeito.

— Weasley, você ouviu o que o professor disse; corte as raízes.

Rony apanhou a faca, puxou as raízes de Draco para perto e começou a cortá-las de qualquer jeito, de modo que os pedaços ficaram de tamanhos diferentes.

— Professor — falou Draco com a voz arrastada —, Weasley está mutilando as minhas raízes.

Snape aproximou-se da mesa, olhou para as raízes por cima do nariz curvo e em seguida deu a Rony um sorriso desagradável, por baixo da cabeleira longa e oleosa.

— Troque de raízes com Malfoy, Weasley.

— Mas, professor...!

Rony passara os últimos quinze minutos picando cuidadosamente suas raízes em pedacinhos exatamente iguais.

— *Agora* — mandou Snape com o seu tom de voz mais perigoso.

Rony empurrou as raízes caprichosamente cortadas para o lado de Draco na mesa, e, em seguida, apanhou novamente a faca.

— E, professor, vou precisar descascar este pinhão — disse Draco, a voz expressando riso e malícia.

— Potter, pode descascar o pinhão de Malfoy — disse Snape, lançando a Harry o olhar de desprezo que sempre reservava só para o garoto.

Harry apanhou o pinhão enquanto Rony começava a tentar consertar o estrago que fizera às raízes que ia ter que usar. Harry descascou o pinhão o mais depressa que pôde e atirou-o para o lado de Draco, sem falar. O outro riu com mais satisfação que nunca.

— Tem visto o seu amigo Hagrid, ultimamente? — perguntou Draco aos dois, baixinho.

— Não é da sua conta — retrucou Rony aos arrancos, sem erguer a cabeça.

— Acho que ele não vai continuar professor por muito tempo — disse Draco num tom de fingida tristeza. — Meu pai não ficou nada satisfeito com o meu ferimento...

— Continue falando, Draco, e vou lhe fazer um ferimento de verdade — rosnou Rony.

— ... ele apresentou queixa aos conselheiros da escola. E ao Ministério da Magia. Meu pai tem muita influência, sabe. E um ferimento permanente como este — ele fingiu um longo suspiro —, quem sabe se o meu braço vai voltar um dia a ser o mesmo?

— Então é por isso que você está fazendo toda essa encenação — comentou Harry, decapitando sem querer uma lagarta morta, porque sua mão tremia de raiva. — Para tentar fazer Hagrid ser despedido.

— Bom — respondeu Draco, baixando a voz para um sussurro —, *em parte*, Potter. Mas tem outros benefícios, também. Weasley, fatia minhas lagartas para mim.

A alguns caldeirões de distância, Neville se achava em apuros. Ele se descontrolava regularmente nas aulas de Poções; era a sua pior matéria, e seu grande medo do Prof. Snape tornava as coisas dez vezes pior. Sua poção, que devia ter ficado verde ácido e berrante, tinha acabado...

— Laranja, Longbottom — exclamou Snape, apanhando um pouco de poção com a concha e deixando-a cair de volta no caldeirão, de modo que todos pudessem ver. — Laranja. Me diga, menino, será que alguma coisa penetra nessa sua cabeça dura? Você não me ouviu dizer, muito claramente, que só precisava pôr um baço de rato? Será que eu não disse, sem nenhum rodeio, que um nadinha de sumo de sanguessuga era suficiente? Que é que eu tenho de fazer para você entender, Longbottom?

Neville estava vermelho e trêmulo. Parecia prestes a chorar.

— Por favor, professor — disse Hermione —, eu poderia ajudar Neville a consertar...

— Eu não me lembro de ter lhe pedido para se exibir, Srta. Granger — respondeu Snape friamente e Hermione ficou tão vermelha quanto Neville. — Longbottom, no final da aula vamos dar algumas gotas desta poção ao seu sapo e ver o que acontece. Quem sabe isto o estimule a preparar a poção corretamente.

O professor se afastou, deixando Neville sem fôlego de tanto medo.

— Me ajude! — gemeu o menino para Hermione.

— Ei, Harry — disse Simas Finnigan, curvando-se para pedir emprestada a balança de latão de Harry —, você já soube? No *Profeta Diário* desta manhã, eles acham que avistaram Sirius Black.

— Onde? — perguntaram Harry e Rony depressa. Do lado oposto da mesa, Draco ergueu os olhos, escutando a conversa atentamente.

— Não muito longe daqui — respondeu o colega, que parecia animado. — Foi visto por uma trouxa. Claro que ela não entendeu muito bem. Os trouxas acham que ele é apenas um criminoso comum, não é? Então ela telefonou para o número do plantão de emergência. Mas até o Ministério da Magia chegar lá, o Black já tinha sumido.

— Não muito longe daqui... — repetiu Rony, lançando a Harry um olhar sugestivo. Ele se virou e notou que Draco os observava, atento. — Que foi, Draco? Precisa que eu descasque mais alguma coisa?

Mas os olhos do garoto brilhavam de maldade, e estavam fixos em Harry. Ele se debruçou na mesa.

— Está pensando em apanhar o Black sozinho, Potter?

— Acertou! — respondeu Harry displicentemente.

Os lábios finos de Draco se curvaram num sorriso mau.

— É claro, se fosse eu — disse em voz baixa —, eu já teria feito alguma coisa há mais tempo. Eu não ficaria na escola como um bom menino, eu estaria lá fora procurando o homem.

— De que é que você está falando, Draco? — perguntou Rony com aspereza.

— *Sabe* de uma coisa, Potter? — sussurrou Malfoy, os olhos claros quase fechados.

— De quê?

Malfoy soltou uma risada baixa e desdenhosa.

— Vai ver você prefere não arriscar o pescoço. Quer deixar os dementadores resolverem o caso, não é? Mas se fosse eu, eu ia querer me vingar. Ia atrás dele pessoalmente.

— *Do que é que você está falando?* — perguntou Harry com raiva, mas naquele momento Snape falou:

— Os senhores já devem ter terminado de misturar os ingredientes. Essa poção precisa cozinhar antes de ser bebida; portanto guardem o seu material enquanto ela ferve e, então, vamos testar a do Longbottom...

Crabbe e Goyle riram-se abertamente, vendo Neville suar, enquanto mexia febrilmente sua poção. Hermione murmurava instruções para o garoto pelo canto da boca, para que Snape não visse. Harry e Rony guardaram os ingredientes que não tinham usado e foram lavar as mãos e conchas na pia de pedra a um canto da sala.

— Que foi que Draco quis dizer? — sussurrou Harry para Rony, enquanto molhava as mãos no jorro gelado que saía da boca da gárgula. — Por que eu iria querer me vingar de Black? Ele não me fez nada... ainda.

— Ele está inventando — disse Rony com violência. — Está tentando instigar você a fazer uma idiotice...

O fim da aula à vista, Snape encaminhou-se para Neville, que estava encolhido ao lado do seu caldeirão.

— Venham todos para cá — disse o professor, seus olhos pretos cintilando — e observem o que acontece ao sapo de Longbottom. Se ele conseguiu produzir uma Poção Redutora, o sapo vai virar um girino. Se, o que eu não duvido, ele não preparou a poção direito, o sapo provavelmente vai ser envenenado.

Os alunos da Grifinória observaram temerosos. Os da Sonserina se mostraram animados. Snape apanhou Trevo, o sapo, com a mão esquerda e mergulhou, com a direita, uma colherinha na poção de Neville, que agora estava verde. Depois, deixou cair umas gotinhas na garganta de Trevo.

Houve um momento de silêncio, em que Trevo engoliu a poção; seguiu-se um estalinho e Trevo, o girino, pôs-se a se contorcer na palma da mão de Snape.

Os alunos da Grifinória desataram a aplaudir. Snape, com a expressão mal-humorada, tirou um vidrinho do bolso das vestes, pingou algumas gotas em Trevo e ele reapareceu repentinamente adulto.

— Cinco pontos a menos para a Grifinória — anunciou ele, varrendo, assim, os sorrisos de todos os rostos. — Eu disse para não ajudá-lo, Srta. Granger. A turma está dispensada.

Harry, Rony e Hermione subiram a escadaria do saguão de entrada. Harry ainda estava pensando no que Malfoy falara, enquanto Rony espumava de raiva de Snape.

— Cinco pontos a menos para a Grifinória porque a poção estava certa! Por que você não mentiu, Mione? Devia ter dito que Neville fez tudo sozinho!

Hermione não respondeu. Rony olhou para os lados.

— Aonde é que ela foi?

Harry se virou também. Os dois estavam no alto da escadaria agora, vendo o resto da turma passar por eles a caminho do Salão Principal para almoçar.

— Ela estava logo atrás da gente — comentou Rony, franzindo a testa.

Malfoy passou pelos dois, caminhando entre Crabbe e Goyle. Fez uma careta de riso para Harry e desapareceu.

— Lá está ela — disse Harry.

Hermione vinha ligeiramente ofegante, correndo escada acima; com uma das mãos, ela agarrava a mochila e com a outra parecia estar escondendo alguma coisa dentro das vestes.

— Como foi que você fez isso? — perguntou Rony.

— O quê? — perguntou, por sua vez, Hermione, se juntando aos amigos.

— Em um minuto você está bem atrás da gente e no minuto seguinte está de volta ao pé da escada.

— Quê? — Hermione pareceu ligeiramente confusa. — Ah... eu tive que voltar para ver uma coisa. Ah, não...

Uma costura se rompera na mochila da garota. Harry não se surpreendeu; era visível que a mochila fora atochada com pelo menos doze livrões pesados.

— Por que está carregando tudo isso na mochila? — perguntou Rony.

— Você sabe quantas matérias estou estudando — respondeu ela sem fôlego. — Será que podia segurar esses para mim?

— Mas... — Rony foi virando os livros que a amiga lhe passara para olhar as capas — você não tem nenhuma dessas matérias hoje. Só tem Defesa Contra as Artes das Trevas, à tarde.

— É verdade — respondeu Hermione vagamente, mas guardou todos os livros na mochila assim mesmo. — Espero que tenha alguma coisa boa para o almoço, estou morta de fome — acrescentou, e se afastou em direção ao Salão Principal.

— Você também tem a impressão de que Mione não está contando alguma coisa à gente? — perguntou Rony a Harry.

O Prof. Lupin não estava em sala quando eles chegaram para a primeira aula de Defesa Contra as Artes das Trevas. Os alunos se sentaram, tiraram das mochilas os livros, penas e pergaminho e estavam conversando quando o professor finalmente apareceu. Lupin sorriu vagamente e colocou a velha maleta surrada na escrivaninha. Estava malvestido como sempre mas parecia mais saudável do que no dia do trem, como se tivesse comido umas refeições reforçadas.

— Boa tarde — cumprimentou ele. — Por favor, guardem todos os livros de volta nas mochilas. Hoje teremos uma aula prática. Os senhores só vão precisar das varinhas.

Alguns alunos se entreolharam, curiosos, enquanto guardavam os livros. Nunca tinham tido uma aula prática de Defesa Contra as Artes das Trevas antes, a não ser que considerassem aquela aula inesquecível no ano anterior, em que o professor tinha trazido uma gaiola de diabretes e os soltara na sala.

— Certo, então — disse o Prof. Lupin, quando todos estavam prontos. — Queiram me seguir.

Intrigados, mas interessados, os alunos se levantaram e o seguiram para fora da sala. Ele levou os alunos por um corredor deserto e virou num canto, onde a primeira coisa que viram foi o Pirraça, o poltergeist, flutuando no ar de cabeça para baixo, e entupindo com chicles o buraco da fechadura mais próxima.

Pirraça não ergueu os olhos até o professor chegar a mais ou menos meio metro; então, agitou os dedos dos pés e começou a cantar.

— Louco, lobo, Lupin — entoou ele. — Louco, lobo, Lupin...

Grosseiro e intratável como era quase sempre, Pirraça em geral demonstrava algum respeito pelos professores. Todo mundo olhou na mesma hora para Lupin a ver qual seria a sua reação àquilo; para surpresa de todos, o professor continuou a sorrir.

— Eu tiraria o chicle do buraco da fechadura se fosse você, Pirraça — disse ele gentilmente. — O Sr. Filch não vai poder apanhar as vassouras dele.

Filch era o zelador de Hogwarts, mal-humorado, um bruxo frustrado que travava uma guerra constante contra os estudantes e, na verdade, contra Pirraça também. Mas o poltergeist não deu a mínima atenção às palavras do professor a não ser para respondê-las com um ruído ofensivo e alto feito com a boca.

O professor deu um breve suspiro e tirou a varinha.

— Este é um feitiçozinho útil — disse à turma por cima do ombro. — Por favor, observem com atenção.

Ele ergueu a varinha até a altura do ombro e disse:

— *Uediuósi!* — e apontou para Pirraça.

Com a força de uma bala, a pelota de chicle disparou do buraco da fechadura e foi bater certeira na narina esquerda de Pirraça; o poltergeist virou de cabeça para cima e fugiu a grande velocidade, xingando.

— Maneiro, professor! — exclamou Dino Thomas admirado.

— Obrigado, Dino — disse o professor tornando a guardar a varinha. — Vamos prosseguir?

Eles recomeçaram a caminhada, a turma olhando o enxovalhado professor com crescente respeito. Lupin os conduziu por um segundo corredor e parou bem à porta da sala de professores.

— Entrem, por favor — disse ele, abrindo a porta e se afastando para os alunos passarem.

A sala dos professores, uma sala comprida, revestida com painéis de madeira e mobiliada com cadeiras velhas e desaparelhadas, estava vazia, exceto por um ocupante. O Prof. Snape estava sentado em uma poltrona baixa e ergueu os olhos para os alunos que entravam. Seus olhos brilhavam e ele tinha um arzinho de desdém em volta da boca. Quando o Prof. Lupin entrou e fez menção de fechar a porta, Snape falou:

— Pode deixá-la aberta, Lupin. Eu prefiro não estar presente.

E, dizendo isso, se levantou e passou pela turma, suas vestes pretas se enfunando às suas costas. À porta, o professor girou nos calcanhares e disse ao colega:

— Provavelmente ninguém o alertou, Lupin, mas essa turma tem Neville Longbottom. Eu o aconselharia a não confiar a esse menino nada que apresente dificuldade. A não ser que a Srta. Granger se incumba de cochichar instruções ao ouvido dele.

Neville ficou escarlate. Harry olhou aborrecido para Snape; já era bastante ruim que ele implicasse com Neville nas próprias aulas, e muito pior fazer isso na frente de outros professores.

O Prof. Lupin ergueu as sobrancelhas.

– Pois eu pretendia chamar Neville para me ajudar na primeira etapa da operação, e tenho certeza de que ele vai fazer isso admiravelmente.

A cara de Neville ficou, se isso fosse possível, ainda mais vermelha. Snape revirou os lábios num trejeito de desdém, mas se retirou, batendo de leve a porta.

– Agora, então – disse o Prof. Lupin, chamando, com um gesto, a turma para o fundo da sala, onde não havia nada exceto um velho armário em que os professores guardavam mudas limpas de vestes. Quando o professor se postou a um lado, o armário subitamente se sacudiu, batendo na parede.

"Não se preocupem", disse ele calmamente porque alguns alunos tinham pulado para trás, assustados. "Há um bicho-papão aí dentro."

A maioria dos garotos achou que isso era uma coisa com o que se preocupar. Neville lançou ao professor um olhar de absoluto terror e Simas Finnigan mirou o puxador, que agora sacudia barulhentamente, com apreensão.

– Bichos-papões gostam de lugares escuros e fechados – informou o mestre. – Guarda-roupas, o vão embaixo das camas, os armários sob as pias... Eu já encontrei um alojado dentro de um relógio de parede antigo. Este aí se mudou para cá ontem à tarde e perguntei ao diretor se os professores poderiam deixá-lo para eu dar uma aula prática aos meus alunos do terceiro ano.

"Então, a primeira pergunta que devemos nos fazer é, o que é um bicho-papão?"

Hermione levantou a mão.

– É um transformista – respondeu ela. – É capaz de assumir a forma do que achar que pode nos assustar mais.

– Eu mesmo não poderia ter dado uma definição melhor – disse o Prof. Lupin, e o rosto de Hermione se iluminou de orgulho. – Então o bicho-papão que está sentado no escuro aí dentro ainda não assumiu forma alguma. Ele ainda não sabe o que pode assustar a pessoa que está do lado de fora. Ninguém sabe qual é a aparência de um bicho-papão quando está sozinho, mas quando eu o deixar sair, ele imediatamente se transformará naquilo que cada um de nós mais teme.

"Isto significa", continuou o Prof. Lupin, preferindo não dar atenção à breve exclamação de terror de Neville, "que temos uma enorme vantagem sobre o bicho-papão para começar. Você já sabe qual é, Harry?"

Tentar responder uma pergunta com Hermione do lado, com as plantas dos pés subindo e descendo impacientes e a mão no ar, era muito irritante, mas Harry resolveu tentar assim mesmo.

– Hum... porque somos muitos, ele não vai saber que forma tomar.

– Precisamente – concordou o professor e Hermione baixou a mão, parecendo um pouquinho desapontada. – É sempre melhor estarmos acompanhados quando enfrentamos um bicho-papão. Assim, ele se confunde. No que deverá se transformar, num corpo sem cabeça ou numa lesma carnívora? Uma vez vi um bicho-papão cometer exatamente este erro, tentou assustar duas pessoas e se transformou em meia lesma. O que, nem de longe, pode assustar alguém.

"O feitiço que repele um bicho-papão é simples, mas exige concentração. Vejam, a coisa que realmente acaba com um bicho-papão é o *riso*. Então o que precisam fazer é forçá-lo a assumir uma forma que vocês achem engraçada. Vamos praticar o feitiço com as varinhas primeiro. Repitam comigo, por favor... riddikulus!"

– Riddikulus! – repetiu a turma.

– Ótimo – aprovou o Prof. Lupin. – Muito bem. Mas receio que esta seja a parte mais fácil. Sabem, a palavra sozinha não basta. E é aqui que você vai entrar Neville.

O guarda-roupa recomeçou a tremer, embora não tanto quanto Neville, que se dirigiu para o móvel como se estivesse indo para a forca.

– Certo, Neville – disse o professor. – Vamos começar pelo começo: qual, você diria, que é a coisa que pode assustá-lo mais neste mundo?

Os lábios de Neville se mexeram mas não emitiram som algum.

– Não ouvi o que você disse, Neville, me desculpe – disse o Prof. Lupin animado.

Neville olhou para os lados meio desesperado, como que suplicando a alguém que o ajudasse, depois disse, num sussurro quase inaudível:

– O Prof. Snape.

Quase todo mundo riu. Até Neville sorriu como se pedisse desculpas. Lupin, porém, ficou pensativo.

– Prof. Snape... hummm... Neville, eu creio que você mora com a sua avó?

– Hum... moro – disse Neville, nervoso. – Mas também não quero que o bicho-papão se transforme na minha avó.

– Não, não, você não entendeu – disse o professor, agora rindo. – Será que você podia nos descrever que tipo de roupas a sua avó normalmente usa?

Neville fez cara de espanto mas disse:

— Bem... sempre o mesmo chapéu. Um bem alto com um urubu empalhado na ponta. E um vestido comprido... verde, normalmente... e às vezes uma raposa.

— E uma bolsa?

— Vermelha e bem grande.

— Certo então — disse o professor. — Você é capaz de imaginar essas roupas com clareza, Neville? Você consegue vê-las mentalmente?

— Consigo — respondeu Neville, hesitante, obviamente imaginando o que viria a seguir.

— Quando o bicho-papão irromper daquele guarda-roupa, Neville, e vir você, ele vai assumir a forma do Prof. Snape. E você vai erguer a varinha... assim... e gritar "Riddikulus"... e se concentrar com todas as suas forças nas roupas de sua avó. Se tudo correr bem, o Prof. Bicho-Papão-Snape será forçado a vestir aquele chapéu com o urubu, aquele vestido verde e carregar aquela enorme bolsa vermelha.

Houve uma explosão de risos. O guarda-roupa sacudiu com maior violência.

— Se Neville acertar, o bicho-papão provavelmente vai voltar a atenção para cada um de nós individualmente. Eu gostaria que todos gastassem algum tempo, agora, para pensar na coisa de que têm mais medo e imaginar como poderia fazê-la parecer cômica...

A sala ficou silenciosa. Harry pensou... O que o apavorava mais no mundo?

Seu primeiro pensamento foi Lorde Voldemort — um Voldemort que tivesse recuperado totalmente as forças. Mas antes que conseguisse planejar um possível contra-ataque ao bicho-papão-Voldemort, uma imagem horrível foi aflorando à superfície de sua mente...

Uma mão luzidia e podre, que escorregava para dentro de uma capa preta... uma respiração longa e rascante que saía de uma boca invisível... depois um frio tão penetrante que dava a impressão de que ele estava se afogando...

Harry estremeceu e olhou para os lados, na esperança de que ninguém tivesse reparado nele. Muitos alunos tinham os olhos bem fechados. Rony murmurava para si mesmo "Arranque as pernas dela". Harry teve certeza de que sabia a que o amigo se referia. O maior medo de Rony eram as aranhas.

— Todos prontos? — perguntou o Prof. Lupin.

Harry sentiu uma onda de medo. Ele não estava pronto. Como era possível fazer um dementador se tornar menos aterrorizante? Mas não quis pedir mais tempo; todos estavam acenando a cabeça afirmativamente e enrolando as mangas.

— Neville, nós vamos recuar — disse o professor. — Assim você fica com o campo livre, está bem? Vou chamar o próximo a vir para a frente... Todos para trás, agora, de modo que Neville tenha espaço para agitar a varinha...

Todos recuaram, encostaram-se nas paredes, deixando Neville sozinho ao lado do guarda-roupa. Ele parecia pálido e assustado, mas enrolara as mangas das vestes e segurava a varinha em posição.

— Quando eu contar três, Neville — avisou Lupin, que apontava a própria varinha para o puxador do armário. — Um... dois... três... *agora*!

Um jorro de faíscas saltou da ponta da varinha do professor e bateu no puxador. O guarda-roupa se abriu com violência. Com o nariz curvo e ameaçador, o Prof. Snape saiu, os olhos faiscando para Neville.

Neville recuou, de varinha no ar, balbuciando silenciosamente. Snape avançou para ele, apanhando alguma coisa dentro das vestes.

— R... r... *riddikulus!* — esganiçou-se Neville.

Ouviu-se um ruído que lembrava o estalido de um chicote. Snape tropeçou; usava um vestido longo, enfeitado de rendas e um imenso chapéu de bruxo com um urubu carcomido de traças no alto, e sacudia uma enorme bolsa vermelho vivo.

Houve uma explosão de risos; o bicho-papão parou, confuso, e o Prof. Lupin gritou:

— Parvati! Avante!

Parvati adiantou-se, com ar decidido. Snape avançou para ela. Ouviu-se outro estalo e onde o bicho-papão estivera havia agora uma múmia com as bandagens sujas de sangue; seu rosto tampado estava virado para Parvati e a múmia começou a andar para a garota muito lentamente, arrastando os pés, erguendo os braços duros...

— *Riddikulus!* — exclamou Parvati.

Uma bandagem se soltou aos pés da múmia; ela se enredou, caiu de cara no chão e sua cabeça rolou para longe do corpo.

— Simas — bradou o professor.

Simas passou disparado por Parvati.

Craque! Onde estivera a múmia surgiu uma mulher de cabelos pretos que iam até o chão e um rosto esverdeado e esquelético — um espírito agourento. Ela escancarou a boca e um som espectral encheu a sala, um grito longo e choroso que fez os cabelos de Harry ficarem em pé.

— *Riddikulus!* — bradou Simas.

O espírito agourento emitiu um som rascante, apertou a garganta com as mãos; sua voz sumiu.

Craque! O espírito agourento se transformou em um rato, que saiu correndo atrás do próprio rabo, em círculos, depois... *craque!* – transformou-se em uma cascavel, que saiu deslizando e se contorcendo até que – *craque!* – se transformou em um olho único e sangrento.

– Confundimos o bicho! – gritou Lupin. – Já estamos quase no fim! Dino!

Dino adiantou-se correndo.

Craque! O olho se transformou em uma mão decepada, que deu uma cambalhota e saiu andando de lado como um caranguejo.

– *Riddikulus!* – berrou Dino.

Ouviu-se um estalo e a mão ficou presa em uma ratoeira.

– Excelente! Rony, você é o próximo!

Rony correu para a frente aos pulos.

Craque!

Muitos alunos gritaram. Uma aranha gigantesca e peluda, com quase dois metros de altura, avançou para Rony, batendo as pinças ameaçadoramente. Por um instante, Harry achou que Rony congelara. Mas...

– *Riddikulus!* – berrou Rony, e as pernas da aranha desapareceram; ela ficou rolando pelo chão; Lilá Brown deu um grito agudo e se afastou correndo do caminho da aranha até que ela parou aos pés de Harry. O garoto ergueu a varinha, preparou-se mas...

– Tome! – gritou o Prof. Lupin de repente, correndo para a frente.

Craque!

A aranha sem pernas sumira. Por um segundo todos olharam assustados para os lados a ver o que aparecera. Então viram um globo branco-prateado pendurado no ar diante de Lupin, e ele disse "*Riddikulus*" quase descansadamente.

Craque!

– Para a frente, Neville, e acabe com ela! – mandou o professor quando o bicho-papão aterrissou no chão sob a forma de uma barata. *Craque!* E Snape reapareceu. Desta vez, Neville avançou parecendo decidido.

– *Riddikulus!* – gritou, e, por uma fração de segundo, seus colegas tiveram uma visão de Snape com seu vestido de rendas antes de Neville soltar uma grande gargalhada e o bicho-papão explodir em milhares de fiapinhos minúsculos de fumaça, e desaparecer.

— Excelente! — exclamou o Prof. Lupin enquanto a classe aplaudia com entusiasmo. — Excelente, Neville. Muito bem, pessoal... Deixe-me ver... cinco pontos para a Grifinória para cada pessoa que enfrentou o bicho-papão... dez para Neville porque ele o enfrentou duas vezes e cinco para Harry e para Hermione.

— Mas eu não fiz nada — protestou Harry.

— Você e Hermione responderam às minhas perguntas corretamente no início da aula, Harry — respondeu Lupin gentilmente. — Muito bem, pessoal, foi uma aula excelente. Dever de casa: por favor, leiam o capítulo sobre os bichos-papões e façam um resumo para me entregar... na segunda-feira. E por hoje é só.

Falando agitados, os alunos deixaram a sala dos professores. Harry, porém, não estava se sentindo muito animado. O Prof. Lupin intencionalmente o impedira de enfrentar o bicho-papão. Por quê? Teria sido porque vira Harry desmaiar no trem e achava que ele não seria capaz? Teria pensado que ele ia desmaiar de novo?

Mas ninguém mais pareceu ter estranhado nada.

— Você me viu enfrentar aquele espírito agourento? — perguntava Simas aos gritos.

— E a mão! — disse Dino, agitando a própria mão no ar.

— E o Snape naquele chapéu!

— E a minha múmia?

— Por que será que o Prof. Lupin tem medo de bolas de cristal? — indagou Lilá, pensativa.

— Essa foi a melhor aula de Defesa Contra as Artes das Trevas que já tivemos, vocês não acham? — disse Rony, animado, quando refaziam o caminho até a sala de aula para apanhar as mochilas.

— Ele parece um bom professor — comentou Hermione em tom de aprovação. — Mas eu gostaria de ter podido enfrentar o bicho-papão...

— O que ele teria sido para você? — perguntou Rony dando risadinhas. — Um dever de casa que só mereceu nota nove?

8

A FUGA DA MULHER GORDA

Não demorou nada e a Defesa Contra as Artes das Trevas se tornou a matéria favorita da maioria dos estudantes. Somente Draco Malfoy e sua patota de alunos da Sonserina tinham alguma coisa de ruim a dizer do Prof. Lupin.

— Olha só as vestes dele — Malfoy diria num sussurro bem audível quando o professor passava. — Ele se veste como um velho elfo doméstico.

Mas ninguém mais se importava se as vestes de Lupin eram remendadas e esfiapadas. Suas aulas seguintes tinham sido tão interessantes quanto a primeira. Depois dos bichos-papões, eles estudaram os "barretes vermelhos", criaturinhas malfazejas que lembravam duendes e rondavam os lugares onde houvera derramamento de sangue — masmorras de castelos e valas dos campos de batalha desertos — à espera de abater a porrete os que se perdiam. Dos barretes vermelhos eles passaram aos *kappas*, seres rastejantes das águas, que lembravam macacos com escamas, palmípedes cujas mãos comichavam para estrangular os banhistas desavisados que penetravam seus domínios.

Harry só desejava que fosse tão feliz com outras matérias. A pior delas era Poções. Snape andava com uma disposição bem vingativa ultimamente, e ninguém tinha dúvidas do que motivara isso. A história do bicho-papão que assumira a forma dele, e a maneira com que Neville o vestira com as roupas da avó, correra a escola como fogo espontâneo. Snape não parecia ter achado graça. Seus olhos faiscavam ameaçadoramente à simples menção do nome de Lupin e ele andava implicando com Neville mais do que nunca.

Harry também estava começando a temer as horas que passava na sala sufocante da Prof.ª Sibila, decifrando formas e símbolos enviesados, tentando fingir que não via os olhos da professora se encherem de lágrimas todas as vezes que olhava para ele. Não conseguia gostar de Sibila, embora ela fosse tratada, por muitos alunos da turma, com um respeito que beirava a reverência. Parvati Patil e Lilá Brown passaram a rondar a torre da professora na hora do almoço, e sempre voltavam com irritantes ares de superioridade, como se soubessem de coisas que os outros desconheciam. Tinham começado também a usar um tom de voz abafado sempre que falavam com Harry, como se estivessem em seu velório.

Ninguém gostava realmente de Trato das Criaturas Mágicas que, depois da primeira aula repleta de ação, tornara-se extremamente monótona. Hagrid parecia ter perdido a confiança em si mesmo. Os alunos agora passavam aula após aula aprendendo a cuidar de vermes, que eram uma das espécies de bichos mais chatas que existem no mundo, e não era por acaso.

— Por que alguém *se daria o trabalho* de cuidar deles?! — exclamou Rony, depois de mais de uma hora enfiando alface fresca picada pela goela escorregadia dos vermes.

No início de outubro, porém, Harry teve algo com que se ocupar, algo tão prazeroso que mais do que compensou as aulas chatas. A temporada de quadribol se aproximava e Olívio Wood, capitão do time da Grifinória, convocou uma reunião para uma noite de quinta-feira com a finalidade de discutirem as táticas que adotariam na nova temporada.

Havia sete jogadores num time de quadribol: três artilheiros, cuja função é marcar *gols* fazendo a goles (uma bola vermelha do tamanho de uma bola de futebol) passar por um aro no alto de uma baliza de quinze metros de altura fincada em cada extremidade do campo; dois batedores, armados com pesados bastões para repelir os balaços (duas bolas pretas maciças que voavam para todos os lados tentando atacar os jogadores); um goleiro, que defendia as balizas e um apanhador, que tinha a função mais difícil de todas, a de capturar o pomo de ouro, uma bolinha alada do tamanho de uma noz, cuja captura encerrava o jogo, e garantia para o time do apanhador cento e cinquenta pontos a mais.

Olívio era um rapaz forte de dezessete anos, agora no sétimo e último ano de Hogwarts. Tinha uma espécie de desespero silencioso na voz quando se dirigiu aos seis companheiros de equipe nos gelados vestiários, localizados nas pontas do campo de quadribol, agora quase escuro.

— Esta é a nossa última chance, *minha* última chance, de ganhar a Taça de Quadribol — disse andando para lá e para cá diante dos colegas. — Vou-me embora no fim deste ano. Nunca mais terei outra oportunidade.

"Grifinória não ganha a taça há sete anos. Tudo bem, tivemos o maior azar do mundo, acidentes, depois o cancelamento do torneio no ano passado...", Olívio engoliu em seco como se aquela lembrança ainda lhe desse um nó na garganta. "Mas também sabemos que temos *o time* — *melhor* — *mais irado — da escola*", disse ele, dando um soco na palma da mão, o velho brilho obsessivo nos olhos.

"Temos três artilheiros da *melhor qualidade*."

Olívio apontou para Alícia Spinnet, Angelina Johnson e Katie Bell.

— Temos dois batedores *imbatíveis*.

— Pode parar, Olívio, você está encabulando a gente — disseram Fred e Jorge juntos, fingindo corar.

— E temos um apanhador que até hoje nunca *deixou de nos levar à vitória nas partidas que jogamos!* — falou Olívio em tom retumbante, encarando Harry com uma espécie de orgulho ardoroso. — E temos a mim — acrescentou, pensando melhor.

— Nós também achamos você muito bom, Olívio — disse Jorge.

— Um goleiro do caramba! — disse Fred.

— A questão é — continuou Olívio retomando a caminhada — que a Taça de Quadribol devia ter tido o nome do nosso time gravado, nesses dois últimos anos. Desde que Harry se juntou a nós, achei que a taça já estava no papo. Mas não ganhamos, e este ano é a última chance que teremos de finalmente ver o nosso nome na taça...

Olívio falou tão desolado que até Fred e Jorge o olharam com simpatia.

— Olívio, este ano é o nosso ano — animou-o Fred.

— Vamos conseguir, Olívio! — disse Angelina.

— Sem a menor dúvida — confirmou Harry.

Cheio de determinação, o time começou os treinos, três noites por semana. O tempo estava ficando mais frio e mais úmido, as noites mais escuras, mas não havia lama nem vento nem chuva que pudesse empanar a visão maravilhosa de Harry de finalmente ganhar a enorme Taça de Quadribol de prata.

Harry voltou à sala comunal da Grifinória certa noite depois do treino, enregelado, os músculos endurecidos, mas satisfeito com o aproveitamento do treino, e encontrou a sala mergulhada num vozerio animado.

— Que foi que aconteceu? — perguntou ele a Rony e Hermione, que estavam sentados em duas das melhores poltronas ao lado da lareira terminando uns mapas estelares para a aula de Astronomia.

— Primeiro fim de semana em Hogsmeade — respondeu Rony, apontando para uma nota que aparecera no escalavrado quadro de avisos. — Fim de outubro. Dia das Bruxas.

— Ótimo — comentou Fred que seguira Harry na passagem pelo buraco do quadro. — Preciso visitar a Zonko's. Meus chumbinhos fedorentos estão quase no fim.

Harry se atirou em uma cadeira ao lado de Rony, sua animação esfriando. Hermione pareceu ler seus pensamentos.

— Harry, tenho certeza de que você vai poder ir na próxima visita — disse a garota. — Vão acabar pegando o Black logo. Ele já foi avistado uma vez.

— Black não é louco de tentar alguma coisa em Hogsmeade — argumentou Rony. — Pergunte a McGonagall se você pode ir, Harry. A próxima vez talvez demore um tempão para acontecer...

— Rony! — exclamou a garota. — Harry tem que ficar *na escola*...

— Ele não pode ser o único aluno de terceiro ano que vai ficar — disse Rony. — Pergunta a McGonagall, anda, Harry...

— É, acho que vou perguntar — disse Harry se decidindo.

Hermione abriu a boca para protestar, mas naquele instante Bichento pulou com leveza em seu colo. Trazia uma enorme aranha morta pendurada na boca.

— Ele tem que comer isso na frente da gente? — perguntou Rony aborrecido.

— Bichento inteligente, você apanhou a aranha sozinho? — perguntou Hermione.

Bichento mastigou a aranha vagarosamente, os olhos amarelos fixos insolentemente em Rony.

— Vê se ao menos segura ele aí — disse Rony irritado, voltando a atenção para o seu mapa estelar. — Perebas está dormindo na minha mochila.

Harry bocejou. Queria realmente ir se deitar, mas ainda tinha o mapa para terminar. Puxou a mochila para perto, tirou um pergaminho, tinta e caneta e começou a trabalhar.

— Pode copiar o meu, se quiser — ofereceu Rony, escrevendo o nome da última estrela com um floreio e empurrando o mapa para Harry.

Hermione, que desaprovava colas, contraiu os lábios mas não disse nada. Bichento continuava a mirar Rony sem piscar, agitando a ponta do rabo peludo. Então, sem aviso, atacou.

— AI! — berrou Rony, agarrando a mochila na hora em que Bichento enterrava nela as garras das quatro patas e começava a sacudi-la furiosamente. — DÊ O FORA DAÍ SEU BICHO BURRO!

Rony tentou arrancar a mochila das garras de Bichento, mas o gato não a largava, bufando e unhando.

— Rony, não machuca ele! — gritou Hermione; toda a sala observava; Rony girou a mochila, Bichento continuou agarrado, e Perebas saiu voando pela abertura...

— SEGURE ESSE GATO! — berrou Rony quando Bichento se desvencilhou dos restos da mochila e saltou para a mesa perseguindo o aterrorizado Perebas.

Jorge Weasley deu um salto na direção de Bichento mas errou; Perebas disparou entre vinte pares de pernas e sumiu embaixo de uma velha cômoda. Bichento parou derrapando, se abaixou o mais que pôde nas pernas arqueadas e começou a fazer furiosas investidas com a pata dianteira no vão da cômoda.

Rony e Hermione correram para acudir; Hermione agarrou Bichento pelo meio e carregou-o para longe; Rony se atirou no chão de barriga para baixo e, com grande dificuldade, puxou Perebas para fora pelo rabo.

— Olha só para ele! — gritou o garoto furioso para Hermione, balançando Perebas diante da amiga. — Está pele e osso! Segura esse gato longe dele!

— Bichento não entende que isso é errado! — defendeu-o Hermione, a voz trêmula. — Todos os gatos caçam ratos, Rony!

— Tem uma coisa esquisita nesse animal! — acusou Rony, que estava tentando persuadir um Perebas, que se contorcia freneticamente, a voltar para dentro do seu bolso. — Ele me ouviu dizer que Perebas estava na mochila!

— Ah, deixa de bobagem — retrucou a garota. — Bichento sabe farejar, Rony, de que outro modo você acha...

— Esse gato está perseguindo o Perebas! — disse Rony, fingindo não ver os colegas em volta, que começavam a dar risadinhas abafadas. — E Perebas estava aqui primeiro, e está doente!

Rony atravessou a sala decidido e desapareceu na subida da escada para os dormitórios dos garotos.

Rony continuou de mal com Hermione no dia seguinte. Quase não falou com a garota durante a aula de Herbologia, embora ele, Harry e Hermione estivessem trabalhando juntos na mesma tarefa.

— Como é que vai o Perebas? — perguntou Hermione timidamente enquanto colhiam gordas vagens rosadas das plantas e esvaziavam seus feijões luzidios em um balde de madeira.

— Está escondido no fundo da minha cama tremendo — respondeu Rony com raiva, errando o balde e espalhando feijões pelo chão da estufa.

— Cuidado, Weasley, cuidado! — exclamou a Prof.ª Sprout quando os feijões desabrocharam diante dos olhos de todos.

A aula seguinte era Transfiguração. Harry, que resolvera perguntar à Prof.ª McGonagall depois da aula se podia ir a Hogsmeade com os colegas, entrou na fila do lado de fora da sala tentando decidir como é que iria defender o seu caso. Foi distraído, porém, por uma confusão no início da fila.

Pelo jeito, Lilá Brown estava chorando. Parvati abraçava-a, e explicava algo a Simas e Dino, que pareciam muito sérios.

— Que foi que aconteceu, Lilá? — perguntou Hermione, ansiosa, quando ela, Harry e Rony se reuniram ao grupo.

— Ela recebeu uma carta de casa hoje de manhã — sussurrou Parvati. — Foi o coelho dela, Bínqui. Foi morto por uma raposa.

— Ah — disse Hermione —, sinto muito, Lilá.

— Eu devia ter imaginado! — exclamou Lilá, tragicamente. — Você sabe que dia é hoje?

— Hum...

— Dezesseis de outubro! "Essa coisa que você receia, vai acontecer na sexta-feira, 16 de outubro!" Lembram? Ela estava certa, ela estava certa!

A turma inteira agora rodeava Lilá. Simas sacudia a cabeça, sério. Hermione hesitou; em seguida perguntou:

— Você receava que Bínqui fosse morto por uma raposa?

— Bem, não necessariamente por uma *raposa* — respondeu Lilá, erguendo os olhos, dos quais as lágrimas escorriam sem parar —, mas *obviamente* eu receava que ele morresse, não é?

— Ah! — exclamou Hermione. Ela fez outra pausa. E depois: — Bínqui era um coelho *velho*?

— N... não! — soluçou Lilá. — A... ainda era um bebezinho!

Parvati apertou o abraço que dava em Lilá.

— Mas, então, por que você tinha receio que ele morresse? — perguntou Hermione.

Parvati fez uma cara feia para a colega.

— Bem, vamos encarar isso logicamente — falou Hermione, virando-se para o restante do grupo. — Quero dizer, Bínqui nem ao menos morreu hoje, não é? Lilá foi que recebeu a notícia hoje... — Lilá abriu um berreiro — e ela *não podia* estar receando isso, porque a notícia foi um choque para ela...

— Não ligue para Hermione, Lilá — disse Rony em voz alta —, ela não acha que os bichos de estimação dos outros têm muita importância.

A Profª Minerva abriu a porta da sala de aula naquele momento, o que talvez tenha sido uma sorte; Hermione e Rony estavam se fuzilando com os olhos e quando entraram na sala se sentaram um de cada lado de Harry, e passaram a aula inteira sem se falar.

Harry ainda não decidira o que ia dizer à professora quando a sineta tocou anunciando o fim da aula, mas foi ela quem levantou o assunto de Hogsmeade primeiro.

— Um momento, por favor! — pediu quando a turma se preparava para sair. — Como vocês todos fazem parte da minha Casa, deverão entregar os formulários de autorização para ir a Hogsmeade a mim, antes do Dia das Bruxas. Sem formulário não há visita, por isso não se esqueçam.

Neville levantou a mão.

— Por favor, professora, eu... eu acho que perdi...

— Sua avó mandou o seu diretamente a mim, Longbottom — disse Minerva. — Parece que ela achou mais seguro. Bem, é só isso, podem ir.

— Pergunta a ela agora — sibilou Rony a Harry.

— Ah, mas... — começou Hermione.

— Manda ver — disse Rony insistindo.

Harry esperou o resto da turma desaparecer e se dirigiu, nervoso, à escrivaninha da professora.

— Que foi, Potter?

Harry inspirou profundamente.

— Professora, minha tia e meu tio... hum... se esqueceram de assinar a minha autorização.

A Prof.ª Minerva olhou-o por cima dos óculos quadrados e não disse nada.

— Então... hum... a senhora acha que haveria algum problema... quero dizer, que estaria OK se eu... se eu fosse a Hogsmeade?

Minerva baixou os olhos e começou a mexer nos papéis em cima da escrivaninha.

— Receio que não, Potter. Você ouviu o que eu disse. Não tem formulário, não tem visita ao povoado. Essa é a regra.

— Mas, professora, minha tia e meu tio... a senhora sabe, eles são trouxas, não entendem realmente para que servem... os formulários de Hogwarts e outras coisas daqui — explicou Harry, enquanto Rony o animava a prosseguir com vigorosos acenos de cabeça. — Se a senhora disser que eu posso ir...

— Mas eu não vou dizer — falou a professora se levantando e arrumando os papéis na gaveta. — O formulário diz claramente que o pai ou guardião precisa dar permissão. — Minerva se virou para olhá-lo, com uma estranha expressão no rosto. Seria pena? — Sinto muito, Potter, mas esta é a minha palavra final. É melhor você se apressar ou vai se atrasar para a próxima aula.

* * *

Não restava nada a fazer. Rony xingou a Prof.ª Minerva de uma porção de nomes, o que deixou Hermione muito aborrecida; a garota assumiu um ar de "foi-melhor-assim" que fez Rony ficar com mais raiva e Harry teve que suportar os colegas na aula discutindo, alegres e em altas vozes, o que iam fazer primeiro, quando chegassem a Hogsmeade.

— Sempre tem a festa — disse Rony, num esforço para animar Harry. — Sabe, a festa do Dia das Bruxas, à noite.

— Sei — respondeu Harry, deprimido —, que ótimo.

A festa do Dia das Bruxas era sempre boa, mas teria um sabor muito melhor se fosse depois de uma visita a Hogsmeade com os colegas. Nada que ninguém disse fez Harry se sentir melhor com relação à ideia de ser deixado para trás. Dino Thomas, que era jeitoso com uma caneta, se oferecera para falsificar a assinatura do tio Válter no formulário, mas como Harry já dissera à Prof.ª Minerva que os tios não haviam assinado, não adiantava nada. Rony, meio desanimado, sugeriu a Capa da Invisibilidade, mas Hermione eliminou essa possibilidade, lembrando a Rony que Dumbledore avisara que os dementadores podiam ver através da capa. Possivelmente foi Percy quem disse as palavras que menos consolaram.

— O pessoal faz um estardalhaço sobre Hogsmeade, mas eu garanto, Harry, o povoado não é tão fantástico quanto dizem — falou ele, sério. — Tudo bem, a loja de doces é bastante boa e a Zonko's — Logros e Brincadeiras é francamente perigosa e, ah, sim, a Casa dos Gritos sempre vale a pena visitar, mas, verdade, Harry, tirando isso, você não vai perder nada.

Na manhã do Dia das Bruxas, Harry acordou com os colegas e desceu para tomar café, sentindo-se totalmente arrasado, embora se esforçasse ao máximo para agir normalmente.

— Vamos lhe trazer um monte de doces da Dedosdemel — prometeu Hermione, sentindo uma pena desesperada do amigo.

— É, montes — concordou Rony. Ele e Hermione tinham finalmente esquecido a briga por causa do Bichento diante do descontentamento de Harry.

— Não se preocupem comigo — disse Harry, no que ele imaginava ser uma voz displicente. — Vejo vocês na festa. Divirtam-se.

Ele acompanhou os amigos até o saguão da escola, onde Filch, o zelador, estava postado à porta de entrada, verificando se os nomes constavam de uma longa lista, examinando cada rosto cheio de desconfiança, e certificando-se de que ninguém que não devia ir estivesse saindo escondido da escola.

— Vai ficar na escola, Potter? — gritou Malfoy, que estava na fila com Crabbe e Goyle. — Medinho de passar pelos dementadores?

Harry não lhe deu atenção e se dirigiu, solitário, para a escadaria de mármore, seguiu pelos corredores desertos e voltou à Torre da Grifinória.

— Senha? — perguntou a Mulher Gorda, acordando assustada de um cochilo.

— Fortuna Major — disse Harry apático.

O retrato se afastou e ele passou pelo buraco que levava à sala comunal. Estava repleto de alunos do primeiro e segundo anos que tagarelavam e de alguns alunos mais velhos, que obviamente já tinham visitado Hogsmeade tantas vezes que a novidade se desgastara.

— Harry! Harry! Oi, Harry!

Era Colin Creevey, um colega do segundo ano que tinha uma profunda admiração por Harry e nunca perdia uma oportunidade de falar com o seu ídolo.

— Você não vai a Hogsmeade, Harry? Por que não? Ei — Colin olhou com ansiedade para os amigos —, pode vir se sentar conosco, se quiser, Harry!

— Hum... não, obrigado, Colin — disse Harry que não estava a fim de ter um bandão de gente olhando, curiosa, para a cicatriz em sua testa. — Tenho... tenho que ir à biblioteca, preciso fazer um trabalho.

Depois disso, ele não teve escolha senão dar meia-volta e se dirigir ao buraco do retrato para sair.

— Para o que foi então que me acordou? — comentou, rabugenta, a Mulher Gorda quando ele, depois de passar, foi se afastando.

Harry caminhou, desalentado, em direção à biblioteca, mas no meio do caminho mudou de ideia; não estava com vontade de trabalhar. Deu meia-volta e deparou com Filch, que obviamente acabara de despachar o último visitante para Hogsmeade.

— Que é que você está fazendo? — rosnou Filch, desconfiado.

— Nada — respondeu Harry com sinceridade.

— Nada! — bufou Filch, a queixada tremendo desagradavelmente. — Que coisa improvável! Andando, sorrateiro, sozinho, por que é que você não está em Hogsmeade comprando chumbinho fedorento, pó de arroto e minhocas de apito como os seus outros amiguinhos intragáveis?

Harry sacudiu os ombros.

— Muito bem, volte para sua sala comunal que é o seu lugar! — mandou Filch, com rispidez e ficou parado olhando até Harry desaparecer de vista.

Mas o garoto não voltou à sala comunal; ele subiu uma escada, pensando vagamente em visitar o corujal para ver Edwiges, e estava andando por outro corredor quando uma voz que vinha de uma das salas o chamou:

— Harry?

O garoto se virou para ver quem o chamara e deparou com o Prof. Lupin, que espiava para os lados à porta de sua sala.

— Que é que você está fazendo? — perguntou Lupin, embora num tom de voz diferente do de Filch. — Onde estão Rony e Hermione?

— Hogsmeade — respondeu Harry num tom que ele pretendia que fosse descontraído.

— Ah — comentou Lupin. Ele observou o garoto por um momento. — Por que você não entra? Estive aguardando a entrega de um *grindylow* para a nossa próxima aula.

— De um o quê? — perguntou Harry.

Ele entrou na sala de Lupin com o professor. A um canto havia uma enorme caixa de água. Um bicho de cor verde-bile e chifrinhos pontiagudos comprimia a cara contra o vidro, fazendo caretas e agitando os dedos longos e afilados.

— Demônio aquático — explicou Lupin, examinando o *grindylow* pensativamente. — Não deve nos dar muito trabalho, não depois dos *kappas*. O truque é deixar as mãos deles sem ação. Reparou nos dedos anormalmente compridos? Fortes mas muito quebradiços.

O *grindylow* arreganhou os dentes verdes e em seguida se enterrou num emaranhado de ervas a um canto.

— Xícara de chá? — ofereceu Lupin, procurando a chaleira. — Eu estava mesmo pensando em preparar uma.

— Tudo bem — aceitou Harry sem jeito.

Lupin deu alguns golpes de varinha na chaleira e na mesma hora saiu do bico uma baforada de vapor quente.

— Sente-se — convidou Lupin, tirando a tampa de uma lata empoeirada. — Receio que só tenha chá em saquinhos... mas eu diria que você já bebeu chá em folhas que chegue.

Harry olhou para ele. Os olhos do professor cintilavam.

— Como foi que o senhor soube disso? — perguntou Harry.

— A Prof.ª McGonagall me contou — respondeu Lupin, passando a Harry uma caneca lascada cheia de chá. — Você não está preocupado, está?

— Não.

Por um instante Harry pensou em contar a Lupin a história do cão que ele vira na rua Magnólia mas decidiu não fazê-lo. Não queria que Lupin pensasse que era covarde, principalmente porque o professor já parecia pensar que ele não era capaz de enfrentar um bicho-papão.

Alguma coisa dos pensamentos de Harry devia ter transparecido em seu rosto, porque Lupin perguntou:

— Tem alguma coisa preocupando-o, Harry?

— Não — mentiu o garoto. Depois, bebeu um pouco de chá observando o *grindylow* que o ameaçava com o punho. — Tem — disse ele de repente, pousando a xícara de chá na mesa do professor. — O senhor se lembra daquele dia em que lutamos contra o bicho-papão?

— Claro.

— Por que o senhor não me deixou enfrentar o bicho? — perguntou Harry abruptamente.

Lupin ergueu as sobrancelhas.

— Eu teria pensado que isto era óbvio, Harry — disse ele parecendo surpreso.

Harry, que esperara que o professor negasse ter feito uma coisa dessas, ficou perplexo.

— Por quê? — tornou ele a perguntar.

— Bem — falou Lupin, franzindo de leve a testa —, presumi que se o bicho-papão o enfrentasse, ele assumiria a forma de Lorde Voldemort.

Harry arregalou os olhos. Não somente esta era a última resposta que poderia esperar, como também Lupin dissera o nome de Voldemort. A única pessoa que Harry já ouvira dizer esse nome em voz alta (além dele próprio) fora o Prof. Dumbledore.

— Pelo visto eu me enganei — desculpou-se o professor, ainda franzindo a testa. — Mas eu não achei uma boa ideia Lorde Voldemort se materializar na sala dos professores. Imaginei que os alunos entrariam em pânico.

— Logo no começo, eu realmente pensei em Voldemort — disse Harry honestamente. — Mas depois, eu... eu me lembrei daqueles dementadores.

— Entendo — falou o professor, pensativo. — Bem, bem... Estou impressionado. — Ele sorriu brevemente ao ver a expressão de surpresa no rosto do garoto. — Isto sugere que o que você mais teme é o medo. Muito sensato, Harry.

Harry não soube o que dizer ao professor, por isso bebeu mais chá.

— Então você andou pensando que eu não acreditava que você tivesse capacidade para enfrentar o bicho-papão? — perguntou Lupin astutamente.

— Bem... é. — Harry de repente estava se sentindo muito mais feliz. — Prof. Lupin, o senhor sabe que os dementadores...

O garoto foi interrompido por uma batida na porta.

— Entre — convidou o professor.

A porta se abriu e Snape entrou. Trazia um cálice ligeiramente fumegante e parou, apertando os olhos pretos, ao ver Harry.

— Ah, Severo — exclamou Lupin sorridente. — Muito obrigado. Podia deixar aí na mesa para mim?

Snape pousou o cálice fumegante, os olhos indo de Harry para Lupin.

— Eu estava mostrando a Harry o meu *grindylow* — disse Lupin em tom agradável, indicando o tanque de água.

— Fascinante — comentou Snape sem sequer olhar para o tanque. — Você devia beber isso logo, Lupin.

— É, é, vou beber.

— Fiz um caldeirão cheio — continuou Snape. — Se precisar de mais...

— Provavelmente eu deveria tomar mais um pouco amanhã. Muito obrigado, Severo.

— De nada — disse o colega, mas havia uma expressão em seus olhos que não agradou a Harry. O professor se retirou de costas para a porta, sem sorrir, vigilante.

Harry olhou, curioso, para o cálice. Lupin sorriu.

— O Prof. Snape teve a bondade de preparar esta poção para mim — explicou ele. — Nunca fui um bom preparador de poções e esta aqui é particularmente complexa. — Ele apanhou o cálice e cheirou-o. — É pena que o açúcar estrague o efeito da poção — acrescentou, tomando um golinho e estremecendo.

— Por quê...? — começou Harry. Lupin olhou para ele e respondeu à pergunta incompleta.

— Tenho me sentido meio indisposto. Esta poção é a única coisa que me ajuda. Tenho a sorte de estar trabalhando ao lado do Prof. Snape; não há muitos bruxos que saibam prepará-la.

O professor tomou mais um golinho e Harry teve um desejo incontrolável de derrubar o cálice de suas mãos.

— O Prof. Snape é muito interessado nas Artes das Trevas — disse o garoto sem pensar.

– É mesmo? – admirou-se Lupin, parecendo apenas levemente interessado, enquanto tomava mais um gole.

– Tem gente que supõe que ele faria qualquer coisa para ocupar o cargo de professor de Defesa Contra as Artes das Trevas.

Lupin esvaziou o cálice e fez uma careta.

– Horrível – disse. – Bem, Harry, é melhor eu voltar ao trabalho. Vejo você mais tarde na festa.

– Certo – concordou Harry, deixando na mesa sua xícara vazia.

O cálice vazio continuava a fumegar.

– Segura aí! – exclamou Rony. – Compramos o máximo que podíamos carregar.

Uma chuva de doces intensamente coloridos caiu no colo de Harry. Anoitecia e Rony e Hermione tinham acabado de chegar à sala comunal, as faces rosadas do vento frio e a expressão de que tinham se divertido como nunca.

– Obrigado – disse Harry, pegando um pacote de minúsculos Diabinhos de Pimenta. – Como é que é Hogsmeade? Aonde é que vocês foram?

Pelo que diziam... a todos os lugares. Dervixes & Bangues, a loja de equipamento de bruxaria, Zonko's – Logros e Brincadeiras, no Três Vassouras para tomar canecas espumantes de cerveja quente amanteigada, e outros tantos lugares.

– O Correio, Harry! Umas duzentas corujas, todas pousadas em prateleiras, todas com código de cores dependendo da urgência com que você quer que a carta chegue!

– A Dedosdemel tem um novo tipo de *fudge*; estavam distribuindo amostras grátis, olha aí um pedacinho, olha...

– *Achamos* que vimos um ogro, juro, tem gente de todo o tipo no Três Vassouras...

– Gostaria que a gente pudesse ter trazido cerveja amanteigada para você, esquenta para valer...

– Que foi que você ficou fazendo? – perguntou Hermione, com ar preocupado. – Terminou algum dever?

– Não – respondeu Harry. – Lupin preparou uma xícara de chá para mim na sala dele. Então Snape entrou...

E Harry contou aos amigos tudo sobre o cálice. Rony ficou boquiaberto.

– E *Lupin bebeu*? Ele é maluco?

Hermione consultou o relógio de pulso.

— É melhor descermos, sabe, a festa vai começar dentro de cinco minutos... — Os três atravessaram depressa o buraco do retrato e se misturaram à aglomeração de alunos, ainda discutindo Snape.

— Mas se ele... sabe... — Hermione baixou a voz, olhando, nervosa, para os lados — se ele *estivesse* tentando... envenenar Lupin... não teria feito isso na frente de Harry.

— É, talvez — disse Harry quando chegavam ao saguão de entrada e o atravessavam para entrar no Salão Principal. Este fora decorado com centenas de abóboras iluminadas por dentro com velas, uma nuvem de morcegos, muitas serpentinas laranja vivo que esvoaçavam lentamente pelo teto tempestuoso como parecendo luzidias cobras de água.

A comida estava deliciosa; até Hermione e Rony, que já vinham empanturrados de doces da Dedosdemel, arranjaram lugar para repetir. Harry olhava constantemente para a mesa dos professores. O Prof. Lupin parecia alegre e o mais saudável possível; conversava animadamente com o miúdo Flitwick, professor de Feitiços. O olhar de Harry percorreu a mesa até o lugar que Snape ocupava. Seria sua imaginação ou os olhos de Snape cintilavam na direção de Lupin com mais frequência do que seria natural?

A festa terminou com um espetáculo apresentado pelos fantasmas de Hogwarts. Eles saltavam de repente das paredes e dos tampos das mesas e voavam em formação; Nick Quase Sem Cabeça, o fantasma da Grifinória, fez grande sucesso com uma encenação de sua própria decapitação incompleta.

Foi uma noite tão agradável que o bom humor de Harry sequer foi afetado quando Malfoy gritou no meio dos colegas, quando deixavam o salão:

— Os dementadores mandaram lembranças, Potter!

Harry, Rony e Hermione acompanharam os colegas da Grifinória pelo caminho habitual para a sua Torre, mas quando chegaram ao corredor que terminava no retrato da Mulher Gorda, encontraram-no engarrafado pelos alunos.

— Por que ninguém está entrando? — perguntou Rony, curioso.

Harry espiou por cima das cabeças à sua frente. Aparentemente o retrato estava fechado.

— Me deixem passar — ouviu-se a voz de Percy, que passou cheio de importância e eficiência pelo ajuntamento. — Qual é o motivo da retenção aqui? Não é possível que todos tenham esquecido a senha, com licença, sou o monitor-chefe...

E então foi baixando um silêncio sobre os alunos a começar pelos que estavam na frente, dando a impressão de que uma friagem se espalhava pelo corredor. Eles ouviram Percy dizer, numa voz repentinamente alta e esganiçada:

— Alguém vai chamar o Prof. Dumbledore. Depressa.

As cabeças dos alunos se viraram; os que estavam atrás se esticaram nas pontas dos pés.

— Que é que está acontecendo? — perguntou Gina, que acabara de chegar.

Instantes depois, o Prof. Dumbledore chegou deslizando, imponente, em direção ao retrato; os alunos da Grifinória se comprimiram para deixá-lo passar, e Harry, Rony e Hermione se aproximaram para ver qual era o problema.

— Essa, não... — a garota agarrou o braço de Harry.

A Mulher Gorda desaparecera do retrato, que fora cortado com tanta violência que as tiras de tela se amontoavam no chão; grandes pedaços do retrato haviam sido completamente arrancados.

Dumbledore deu uma olhada rápida no retrato destruído, virou-se, o olhar sombrio, e viu os professores McGonagall, Lupin e Snape que vinham, apressados, ao seu encontro.

— Precisamos encontrá-la — disse Dumbledore. — Prof.ª McGonagall, por favor, localize o Sr. Filch imediatamente e diga-lhe que procure a Mulher Gorda em todos os quadros do castelo.

— Vai precisar de sorte! — disse uma voz gargalhante.

Era Pirraça, o poltergeist, sobrevoando professores e alunos, encantado, como sempre, à vista de desastres e preocupações.

— Que é que você quer dizer com isso, Pirraça? — perguntou Dumbledore calmamente e o sorriso do poltergeist empalideceu um pouco. Ele não se atrevia a atormentar o diretor. Em vez disso, adotou uma voz untuosa que não era nada melhor do que a sua gargalhada escandalosa.

— Vergonha, Sr. Diretor. Não quer ser vista. Está horrorosa. Eu a vi correndo por uma paisagem no quarto andar, Sr. Diretor, se escondendo entre as árvores. Chorando de cortar o coração — informou ele, satisfeito. — Coitada — acrescentou em tom pouco convincente.

— Ela disse quem foi que fez isso? — perguntou Dumbledore em voz baixa.

— Ah, disse, Sr. Diretor — respondeu Pirraça com ar de quem carrega uma grande bomba nos braços. — Ele ficou furioso porque ela não quis deixá-lo entrar, entende. — Pirraça deu uma cambalhota no ar e sorriu para Dumbledore entre as próprias pernas. — Tem um gênio danado, esse tal de Sirius Black.

9

A AMARGA DERROTA

O Prof. Dumbledore mandou todos os alunos da Grifinória voltarem ao Salão Principal, onde foram se reunir a eles, dez minutos depois, os alunos da Lufa-Lufa, Corvinal e Sonserina, todos parecendo extremamente atordoados.

– Os professores e eu precisamos fazer uma busca meticulosa no castelo – disse o diretor aos alunos quando os professores McGonagall e Flitwick fecharam as portas do salão que davam para o saguão. – Receio que, para sua própria segurança, vocês terão que passar a noite aqui. Quero que os monitores montem guarda nas saídas para o saguão e vou encarregar o monitor e a monitora-chefes de cuidarem disso. Eles devem me informar imediatamente qualquer perturbação que haja – acrescentou Dumbledore dirigindo-se a Percy, que assumiu um ar de enorme orgulho e importância. – Mande um dos fantasmas me avisar.

O Prof. Dumbledore parou, quando ia deixando o salão, e disse:
– Ah, sim, vocês vão precisar...

Com um gesto displicente da varinha, as longas mesas se deslocaram para junto das paredes e, com um outro toque, o chão ficou coberto por centenas de fofos sacos de dormir de cor roxa.

– Durmam bem – disse o Prof. Dumbledore, fechando a porta ao passar.

O salão imediatamente começou a zumbir com as vozes animadas dos alunos; os da Grifinória contavam ao resto da escola o que acabara de acontecer.

– Todos dentro dos sacos de dormir! – gritou Percy. – Andem logo e chega de conversa! As luzes vão ser apagadas dentro de dez minutos!

– Vamos, gente – disse Rony a Harry e Hermione; e eles apanharam três sacos de dormir e os arrastaram para um canto.

– Vocês acham que Black ainda está no castelo? – cochichou Hermione, ansiosa.

— É óbvio que Dumbledore acha que ele ainda pode estar — respondeu Rony.

— É uma sorte ele ter escolhido esta noite, sabem — comentou Hermione quando entravam, completamente vestidos, nos sacos de dormir e apoiavam o corpo nos cotovelos para conversar. — A única noite em que não estávamos na Torre...

— Calculo que ele tenha perdido a noção do tempo, já que está fugindo — disse Rony. — Não percebeu que era Dia das Bruxas. Do contrário teria invadido o salão.

Hermione estremeceu.

A toda volta, os colegas se faziam a mesma pergunta: *Como foi que ele entrou?*

— Vai ver ele sabe "aparatar" — sugeriu uma aluna da Corvinal, próxima. — Aparece de repente, sabe, sem ninguém ver de onde.

— Provavelmente se disfarçou — disse um quintanista da Lufa-Lufa.

— Vai ver ele voou — sugeriu Dino Thomas.

— Francamente, será que eu fui a *única* pessoa que se deu ao trabalho de ler *Hogwarts: uma história*? — perguntou Hermione, zangada, a Rony e Harry.

— Provavelmente — disse Rony. — Por quê?

— Porque o castelo não está protegido só por *paredes*, sabem. Recebeu todo o tipo de feitiço, para impedir as pessoas de entrarem escondidas. Ninguém pode simplesmente aparatar aqui. E eu gostaria de ver qual é o disfarce que é capaz de enganar os dementadores. Eles estão guardando todas as entradas da propriedade. Teriam visto se Black entrasse voando. E Filch conhece todas as passagens secretas e os funcionários terão coberto todas...

— As luzes vão ser apagadas agora! — anunciou Percy. — Quero todo mundo dentro dos sacos de dormir, de boca calada!

Todas as velas se apagaram ao mesmo tempo. A única luz agora vinha dos fantasmas prateados, que flutuavam no ar em sérias conversas com os monitores, e do teto encantado, que reproduzia o céu estrelado lá fora. Com isso e mais os sussurros que continuavam a encher o salão, Harry se sentia como se estivesse dormindo ao ar livre, tocado por um vento suave.

De hora em hora, um professor aparecia no salão para verificar se estava tudo calmo. Por volta das três horas da manhã, quando muitos alunos tinham finalmente adormecido, o Prof. Dumbledore entrou no salão. Harry observou-o procurar por Percy, que estivera fazendo a ronda entre os sacos de dormir, ralhando com as pessoas que continuavam a conversar.

O monitor-chefe estava a uma pequena distância de Harry, Rony e Hermione, que depressa fingiram estar dormindo ao ouvirem os passos de Dumbledore se aproximarem.

— Algum sinal dele, professor? — perguntou Percy num cochicho.

— Não. Está tudo bem aqui?

— Tudo sob controle, diretor.

— Ótimo. Não tem sentido transferir os alunos agora. Arranjei um guardião temporário para o buraco do retrato na Grifinória. Você poderá levá-los de volta amanhã.

— E a Mulher Gorda, diretor?

— Escondida em um mapa de Argyllshire no segundo andar. Aparentemente se recusou a deixar Black entrar sem a senha, então o bandido a atacou. Ela ainda está muito perturbada, mas assim que se acalmar, vou mandar Filch restaurá-la.

Harry ouviu a porta do salão se abrir mais uma vez, rangendo, e novos passos.

— Diretor? — Era Snape. Harry ficou muito quieto, prestando a maior atenção. — Todo o terceiro andar foi revistado. Ele não está lá. E Filch verificou as masmorras; não há ninguém, tampouco.

— E a torre da Astronomia? A sala da Prof.ª Trelawney? O corujal?

— Tudo revistado...

— Muito bem, Severo. Eu não esperava realmente que Black se demorasse.

— O senhor tem alguma teoria sobre o modo com que ele entrou, professor? — perguntou Snape.

Harry levantou a cabeça um pouquinho para destampar a outra orelha.

— Muitas, Severo, cada uma mais improvável do que a outra.

Harry abriu os olhos minimamente e espiou para o lado onde os três se encontravam; Dumbledore estava de costas para ele, mas dava para ver o rosto de Percy inteiramente absorto e o perfil de Snape, que parecia zangado.

— O senhor se lembra da conversa que tivemos, diretor, antes... ah... do começo do ano letivo? — perguntou Snape, que mal abria os lábios para falar, como se quisesse impedir Percy de ouvir.

— Lembro, Severo — disse Dumbledore, e sua voz tinha um tom de aviso.

— Parece... quase impossível... que Black possa ter entrado na escola sem ajuda de alguém aqui dentro. Expressei minhas preocupações quando o senhor nomeou...

— Não acredito que uma única pessoa no castelo tenha ajudado Black a entrar — disse Dumbledore, e seu tom deixou tão claro que o assunto estava encerrado que Snape se calou. – Preciso descer para falar com os dementadores – disse Dumbledore. – Prometi que avisaria quando a nossa busca estivesse terminada.

– Eles não quiseram ajudar, diretor? – perguntou Percy.

– Ah, claro – disse Dumbledore com frieza. – Mas receio que nenhum dementador irá cruzar a soleira deste castelo enquanto eu for diretor.

Percy pareceu ligeiramente desconcertado. Dumbledore saiu do salão rápida e silenciosamente. Snape continuou parado um instante observando o diretor com uma expressão de profundo rancor no rosto; em seguida também saiu.

Harry olhou de esguelha para Rony e Hermione. Os dois também tinham os olhos abertos nos quais se refletia o teto estrelado.

– De que é que eles estavam falando? – perguntou Rony, apenas com o movimento dos lábios.

Nos dias que se seguiram não se falou de mais nada na escola senão de Sirius Black. As teorias sobre o modo com que Black entrara no castelo se tornaram mais e mais delirantes; Ana Abbott, da Lufa-Lufa, passou a maior parte da aula conjunta de Herbologia, contando para quem quisesse ouvir que Black era capaz de se transformar em um arbusto florido.

A tela rasgada da Mulher Gorda fora retirada da parede e substituída pela pintura de Sir Cadogan e seu gordo pônei cinzento. Ninguém ficou muito feliz com a troca. O cavaleiro passava metade do tempo desafiando os garotos a duelar e no tempo restante inventava senhas ridiculamente complicadas, que ele trocava no mínimo duas vezes por dia.

– Ele é completamente doido – protestou Simas Finnigan, aborrecido, com Percy. – Será que não podiam nos dar outro?

– Nenhum dos outros quadros quis o lugar – disse Percy. – Se assustaram com o que aconteceu com a Mulher Gorda. Sir Cadogan foi o único que teve coragem suficiente para se voluntariar.

O cavaleiro, porém, era a menor das preocupações de Harry. Ele agora estava sendo vigiado de perto. Os professores procuravam desculpas para acompanhá-lo quando ele andava pelos corredores, e Percy Weasley (agindo, suspeitava Harry, por ordem da mãe) seguia-o a toda parte como um cão de guarda extremamente pomposo. Para completar, a Profª Minerva chamou Harry à sua sala, com uma expressão tão sombria no rosto que o garoto achou que alguém devia ter morrido.

— Não adianta lhe esconder isso por mais tempo, Potter — começou ela em tom muito sério. — Sei que vai ser um choque para você, mas Sirius Black...

— Eu sei, está querendo me pegar — disse Harry cansado. — Ouvi o pai de Rony contar à Sra. Weasley. O Sr. Weasley trabalha para o Ministério da Magia.

A professora pareceu muito espantada. Encarou Harry por um instante e em seguida falou:

— Entendo! Bem, neste caso, Potter, você vai compreender por que não acho uma boa ideia você treinar quadribol à noite. Lá fora no campo só com os outros jogadores, é muito exposto, Potter...

— O nosso primeiro jogo é agora no sábado! — exclamou Harry, indignado. — Preciso treinar, professora!

Minerva mirou-o com muita atenção. Harry conhecia o grande interesse da professora pelas perspectivas da equipe da Grifinória; afinal fora ela que o recomendara como apanhador, para início de conversa. Por isso aguardou, prendendo a respiração.

— Hum... — a Profª Minerva se levantou e contemplou pela janela o campo de quadribol, quase invisível na chuva. — Bem, Deus sabe que eu gostaria de nos ver ganhando finalmente a Taça... mas mesmo assim, Potter... eu ficaria mais satisfeita se um professor estivesse presente. Vou pedir à Madame Hooch para supervisionar os seus treinos.

O tempo foi piorando dia a dia, à medida que a primeira partida de quadribol se aproximava. Sem desanimar, a equipe da Grifinória treinava com mais vigor que nunca sob o olhar vigilante de Madame Hooch. Então, no último treino antes do jogo de sábado, Olívio Wood deu ao time uma notícia indesejável.

— Não vamos jogar com Sonserina! — disse aos companheiros, parecendo muito zangado. — Flint acabou de me procurar. Vamos jogar contra Lufa-Lufa.

— Por quê? — perguntou o restante do time em coro.

— A desculpa de Flint é que o braço do apanhador do time ainda está machucado — respondeu Olívio, rilhando furiosamente os dentes. — Mas é óbvio por que estão fazendo isto. Não querem jogar com tempo ruim. Acham que vai reduzir as chances deles...

Tinha ventado forte e chovido pesado o dia inteiro e mesmo enquanto Olívio falava ouvia-se o ronco distante do trovão.

— Não há *nada errado* com o braço do Malfoy! — disse Harry, furioso. — É tudo fingimento.

— Eu sei disso, mas não podemos provar — argumentou Olívio amargurado. — E temos treinado todos esses lances na suposição de que íamos jogar com Sonserina, e, em vez disso, será com Lufa-Lufa, que tem um estilo muito diferente. Agora eles estão com um capitão novo que também é o apanhador, Cedrico Diggory...

Angelina, Alícia e Katie tiveram um repentino acesso de risadinhas.

— Quê?! — exclamou Olívio, fechando a cara para esse comportamento alegre.

— É aquele alto e bonito, não é? — perguntou Angelina.

— Forte e caladão — concluiu Katie, e as três recomeçaram a rir.

— Ele só é caladão porque é burro demais para juntar duas palavras — comentou Fred, impaciente. — Não sei por que você está preocupado, Olívio, Lufa-Lufa é brincadeira de criança. Da última vez que jogamos com eles, Harry capturou o pomo em cinco minutos, não se lembram?

— Estávamos jogando em condições completamente diferentes! — gritou Olívio, os olhos saltando ligeiramente das órbitas. — Diggory armou uma lateral muito forte! E é um excelente apanhador! Eu estava com medo que vocês fizessem essa leitura falsa! Não podemos relaxar! Temos que manter o nosso foco! Sonserina está tentando nos prejudicar! *Precisamos* ganhar!

— Olívio, vê se se acalma! — disse Fred, ligeiramente assustado. — Estamos levando Lufa-Lufa muito a sério. *Sério*.

Um dia antes da partida, o vento começou a uivar e a chuva a cair com mais força que nunca. Estava tão escuro nos corredores e salas de aula que foi preciso acender mais archotes e lanternas. Os jogadores do time da Sonserina estavam de fato com um ar muito presunçoso e Malfoy mais que todos.

— Ah, se ao menos meu braço estivesse um pouquinho melhor! — suspirava ele enquanto a tempestade lá fora açoitava as janelas.

Harry não tinha lugar na cabeça para se preocupar com coisa alguma exceto o jogo do dia seguinte. Olívio Wood não parava de correr para ele nos intervalos das aulas para lhe passar novas dicas. A terceira vez que isto aconteceu, Olívio falou tanto tempo que Harry, de repente, percebeu que se atrasara dez minutos para a aula de Defesa Contra as Artes das Trevas e saiu correndo com Olívio gritando atrás dele.

— Diggory muda de direção muito rápido, Harry, quem sabe você tenta cercá-lo...

Harry parou derrapando diante da classe de Defesa Contra as Artes das Trevas, abriu a porta e entrou correndo.

— Me desculpe o atraso, Prof. Lupin, eu...

Mas não foi Lupin quem levantou a cabeça para olhá-lo da escrivaninha do professor; foi Snape.

— A aula começou há dez minutos, Potter, por isso acho que vou tirar dez pontos da Grifinória. Sente-se.

Mas Harry não se mexeu.

— Onde está o Prof. Lupin? — perguntou.

— Ele disse que hoje está se sentindo mal demais para dar aula — respondeu Snape com um sorriso enviesado. — Acho que o mandei sentar-se?

Mas Harry continuou onde estava.

— Que é que ele está sentindo?

Os olhos pretos de Snape reluziram.

— Nada que ameace a vida dele — disse, com cara de quem gostaria que assim fosse. — Cinco pontos a menos para Grifinória, e se eu tiver que pedir para você se sentar novamente, serão cinquenta.

Harry dirigiu-se lentamente ao seu lugar e se sentou. Snape olhou para a turma.

— Como eu ia dizendo antes de ser interrompido por Potter, o Prof. Lupin não registrou os tópicos que já abordou até hoje...

— Professor, por favor, já estudamos os bichos-papões, os barretes vermelhos, os *kappas* e os *grindylows* — informou Hermione depressa —, e íamos começar...

— Fique calada — disse Snape friamente. — Não lhe pedi informação, estava apenas comentando a falta de organização do Prof. Lupin.

— Ele é o melhor professor de Defesa Contra as Artes das Trevas que já tivemos — falou Dino Thomas corajosamente, e ouviu-se um murmúrio de aprovação do resto da turma. Snape pareceu mais ameaçador que nunca.

— Vocês se satisfazem com muito pouco. Lupin não está puxando nada por vocês. Eu esperaria que alunos de primeiro ano já pudessem cuidar de barretes vermelhos e *grindylows*. Hoje vamos discutir...

Harry observou-o folhear o livro-texto até o último capítulo, que ele certamente sabia que a turma não poderia ter estudado.

— ... lobisomens — disse Snape.

— Mas, professor — protestou Hermione, aparentemente incapaz de se conter —, não podemos estudar lobisomens ainda, vamos começar os *hinkypunks*...

— Srta. Granger — disse Snape com uma voz letalmente calma —, eu tinha a impressão de que era eu que estava dando a aula e não a senhorita. E estou mandando todos abrirem a página 394 do livro. — Ele correu os olhos pela turma outra vez. — *Todos! Agora!*

Com muitos olhares rancorosos de esguelha e gente resmungando, a turma abriu os livros.

— Qual de vocês sabe me dizer como é que se distingue um lobisomem de um lobo verdadeiro? — perguntou Snape.

Todos ficaram calados e imóveis; todos exceto Hermione, cuja mão, como acontecia tantas vezes, se erguera imediatamente no ar.

— Alguém sabe? — insistiu Snape, fingindo não ver a mão da garota. Seu sorriso enviesado reaparecera. — Vocês estão me dizendo que o Prof. Lupin sequer ensinou a vocês a diferença básica entre...

— Nós já lhe informamos — interrompeu-o Parvati de repente —, ainda não chegamos aos lobisomens, ainda estamos...

— *Silêncio!* — mandou Snape com rispidez. — Ora, ora, ora, nunca pensei que um dia encontraria uma turma de terceiro ano que não soubesse reconhecer um lobisomem quando o visse. Vou fazer questão de informar ao Prof. Dumbledore como vocês estão atrasados...

— Professor, por favor — tornou a pedir Hermione, cuja mão continuava erguida —, o lobisomem se diferencia do lobo verdadeiro por pequenos detalhes. O focinho do lobisomem...

— Esta é a segunda vez que a senhorita fala sem ser convidada — disse Snape friamente. — Menos cinco pontos para Grifinória por ter uma intragável sabe-tudo.

Hermione ficou vermelhíssima, baixou a mão e ficou olhando para o chão com os olhos cheios de lágrimas. Um sinal do quanto a turma detestava Snape era que todos olharam feio para ele, porque todos os alunos já tinham chamado Hermione de sabe-tudo pelo menos uma vez, e Rony, que xingava Hermione de sabe-tudo pelo menos duas vezes por semana, falou em voz alta:

— O senhor nos fez uma pergunta e Hermione sabe a resposta! Por que perguntou se não queria que ninguém respondesse?

A turma percebeu instantaneamente que o colega fora longe demais. Snape caminhou até Rony lentamente, e a sala prendeu a respiração.

— Detenção, Weasley — disse Snape suavemente, o rosto muito próximo ao do garoto. — E se algum dia eu o ouvir criticar o meu modo de ensinar outra vez, o senhor vai realmente se arrepender.

Ninguém mais deu um pio durante o resto da aula. Ficaram sentados copiando dados sobre os lobisomens do livro-texto, enquanto Snape rondava as filas de carteiras, examinando o trabalho que os alunos tinham feito com o Prof. Lupin.

— Uma explicação muito insuficiente... Isto está errado, o *kappa* é encontrado mais comumente na Mongólia... O Prof. Lupin deu nota oito? Eu teria dado três...

Quando a sineta finalmente tocou, Snape reteve a turma.

— Cada aluno vai escrever uma redação para me entregar, sobre as maneiras de reconhecer e matar lobisomens. Quero dois rolos de pergaminho sobre o assunto e quero para segunda-feira de manhã. Está na hora de alguém dar um jeito nesta turma. Weasley, você fica, precisamos combinar a sua detenção.

Harry e Hermione saíram da sala com o resto da turma, que esperou até estar bastante longe para não ser ouvida e prorrompeu em furiosos discursos contra Snape.

— Snape nunca foi assim com nenhum dos outros professores de Defesa Contra as Artes das Trevas, mesmo que quisesse o cargo deles — comentou Harry com Hermione. — Por que está perseguindo o Lupin? Você acha que tudo isso é por causa dos bichos-papões?

— Não sei — disse Hermione pensativa. — Mas vou realmente torcer para o Prof. Lupin melhorar logo...

Rony alcançou-os cinco minutos depois, com uma raiva descomunal.

— Vocês sabem o que aquele... — (e xingou Snape de uma coisa que fez Hermione exclamar "*Rony!*") — vai me obrigar a fazer? Tenho que lavar as comadres da ala hospitalar. *Sem usar magia!* — O garoto respirava fundo, os punhos cerrados. — Por que o Black não podia ter-se escondido na sala de Snape, hein? Podia ter acabado com ele para nós!

Harry acordou extremamente cedo na manhã seguinte; tão cedo que ainda estava escuro. Por um momento pensou que tinha sido acordado pelos rugidos do vento. Então, sentiu uma brisa gelada na nuca e sentou-se na cama de um salto — Pirraça, o poltergeist, andara flutuando ao lado dele, soprando com força em seu ouvido.

— Para que você fez isso? — perguntou Harry, furioso.

Pirraça encheu as bochechas de ar, soprou com força e disparou de costas para fora do dormitório, dando gargalhadas.

Harry tateou procurando o despertador e olhou para o mostrador. Eram quatro e meia. Amaldiçoando Pirraça, ele se virou e tentou voltar a dormir, mas era muito difícil, agora que estava acordado, não dar atenção à trovoada que roncava no céu, ao vento que fustigava com violência as paredes do castelo e às árvores que rangiam ao longe, na Floresta Proibida. Dentro de algumas horas ele estaria lá fora no campo de quadribol, enfrentando a tempestade. Por fim, ele perdeu as esperanças de voltar a dormir, se levantou e se vestiu, apanhou a Nimbus 2000 e saiu silenciosamente do dormitório.

Quando abriu a porta, alguma coisa passou roçando por sua perna. Ele se abaixou bem a tempo de agarrar Bichento pela ponta do grosso rabo e arrastá-lo para fora.

— Sabe, acho que Rony tem razão sobre você — disse Harry, desconfiado, a Bichento. — Há uma quantidade de ratos no castelo... vá caçá-los. Anda — acrescentou o garoto, empurrando Bichento com o pé para fazê-lo descer a escada. — Deixa o Perebas em paz.

O ruído da tempestade era ainda mais alto na sala comunal. Harry sabia que não adiantava imaginar que a partida seria cancelada; as disputas de quadribol não eram desmarcadas por ninharias como trovoadas. Ainda assim, ele estava começando a se sentir apreensivo. Olívio lhe apontara Cedrico Diggory no corredor; o garoto era aluno do quinto ano e muito maior do que Harry. Os apanhadores geralmente eram leves e velozes, mas o peso de Diggory seria uma vantagem com um tempo desses porque seria menor a probabilidade do apanhador ser tirado de curso.

Harry matou as horas até amanhecer diante da lareira, levantando-se de vez em quando para impedir Bichento de tornar a subir, escondido, a escada para o dormitório dos garotos. Finalmente, ele calculou que já devia ser hora do café da manhã, então se dirigiu sozinho ao buraco do retrato.

— Pare e lute, seu cão sarnento! — berrou Sir Cadogan.

— Ah, cala essa boca — bocejou Harry.

Ele se reanimou um pouco com uma grande tigela de mingau de aveia, e, no momento em que começou a comer torradas, o restante da equipe aparecera no Salão.

— Vai ser uma partida dura — comentou Olívio, que não queria comer nada.

— Pare de se preocupar, Olívio — disse Alícia para tranquilizá-lo —, não vamos derreter com uma chuvinha à toa.

Era muitíssimo mais do que uma chuvinha. Mas tal era a popularidade do quadribol que a escola inteira apareceu para assistir à partida, como sempre. Os jogadores, no entanto, desceram os jardins em direção ao campo, as cabeças curvadas contra a ferocidade do vento, os guarda-chuvas arrancados de suas mãos. Pouco antes de entrar no vestiário, Harry viu Malfoy, Crabbe e Goyle, rindo e apontando para ele protegidos por um enorme guarda-chuva, a caminho do estádio.

O time vestiu o uniforme escarlate e aguardou o discurso de Olívio que antecedia as partidas, mas não houve discurso. O capitão tentou falar várias vezes, fez um ruído esquisito de quem engole, depois sacudiu a cabeça, desalentado, e fez sinal para os companheiros o seguirem.

O vento estava tão forte que eles entraram em campo cambaleando para os lados. Se os espectadores estavam aplaudindo, os aplausos eram abafados por novos roncos de trovão. A chuva batia nos óculos de Harry. Como é que ele ia enxergar o pomo desse jeito?

Os jogadores da Lufa-Lufa se aproximavam pelo lado oposto do campo, usando vestes amarelo-canário. Os capitães foram ao encontro um do outro e se apertaram as mãos; Diggory sorriu para Wood, mas este agora não conseguia abrir a boca, parecia estar sofrendo de tétano, e fez um mero aceno com a cabeça. Harry viu a boca de Madame Hooch formar as palavras "Montem em suas vassouras". Ele puxou o pé direito pingando lama e passou-o por cima de sua Nimbus 2000. Madame Hooch levou o apito à boca e soprou, um som agudo e distante – e a partida começou.

Harry subiu depressa, mas o vento puxava sua Nimbus ligeiramente para o lado. Ele a segurou o mais firme que pôde e deu uma guinada, apertando os olhos contra a chuva.

Cinco minutos depois, estava molhado até os ossos e enregelado, mal conseguia ver os companheiros de equipe e muito menos o minúsculo pomo. Voou para a frente e para trás cruzando o campo e deixando pelo caminho vultos difusos vermelhos e amarelos, sem ter a menor ideia do que estava acontecendo no resto da partida. Não conseguia ouvir os comentários por causa do vento. Os espectadores se ocultavam sob um mar de capas e guarda-chuvas arrebentados. Duas vezes Harry esteve muito perto de ser derrubado por um balaço; seus óculos estavam tão embaçados pela chuva que ele não os vira se aproximar.

Harry perdeu a noção do tempo. Tinha cada vez maior dificuldade de se manter aprumado na vassoura. O céu escurecia, como se a noite tivesse decidido chegar mais cedo. Duas vezes Harry quase colidiu com outro jogador, sem saber se era um companheiro de equipe ou um oponente; todos agora estavam tão encharcados, e a chuva tão grossa que ele mal conseguia distinguir alguém...

Com o primeiro relâmpago ouviu-se o som do apito de Madame Hooch; Harry conseguiu mal e mal discernir, através da chuva, os contornos de Olívio, que fazia sinal para ele pousar. O time inteiro enfiou os pés na lama.

– Eu pedi tempo! – berrou Olívio para seu time. – Venham até aqui embaixo...

Os jogadores se agruparam na borda do campo debaixo de um grande guarda-chuva; Harry tirou os óculos e enxugou-os, apressado, nas vestes.

– Qual é o placar?

– Estamos cinquenta pontos na frente – informou Olívio –, mas a não ser que capturemos logo o pomo, vamos jogar noite adentro.

– Não tenho a menor chance com isso aqui – disse Harry exasperado, agitando os óculos.

Naquele exato instante, Hermione apareceu do lado dele; segurava a capa por cima da cabeça e inexplicavelmente tinha um largo sorriso no rosto.

– Tenho uma ideia, Harry! Me dá seus óculos, depressa!

O garoto entregou os óculos e, enquanto o time observava espantado, Hermione deu uma pancadinha neles com a varinha e disse:

– *Impervius!*

– Pronto! – disse, devolvendo os óculos a Harry. – Isto vai repelir a água!

Wood fez cara de quem seria capaz de beijá-la.

– Genial! – gritou rouco para a garota que desapareceu no meio dos espectadores. – Muito bem, time, agora vamos arrebentar!

O feitiço de Hermione resolvera o problema. Harry ainda estava insensível de tanto frio, ainda mais molhado do que jamais estivera na vida, mas conseguia ver. Cheio de renovada determinação, ele impeliu a vassoura pelo ar turbulento, espiando para todos os lados à procura do pomo, evitando um balaço, mergulhando por baixo de Diggory, que voava na direção oposta...

Ouviu-se novamente o trovão, acompanhando um raio bifurcado. A partida estava ficando mais perigosa a cada minuto. Harry precisava chegar ao pomo depressa...

Ele se virou, tencionando rumar para o centro do campo, mas naquele momento, outro relâmpago iluminou as arquibancadas e Harry viu algo que o distraiu completamente... a silhueta de um enorme cão preto e peludo, claramente recortada contra o céu, imóvel na última fila de cadeiras vazias.

As mãos dormentes de Harry escorregaram do cabo da vassoura e sua Nimbus afundou alguns palmos. Sacudindo a franja encharcada para longe da testa, ele tornou a apertar os olhos para ver as arquibancadas. O cão desaparecera.

— Harry! — Ele ouviu a voz angustiada de Wood vinda das balizas da Grifinória: — Harry, atrás de você!

Harry olhou a toda volta desesperado. Cedrico Diggory subia em grande velocidade e havia entre os dois um grãozinho dourado brilhando no ar varrido de chuva...

Com um tremor de pânico, Harry se achatou contra o cabo da vassoura e disparou em direção ao pomo.

— Anda! — rosnou ele para a Nimbus, a chuva fustigando seu rosto. — *Mais depressa!*

Mas alguma coisa estranha estava acontecendo. Um silêncio inexplicável foi caindo sobre o estádio. O vento, embora continuasse forte, se esqueceu momentaneamente de rugir. Era como se alguém tivesse desligado o som, como se Harry, de repente, tivesse ficado surdo — que é que estava acontecendo?

Então uma onda de frio terrivelmente familiar o assaltou, penetrou seu corpo, no mesmo instante em que ele tomava consciência de algo que andava lá embaixo no campo...

Antes que tivesse tempo para pensar, Harry desviou os olhos do pomo e olhou para baixo.

No mínimo cem dementadores apontavam os rostos encapuzados para ele. Era como se houvesse água gelada subindo até o seu peito, cortando os lados do seu corpo. E então ele ouviu outra vez... Alguém gritava, gritava dentro de sua cabeça... uma mulher...

"O Harry não, o Harry não, por favor, o Harry não!"

"Afaste-se, sua tola... afaste-se, agora..."

"O Harry não, por favor, não, me leve, me mate no lugar dele..."

Uma névoa anestesiante rodopiava enchendo o cérebro de Harry... Que é que ele estava fazendo? Por que é que estava voando? Precisava ajudá-la... Ela ia morrer... Ia ser assassinada...

Ele foi caindo, caindo sem parar pela névoa gelada.

"Harry não! Por favor... tenha piedade... tenha piedade..."

Uma voz aguda gargalhava, a mulher gritava, e Harry perdeu a consciência.

* * *

— Que sorte que o chão estava tão mole.

— Achei que ele estava mortinho.

— Mas ele nem quebrou os óculos.

Harry ouvia as vozes murmurarem, mas não faziam sentido algum. Não tinha a menor ideia de onde estava ou como chegara ali, ou o que andara fazendo antes de chegar. Só sabia que cada centímetro do seu corpo estava doendo como se ele tivesse levado uma surra.

— Foi a coisa mais apavorante que já vi na vida.

Mais apavorante... a coisa mais apavorante... vultos pretos encapuzados... frio... gritos...

Harry abriu os olhos de repente. Estava deitado na ala hospitalar. O time de quadribol da Grifinória, sujo de lama da cabeça aos pés, rodeava sua cama. Rony e Hermione também estavam ali, parecendo que tinham acabado de sair de uma piscina.

— Harry! — exclamou Fred, cujo rosto estava extremamente pálido sob a lama. — Como é que você está se sentindo?

Era como se a memória de Harry estivesse avançando em alta velocidade. O relâmpago — o Sinistro — o pomo — e os dementadores...

— Que aconteceu? — perguntou, sentando-se na cama tão de repente que todos reprimiram um grito de surpresa.

— Você caiu da vassoura — contou Fred. — Deve ter caído... de ... uns quinze metros?

— Pensamos que você tivesse morrido — disse Alícia, trêmula.

Hermione fez um barulhinho esganiçado. Tinha os olhos muito vermelhos.

— Mas o jogo — perguntou Harry. — Que aconteceu? Vamos jogar outra vez?

Ninguém disse nada. A terrível verdade penetrou em Harry como uma pedrada.

— Nós não... *perdemos*?

— Diggory apanhou o pomo — informou Jorge. — Logo depois de você cair. Ele não percebeu o que tinha acontecido. Quando olhou para trás e viu você no chão, tentou paralisar o jogo. Queria um novo jogo. Mas tiveram uma vitória justa... até Olívio admite isso.

— Onde está Olívio? — perguntou Harry, percebendo subitamente a ausência do capitão do time.

— Ainda está no banho — respondeu Fred. — Achamos que ele está tentando se afogar.

Harry abaixou a cabeça até os joelhos, agarrando os cabelos com as mãos. Fred segurou-o pelos ombros e o sacudiu com força.

— Anda, Harry, você nunca perdeu o pomo antes.

— Tinha que haver uma primeira vez — disse Jorge.

— Mas a coisa não terminou aqui — disse Fred. — Perdemos por uma diferença de cem pontos, certo? Então se Lufa-Lufa perder para Corvinal e vencermos Corvinal e Sonserina...

— Lufa-Lufa terá que perder, no mínimo, por duzentos pontos — disse Jorge.

— Mas se eles vencerem Corvinal...

— Nem pensar, Corvinal é bom demais. Mas se Sonserina perder para Lufa-Lufa...

— Tudo depende do número de pontos, uma margem de cem pontos a mais ou a menos...

Harry ficou deitado ali, sem dizer uma palavra. Tinham perdido... pela primeira vez na vida, ele perdera uma partida de quadribol.

Passados mais ou menos uns dez minutos, Madame Pomfrey veio dizer aos garotos que deixassem Harry em paz.

— A gente volta para ver você mais tarde — disse Fred. — Não fique se martirizando, Harry, você ainda é o melhor apanhador que já tivemos.

O time saiu, largando lama pelo caminho. Madame Pomfrey fechou a porta depois que eles passaram, uma expressão de censura no rosto. Rony e Hermione se aproximaram mais da cama de Harry.

— Dumbledore ficou realmente furioso — contou Hermione com a voz trêmula. — Nunca vi o diretor assim antes. Ele correu para o campo quando você começou a cair, agitou a varinha e você meio que desacelerou antes de bater no chão. Depois, virou a varinha para os dementadores. Disparou uma coisa prateada contra eles. Os caras abandonaram o estádio na mesma hora... Ele ficou furioso que os dementadores tivessem entrado nos terrenos da escola. Ouvimos ele...

— Aí ele usou a magia para botar você numa padiola — disse Rony. — E saiu a pé até a escola, com você flutuando do lado, na padiola. Todo mundo pensou que você estava...

A voz dele foi morrendo, mas Harry nem notou. Estava pensando no que os dementadores tinham feito a ele... na voz que gritava. Ergueu os olhos e deparou com Rony e Hermione observando-o com tanta aflição que na mesma hora ele procurou uma coisa banal para dizer.

— Alguém apanhou a minha Nimbus?

Rony e Hermione se entreolharam depressa.

— Hum...

— Que foi? — perguntou Harry, olhando de um para o outro.

— Bem... quando você caiu a vassoura foi levada pelo vento — disse Hermione, hesitante.

— E?

— E bateu... bateu... ah, Harry... bateu no Salgueiro Lutador.

As entranhas de Harry reviraram. O Salgueiro Lutador era uma árvore violenta que se erguia sozinha no meio da propriedade.

— E? — insistiu ele, temendo a resposta.

— Bem, você conhece o Salgueiro Lutador — disse Rony. — Ele... ele não gosta que batam nele.

— O Prof. Flitwick trouxe a vassoura de volta pouco antes de você recuperar os sentidos — disse Hermione com uma voz mínima.

Devagarinho, ela foi se abaixando para apanhar uma saca aos seus pés, despejou-a, e caíram na cama uns pedacinhos de madeira e gravetos, tudo que restava da fiel vassoura de Harry, enfim derrotada.

10

O MAPA DO MAROTO

Madame Pomfrey insistiu em manter Harry na ala hospitalar pelo resto do fim de semana. Ele não discutiu nem se queixou, mas não deixou jogarem no lixo os estilhaços de sua Nimbus 2000. Sabia que era uma atitude burra, sabia que a vassoura não tinha conserto, mas o sentimento era mais forte que ele; era como se tivesse perdido um dos seus melhores amigos.

Uma procissão de amigos veio visitá-lo, todos decididos a animá-lo. Hagrid lhe mandou um buquê de flores com lagartinhas, que pareciam repolhos amarelos, e Gina Weasley, corando furiosamente, apareceu com um cartão de votos de saúde, feito por ela mesma, que cantava com voz esganiçada a não ser que Harry o guardasse fechado embaixo da fruteira. O time da Grifinória tornou a visitar o companheiro no domingo de manhã, desta vez em companhia de Olívio, que declarou a Harry (numa voz de além-túmulo) que não o responsabilizava pela derrota. Rony e Hermione só deixavam a cabeceira de Harry à noite. Mas nada que ninguém dissesse ou fizesse conseguia fazê-lo se sentir melhor, porque eles só conheciam metade das suas preocupações.

Ele não contara a ninguém que vira o Sinistro, nem a Rony nem a Hermione, porque sabia que o amigo entraria em pânico e a amiga caçoaria dele. O fato era, no entanto, que o Sinistro agora já aparecera duas vezes e ambas as aparições tinham sido seguidas por acidentes quase fatais; da primeira vez Harry quase fora atropelado pelo Nôitibus Andante; da segunda, levara uma queda da vassoura de quase quinze metros de altura. Será que o Sinistro ia atormentá-lo até a morte? Será que ele, Harry, ia passar o resto da vida olhando por cima do ombro à procura da fera?

Além disso havia os dementadores. Harry sentia mal-estar e humilhação toda vez que pensava neles. Todos diziam que os guardas eram medonhos, mas ninguém desmaiava sempre que se aproximava deles. Ninguém mais ouvia mentalmente os ecos da morte dos pais.

Isto porque agora Harry sabia a quem pertencia a tal voz. Ouvira o que ela dizia, ouvira-a continuamente nas longas noites passadas na ala hospitalar quando ficava acordado, contemplando as listras que o luar formava no teto. Quando os dementadores se aproximavam, ele ouvia os últimos instantes de vida de sua mãe, sua tentativa de proteger o filho da sanha de Lorde Voldemort e a gargalhada do bruxo antes de matá-la... Harry dava breves cochilos, mergulhando em sonhos cheios de mãos podres e pegajosas e súplicas fossilizadas, acordando de repente para voltar a pensar na voz da mãe.

Foi um alívio voltar à zoeira e à atividade da escola principal na segunda-feira, e ser forçado a pensar em outras coisas, ainda que tivesse de aturar a implicância de Draco Malfoy. O garoto não cabia em si de alegria com a derrota da Grifinória. Retirara finalmente as bandagens e comemorava a circunstância de poder usar os dois braços novamente, fazendo espirituosas imitações de Harry caindo da vassoura. Malfoy passou a maior parte da aula seguinte de Poções, a que assistiram juntos na masmorra, fazendo imitações dos dementadores; Rony finalmente se descontrolou e atirou um enorme e gosmento coração de crocodilo em Malfoy, que o atingiu no rosto, o que fez Snape descontar cinquenta pontos da Grifinória.

— Se Snape vier dar aula de Defesa Contra as Artes das Trevas de novo, vou me mandar — anunciou Rony quando seguiam para a classe de Lupin depois do almoço. — Vê quem está lá, Mione.

A garota espiou pela porta da sala.

— Tudo bem!

O Prof. Lupin voltara ao trabalho. Sem dúvida tinha a aparência de quem estivera doente. Suas vestes velhas estavam mais frouxas e havia olheiras escuras sob seus olhos; ainda assim, ele sorriu para os garotos que ocupavam seus lugares na classe e, em seguida, desataram a se queixar do comportamento de Snape na ausência de Lupin.

— Não é justo, ele estava só substituindo o senhor, por que passou dever de casa?

— Não sabemos nada de lobisomens...

— ... dois rolos de pergaminho!

— Vocês disseram ao Prof. Snape que ainda não estudamos lobisomens? — perguntou Lupin, franzindo ligeiramente a testa.

A balbúrdia tornou a encher a sala.

— Dissemos, mas ele respondeu que estávamos muito atrasados...

— ... ele não quis ouvir...

— ... *dois rolos de pergaminho!*

O Prof. Lupin sorriu ao ver a expressão indignada nos rostos dos alunos.

— Não se preocupem. Vou falar com o Prof. Snape. Não precisam fazer a redação.

— Ah, não! — exclamou Hermione, muito desapontada. — Já terminei a minha.

Tiveram uma aula muito gostosa. O Prof. Lupin trouxera uma caixa de vidro contendo um *hinkypunk*, uma criaturinha de uma perna só, que parecia feita de fiapos de fumaça, a aparência frágil e inofensiva.

— O *hinkypunk* atrai os viajantes para os brejos — informou o professor enquanto os garotos faziam anotações. — Vocês repararam na lanterna que ele traz pendurada na mão? Ele salta para a frente... a pessoa acompanha a luz... então...

A criatura fez um horrível barulho de sucção contra o vidro da caixa.

Quando a sineta tocou, todos guardaram o material e se dirigiram para a porta, Harry entre eles, mas...

— Espere um instante, Harry — chamou Lupin. — Gostaria de dar uma palavrinha com você.

Harry deu meia-volta e observou o professor cobrir a caixa do *hinkypunk* com um pano.

— Soube do que houve no jogo — disse Lupin, virando-se para sua escrivaninha e começando a guardar os livros na maleta — e sinto muito pelo acidente com a sua vassoura. Há alguma possibilidade de consertá-la?

— Não — respondeu Harry. — A árvore arrebentou-a em mil pedacinhos.

Lupin suspirou.

— Plantaram o Salgueiro Lutador no ano em que cheguei em Hogwarts. Os alunos costumavam brincar de tentar se aproximar do tronco e tocar a árvore com a mão. No fim, um garoto chamado Davi Gudgeon quase perdeu um olho e fomos proibidos de chegar perto do salgueiro. Uma vassoura não teria a menor chance.

— O senhor soube dos dementadores também? — perguntou Harry com dificuldade.

Lupin lançou um olhar rápido a Harry.

— Soube. Acho que nenhum de nós tinha visto o Prof. Dumbledore tão aborrecido. Há algum tempo, eles estão ficando inquietos... furiosos com a recusa do diretor de deixar que entrem na propriedade... Suponho que tenham sido eles a razão da sua queda.

– Foram. – Harry hesitou e, então, a pergunta que queria fazer escapou de sua boca antes que pudesse contê-la. – *Por quê?* Por que eles me afetam desse jeito? Será que sou apenas...?

– Não tem nada a ver com fraqueza – respondeu o professor depressa, como se tivesse lido o pensamento de Harry. – Os dementadores afetam você pior do que os outros porque existem horrores no seu passado que não existem no dos outros.

Um raio de sol de inverno entrou na sala, iluminando os cabelos grisalhos de Lupin e os traços do seu rosto jovem.

– Os dementadores estão entre as criaturas mais malignas que vagam pela Terra. Infestam os lugares mais escuros e imundos, se comprazem com a decomposição e o desespero, esgotam a paz, a esperança e a felicidade do ar à sua volta. Até os trouxas sentem a presença deles, embora não possam vê-los. Chegue muito perto de um dementador e todo bom sentimento, toda lembrança feliz serão sugados de você. Se puder, o dementador se alimentará de você o tempo suficiente para transformá-lo em um semelhante... desalmado e mau. Não deixará nada em você exceto as piores experiências de sua vida. E o pior que aconteceu com *você*, Harry, é suficiente para fazer qualquer um cair da vassoura. Você não tem do que se envergonhar.

– Quando eles chegam perto de mim... – Harry fixou o olhar na mesa de Lupin, sentindo um nó na garganta –, ouço Voldemort assassinando minha mãe.

Lupin fez um movimento repentino com o braço como se fosse segurar o ombro de Harry, mas pensou melhor. Houve um momento de silêncio, depois...

– Por que é que eles tinham que ir ao jogo? – exclamou o garoto amargurado.

– Estão ficando famintos – disse Lupin tranquilamente, fechando a maleta com um estalo. – Dumbledore não permite que eles entrem na escola, então o suprimento de gente com que contavam secou... Acho que eles não conseguiram resistir à multidão em torno do campo de quadribol. Toda a animação... as emoções exacerbadas... é a ideia que fazem de um banquete.

– Azkaban deve ser horrível – murmurou Harry. Lupin concordou, sério.

– A fortaleza foi construída em uma ilhota, bem longe da costa, mas não precisam de paredes nem de água para manter os prisioneiros confinados, não quando eles já estão presos dentro da própria cabeça, incapazes de um único pensamento agradável. A maioria enlouquece em poucas semanas.

— Mas Sirius Black escapou — comentou Harry lentamente. — Fugiu...

A maleta de Lupin escorregou da escrivaninha; ele teve que se abaixar depressa para apanhá-la no ar.

— É — disse se endireitando. — Black deve ter encontrado uma maneira de combatê-los. Eu não teria acreditado que isto fosse possível... Dizem que os dementadores esgotam os poderes de um bruxo que conviver um tempo demasiado longo com eles...

— O *senhor* fez aquele dementador no trem recuar — disse Harry de repente.

— Há... certas defesas que se pode usar — disse Lupin. — Mas no trem havia apenas um dementador. Quanto maior o número, mais difícil é resistir a eles.

— Que defesas? — perguntou Harry em seguida. — O senhor pode me ensinar?

— Não tenho a pretensão de ser um especialista no combate a dementadores, Harry... muito ao contrário...

— Mas se os dementadores forem a outro jogo de quadribol, preciso saber lutar contra eles...

Lupin avaliou o rosto decidido de Harry, hesitou, depois disse:

— Bem... está bem. Vou tentar ajudar. Mas receio que você terá de esperar até o próximo trimestre. Tenho muito que fazer antes das férias. Escolhi uma hora muito inconveniente para adoecer.

Com a promessa de receber aulas antidementadores de Lupin, o pensamento de que talvez não precisasse mais ouvir a morte da mãe, e o fato de que Corvinal esmagara Lufa-Lufa na partida de quadribol no final de novembro, o ânimo de Harry deu uma guinada definitiva para cima. Afinal, Grifinória não fora eliminada da competição, embora o time não pudesse se dar ao luxo de perder mais uma partida. Olívio tornou a ficar possuído por uma energia obsessiva, e treinou com o time com mais empenho que nunca, na chuvinha gélida e nevoenta que persistiu até dezembro. Harry não viu nem sinal de dementador nos terrenos da escola. A fúria de Dumbledore parecia ter funcionado para mantê-los em seus postos nas entradas.

Duas semanas antes do fim do trimestre, o céu clareou de repente até atingir um branco leitoso e ofuscante, e os terrenos enlameados da escola amanheceram, certo dia, cobertos de cintilante geada. No interior do castelo, havia um rebuliço de Natal no ar. Flitwick, o professor de Feitiços, já enfeitara sua sala de aula com luzes pisca-piscas que, quando foram ver, eram fadinhas voadoras de verdade. Os alunos estavam satisfeitos discutindo planos para as férias de Natal. Tanto Rony quanto Hermione haviam decidido permanecer em Hogwarts e, embora Rony dissesse que era porque não ia conseguir aturar Percy duas semanas, e Hermione insistisse que precisava consultar a biblioteca, Harry não se deixou enganar; sabia que era para lhe fazerem companhia e se sentiu muito grato.

Para alegria de todos, exceto Harry, houve mais uma visita a Hogsmeade no último fim de semana do trimestre.

— Podemos fazer todas as nossas compras de Natal lá! — exclamou Hermione. — Mamãe e papai iriam adorar receber fios dentais de menta da Dedosdemel!

Resignado com a ideia de que seria o único aluno do terceiro ano a não ir, Harry pediu emprestado a Olívio o livro *Qual vassoura*, e resolveu passar o dia lendo sobre as diferentes marcas. Ele andara montando uma vassoura da escola nos treinos do time, uma velhíssima Shooting Star, que era demasiado lenta e instável; decididamente precisava de uma vassoura nova.

Na manhã de sábado em que os colegas iriam a Hogsmeade, Harry se despediu de Rony e Hermione, embrulhados em capas e cachecóis, tornou a subir a escadaria de mármore, sozinho, e tomou o caminho da Torre da Grifinória. A neve começara a cair do lado de fora das janelas e o castelo estava muito parado e silencioso.

— Psiu... Harry!

Ele se virou, a meio caminho do corredor do terceiro andar, e viu Fred e Jorge espiando-o atrás da estátua de uma bruxa corcunda, de um olho só.

— Que é que vocês estão fazendo? — perguntou Harry, curioso. — Vocês não vão a Hogsmeade?

— Antes de ir viemos fazer uma festinha para animar você — disse Fred, com uma piscadela misteriosa. — Venha até aqui...

O garoto indicou com a cabeça uma sala de aula vazia, à esquerda da estátua de um olho só. Harry acompanhou os gêmeos. Jorge fechou a porta sem fazer barulho e se virou, sorrindo, para Harry.

— Presente de Natal antecipado para você, Harry — anunciou.

Fred tirou alguma coisa de dentro da capa com um gesto largo e colocou-a em cima de uma carteira. Era um pedaço de pergaminho, grande, quadrado e muito gasto, sem nada escrito na superfície. Harry, desconfiando que fosse uma daquelas brincadeiras de Fred e Jorge, ficou parado olhando para o presente.

— E o que é que é isso? — perguntou.

— Isso, Harry, é o segredo do nosso sucesso — disse Jorge, dando uma palmadinha carinhosa no pergaminho.

— Dói na gente dar esse presente para você — disse Fred —, mas decidimos, na noite passada, que você precisa muito mais dele do que nós. E, de qualquer maneira, já o conhecemos de cor. É uma herança que vamos lhe deixar. Para falar a verdade, não precisamos mais dele.

— E para que eu preciso de um pedaço de pergaminho velho? — perguntou Harry.

— Um pedaço de pergaminho velho! — exclamou Fred, fechando os olhos com uma careta, como se Harry o tivesse ofendido mortalmente. — Explique a ele Jorge.

— Bem... quando estávamos no primeiro ano, Harry... jovens, descuidados e inocentes...

Harry abafou uma risada. Duvidava se algum dia os gêmeos teriam sido inocentes.

— ... bem, mais inocentes do que somos hoje... nos metemos numa certa confusão com Filch.

— Soltamos uma bomba de bosta no corredor e por alguma razão ele ficou aborrecido...

— Então Filch nos arrastou até a sala dele e começou a nos ameaçar com os castigos de costume...

— ... detenção...

— ... nos arrancar as tripas...

— ... e não pudemos deixar de reparar numa gaveta do arquivo dele em que estava escrito *Confiscado e Muito Perigoso*.

— Não precisam continuar... — exclamou Harry, começando a sorrir.

— Bem, que é que você teria feito? — perguntou Fred. — Jorge soltou mais uma bomba de bosta para distrair Filch, eu abri depressa a gaveta e tirei... isto.

— Não foi tão desonesto quanto parece, sabe — comentou Jorge. — Calculamos que Filch nunca tivesse descoberto como usar o pergaminho. Mas, provavelmente suspeitou o que era ou não o teria confiscado.

— E vocês sabem como usar?

— Ah, sabemos — disse Fred, rindo. — Esta joia nos ensinou mais do que todos os professores da escola.

— Vocês estão me gozando — disse Harry, olhando para o pedaço velho e rasgado de pergaminho.

— Ah, é? — disse Jorge.

Ele apanhou a varinha, tocou o pergaminho de leve e disse: *Juro solenemente que não pretendo fazer nada de bom.*

Na mesma hora, linhas de tinta muito finas começaram a se espalhar como uma teia de aranha a partir do ponto em que a varinha de Jorge tocara. Elas convergiram, se cruzaram, se abriram como um leque para os quatro cantos do pergaminho; em seguida, no alto, começaram a aflorar palavras, palavras grandes, floreadas, verdes, que diziam:

> Os Srs. Aluado, Rabicho, Almofadinha e Pontas,
> fornecedores de recursos para bruxos malfeitores,
> têm a honra de apresentar
> O MAPA DO MAROTO

Era um mapa que mostrava cada detalhe dos terrenos do castelo de Hogwarts. O mais notável, contudo, eram os pontinhos mínimos de tinta que se moviam em torno do mapa, cada um com um rótulo em letra minúscula. Pasmo, Harry se curvou para examinar melhor. Um pontinho, no canto superior esquerdo, mostrava que o Prof. Dumbledore estava andando para lá e para cá em seu escritório; a gata do zelador, Madame Nor-r-ra, rondava o segundo andar; e Pirraça, o poltergeist, naquele momento saltitava pela sala de troféus. E quando os olhos de Harry percorreram os corredores que tão bem conhecia, ele notou mais uma coisa.

O mapa mostrava um conjunto de passagens em que ele nunca entrara. E muitas pareciam levar...

– ... diretamente a Hogsmeade – disse Fred, acompanhando uma delas com o dedo. – São sete ao todo. Até agora Filch conhece essas quatro – ele as apontou –, mas temos certeza de que somente nós conhecemos estas *outras*. Não se preocupe com a passagem por trás do espelho no quarto andar. Nós a usamos até o inverno passado, mas já desabou, está completamente bloqueada. E achamos que ninguém jamais usou esta porque o Salgueiro Lutador foi plantado bem em cima da entrada. Mas, esta outra aqui leva diretamente ao porão da Dedosdemel. Nós já a usamos um monte de vezes. E como você talvez tenha notado, a entrada é bem ali do lado de fora da sala, na corcunda daquela velhota de um olho só.

– Aluado, Rabicho, Almofadinhas e Pontas – suspirou Jorge, dando um tapinha no cabeçalho do mapa. – Devemos tanto a eles.

– Almas nobres, que trabalharam incansavelmente para ajudar novas gerações de transgressores – disse Fred solenemente.

— Certo — acrescentou Jorge depressa. — Não se esqueça de limpar o mapa depois de usá-lo...

— ... senão qualquer um pode ler — recomendou Fred.

— É só bater com a varinha mais uma vez e dizer "Malfeito feito!", e o pergaminho torna a ficar branco.

— Portanto, jovem Harry — disse Fred, numa incrível imitação de Percy —, trate de se comportar.

— Vejo você na Dedosdemel — despediu-se Jorge, piscando.

Os gêmeos deixaram a sala, sorrindo satisfeitos consigo mesmos.

Harry ficou ali, contemplando o mapa milagroso. Acompanhou o pontinho de tinta Madame Nor-r-ra virar à esquerda e parar para cheirar alguma coisa no chão. Se Filch realmente não conhecia... ele não teria que passar pelos dementadores...

Mas mesmo enquanto continuava ali, transbordante de animação, uma coisa que ouvira, certa vez, o Sr. Weasley dizer aflorou em sua lembrança.

Nunca confie em nada que é capaz de pensar, se você não pode ver onde fica o seu cérebro.

O mapa era um daqueles objetos mágicos perigosos sobre os quais o Sr. Weasley o prevenira... *Recursos para bruxos malfeitores*... mas então, raciocinou Harry, ele só queria usar o mapa para ir a Hogsmeade, não era que quisesse roubar alguma coisa ou atacar alguém... e Fred e Jorge já o usavam havia anos, sem que nada de terrível tivesse acontecido...

Harry acompanhou com o dedo a passagem secreta até a Dedosdemel.

Depois, subitamente, como se obedecesse a uma ordem, enrolou o mapa, guardou-o nas vestes e correu para a porta da sala de aula. Abriu-a uns dedinhos. Não havia ninguém do lado de fora. Com muito cuidado, esgueirou-se da sala até as costas da estátua da bruxa de um olho só.

Que era mesmo que devia fazer? Puxou outra vez o mapa e viu, para seu espanto, que um novo boneco de tinta aparecera no pergaminho, rotulado *Harry Potter*. Estava parado exatamente no mesmo lugar que o verdadeiro Harry, mais ou menos na metade do corredor do terceiro andar. Harry observou-o atentamente. Seu pequeno eu de tinta parecia estar tocando a bruxa com uma varinha mínima. O garoto na mesma hora puxou a varinha real e deu um toque na estátua. Nada aconteceu. Ele tornou a consultar o mapa. Um balão com um texto aparecera ao lado do seu boneco. Dentro do balão havia a palavra "*Dissendium*".

— *Dissendium!* — sussurrou Harry, dando uma nova batida na bruxa de pedra.

Na mesma hora, a corcunda da estátua se abriu o suficiente para admitir uma pessoa bem magra. Harry deu uma espiada rápida nos dois lados do corredor, guardou outra vez o mapa, se içou de cabeça para dentro do buraco e deu um impulso para a frente.

Ele deslizou um bom pedaço, descendo o que parecia um escorrega de pedra e aterrissou na terra úmida e fria. Levantou-se, então, olhando a toda volta. Estava escuro como breu. Harry ergueu a varinha e murmurou:

— Lumus! — E pôde ver que se encontrava em uma passagem muito estreita, baixa e terrosa. Ergueu, então, o mapa, tocou-o com a ponta da varinha e disse baixinho: — Malfeito feito! — O mapa ficou imediatamente branco. Ele o dobrou cuidadosamente, enfiou-o dentro das vestes, depois, o coração batendo rápido, ao mesmo tempo animado e apreensivo, Harry começou a andar.

A passagem virava e tornava a virar, mais parecendo uma toca de coelho gigante do que qualquer outra coisa. Harry caminhou depressa por ela, tropeçando aqui e ali no chão acidentado, segurando a varinha com firmeza à sua frente.

Levou uma eternidade, mas o garoto tinha o pensamento fixo na capacidade da Dedosdemel repor suas forças. Depois do que lhe pareceu uma hora, a passagem começou a subir. Ofegante, Harry apertou o passo, o rosto quente, os pés muito gelados.

Dez minutos mais tarde, chegou ao pé de uns degraus de pedra muito gastos, que subiam a perder de vista. Tomando cuidado para não fazer barulho, Harry começou a subir. Cem degraus, duzentos degraus, perdeu a conta, olhando para os pés... Então, sem aviso, sua cabeça bateu em alguma coisa dura.

Parecia um alçapão. Harry ficou parado ali, massageando o cocuruto da cabeça, apurando os ouvidos. Não conseguia ouvir nenhum som em cima. Muito devagarinho, empurrou o alçapão e espiou pela borda.

Deparou com um porão, cheio de caixotes e caixas. Harry subiu pelo alçapão e tornou a fechá-lo — ele se fundiu tão perfeitamente com o soalho empoeirado que era impossível saber que estava ali. O garoto avançou lentamente até a escada de madeira que levava ao andar superior. Agora decididamente conseguia ouvir vozes, para não falar no tilintar de uma sineta e no abre e fecha de uma porta.

Pensando no que deveria fazer, Harry, de repente, ouviu uma porta se abrir muito próximo; alguém ia descer a escada.

— E traga mais uma caixa de lesmas gelatinosas, querido, eles praticamente levaram tudo... — disse uma voz feminina.

Dois pés desceram a escada. Harry pulou para trás de um enorme caixote e esperou os passos se distanciarem. Ouviu o homem deslocando caixas na parede oposta. Talvez não tivesse outra oportunidade...

Rápida e silenciosamente, o garoto saiu abaixado do esconderijo e subiu as escadas; ao olhar para trás, viu um enorme traseiro e uma careca reluzente enfiada em uma caixa. Harry alcançou a porta no patamar da escada, escapuliu por ela e se encontrou atrás do balcão da Dedosdemel — abaixou-se, saiu quietinho de lado e por fim se levantou.

A Dedosdemel estava tão cheia de alunos de Hogwarts que ninguém olhou duas vezes para Harry. O garoto foi passando entre eles, olhando para os lados e reprimiu uma risada só de imaginar a expressão que apareceria na cara de porco do Duda se pudesse ver onde ele estava agora.

Havia prateleiras e mais prateleiras de doces com a aparência mais apetitosa que se pode imaginar. Tabletes de nugá, quadrados cor-de-rosa de sorvete de coco, caramelos cor de mel; centenas de tipos de bombons em fileiras arrumadinhas; havia uma barrica enorme de feijõezinhos de todos os sabores, Delícias gasosas — as tais bolas de sorvete de fruta que faziam levitar que Rony mencionara —, em outra parede havia os doces de "efeitos especiais": os melhores chicles de baba e bola (que enchiam a loja de bolas azulonas e se recusavam a estourar durante dias), o estranho e quebradiço fio dental de menta, minúsculos Diabinhos pretos de pimenta ("sopre fogo em seus amigos!"), Ratinhos de sorvete ("ouça seus dentes baterem e rangerem!"), Sapos de creme de menta ("faça sua barriga saltar para valer!"), frágeis penas de algodão-doce e bombons explosivos.

Harry se espremeu entre os alunos do sexto ano que enchiam a loja e viu um letreiro pendurado no canto mais distante do salão (SABORES INCOMUNS). Rony e Hermione estavam bem embaixo, examinando uma bandeja de pirulitos com gosto de sangue. Harry, sorrateiramente, foi parar atrás dos dois.

— Erca, não, Harry não vai querer esses, são para vampiro, imagino — ia dizendo Hermione.

— E esses aqui? — perguntou Rony, enfiando um vidro de cachos de barata embaixo do nariz de Hermione.

— Decididamente não — disse Harry.

Rony quase deixou cair o vidro.

— *Harry!* — berrou Hermione. — Que é que você está fazendo aqui? Como... foi que você...?

— Uau! — exclamou Rony, parecendo muito impressionado —, você aprendeu a aparatar!

— Claro que não aprendi. — Harry baixou a voz de modo que nenhum dos alunos de sexto ano pudesse ouvir e contou aos amigos sobre o Mapa do Maroto.

— Como é que Fred e Jorge nunca me deram esse mapa? — perguntou Rony indignado. — Eu sou irmão deles!

— Mas Harry não vai ficar com o mapa! — afirmou Hermione como se a ideia fosse ridícula. — Vai entregá-lo à Prof.ª Minerva, não é Harry?

— Não, não vou não! — disse Harry.

— Você é maluca? — exclamou Rony, arregalando os olhos para a garota. — Entregar uma coisa boa dessas?

— Se eu entregar, vou ter que contar onde foi que o arranjei. Filch ia saber que Fred e Jorge surrupiaram dele!

— Mas e o Sirius Black? — sibilou Hermione. — Ele poderia estar usando uma das passagens do mapa para entrar no castelo! Os professores têm que saber disso!

— Ele não pode estar entrando por uma passagem — retrucou Harry depressa. — Tem sete túneis secretos no mapa, certo? Fred e Jorge calculam que Filch conheça uns quatro. E os outros três... um desabou, de modo que ninguém pode passar. Outro tem o Salgueiro Lutador plantado na entrada, portanto, não se pode sair. E este que eu usei para chegar aqui... bem... é realmente difícil ver a entrada dele no porão. Então, a não ser que Black soubesse que havia uma passagem...

Harry hesitou. E se Black soubesse que havia uma passagem ali? Rony, porém, pigarreou querendo sinalizar alguma coisa e apontou para um aviso colado dentro da loja de doces.

POR ORDEM DO MINISTÉRIO DA MAGIA
Lembramos aos nossos clientes que até nova ordem, os dementadores irão patrulhar as ruas de Hogsmeade todas as noites após o pôr do sol. A medida visa garantir a segurança dos habitantes de Hogsmeade e será revogada quando Sirius Black for recapturado. É, portanto, aconselhável que os clientes encerrem suas compras bem antes de anoitecer.
Feliz Natal!

— Estão vendo só? — falou Rony em voz baixa. — Eu gostaria de ver Black tentar entrar na Dedosdemel com dementadores pululando por todo o povoado. Em todo o caso, Hermione, os donos da Dedosdemel ouviriam se alguém arrombasse a loja, não? Eles moram no primeiro andar!

— Tá, mas... mas... — A garota parecia estar fazendo força para encontrar outro argumento. — Olha, ainda assim Harry não devia ter vindo a Hogsmeade. Ele não tem autorização! Se alguém descobrir, ele vai ficar enrascado até as orelhas! E ainda não anoiteceu... e se Sirius Black aparecer hoje? Agora?

— Ia ter muito trabalho para encontrar Harry no meio disso aí — disse Rony indicando com a cabeça as janelas de caixilhos, pelas quais se via a nevasca rodopiando lá fora. — Vamos, Mione, é Natal. Harry merece uma folga.

Hermione mordeu o lábio, parecendo extremamente preocupada.

— Você vai me denunciar? — perguntou Harry à amiga, sorrindo.

— Ah... claro que não... mas sinceramente, Harry...

— Viu as delícias gasosas, Harry? — perguntou Rony, puxando Harry e levando-o até a barrica em que se encontravam. — E as lesmas gelatinosas? E os picolés ácidos? Fred me deu um desses quando eu tinha sete anos, fez um furo que atravessou a minha língua. Me lembro da mamãe pegando a vassoura e baixando o pau nele. — Rony ficou mirando, pensativo, a caixa de picolés ácidos. — Você acha que Fred comeria um cacho de baratas se eu dissesse a ele que era amendoim?

Depois que Rony e Hermione pagaram por todos os doces que compraram, os três saíram da Dedosdemel para enfrentar a nevasca lá fora.

Hogsmeade parecia um cartão de Natal; as casas e lojas de telhado de colmo estavam cobertas por uma camada de neve fresca; havia coroas de azevinho nas portas e fieiras de luzes encantadas penduradas nas árvores.

Harry estremeceu; ao contrário dos amigos, ele não estava usando casaco. Os três saíram caminhando pela rua, a cabeça abaixada contra o vento, Rony e Hermione gritando por dentro dos cachecóis.

— Ali é o Correio...

— A Zonko's fica mais adiante.

— Podíamos ir até a Casa dos Gritos...

— Vamos fazer o seguinte — sugeriu Rony com os dentes batendo —, vamos tomar uma cerveja amanteigada no Três Vassouras?

Harry estava mais do que a fim; havia um vento cortante e suas mãos estavam congelando. Então, eles atravessaram a rua e minutos depois entravam na minúscula estalagem.

A sala estava cheíssima, barulhenta, quente e enfumaçada. Uma mulher tipo violão, com um rosto bonito, estava servindo um grupo de bruxos desordeiros no bar.

— Aquela é a Madame Rosmerta — disse Rony. — Vou pegar as bebidas, está bem? — acrescentou, corando ligeiramente.

Harry e Hermione foram até o fundo do salão, onde havia uma mesinha desocupada entre uma janela e uma bela árvore de Natal próxima à lareira. Rony voltou em cinco minutos, trazendo três canecas espumantes de cerveja amanteigada.

— Feliz Natal! — desejou ele alegremente, erguendo a caneca.

Harry bebeu com gosto. Era a coisa mais deliciosa que já provara e parecia aquecer cada pedacinho dele, de dentro para fora.

Uma brisa repentina despenteou seus cabelos. A porta do Três Vassouras tornou a se abrir. Harry olhou por cima da borda da caneca e se engasgou.

Os professores McGonagall e Flitwick tinham acabado de entrar no bar em meio a uma rajada de flocos de neve, seguidos de perto por Hagrid, que vinha absorto em uma conversa com um homem corpulento de chapéu-coco verde-limão e uma capa de risca de giz — Cornélio Fudge, Ministro da Magia.

Numa fração de segundo, Rony e Hermione, ao mesmo tempo, tinham posto as mãos na cabeça de Harry e feito o amigo escorregar do banquinho para baixo da mesa. Pingando cerveja amanteigada e se encolhendo para sumir de vista, Harry, agarrado à caneca, espiou os pés dos professores e de Fudge caminharem até o bar, pararem e, em seguida, darem meia-volta e se dirigirem para onde ele estava.

Em algum lugar acima de sua cabeça, Hermione sussurrou:

— *Mobiliarbus!*

A árvore de Natal ao lado da mesa se ergueu alguns centímetros do chão, flutuou de lado e desceu com um baque suave bem diante da mesa dos garotos, escondendo-os dos professores. Espiando por entre os ramos mais baixos e densos, Harry viu quatro conjuntos de pés de cadeira se afastarem da mesa bem ao lado, depois ouviu os resmungos e suspiros dos professores e do ministro ao se sentarem.

Em seguida, ele viu mais um par de pés, usando saltos altos, turquesa, cintilantes, e ouviu uma voz de mulher.

— Uma água de *gilly* pequena...

— É minha — disse a voz da Profª Minerva.

— A jarra de quentão...

— Obrigado — disse Hagrid.

— Soda com xarope de cereja, gelo e guarda-sol...

— Hummm! — exclamou o Prof. Flitwick estalando os lábios.

— Para o senhor é o rum de groselha, ministro.

— Obrigado, Rosmerta, querida — disse a voz de Fudge. — É um prazer revê-la, devo dizer. Não quer nos acompanhar? Venha se sentar conosco...

— Bem, muito obrigada, ministro.

Harry acompanhou os saltos cintilantes se afastarem e retornarem. Seu coração batia incomodamente na garganta. Por que não lhe ocorrera que este era o último fim de semana do trimestre também para os professores? E quanto tempo eles ficariam sentados ali? Ele precisava de tempo para voltar discretamente à Dedosdemel, se quisesse estar na escola ainda aquela noite... A perna de Hermione deu uma tremida nervosa perto dele.

— Então, o que é que o traz a esse fim de mundo, ministro? — perguntou a voz de Madame Rosmerta.

Harry viu a parte de baixo do corpo de Fudge se virar na cadeira, como se verificasse se havia alguém escutando. Depois respondeu em voz baixa:

— Quem mais se não Sirius Black? Imagino que você deve ter sabido o que houve em Hogwarts no Dia das Bruxas?

— Para falar a verdade, ouvi um boato — admitiu Madame Rosmerta.

— Você contou ao bar inteiro, Hagrid? — perguntou a Profª Minerva, exasperada.

— O senhor acha que Black continua por aqui, ministro? — perguntou Madame Rosmerta.

— Tenho certeza — respondeu Fudge laconicamente.

— O senhor sabe que os dementadores já revistaram o meu bar duas vezes? — falou Madame Rosmerta, com uma ligeira irritação na voz. — Espantaram todos os meus fregueses... Isto é muito ruim para o comércio, ministro.

— Rosmerta, querida, gosto tanto deles quanto você — disse Fudge, constrangido. — É uma precaução necessária... infelizmente, mas veja só... acabei de encontrar alguns. Estão furiosos com Dumbledore porque ele não os deixa entrar nos terrenos da escola.

— É claro que não — disse a Profª Minerva, rispidamente. — Como é que vamos ensinar com aqueles horrores por todo o lado?

— Apoiado, apoiado! — exclamou o Prof. Flitwick com voz esganiçada, os pés balançando a um palmo do chão.

— Mesmo assim — disse Fudge em tom de dúvida —, eles estão aqui para proteger vocês todos de coisa muito pior... Nós todos sabemos o que Black é capaz de fazer...

— Sabem, eu ainda acho difícil acreditar — disse Madame Rosmerta pensativamente. — De todas as pessoas que passaram para o lado das trevas, Sirius Black é o último em que eu pensaria... quero dizer, eu me lembro dele quando era garoto em Hogwarts. Se alguém tivesse me dito, então, no que ele iria se transformar, eu teria respondido que a pessoa tinha bebido quentão demais.

— Você não conhece nem metade do que ele fez, Rosmerta — disse Fudge com impaciência. — A maioria nem sabe o pior.

— Pior? — exclamou Madame Rosmerta, a voz animada de curiosidade. — O senhor quer dizer pior do que matar todos aqueles coitados?

— Isso mesmo.

— Não posso acreditar. Que poderia ser pior?

— Você diz que se lembra dele em Hogwarts, Rosmerta — murmurou a Prof.ª Minerva. — Você se lembra de quem era o melhor amigo dele?

— Claro — disse Madame Rosmerta, com uma risadinha. — Nunca se via um sem o outro, não é mesmo? O número de vezes que os dois estiveram aqui, aah, me faziam rir o tempo todo. Uma dupla incrível, Sirius Black e Tiago Potter!

Harry deixou cair a caneca com estrépito. Rony deu-lhe um pontapé.

— Exatamente — disse a Prof.ª Minerva. — Black e Potter. Líderes de uma turminha. Os dois muito inteligentes, é claro, na verdade excepcionalmente inteligentes, mas acho que nunca tivemos uma dupla de criadores de confusões igual...

— Não sei — disse Hagrid, dando uma risadinha. — Fred e Jorge Weasley seriam páreo duro para os dois.

— Poder-se-ia até pensar que Black e Potter eram irmãos! — o Prof. Flitwick entrou na conversa. — Inseparáveis!

— Claro que eram — comentou Fudge. — Potter confiava mais em Black do que em qualquer outro amigo. Nada mudou quando os dois terminaram a escola. Black foi o padrinho quando Tiago se casou com Lílian. Depois, eles o escolheram para padrinho de Harry. O garoto nem tem ideia disso, é claro. Vocês podem imaginar como isto o atormentaria.

— Por que Black acabou se aliando a Você-Sabe-Quem? — cochichou Madame Rosmerta.

— Foi muito pior do que isso, minha querida... — Fudge baixou a voz e continuou numa espécie de sussurro grave. — Muita gente desconhece que os Potter sabiam que Você-Sabe-Quem queria pegá-los. Dumbledore, que naturalmente trabalhava sem descanso contra Você-Sabe-Quem, tinha um bom número de espiões úteis. Um deles avisou-o e ele, na mesma hora, alertou Tiago e Lílian. Dumbledore aconselhou os dois a se esconderem. Bem, é claro que não era fácil alguém se esconder de Você-Sabe-Quem. Dumbledore sugeriu aos dois que teriam maiores chances de escapar se apelassem para o Feitiço Fidelius.

— Como é que é isso? — perguntou Madame Rosmerta, ofegando de interesse. O Prof. Flitwick pigarreou.

— Um feitiço extremamente complexo — explicou com a sua vozinha fina —, que implica esconder o segredo, por meio da magia, em uma única pessoa viva. A informação é guardada no íntimo da pessoa escolhida, ou fiel do segredo, e torna-se impossível encontrá-la, a não ser, é claro, que o fiel do segredo resolva contar a alguém. Enquanto ele se mantiver calado, Você-Sabe-Quem poderia revistar o povoado em que Lílian e Tiago viviam durante anos sem jamais encontrá-los, mesmo que ficasse com o nariz grudado na janela da sala deles!

— Então Black era o fiel do segredo dos Potter? — sussurrou Madame Rosmerta.

— Naturalmente — respondeu a Profª Minerva. — Tiago Potter contou a Dumbledore que Black preferiria morrer a contar onde eles estavam, que Black estava pensando em se esconder também... mesmo assim, Dumbledore continuou preocupado. Eu me lembro que ele próprio se ofereceu para ser o fiel do segredo dos Potter.

— Ele suspeitava de Black? — exclamou Madame Rosmerta.

— Ele tinha certeza de que alguém íntimo dos Potter tinha mantido Você-Sabe-Quem informado dos movimentos do casal — respondeu a Profª Minerva sombriamente. — De fato, ele vinha suspeitando havia algum tempo de que alguém do nosso lado virara traidor e estava passando muita informação para Você-Sabe-Quem.

— Mas Tiago Potter insistiu em usar Black?

— Insistiu — disse Fudge com a voz carregada. — E então, pouco mais de uma semana depois de terem realizado o Feitiço Fidelius...

— Black traiu os Potter? — murmurou Madame Rosmerta.

— Traiu. Black estava cansado do papel de agente duplo, estava pronto a declarar abertamente o seu apoio a Você-Sabe-Quem, e parece que planejou fazer isso assim que os Potter morressem. Mas, como todos sabem, Você-Sabe-Quem encontrou sua perdição no pequeno Harry Potter. Despojado de poderes, extremamente enfraquecido, ele fugiu. E isto deixou Black numa posição realmente muito difícil. Seu mestre caíra no exato momento em que ele, Black, mostrara quem de fato era, um traidor. Não teve outra escolha senão fugir...

— Vira-casaca imundo e podre! — exclamou Hagrid tão alto que metade do bar se calou.

— Psiu! — fez a Prof.ª Minerva.

— Eu o encontrei! — rosnou Hagrid. — Devo ter sido a última pessoa que viu Black antes de ele matar toda aquela gente! Fui eu que salvei Harry da casa de Lílian e Tiago depois que o casal morreu! Tirei o garoto das ruínas, coitadinho, com um grande corte na testa, e os pais mortos... e Sirius Black aparece, naquela moto voadora que ele costumava usar. Nunca me ocorreu o que ele estava fazendo ali. Eu não sabia que ele era o fiel do segredo de Lílian e Tiago. Pensei que tivesse acabado de saber da notícia do ataque de Você-Sabe-Quem e vindo ver o que era possível fazer. Estava tremendo, branco. E vocês sabem o que eu fiz? EU CONSOLEI O TRAIDOR ASSASSINO! — bradou Hagrid.

— Hagrid, por favor! — pediu a Prof.ª Minerva. — Fale baixo!

— Como é que eu ia saber que ele não estava abalado com a morte de Lílian e Tiago? Que estava preocupado era com Você-Sabe-Quem! Então ele disse: "Me dá o Harry, Hagrid. Sou o padrinho dele, vou cuidar dele..." Ah! Mas eu tinha recebido ordens de Dumbledore, e disse não, Dumbledore tinha me mandado levar Harry para a casa dos tios. Black discordou, mas no fim cedeu. Me disse, então, que eu podia pegar a moto dele para levar Harry. "Não vou precisar mais dela", falou.

"Eu devia ter percebido, naquela hora, que alguma coisa não estava cheirando bem. Black adorava a moto. Por que estava dando ela para mim? Por que não ia precisar mais da moto? A questão é que a moto era muito fácil de localizar. Dumbledore sabia que ele tinha sido o fiel do segredo dos Potter. Black sabia que ia ter que se mandar àquela noite, sabia que era uma questão de horas até o Ministério sair à procura dele.

"*Mas e se eu tivesse entregado Harry a Black, hein?* Aposto como ele teria jogado o garoto no mar no meio do caminho. O filho dos melhores amigos dele! Mas quando um bruxo se alia ao lado das trevas, não tem mais nada nem ninguém que tenha importância para ele..."

À história de Hagrid seguiu-se um longo silêncio. Então, Madame Rosmerta falou com uma certa satisfação.

— Mas ele não conseguiu desaparecer, não foi? O Ministério da Magia o agarrou no dia seguinte!

— Ah, se ao menos isso fosse verdade — lamentou Fudge com amargura. — Não fomos nós que o encontramos. Foi o pequeno Pedro Pettigrew, outro amigo dos Potter. Com certeza, enlouquecido de pesar e sabendo que Black fora o fiel do segredo dos Potter, Pedro foi pessoalmente atrás dele.

— Pettigrew... aquele gordinho que sempre andava atrás dos dois em Hogwarts? – perguntou Madame Rosmerta.

— Ele venerava Black e Potter como se fossem heróis – disse a Prof$^{\underline{a}}$ Minerva. — Não estava bem à altura deles em termos de talento. Muitas vezes fui severa demais com ele. Podem imaginar agora como me... como me arrependo disso... – Sua voz parecia a de alguém que apanhara de repente um resfriado.

— Vamos, Minerva – consolou-a Fudge, com bondade. – Pettigrew teve uma morte de herói. Testemunhas oculares, trouxas, é claro, depois limpamos a memória deles, nos contaram como Pettigrew encurralou Black. Dizem que ele soluçava: "Lílian e Tiago, Sirius! Como é que você pôde?" Então fez menção de apanhar a varinha. Bem, naturalmente, Black foi mais rápido. Fez Pettigrew em pedacinhos...

A Prof$^{\underline{a}}$ Minerva assoou o nariz e disse com a voz embargada:

— Menino burro... menino tolo... nunca teve jeito para duelar... deveria ter deixado isso para o Ministério...

— E vou dizer uma coisa, se eu tivesse chegado ao Black antes de Pettigrew, não teria apelado para varinhas, eu teria despedaçado ele aos bocadinhos – rosnou Hagrid.

— Você não sabe o que está dizendo, Hagrid – disse Fudge com severidade. – Ninguém, a não ser bruxos de elite do Esquadrão de Execução das Leis da Magia, teria tido uma chance contra Black depois que ele foi encurralado. Na época, eu era ministro júnior no Departamento de Catástrofes Mágicas, e fui um dos primeiros a chegar à cena depois que Black liquidou aquelas pessoas, nunca vou me esquecer. Ainda sonho com o que vi, às vezes. Uma cratera no meio da rua, tão funda que rachou a tubulação de esgoto embaixo. Cadáveres por toda a parte. Trouxas berrando. E Black parado ali, dando gargalhadas, diante do que restava de Pettigrew... um monte de vestes ensanguentadas e uns poucos, uns poucos fragmentos...

A voz de Fudge parou abruptamente. Ouviu-se o barulho de cinco narizes sendo assoados.

— Bem, aí tem você, Rosmerta – disse Fudge com a voz carregada. – Black foi levado por vinte policiais do Esquadrão de Execução das Leis da Magia e Pettigrew recebeu a Ordem de Merlim, Primeira Classe, o que acho que foi algum consolo para a coitada da mãe dele. Black tem estado preso em Azkaban desde então.

Madame Rosmerta deu um longo suspiro.

— É verdade que ele é doido, ministro?

— Eu gostaria de poder dizer que é — disse Fudge lentamente. — Acredito que é certo que a derrota do mestre o desequilibrou por algum tempo. O assassinato de Pettigrew e de todos aqueles trouxas foi trabalho de um homem desesperado e acuado, cruel... sem sentido. Mas eu encontrei Black na última inspeção que fiz à Azkaban. Vocês sabem que a maioria dos prisioneiros lá ficam sentados no escuro resmungando; não dizem coisa com coisa... mas fiquei chocado com a aparência *normal* de Black. Conversou comigo muito racionalmente. Me deixou nervoso. Deu a impressão de estar meramente entediado, perguntou se eu já tinha acabado de ler o meu jornal, com toda a tranquilidade, disse que sentia falta das palavras cruzadas. Fiquei realmente espantado de ver o pouco efeito que os dementadores estavam causando nele, e, vejam, ele era um dos prisioneiros mais fortemente guardados do lugar. Dementadores à porta da cela dia e noite.

— Mas para que o senhor acha que ele fugiu? — perguntou Madame Rosmerta. — Por Deus, ministro, ele não está tentando se juntar a Você-Sabe-Quem, está?

— Eu diria que esse é o plano dele, hum, a longo prazo — disse Fudge evasivamente. — Mas temos esperança de pegar Black bem antes disso. Devo dizer que Você-Sabe-Quem sozinho e sem amigos é uma coisa... mas se tiver de volta o seu serviçal mais dedicado, estremeço só em pensar na rapidez com que se reergueria...

Ouviu-se um leve tilintar de copo em madeira. Alguém pousara o copo.

— Sabe, Cornélio, se você vai jantar com o diretor, é melhor voltarmos para o castelo — sugeriu a Profª Minerva.

Um por um, os pares de pés à frente de Harry retomaram o peso dos seus donos; barras de capas rodopiaram no ar e os saltos cintilantes de Madame Rosmerta desapareceram atrás do balcão do bar. A porta do Três Vassouras tornou a se abrir, deixando entrar mais uma rajada de flocos de neve e os professores desapareceram.

— Harry?

Os rostos de Rony e Hermione surgiram embaixo da mesa. Os dois o encararam, sem encontrar palavras para falar.

11

A FIREBOLT

Harry não tinha uma ideia muito clara de como conseguira voltar ao porão da Dedosdemel, atravessar o túnel e sair mais uma vez no castelo. Só sabia que a viagem de volta parecia não ter demorado nada, e que ele mal se apercebera do que estava fazendo, porque sua cabeça continuava a latejar com a conversa que acabara de ouvir.

Por que ninguém lhe contara? Dumbledore, Hagrid, o Sr. Weasley, Cornélio Fudge... por que ninguém jamais mencionara o fato de que seus pais tinham morrido porque o melhor amigo deles os traíra?

Rony e Hermione observavam Harry, muito nervosos, durante o jantar, sem sequer se atrever a conversar com ele sobre o que tinham ouvido, porque Percy estava sentado perto deles. Quando subiram para a concorrida sala comunal, foi para descobrir que Fred e Jorge tinham soltado meia dúzia de bombas de bosta num arroubo de animação de fim de trimestre. Harry, que não queria que os gêmeos lhe perguntassem se tinha chegado ou não a Hogsmeade, subiu sorrateira e silenciosamente para o dormitório vazio e foi direto ao seu armário de cabeceira. Empurrou os livros para um lado e não demorou nada a encontrar o que estava procurando – o álbum de fotografias encadernado em couro que Hagrid lhe dera havia dois anos, repleto de fotos mágicas de seus pais. O garoto se sentou na cama, fechou o cortinado e começou a virar as páginas, procurando, até que...

Parou numa foto do dia do casamento dos pais. Lá estava seu pai acenando para ele, sorridente, os rebeldes cabelos pretos que Harry herdara apontando para todas as direções. Lá estava sua mãe, radiante de felicidade, de braço dado com o seu pai. E lá... aquele devia ser ele. O padrinho... Harry jamais lhe dera atenção antes.

Se não tivesse sabido que era a mesma pessoa, jamais teria pensado que era Black naquela velha foto. Seu rosto não era encovado e macilento, mas bonito e risonho. Já estaria trabalhando para Voldemort quando a foto fora tirada? Já estaria planejando as mortes das duas pessoas ao seu lado? Saberia que ia enfrentar doze anos em Azkaban, doze anos que o tornariam irreconhecível?

Mas os dementadores não o afetam, pensou Harry, examinando atentamente aquele rosto bonito e risonho. *Ele não tem que ouvir minha mãe gritando quando eles chegam muito perto...*

Harry fechou com violência o álbum e, abaixando-se, guardou-o de novo no armário, tirou as vestes e os óculos e foi dormir, cuidando para que o cortinado o escondesse de todos.

A porta do dormitório se abriu.

— Harry? — chamou a voz de Rony, hesitante.

Mas Harry continuou quieto, fingindo que estava dormindo. Ouviu o amigo se retirar e virou de barriga para cima, os olhos muito abertos.

Um ódio que ele jamais conhecera começou a crescer dentro dele como veneno. Viu Black rindo-se dele no escuro, como se alguém tivesse colado a foto do álbum em seus olhos. Assistiu, como se estivesse vendo um filme, a Sirius Black explodir Pedro Pettigrew (que lembrava Neville Longbottom) em mil pedaços. Ouviu (embora não tivesse a menor ideia do som que teria a voz de Black) um murmúrio baixo e animado. "Aconteceu, meu Senhor... os Potter me escolheram para fiel do seu segredo..." E então ouviu outra voz, rindo-se histericamente, a mesma risada que Harry ouvia mentalmente sempre que os dementadores se aproximavam...

— Harry, você... você está com uma cara horrível.

O garoto só adormecera quando o dia ia raiando. Ao acordar, encontrou o dormitório vazio, deserto, se vestiu e desceu para a sala comunal, também vazia exceto pela presença de Rony, que comia sapos de creme de menta e massageava a barriga, e Hermione que espalhara os deveres de casa em cima de três mesas.

— Onde foi todo mundo? — perguntou Harry.

— Embora! Hoje é o primeiro dia das férias, está lembrado? — respondeu Rony, observando o amigo atentamente. — É quase hora do almoço; eu ia subir para acordá-lo daqui a pouquinho.

Harry afundou em uma poltrona junto à lareira. A neve continuava a cair lá fora. Bichento estava esparramado diante da lareira como um grande tapete amarelo-avermelhado.

— Realmente você não está com uma cara muito boa, sabe — disse Hermione, examinando ansiosa o rosto do garoto.

— Estou ótimo — retrucou ele.

— Harry, escuta aqui — disse Hermione trocando um olhar com Rony —, você deve estar realmente perturbado com o que ouviu ontem. Mas o importante é não fazer nenhuma bobagem.

— Como o quê?

— Como tentar ir atrás de Black — disse Rony depressa.

Harry percebeu que os dois tinham ensaiado aquela conversa enquanto ele estivera dormindo. Não respondeu nada.

— Você não vai, não é mesmo, Harry? — insistiu Hermione.

— Porque não vale a pena morrer por causa do Black — disse Rony.

Harry olhou para os amigos. Eles pareciam não ter entendido o problema.

— Vocês sabem o que eu vejo e ouço cada vez que um dementador se aproxima de mim? — Rony e Hermione sacudiram a cabeça, apreensivos. — Ouço minha mãe gritar e suplicar a Voldemort. E se alguém ouve a mãe gritar daquele jeito, pouco antes de morrer, não dá para esquecer depressa. E se descobre que alguém que ela acreditava ser amigo foi o traidor que pôs Voldemort na pista dela...

— Mas não tem nada que você possa fazer! — disse Hermione impressionada. — Os dementadores vão capturar Black e ele vai voltar a Azkaban e... e é muito bem feito para ele!

— Você ouviu o que Fudge disse. Black não é afetado por Azkaban como as pessoas normais. Não é um castigo para ele como é para os outros.

— Então o que é que você está dizendo? — perguntou Rony muito tenso. — Você quer... matar Black ou coisa parecida?

— Não seja bobo — disse Hermione, cuja voz transparecia pânico. — Harry não quer matar ninguém, não é mesmo?

Mais uma vez Harry não respondeu. Ele não sabia o que queria fazer. Só sabia que a ideia de não fazer nada, enquanto Black continuava em liberdade, era quase insuportável.

— Malfoy sabe — disse ele de repente. — Vocês lembram do que ele me disse na aula de Poções? "Se fosse eu, eu ia querer me vingar. Ia atrás dele pessoalmente."

— Você vai seguir o conselho de Malfoy em vez do nosso? — perguntou Rony, enfurecido. — Escuta aqui... você sabe o que a mãe do Pettigrew recebeu depois que Black acabou com o filho dela? Papai me contou... a Ordem de Merlin, Primeira Classe, e o dedo de Pettigrew em uma caixa. Foi o maior pedaço dele que conseguiram encontrar. Black é um louco, Harry, e é perigoso...

— O pai de Malfoy deve ter contado a ele — disse Harry, não dando atenção a Rony. — Fazia parte do círculo íntimo de Voldemort...

— *Faz favor de dizer Você-Sabe-Quem?* — exclamou Rony com raiva.

— ... então obviamente, os Malfoy sabiam que Black estava trabalhando para Voldemort...

— ... e Malfoy adoraria ver você desintegrado em um milhão de pedaços, como Pettigrew! Caia na real, Harry. A esperança de Malfoy é que você seja morto antes de ele precisar jogar quadribol contra você.

— Harry, *por favor* — pediu Hermione, os olhos agora brilhantes de lágrimas —, *por favor*, tenha juízo. Black fez uma coisa horrível demais, mas não corra riscos, é isso que Black quer... Ah, Harry, você vai fazer o jogo do Black se for atrás dele. Seus pais não iam querer que você se machucasse, iam? Jamais iam querer que você saísse procurando o Black!

— Eu nunca vou saber o que eles iam querer, porque, graças ao Black, nunca conversei com eles — disse Harry com rispidez.

Houve um silêncio em que Bichento se espreguiçou com desenvoltura, flexionando as garras. O bolso de Rony estremeceu.

— Escuta — disse o garoto, obviamente procurando mudar de assunto —, estamos de férias! Já é quase Natal! Vamos... vamos descer para ver o Hagrid. Não o visitamos há uma eternidade!

— Não! — disse Hermione depressa. — Harry não pode sair do castelo, Rony...

— É, vamos — disse Harry se endireitando na poltrona —, assim posso perguntar a ele por que nunca mencionou o Black quando me contou a história dos meus pais!

Continuar a discussão sobre Sirius Black não era obviamente o que Rony tinha em mente.

— Ou poderíamos jogar uma partida de xadrez — disse ele depressa — ou de bexigas. Percy deixou um jogo...

— Não, vamos visitar Hagrid — disse Harry com firmeza.

Então os três apanharam as capas nos dormitórios e saíram pelo buraco do retrato (Levantem-se para lutar, seus vira-latas covardes!), desceram pelo castelo vazio e cruzaram as portas de carvalho.

Os garotos caminharam sem pressa pelos jardins, deixando uma vala rasa na neve faiscante e solta, as meias e as bainhas das capas foram se molhando e congelando. A Floresta Proibida parecia que fora encantada, cada árvore se cobrira de salpicos prateados e a cabana de Hagrid lembrava um bolo com glacê.

Rony bateu, mas não teve resposta.

— Será que ele saiu? — perguntou Hermione, que tremia embaixo da capa.

Rony encostou o ouvido na porta.

— Tem um barulho esquisito — disse. — Escuta só... será o Canino?

Harry e Hermione encostaram os ouvidos na porta também. De dentro da cabana vinham uns gemidos baixos e soluçantes.

— Será que não é melhor a gente ir chamar alguém? — perguntou Rony, nervoso.

— Hagrid! — chamou Harry, dando socos na porta. — Hagrid, você está aí?

Ouviu-se um som de passos pesados, depois a porta se abriu com um rangido. Hagrid estava ali parado, com os olhos vermelhos e inchados, as lágrimas caindo pelo seu colete de couro.

— Vocês souberam? — berrou ele, e se atirou no pescoço de Harry.

Tendo Hagrid no mínimo duas vezes o tamanho de um homem normal, isso não foi brincadeira. O garoto, quase desabando sob o peso do gigante, foi salvo por Rony e Hermione, que seguraram um em cada braço de Hagrid, e o puxaram para dentro da cabana. O guarda-caça deixou-se conduzir até uma cadeira e se largou em cima da mesa, soluçando descontrolado, o rosto brilhante de lágrimas que escorriam por sua barba embaraçada.

— Hagrid, o que foi? — perguntou Hermione perplexa.

Harry reparou em uma carta de aparência oficial aberta em cima da mesa.

— Que é isso, Hagrid?

Os soluços de Hagrid redobraram, mas ele empurrou a carta para o garoto, que a apanhou e leu em voz alta:

Prezado Sr. Hagrid,

Dando prosseguimento ao nosso inquérito sobre o ataque do hipogrifo a um aluno seu, aceitamos as ponderações do Prof. Dumbledore de que o senhor não é responsável pelo lamentável incidente.

— Bem, então está tudo certo, Hagrid! — exclamou Rony, dando uma palmadinha no ombro do amigo. Mas Hagrid continuou a soluçar, e fez sinal com uma de suas gigantescas mãos, convidando Harry a continuar a leitura da carta.

No entanto, devemos registrar a nossa preocupação quanto ao hipogrifo em pauta. Decidimos acolher a reclamação oficial do Sr. Lúcio Malfoy, e o caso será encaminhado à Comissão para Eliminação de Criaturas Perigosas. A audiência terá lugar em 20 de abril, e solicitamos que o senhor se apresente com o seu hipogrifo nos escritórios da Comissão, em Londres, nessa data. Entrementes, o animal deverá ser mantido preso e isolado.

Atenciosamente...

Seguia-se uma lista com os nomes dos conselheiros da escola.

— Ah! — exclamou Rony. — Mas você disse que o Bicuço não é um hipogrifo bravo, Hagrid. Aposto como ele vai se safar...

— Você não conhece as gárgulas da Comissão para Eliminação de Criaturas Perigosas! — respondeu Hagrid com a voz engasgada, enxugando os olhos na manga. — Eles têm má vontade com as criaturas interessantes!

Um som repentino vindo de um canto da cabana fez Harry, Rony e Hermione se virarem depressa. Bicuço, o hipogrifo, estava deitado a um canto, mastigando alguma coisa que fazia escorrer sangue por todo o soalho.

— Eu não podia deixar ele amarrado lá fora na neve! — explicou Hagrid, sufocado. — Sozinho! No Natal.

Harry, Rony e Hermione se entreolharam. Nunca tinham concordado com Hagrid sobre o que o guarda-caça chamava de "criaturas interessantes" e outras pessoas chamavam de "monstros aterrorizantes". Por outro lado, não parecia haver nenhuma maldade específica em Bicuço. De fato, pelos padrões normais de Hagrid, o bicho era sem dúvida engraçadinho.

— Você terá que preparar uma boa defesa, Hagrid — falou Hermione, sentando-se e pondo a mão no braço maciço do amigo. — Tenho certeza de que você pode provar que Bicuço é seguro.

— Não vai fazer nenhuma diferença! — soluçou Hagrid. — Aqueles demônios da Eliminação, eles são controlados por Lúcio Malfoy! Têm medo dele! E se eu perder o caso, Bicuço...

Hagrid passou o dedo rapidamente pela garganta, depois deixou escapar um lamento, e caiu para a frente, deitando a cabeça nos braços.

— E Dumbledore, Hagrid? — perguntou Harry.

— Ele já fez mais do que o suficiente por mim — gemeu Hagrid. — Já tem muito com que se ocupar só para segurar os dementadores fora do castelo e o Sirius Black rondando...

Rony e Hermione olharam depressa para Harry, como se esperassem que o garoto fosse começar a criticar Hagrid por não ter contado a verdade sobre Black. Mas Harry não teve coragem de perguntar nada, não naquele momento em que estava vendo o amigo tão infeliz e amedrontado.

— Escuta aqui, Hagrid — disse Harry —, você não pode desistir. Hermione tem razão, você só precisa é de uma boa defesa. Pode nos chamar como testemunhas...

— Tenho certeza de que já li um caso de alguém que provocou um hipogrifo — disse Hermione, pensativa — e o bicho foi inocentado. Vou procurar para você, Hagrid, e verificar exatamente o que aconteceu.

Hagrid chorou ainda mais alto. Harry e Hermione olharam para Rony, pedindo ajuda.

— Hum... e se eu fizesse uma xícara de chá para nós? — ofereceu-se o garoto.

Harry olhou para ele, espantado.

— É o que a minha mãe faz sempre que alguém está chateado — murmurou Rony, encolhendo os ombros.

Finalmente, depois de muitas reafirmações de ajuda, e uma caneca de chá fumegante diante dele, Hagrid assoou o nariz com um lenço do tamanho de uma toalha de mesa e disse:

— Vocês têm razão. Não posso me entregar assim. Tenho que me controlar...

Canino, o cão de caçar javalis, saiu timidamente debaixo da mesa e descansou a cabeça no joelho do dono.

— Não tenho andado muito bem ultimamente — disse Hagrid, acariciando Canino com uma das mãos e enxugando o rosto com a outra. — Preocupado com o Bicuço e com a turma que não está gostando das minhas aulas...

— Nós gostamos! — mentiu Hermione na mesma hora.

— É, elas são ótimas! — acrescentou Rony, cruzando os dedos embaixo da mesa. — E... como é que vão os vermes?

— Mortos — disse Hagrid sombriamente. — Alface demais.

— Ah, não! — exclamou Rony, com um trejeito de riso na boca.

— E esses dementadores fazendo eu me sentir péssimo e tudo o mais — disse Hagrid com um súbito estremecimento. — Tenho que passar por eles todas as vezes que quero beber alguma coisa no Três Vassouras. É como se eu estivesse de volta a Azkaban...

Ele se calou e tomou um pouco de chá. Harry, Rony e Hermione o observaram prendendo a respiração. Nunca tinham ouvido Hagrid falar de sua breve estada em Azkaban. Depois de uma pausa, Hermione perguntou timidamente:

— Lá é muito ruim, Hagrid?

— Vocês não fazem ideia — disse ele com a voz contida. — Nunca estive em nenhum lugar assim. Pensei que ia endoidar. Ficava lembrando de coisas horríveis... o dia em que fui expulso de Hogwarts... o dia em que meu pai morreu... o dia em que tive de mandar Norberto embora...

Seus olhos se encheram de lágrimas. Norberto era o bebê dragão que Hagrid ganhara certa vez em um jogo de cartas.

— A pessoa não consegue mais se lembrar de quem é depois de algum tempo. E começa a achar que não vale a pena viver. Eu tinha esperança de morrer durante o sono... Quando me soltaram, foi como se eu estivesse renascendo, tudo voltou como uma avalanche, foi a melhor sensação do mundo. E vejam bem, os dementadores não gostaram nada de me deixar sair.

— Mas você era inocente! — exclamou Hermione.

Hagrid riu pelo nariz.

— Você acha que eles se importam com isso? Que nada. Desde que tenham umas centenas de seres humanos trancafiados com eles, para poder sugar toda a felicidade deles, não estão nem aí se alguém é ou não é culpado.

Hagrid ficou calado por um instante, olhando para o chá. Depois disse em voz baixa:

— Pensei em deixar Bicuço ir embora... tentar fazê-lo fugir... mas como é que a gente explica para um hipogrifo que ele tem que se esconder? E... e tenho medo de desrespeitar a lei... — Ele ergueu os olhos para os garotos, as lágrimas outra vez escorrendo pelo rosto. — Não quero nunca mais na vida voltar para Azkaban.

A ida à cabana de Hagrid, embora não tivesse sido divertida, em todo o caso, produzira o efeito que Rony e Hermione esperavam. Ainda que Harry não tivesse de modo algum esquecido Black, não iria poder ficar pensando o tempo todo em vingança se quisesse ajudar Hagrid a vencer a causa contra a Comissão para Eliminação de Criaturas Perigosas. Ele, Rony e Hermione foram, no dia seguinte, à biblioteca, e voltaram ao vazio salão comunal, carregados de livros que poderiam ajudar a preparar a defesa para o Bicuço. Os três se sentaram diante do fogo forte que havia na lareira e folhearam lentamente as páginas de livros empoeirados sobre casos famosos de feras que saíram para roubar ou atacar gente, falando-se, ocasionalmente, quando deparavam com alguma coisa que servisse.

— Aqui tem uma coisa... houve um caso em 1722... mas o hipogrifo foi condenado, eca, olhem só o que fizeram com ele, que coisa horrível...

— Esse aqui pode ajudar, olhem... um manticora atacou alguém ferozmente em 1296, e deixaram o bicho livre... ah... não, foi só porque todos estavam com medo de se aproximar dele...

Nesse meio-tempo, tinham sido armadas no resto do castelo as magníficas decorações de Natal, apesar de poucos alunos terem permanecido na escola para apreciá-las. Grossas serpentinas de folhas e frutos de azevinho foram penduradas pelos corredores, luzes misteriosas brilhavam dentro de cada armadura, e o Salão Principal tinha as doze árvores de Natal de sempre, fulgurantes de estrelas douradas. Um cheiro forte e gostoso de comida invadia os corredores e, na altura da noite de Natal, estava tão forte que até Perebas, no bolso de Rony, botou o nariz de fora para cheirar, esperançoso, o ar.

Na manhã de Natal, Harry foi acordado com Rony atirando um travesseiro nele.

— Oi! Presentes!

Harry apanhou os óculos e colocou-os no rosto, tentando enxergar, na penumbra, os pés da cama, onde aparecera um montinho de pacotes. Rony já estava rasgando o papel que embrulhava os dele.

— Mais um suéter de mamãe... *outra vez* cor de tijolo... veja se você também ganhou um.

Harry ganhara. A Sra. Weasley lhe mandara um suéter vermelho com o leão da Grifinória no peito, uma dúzia de tortas de frutas secas e nozes, um bolo de Natal e uma caixa com crocantes de nozes. Quando empurrou tudo isso para um lado, ele viu um pacote fino e longo por baixo.

— Que é isso? — perguntou Rony, espiando, enquanto segurava nas mãos um par de meias cor de tijolo que acabara de abrir.

— Não sei...

Harry rasgou o pacote e prendeu a respiração ao ver a magnífica e reluzente vassoura que rolara sobre sua cama. Rony largou as meias e pulou da cama dele para olhar mais de perto.

— Eu não acredito — disse com a voz rouca.

Era uma Firebolt, idêntica à vassoura de sonho que Harry tinha ido ver todas as manhãs no Beco Diagonal. O cabo brilhou quando ele a ergueu. Sentiu a vassoura vibrar e a soltou; ela ficou flutuando no ar, sem apoio, na altura exata para ele montá-la.

Os olhos de Harry correram da placa de ouro com o número do registro para a superfície do cabo, dali para as lascas de bétula perfeitamente lisas e aerodinâmicas que formavam a cauda.

— Quem lhe mandou essa vassoura? — perguntou Rony em voz baixa.

— Procure aí o cartão — disse Harry.

Rony rasgou o resto do papel de embrulho da Firebolt.

— Nada! Caramba, quem gastaria tanto dinheiro com você?

— Bem — disse Harry, atordoado —, aposto que não foram os Dursley.

— Aposto que foi Dumbledore — disse Rony, agora rodeando a Firebolt, apreciando cada centímetro de sua glória. — Ele lhe mandou a Capa da Invisibilidade anonimamente...

— Mas era do meu pai — respondeu Harry. — Dumbledore só estava passando a capa para mim. Ele não gastaria centenas de galeões comigo. Não pode sair dando coisas assim para alunos...

— Por isso mesmo é que não ia dizer que foi ele! — concluiu Rony. — Para um imbecil feito o Malfoy não dizer que é favoritismo. Ei, Harry... — Rony deu uma grande gargalhada. — *Malfoy!* Espera até ele ver você montado nisso! Vai ficar doente de inveja! É uma vassoura de padrão *internacional*, ah, isso é!

— Não consigo acreditar — murmurou Harry, alisando a Firebolt, enquanto Rony afundava na cama dele, rindo de se acabar só de pensar no Malfoy. — Quem...?

— Eu sei — disse Rony se controlando. — Eu sei quem poderia ter sido... o Lupin.

— Quê? — disse Harry, agora começando a rir também. — Lupin? Olha, se ele tivesse tanto ouro assim, poderia comprar umas vestes novas.

— É, mas ele gosta de você. E estava ausente quando a sua Nimbus se arrebentou, e talvez tenha ouvido falar do acidente e resolvido visitar o Beco Diagonal e comprar a vassoura para você...

— Que é que você quer dizer com "estava ausente"? — perguntou Harry. — Ele estava doente quando eu joguei aquela partida.

— Bem, ele não estava na ala hospitalar — disse Rony. — Eu estava lá limpando comadres, cumprindo aquela detenção que o Snape me deu, se lembra?

Harry franziu a testa para Rony.

— Não posso imaginar Lupin comprando um presente desses.

— Do que é que vocês estão rindo?

Hermione acabara de entrar, vestindo um robe e segurando Bichento, que estava com a cara de extremo mau humor e um fio de lantejoulas em volta do pescoço.

— Não entra aqui com ele! — disse Rony, apanhando Perebas depressa das profundezas de sua cama e guardando-o no bolso do pijama. Mas Hermione não ouviu. Largou Bichento na cama vazia de Simas e grudou os olhos, boquiaberta, na Firebolt.

— Ah, *Harry*! Quem lhe mandou *isso*?

— Não tenho a menor ideia. Não tinha cartão nem nada.

Para sua surpresa, Hermione não pareceu nem animada nem intrigada com a informação. Pelo contrário, ficou desapontada e mordeu o lábio.

— Que é que você tem? — perguntou Rony.

— Não sei — respondeu Hermione lentamente —, mas é meio esquisito, não é? Quero dizer, essa é uma vassoura muito boa, não é?

Rony suspirou, exasperado.

— É a melhor vassoura que existe no mundo, Hermione.

— Então deve ter sido realmente cara...

— Provavelmente custou mais do que todas as vassouras da Sonserina, juntas — disse Rony alegremente.

— Bem... quem iria mandar a Harry uma coisa tão cara e nem ao menos dizer que mandou? — perguntou Hermione.

— Quem quer saber disso? — retrucou Rony, impaciente. — Escuta aqui, Harry, posso dar uma voltinha? Posso?

— Acho que ninguém devia montar essa vassoura por enquanto! — disse Hermione com a voz esganiçada.

Harry e Rony encararam a garota.

— Que é que você acha que Harry vai fazer com ela... varrer o chão?

Mas antes que Hermione pudesse responder, Bichento saltou da cama de Simas direto para o peito de Rony.

— TIRE-O-DAQUI! — berrou Rony, ao mesmo tempo em que as garras de Bichento rasgaram seu pijama e Perebas tentou uma fuga desesperada por cima do seu ombro. Rony agarrou Perebas pelo rabo e mirou em Bichento um pontapé mal calculado que acabou acertando o malão aos pés da cama de Harry, derrubou-o, e fez Rony pular pelo quarto uivando de dor.

O pelo de Bichento de repente ficou em pé. Um assobio alto e fino começou a invadir o quarto. O bisbilhoscópio de bolso saltara de dentro das meias velhas do tio Válter e saíra rodopiando e cintilando pelo chão.

— Eu tinha me esquecido dele! — exclamou Harry, que se abaixou e recolheu o bisbilhoscópio. — Nunca uso estas meias se posso evitar...

O pequeno pião girava e assobiava na palma da mão do garoto. Bichento sibilava e bufava para ele.

— É melhor você levar esse gato daqui, Hermione — disse Rony furioso, sentando-se na cama de Harry e massageando o dedão do pé. — Será que dá para você guardar essa coisa? — acrescentou ele para Harry quando Hermione ia se retirando do quarto. Os olhos amarelos de Bichento continuavam fixos nele, cheios de malícia.

Harry tornou a enfiar o bisbilhoscópio nas meias e atirou-o de volta ao malão. Tudo que se ouvia agora eram os gemidos de dor e raiva que Rony abafava. Perebas estava aninhado nas mãos do dono. Já fazia tempo que Harry o vira fora do bolso do amigo e teve a desagradável surpresa de observar que Perebas, antigamente tão gordo, estava agora magérrimo; e também tinha perdido pelos em alguns pontos do corpo.

— Ele não está com uma aparência muito boa, não é? — comentou Harry.

— É estresse! — respondeu Rony. — Ele até estaria bem se aquela bola idiota de pelos o deixasse em paz.

Mas Harry, se lembrando que a mulher da loja Animais Mágicos dissera que os ratos só viviam três anos, não pôde deixar de sentir que, a não ser que Perebas tivesse poderes jamais revelados, ele estava chegando ao fim da vida. E, apesar das queixas frequentes do amigo de que o rato estava chato e inútil, ele tinha certeza de que Rony ficaria muito infeliz se o bicho morresse.

O espírito de Natal estava decididamente em baixa no salão comunal da Grifinória àquela manhã. Hermione prendera Bichento no dormitório das meninas, mas estava furiosa com Rony por ter tentado chutá-lo; Rony continuava fumegando de raiva com a nova tentativa que o gato fizera de comer seu rato. Harry desistiu de tentar fazer os dois se falarem e se ocupou em examinar a Firebolt, que trouxera com ele para a sala. Por alguma razão isto pareceu aborrecer Hermione também; ela não fez comentário algum, mas não parava de lançar olhares carrancudos à vassoura, como se esta também tivesse criticado Bichento.

À hora do almoço eles desceram para o Salão Principal e descobriram que as mesas das casas tinham sido encostadas nas paredes outra vez e que uma única mesa fora posta para doze pessoas no meio do salão. Os professores Dumbledore, Minerva McGonagall, Snape, Sprout e Flitwick estavam sentados à mesa, bem como Filch, o zelador, que tirara o avental marrom de uso diário e estava enfatiotado com uma casaca muito velha de aspecto mofado. Havia apenas mais três alunos, dois novatos extremamente nervosos e um garoto mal-humorado da Sonserina.

— Feliz Natal! — desejou Dumbledore quando Harry, Rony e Hermione se aproximaram da mesa. — Como éramos tão poucos, me pareceu uma tolice usar as mesas das casas... Sentem-se, sentem-se!

Harry, Rony e Hermione se sentaram lado a lado na ponta da mesa.

— Balas de estalo! — disse Dumbledore entusiasmado, oferecendo a ponta de um tubo prateado a Snape, que o pegou com relutância e puxou. Com um estampido, a bala se rompeu e surgiu um grande chapéu cônico de bruxo encimado por um urubu empalhado.

Harry, lembrando-se do bicho-papão, procurou os olhos de Rony e os dois sorriram; a boca de Snape se comprimiu e ele empurrou o chapéu para Dumbledore, que o trocou pelo próprio chapéu de bruxo na mesma hora.

— Podem avançar! — convidou ele aos presentes, sorrindo para todos.

Quando Harry estava se servindo de batatas assadas, as portas do salão se abriram. Era a Profª Sibila Trelawney, deslizando em direção à mesa como se andasse sobre rodas. Tinha posto um vestido verde de paetês em homenagem à ocasião, o que a fazia parecer mais que nunca uma libélula enorme e cintilante.

— Sibila, mas que surpresa agradável! — saudou-a Dumbledore, levantando-se.

— Estive consultando a minha bola de cristal, diretor — disse a professora com a voz mais etérea e distante do mundo —, e para meu espanto, me vi abandonando o meu almoço solitário para vir me reunir a vocês. Quem sou eu para recusar uma inspiração do destino? Na mesma hora me apressei a deixar minha torre e peço que me perdoem o atraso...

— É claro — disse Dumbledore com os olhos cintilantes. — Deixe-me apanhar uma cadeira para você...

E, dizendo isso, usou a varinha para trazer, pelo ar, uma cadeira que girou alguns segundos e pousou com um baque entre os professores Snape e Minerva. A Profª Sibila, porém, não se sentou; seus enormes olhos começaram a passear pela mesa e ela subitamente deixou escapar um gritinho.

— Não me atrevo, diretor! Se eu me sentar, seremos treze! Nada poderia ser mais azarado! Não vamos esquecer que quando treze comem juntos, o primeiro a se levantar será o primeiro a morrer!

— Vamos correr o risco, Sibila — disse a Profª Minerva, impaciente. — Por favor, sente, o peru está esfriando.

Sibila hesitou, depois se acomodou na cadeira vazia, os olhos fechados e a boca contraída, como se estivesse à espera de um raio atingir a mesa. Minerva enfiou uma grande colher na terrina mais próxima.

— Tripas, Sibila?

A professora fingiu não ouvir. Reabriu os olhos, correu-os ao redor da mesa, mais uma vez, e perguntou:

— Mas onde está o nosso caro Prof. Lupin?

— Receio que o coitado esteja doente outra vez — disse Dumbledore, fazendo um gesto para que todos começassem a se servir. — Pouca sorte que isso fosse acontecer no dia de Natal.

— Mas com certeza você já sabia disso, não, Sibila? — disse a Prof.ª Minerva com as sobrancelhas erguidas.

Sibila lançou a Minerva um olhar gelado.

— Claro que sabia, Minerva — disse com a voz controlada. — Mas a pessoa não deve fazer alarde de tudo que sabe. Muitas vezes finjo que não possuo Visão Interior para não deixar os outros nervosos.

— Isto explica muita coisa — disse a outra com azedume.

A voz da Prof.ª Sibila subitamente se tornou bem menos etérea.

— Se você quer saber, Minerva, vi que o coitado do Prof. Lupin não vai estar conosco por muito tempo. E ele próprio parece saber que seu tempo é curto. Decididamente fugiu quando eu me ofereci para consultar a bola de cristal para ele...

— Imagine só — comentou Minerva secamente.

— Tenho minhas dúvidas — disse Dumbledore, com a voz alegre, mas ligeiramente mais alta, o que pôs um ponto final na conversa das duas — de que o Prof. Lupin corra algum perigo iminente. Severo, você preparou a poção para ele outra vez?

— Preparei, diretor — respondeu Snape.

— Ótimo. Então logo ele deverá estar de pé... Derek, você já se serviu dessas salsichas apimentadas? Estão excelentes.

O garoto do primeiro ano ficou vermelhíssimo quando Dumbledore se dirigiu a ele, e apanhou a travessa de salsichas com as mãos trêmulas.

A Prof.ª Sibila se comportou quase normalmente até o finzinho do almoço de Natal, duas horas depois. Empapuçados com a comida e ainda usando os chapéus da festa, Harry e Rony se levantaram primeiro da mesa e ela deu um grito agudo.

— Meus queridos! Qual dos dois se levantou da cadeira primeiro? Qual?

— Não sei — respondeu Rony olhando preocupado para Harry.

— Duvido que vá fazer muita diferença — disse a Prof.ª Minerva com frieza —, a não ser que o louco da machadinha esteja esperando aí fora para matar o primeiro que sair para o saguão.

Até Rony riu. Sibila pareceu muitíssimo ofendida.

—Vem com a gente? — perguntou Harry a Hermione.

— Não — respondeu a garota. — Quero falar uma coisa com a Prof.ª McGonagall.

— Provavelmente vai tentar ver se pode assistir a mais aulas — bocejou Rony quando se encaminhavam para o saguão de entrada, onde não encontraram nenhum louco da machadinha.

Quando chegaram ao buraco do retrato, encontraram Sir Cadogan desfrutando um almoço de Natal com dois frades, vários ex-diretores de Hogwarts e seu gordo pônei. O cavaleiro levantou a viseira e brindou os dois garotos com uma jarra de quentão.

— Feliz... hic... Natal! Senha!

— Cão desprezível — disse Rony.

— E o mesmo para o senhor, meu senhor! — berrou Sir Cadogan quando o quadro se afastou para admitir os garotos.

Harry foi diretamente ao dormitório, apanhou a Firebolt e o Estojo para Manutenção de Vassouras que Hermione lhe dera de presente de aniversário, levou-os para baixo e tentou encontrar o que fazer com a vassoura; mas não havia lascas levantadas para aparar e o cabo ainda estava tão reluzente que não tinha sentido lhe dar polimento. Ele e Rony ficaram ali admirando a vassoura de todos os ângulos até que o buraco do retrato se abriu e Hermione entrou, acompanhada da Profª Minerva.

Embora Minerva McGonagall fosse diretora da Grifinória, Harry só a vira antes na sala comunal uma vez, e para dar um aviso muito sério. Ele e Rony a olharam, os dois segurando a Firebolt. Hermione contornou o lugar em que eles estavam, se sentou, apanhou o livro mais próximo e escondeu o rosto nele.

— Então é isso? — perguntou a professora com o seu olhar penetrante, aproximando-se da lareira para examinar a Firebolt. — A Srta. Granger acabou de me informar que alguém lhe mandou uma vassoura, Potter.

Harry e Rony se viraram para olhar Hermione. Surpreenderam sua testa corando por cima do livro, que ela segurava de cabeça para baixo.

— Posso? — perguntou McGonagall, mas não esperou resposta para tirar a vassoura das mãos dos garotos. Examinou-a atentamente, do cabo às lascas. — Hum. E não havia nenhum bilhete, nenhum cartão, Potter? Nenhuma mensagem de nenhum tipo?

— Não — disse Harry sem compreender.

— Entendo... Bem, receio que tenha de levar a vassoura, Potter.

— Q... quê?! — exclamou Harry, ficando em pé. — Por quê?

— Teremos que verificar se não está enfeitiçada. Naturalmente eu não sou especialista nesse assunto, mas imagino que Madame Hooch e o Prof. Flitwick possam desmontá-la...

— Desmontá-la? — repetiu Rony, como se a professora fosse maluca.

— Não deve levar mais do que umas semanas. Você a receberá de volta se tivermos certeza de que está limpa.

— A vassoura não tem nada errado! — exclamou Harry, a voz ligeiramente trêmula. — Francamente, professora...

— Você não pode saber, Potter — disse a professora com bondade —, pelo menos até ter voado nela, e receio que isto esteja fora de questão até nos certificarmos de que ninguém a alterou. Eu o manterei informado.

A Prof.ª McGonagall deu meia-volta levando a Firebolt, e atravessou o buraco do retrato, que se fechou em seguida. Harry ficou observando a professora partir, a latinha de cera de polimento ainda na mão. Rony, porém, se voltou contra Hermione.

— *Para que você foi correndo contar à Prof.ª Minerva?*

Hermione largou o livro de lado. Seu rosto continuava vermelho, mas ela se levantou e enfrentou Rony, desafiando-o.

— Porque achei, e a Prof.ª McGonagall concorda comigo, que provavelmente a vassoura foi mandada a Harry por Sirius Black!

12

O PATRONO

Harry sabia que Hermione tivera boa intenção, mas isso não o impedia de estar aborrecido com a amiga. Ele fora dono da melhor vassoura do mundo por breves horas e agora, por interferência dela, não sabia se iria rever a vassoura. Harry tinha certeza de que, no momento, não havia problema algum com a Firebolt, mas em que estado ela ficaria depois de ser submetida a todo tipo de teste antifeitiço?

Rony também estava furioso com Hermione. Na sua opinião, desmontar uma Firebolt nova em folha era nada menos que um ato criminoso. Hermione, que continuava convicta de que agira visando ao bem do amigo, começou a evitar a sala comunal. Os dois garotos supunham que ela se refugiara na biblioteca e não tentaram persuadi-la a voltar. Em tudo por tudo, eles ficaram felizes quando o restante da escola voltou, pouco depois do Ano-Novo, e a Torre da Grifinória novamente se encheu de gente e ruídos.

Olívio procurou Harry na véspera do novo trimestre começar.

— Teve um bom Natal? — perguntou ele e, em seguida, sem esperar resposta, se sentou, baixou a voz e disse: — Andei pensando durante o Natal, Harry. Depois da última partida, entende. Se os dementadores forem ao próximo... quero dizer... não podemos nos dar ao luxo de você... bem...

Olívio parou, parecendo constrangido.

— Já estou cuidando disso — falou Harry depressa. — O Prof. Lupin prometeu que me ensinaria a afastar os dementadores. Devemos começar esta semana. E falou que teria tempo depois do Natal.

— Ah — respondeu Olívio, o rosto se desanuviando. — Bem, nesse caso... eu não queria realmente perder você como apanhador, Harry. Já encomendou uma vassoura nova?

— Não.

— Quê! É melhor você se mexer, sabe, não vai poder montar aquela Shooting Star contra o time da Corvinal!

— Ele ganhou uma Firebolt de Natal — disse Rony.

— Uma *Firebolt*? Não! Sério? Uma *Firebolt*... de verdade?

— Não precisa se animar, Olívio — disse Harry deprimido. — Não está mais comigo. Foi confiscada. — E explicou tudo sobre a Firebolt e como estava sendo verificada para saber se fora enfeitiçada.

— Enfeitiçada? Como poderia ter sido enfeitiçada?

— Sirius Black — disse Harry, cansado. — Dizem que ele está querendo me pegar. Então McGonagall calculou que poderia ter me mandado a vassoura.

Descartando a informação de que um assassino famoso estava atrás do seu apanhador, Olívio disse:

— Mas Black não poderia ter comprado uma Firebolt! Ele está fugindo! O país inteiro está à procura dele! Como é que iria simplesmente entrar na Artigos de Qualidade para Quadribol e comprar uma vassoura?

— Eu sei, mas ainda assim McGonagall quer desmontá-la...

Olívio empalideceu.

— Vou falar com ela, Harry — prometeu. — Vou chamá-la à razão... uma Firebolt... uma autêntica Firebolt, no nosso time... Ela quer que Grifinória ganhe tanto quanto nós... Vou fazê-la ver o absurdo. Uma *Firebolt*...

As aulas recomeçaram no dia seguinte. A última coisa que alguém ia querer fazer era passar duas horas lá fora em uma fria manhã de janeiro, mas Hagrid providenciara uma fogueira cheia de salamandras para alegria dos alunos, que passaram uma aula incomumente boa juntando madeira e folhas secas para manter o fogo alto enquanto os bichinhos, que adoram chamas, subiam e desciam pelas toras embranquecidas de calor. A primeira aula de Adivinhação do novo trimestre foi bem menos divertida; a Profª Sibila estava agora começando a ensinar quiromancia à turma e não perdeu tempo para informar Harry de que ele possuía a menor linha da vida que ela já vira.

Mas era à aula de Defesa Contra as Artes das Trevas que ele estava ansioso para chegar; depois da conversa com Olívio, queria começar as aulas antidementadores o mais cedo possível.

— Ah, é verdade — disse Lupin quando Harry o lembrou da promessa no final da aula. — Vejamos... que tal às oito horas da noite na quinta? A sala de aula de História da Magia deve ser suficientemente grande... Tenho que pensar muito como vamos fazer isso... Não podemos trazer um dementador real ao castelo para praticar...

— Ele continua com cara de doente, não acha? — perguntou Rony quando caminhavam pelo corredor para ir jantar. — Que é que você acha que ele tem?

Ouviram um alto muxoxo de impaciência atrás deles. Era Hermione que estivera sentada ao pé de uma armadura, rearrumando a mochila, tão cheia de livros que não fechava.

— E por que é que você esta fazendo muxoxo para a gente? — perguntou Rony, irritado.

— Por nada — respondeu Hermione em tom de superioridade, passando a mochila pelo ombro.

— Nada, não — disse Rony. — Eu estava imaginando qual seria o problema de Lupin, e você...

— Bem, será que não está *óbvio*? — disse a garota com um olhar de superioridade de dar nos nervos.

— Se você não quer dizer, não diga — retrucou Rony com rispidez.

— Ótimo — disse Hermione, arrogante, e foi-se embora.

— Ela não sabe — disse Rony, olhando, rancoroso, para a garota que se afastava. — Só está tentando fazer a gente voltar a falar com ela.

Às oito horas da noite de quinta-feira, Harry saiu da Torre da Grifinória para a sala de História da Magia. Quando chegou, a sala estava escura e vazia, mas ele acendeu as luzes com a varinha e já estava esperando havia uns cinco minutos quando o Prof. Lupin apareceu, trazendo uma grande caixa, que depositou em cima da escrivaninha do Prof. Binns.

— Que é isso? — perguntou Harry.

— Outro bicho-papão — respondeu Lupin tirando a capa. — Andei passando um pente-fino no castelo desde terça-feira e por sorte encontrei este aqui escondido no arquivo do Sr. Filch. É o mais próximo que chegaremos de um dementador de verdade. O bicho-papão se transformará em um dementador quando o vir, então poderemos praticar. Posso guardá-lo na minha sala quando não estiver em uso; tem um armário embaixo da minha escrivaninha de que ele vai gostar.

— Tudo bem — disse Harry, procurando falar como se não estivesse nada apreensivo, mas apenas feliz por Lupin ter encontrado um substituto tão bom para um dementador real.

— Então... — O Prof. Lupin apanhou a varinha e fez sinal para Harry imitá-lo. — O feitiço que vou tentar lhe ensinar faz parte da magia muito avançada, Harry, muito acima do Nível Normal de Bruxaria. É chamado o Feitiço do Patrono.

— O que é que ele faz? — perguntou Harry, nervoso.

— Bem, quando funciona corretamente, ele conjura um Patrono, que é uma espécie de antidementador, um guardião que age como um escudo entre você e o dementador.

Harry teve uma súbita visão de si mesmo agachado atrás de um vulto do tamanho de Hagrid segurando um enorme bastão. O Prof. Lupin continuou:

— O Patrono é um tipo de energia positiva, uma projeção da própria coisa de que o dementador se alimenta: esperança, felicidade, desejo de sobrevivência, mas ele não consegue sentir desesperança, como um ser humano real, por isso o dementador não pode afetá-lo. Mas preciso preveni-lo, Harry, de que o feitiço talvez seja demasiado avançado para você. Muitos bruxos habilitados têm dificuldade de executá-lo.

— Que aspecto tem um Patrono? — perguntou Harry, curioso.

— Cada um é único para o bruxo que o conjura.

— E como se conjura?

— Com uma fórmula mágica, que só fará efeito se você estiver concentrado, com todas as suas forças, em uma única lembrança muito feliz.

Harry procurou em sua mente uma lembrança feliz. Com certeza, nada que tivesse lhe acontecido na casa dos Dursley iria servir. Por fim, decidiu-se pelo momento em que voou numa vassoura pela primeira vez.

— Certo — disse, procurando lembrar o mais exatamente possível da maravilhosa sensação de voar.

— A fórmula é a seguinte — Lupin pigarreou para limpar a garganta. — *Expecto Patronum!*

— *Expecto Patronum* — repetiu Harry em voz baixa —, *Expecto Patronum*.

— Está se concentrando com todas as forças em sua lembrança feliz?

— Ah... estou — respondeu Harry, forçando depressa seu pensamento a retornar àquele primeiro voo de vassoura. — *Expecto Patrono*, não, *Patronum*... desculpe... *Expecto Patronum, Expecto Patronum*...

Alguma coisa se projetou subitamente da ponta de sua varinha; parecia um fiapo de gás prateado.

— O senhor viu isso? — perguntou Harry, animado. — Aconteceu uma coisa!

— Muito bem — aprovou Lupin sorrindo. — Certo, então, está pronto para experimentar com um dementador?

— Estou — disse o garoto, segurando sua varinha com firmeza e indo para o meio da sala de aula deserta. Tentou manter o pensamento no voo, mas alguma coisa não parava de interferir... A qualquer segundo agora, poderia tornar a ouvir sua mãe... mas ele não devia pensar nisso ou *tornaria* a ouvi-la, e ele não queria... ou será que queria?

Lupin segurou a tampa da caixa e levantou-a.

Um dementador se ergueu lentamente da caixa, o rosto encapuzado virado para Harry, uma mão luzidia, coberta de cascas de feridas, segurando a capa. As luzes em volta da sala de aula piscaram e se apagaram. O dementador saiu da caixa e começou a se deslocar silenciosamente em direção a Harry, respirando profundamente, uma respiração vibrante. Uma onda de frio intensa o engolfou...

— *Expecto Patronum!* — berrou Harry. — *Expecto Patronum! Expecto...*

Mas a sala e o dementador foram se dissolvendo... Harry se viu caindo outra vez por um denso nevoeiro branco, e a voz de sua mãe mais alta que nunca, ecoava em sua cabeça... *Harry não! Harry não! Por favor... farei qualquer coisa...*"

"*Afaste-se. Afaste-se, menina...*"

— Harry!

Harry de repente recuperou os sentidos. Estava deitado de costas no chão. As luzes da sala tinham reacendido. Ele não precisou perguntar o que acontecera.

— Desculpe — murmurou, se sentando e sentindo o suor frio escorrer por dentro dos óculos.

— Você está bem? — perguntou Lupin.

— Estou... — Harry usou uma carteira para se levantar, apoiando-se nela.

— Tome aqui — Lupin lhe deu um sapo de chocolate. — Coma isso antes de tentarmos outra vez. Eu não esperava que você conseguisse da primeira vez; de fato, ficaria assombrado se tivesse conseguido.

— Está piorando — murmurou Harry, mordendo a cabeça do sapo. — Eu a ouvi mais alto dessa vez... e ele... Voldemort...

Lupin parecia mais pálido do que de costume.

— Harry, se você não quiser continuar, vou compreender muito bem...

— Eu quero! — exclamou Harry com vigor, enfiando o resto do sapo de chocolate na boca. —Tenho que continuar! O que vai acontecer se os dementadores aparecerem na partida contra Corvinal? Não posso me dar ao luxo de cair outra vez. Se perdermos a partida, perderemos a Taça de Quadribol!

— Muito bem, então... — disse Lupin. —Talvez queira escolher outra lembrança, uma lembrança feliz, quero dizer, para se concentrar... Essa primeira parece que não foi bastante forte...

Harry fez um esforço mental e concluiu que sua emoção quando Grifinória ganhara o Campeonato das Casas, no ano anterior, fora decididamente uma lembrança muito feliz. Segurou a varinha com força, outra vez, e tomou posição no meio da sala.

– Pronto? – perguntou Lupin segurando a tampa da caixa.

– Pronto – disse Harry, tentando por tudo encher a cabeça de pensamentos felizes sobre a vitória da Grifinória, em lugar dos pensamentos sombrios sobre o que ia acontecer quando a caixa se abrisse.

– Já! – disse Lupin destampando a caixa. A sala ficou gelada e escura mais uma vez. O dementador avançou deslizando, inspirando com força; a mão podre estendida para Harry...

– *Expecto Patronum!* – berrou Harry. – *Expecto Patronum! Expecto Pat...*

Um nevoeiro branco obscureceu seus sentidos... vultos grandes e difusos moveram-se à sua volta... então ele ouviu uma nova voz, uma voz de homem, gritando em pânico...

"*Lílian, leve Harry e vá! É ele! Vá! Corra! Eu o atraso...*"

Os ruídos de alguém saindo aos tropeços de uma sala... uma porta se escancarando – uma gargalhada aguda...

– Harry! Harry... acorde...

Lupin dava tapinhas em seu rosto. Desta vez levou um minuto até Harry entender por que estava deitado no chão empoeirado de uma sala de aula.

– Ouvi meu pai – murmurou Harry. – É a primeira vez que o ouço, ele tentou enfrentar Voldemort sozinho, para dar à minha mãe tempo de fugir...

O garoto de repente percebeu que havia em seu rosto lágrimas misturadas ao suor. Abaixou a cabeça o mais que pôde e enxugou as lágrimas nas vestes, fingindo estar amarrando um sapato, para Lupin não ver.

– Você ouviu Tiago? – disse Lupin numa voz estranha.

– Ouvi... – O rosto seco, Harry ergueu a cabeça. – Por quê... o senhor conheceu meu pai?

– Eu... para falar a verdade, conheci. Fomos amigos em Hogwarts. Escute, Harry... talvez devêssemos parar por hoje. Este feitiço é absurdamente avançado... eu não devia ter sugerido que você se submetesse a essa...

– Não! – disse Harry. E tornou a se levantar. – Vou tentar mais uma vez! Não estou pensando em lembranças muito felizes, é só isso... Espere aí...

O garoto puxou pela memória. Uma lembrança realmente, mas realmente, feliz... uma que ele pudesse transformar em um Patrono válido e forte...

O momento em que ele descobrira que era bruxo e ia deixar a casa dos Dursley para frequentar Hogwarts! Se isso não fosse uma lembrança feliz, ele não sabia qual seria... Concentrando-se com todas as forças no que sentira quando compreendeu que ia deixar a rua dos Alfeneiros, Harry se levantou e ficou de frente para a caixa mais uma vez.

— Pronto? — perguntou Lupin, que parecia fazer isso contrariando o seu bom-senso. — Concentrou-se com firmeza? Muito bem... já!

Ele tirou a tampa da caixa pela terceira vez, e o dementador se levantou; a sala esfriou e escureceu.

— EXPECTO PATRONUM! — berrou Harry. — EXPECTO PATRONUM! EXPECTO PATRONUM!

A gritaria dentro da cabeça de Harry recomeçara — exceto que desta vez, parecia vir de um rádio mal sintonizado — fraca e forte e fraca outra vez... ele continuava a ver o dementador — que parara — então, um enorme vulto prateado irrompeu da ponta de sua varinha e ficou pairando entre ele e o dementador, e, embora suas pernas tivessem perdido as forças, Harry continuava de pé — por quanto tempo ele não tinha muita certeza...

— *Riddikulus!* — bradou Lupin saltando à frente.

Ouviu-se um estalo muito alto e o diáfano Patrono desapareceu juntamente com o dementador; o garoto afundou em uma cadeira, sentindo a exaustão de quem correra mais de um quilômetro, e as pernas trêmulas. Pelo canto do olho, viu o Prof. Lupin enfiar, à força, o bicho-papão na caixa, com a varinha; ele se transformou mais uma vez em uma bola prateada.

— Excelente! — exclamou Lupin, aproximando-se do garoto. — Excelente, Harry! Decididamente foi um começo!

— Podemos tentar mais uma vez? Só mais umazinha?

— Agora, não — disse Lupin com firmeza. — Você já fez o bastante por uma noite. Tome...

E deu a Harry uma enorme barra do melhor chocolate da Dedosdemel.

— Coma bastante ou Madame Pomfrey vai querer me matar. À mesma hora na semana que vem?

— OK — concordou Harry. Ele deu uma dentada no chocolate enquanto observava Lupin apagar as luzes que tinham reacendido com o desaparecimento do dementador. Acabava de lhe ocorrer um pensamento.

— Prof. Lupin, se o senhor conheceu meu pai, então deve ter conhecido Sirius Black, também.

Lupin se virou na mesma hora.

— Que foi que lhe deu essa ideia? — perguntou ele com rispidez.

— Nada... quero dizer, eu soube que eles também eram amigos em Hogwarts...

O rosto de Lupin se descontraiu.

— É, eu o conheci — disse brevemente. — Ou pensei que o conhecia. É melhor você ir andando, Harry, está ficando tarde.

O garoto saiu da sala, andou um pouco pelo corredor, dobrou um canto, depois se desviou para trás de uma armadura e se sentou em sua base para terminar o chocolate, desejando que não tivesse mencionado Black, pois Lupin obviamente não gostava de tocar nesse assunto. Então os pensamentos de Harry foram vagando aos poucos para sua mãe e seu pai.

Ele se sentiu esgotado e estranhamente vazio, ainda que estivesse empanturrado de chocolate. Por mais horrível que fosse ouvir os últimos momentos de seus pais repassarem por sua cabeça, eles tinham sido os únicos em que Harry ouvira as vozes dos dois desde que era pequeno. Mas ele não seria capaz de produzir um Patrono adequado se ficasse desejando ouvir os pais novamente...

— Eles estão mortos — disse a si mesmo com severidade. — Estão mortos e ficar ouvindo seus ecos não vai trazê-los de volta. É melhor você se controlar se quiser aquela Taça de Quadribol.

Ele se levantou, atochou o último pedaço de chocolate na boca e rumou para a Torre da Grifinória.

Corvinal jogou contra Sonserina uma semana depois do início do semestre. Sonserina ganhou, mas foi uma vitória apertada. Segundo Olívio, isto era uma boa notícia para Grifinória, que tiraria o segundo lugar se também batesse Corvinal. Portanto, o capitão aumentou o número de treinos para cinco por semana. Isto significou que com as aulas antidementadores de Lupin, que em si eram mais exaustivas que os treinos de quadribol, só sobrara a Harry uma noite por semana para fazer todos os deveres de casa. Ainda assim, ele não estava aparentando tanto desgaste quanto Hermione, cuja imensa carga de trabalho parecia estar finalmente cansando-a. Todas as noites, sem falta, Hermione era vista a um canto da sala comunal, várias mesas cheias de livros, tabelas de Aritmancia, dicionários de runas, diagramas de trouxas levantando grandes objetos e ainda fichários e mais fichários de extensas anotações; ela pouco falava com os colegas e respondia mal quando era interrompida.

— Como é que ela está fazendo isso? — murmurou Rony para Harry certa noite, quando este se sentara para preparar uma redação difícil sobre venenos indetectáveis pedida por Snape. Harry ergueu a cabeça. Mal conseguiu divisar Hermione por trás da pilha instável de livros.

— Isso o quê?

— Assistindo a todas as aulas! — disse Rony. — Ouvi Mione conversando com a Prof.ª Vector, aquela bruxa da Aritmancia, hoje de manhã. Estavam discutindo a aula de ontem, mas Mione não podia ter estado lá, porque estava conosco na de Trato das Criaturas Mágicas! E Ernesto McMillan me disse que ela nunca faltou a nenhuma aula de Estudos dos Trouxas, mas metade das aulas são no mesmo horário de Adivinhação, e ela também nunca faltou a nenhuma lá!

Harry não tinha tempo, naquele momento, para desvendar o mistério dos horários impossíveis de Hermione; ele realmente precisava terminar o trabalho para Snape. Dois segundos depois, no entanto, foi novamente interrompido, desta vez por Olívio.

— Más notícias Harry. Acabei de ir falar com a Prof.ª McGonagall sobre a Firebolt. Ela... hum... foi um pouco *grossa* comigo. Me disse que as minhas prioridades estavam trocadas. Parece que entendeu que eu estava mais preocupado em ganhar a Taça do que com as suas chances de sobrevivência. Só porque eu disse que não me importava se a vassoura o derrubasse, desde que você apanhasse o pomo primeiro. — Olívio sacudiu a cabeça, incrédulo. — Francamente, o jeito como ela gritou comigo... dava até para pensar que eu tinha dito alguma coisa horrível... Então perguntei quanto tempo mais ela ia ficar com a vassoura... — Olívio amarrou a cara e imitou a voz severa da professora: "O tempo que for preciso, Wood"... Acho que está na hora de você encomendar uma vassoura nova, Harry. Tem um formulário de pedido no final do *Qual vassoura...* você podia comprar uma Nimbus 2001, como a do Malfoy.

— Não vou comprar nada que Malfoy ache bom — disse Harry em tom definitivo.

Janeiro transitou para fevereiro imperceptivelmente, sem alteração no frio extremo que fazia. A partida contra Corvinal estava cada dia mais próxima, mas Harry ainda não encomendara a vassoura nova. Ele agora pedia à Prof.ª McGonagall notícias da Firebolt depois da aula de Transfiguração. Rony, parava, cheio de esperança, ao lado dele, Hermione passava depressa com o rosto virado.

— Não, Potter, ainda não posso devolvê-la — disse a professora na décima segunda vez que isto aconteceu, antes mesmo que ele abrisse a boca para perguntar. – Já a verificamos com relação à maioria dos feitiços comuns, mas o Prof. Flitwick acredita que a vassoura possa estar carregando um Feitiço de Velocidade. Eu o informarei quando tivermos terminado a verificação. Agora, por favor, pare de me pressionar.

Para piorar as coisas, as aulas antidementadores não estavam correndo tão bem quanto Harry esperara. Em várias sessões ele fora capaz de produzir um vulto indistinto e prateado, todas as vezes que o dementador se aproximara dele, mas era um Patrono demasiado fraco para afugentar o dementador. A única coisa que fazia era pairar no ar, como uma nuvem semitransparente, e esgotar a energia de Harry enquanto o garoto lutava para mantê-lo presente. Harry sentiu raiva de si mesmo, e culpa pelo desejo secreto de ouvir mais uma vez as vozes dos pais.

– Você está esperando demais de si mesmo – disse o Prof. Lupin com severidade, na quarta semana de treino. – Para um bruxo de treze anos, até mesmo um Patrono pouco nítido é um grande feito. Você não está desmaiando mais, não é?

– Eu pensei que um Patrono... transformasse os dementadores em alguma coisa – disse Harry desanimado. – Fizesse-os desaparecer...

– O verdadeiro Patrono de fato faz isso. Mas você já conseguiu muito em pouquíssimo tempo. Se os dementadores aparecerem na sua próxima partida de quadribol, você poderá mantê-los a distância tempo suficiente para voltar ao chão.

– O senhor disse que é mais difícil quando há um monte deles.

– Tenho total confiança em você – respondeu Lupin sorrindo. – Tome... você mereceu uma bebida, uma coisa do Três Vassouras. Você não deve ter provado antes...

O professor tirou duas garrafinhas da maleta.

– Cerveja amanteigada! – exclamou Harry sem pensar. – Ah, eu gosto disso!

Lupin ergueu uma sobrancelha.

– Ah... Rony e Hermione trouxeram para mim de Hogsmeade – mentiu Harry depressa.

– Entendo – disse Lupin, embora continuasse a parecer ligeiramente desconfiado. – Bem... vamos brindar à vitória da Grifinória sobre Corvinal! Não que, como professor, eu deva tomar partido... – acrescentou ele depressa.

Os dois beberam a cerveja amanteigada em silêncio, até que Harry disse uma coisa que o estava deixando intrigado havia algum tempo.

– Que é que tem por baixo do capuz do dementador?

O professor baixou a garrafinha pensativo.

— Hummm... bem, as únicas pessoas que realmente sabem não estão em condições de nos responder. Veja, o dementador tira o capuz somente para usar sua última arma, a pior.

— Que é qual?

— O beijo do dementador — disse Lupin com um sorriso enviesado. — É o que dão naqueles que eles querem destruir completamente. Suponho que devam ter algum tipo de boca sob o capuz, porque ferram as mandíbulas na boca da vítima... e sugam sua alma.

Harry, sem querer, cuspiu um pouco de cerveja amanteigada.

— Quê... eles matam...?

— Ah, não — disse Lupin. — Fazem muito pior. A pessoa pode viver sem alma, sabe, desde que o cérebro e o coração continuem a trabalhar. Mas perde a consciência do eu, a memória... tudo. Não tem chance alguma de se recuperar. Apenas... existe. Como uma concha vazia. E a alma fica para sempre... perdida.

Lupin bebeu mais um pouco da cerveja, depois continuou:

— É o destino que espera Sirius Black. Li no *Profeta Diário* hoje de manhã. O ministro deu aos dementadores permissão para fazerem isso se o encontrarem.

Harry ficou confuso por um instante com a ideia de alguém ter a alma sugada pela boca. Mas depois pensou em Black.

— Ele merece — disse de repente.

— Você acha? — perguntou Lupin sem pensar muito. — Você acha mesmo que alguém merece isso?

— Acho — disse Harry resistindo. — Por... causa de umas coisas...

Ele gostaria de ter contado a Lupin a conversa que ouvira no Três Vassouras a respeito de Black ter traído seus pais, mas isto teria implicado em revelar que fora a Hogsmeade sem autorização, e ele sabia que o professor não ia gostar nem um pouco disso. Então, terminou a cerveja amanteigada, agradeceu a Lupin e deixou a sala de História da Magia.

Harry gostaria de não ter perguntado o que havia por baixo do capuz de um dementador, a resposta fora horrível, e ele ficou tão perdido em considerações sobre o que seria ter a alma sugada que deu um encontrão na Prof[a] Minerva no meio da escada.

— Preste atenção por onde anda, Potter!

— Desculpe, professora...

– Estive agorinha mesmo procurando você na sala comunal da Grifinória. Bem, tome aqui, fizemos tudo que pudemos imaginar, e parece que não há nada errado com a vassoura. Você tem um ótimo amigo em algum lugar, Potter...

O queixo de Harry caiu. A professora estava lhe devolvendo a Firebolt, cujo aspecto continuava magnífico como sempre fora.

– Posso ficar com ela? – perguntou Harry com a voz fraca. – Sério?

– Sério – disse a professora sorrindo. – Acho que você vai precisar pegar o jeito dela antes da partida de sábado, não? E Potter... *faça* força para ganhar, sim? Ou vamos ficar fora do campeonato pelo oitavo ano seguido, como o Prof. Snape teve a bondade de me lembrar ainda ontem à noite...

Sem fala, Harry carregou a Firebolt escada acima para a Torre da Grifinória. Quando dobrou um canto, viu Rony, que corria ao seu encontro, rindo de orelha a orelha.

– Ela devolveu? Que maravilha! Escuta, posso dar aquela voltinha? Amanhã?

– Claro... qualquer coisa... – disse Harry, seu coração mais leve do que estivera naquele último mês. – Quer saber de uma coisa... devíamos fazer as pazes com a Mione... Ela só estava querendo ajudar...

– Tudo bem – concordou Rony. – Ela está na sala comunal agora, estudando, para variar...

Quando entraram no corredor para a Torre da Grifinória, viram Neville Longbottom insistindo com Sir Cadogan, que aparentemente se recusava a deixá-lo entrar.

– Eu anotei! – dizia Neville com voz de choro. – Mas devo ter deixado cair em algum lugar!

– Vou mesmo acreditar! – bradou Sir Cadogan. Depois, avistando Harry e Rony. – Boa noite, meus valentes soldados! Venham meter este louco a ferros. Ele está tentando entrar à força nas câmaras interiores!

– Ah, cala a boca – exclamou Rony quando ele e Harry emparelharam com Neville.

– Perdi a senha! – contou o garoto, infeliz. – Fiz Sir Cadogan me dizer quais eram as senhas que ia usar esta semana, porque ele não para de mudar e agora não sei o que fiz com elas!

– Odsbôdiquins – disse Harry a Sir Cadogan, que ficou desapontadíssimo e, com relutância, girou o quadro para a frente para deixá-los entrar na sala comunal. Houve um súbito murmúrio de animação em que todas as cabeças se viraram e, no momento seguinte, Harry foi cercado pelos colegas que exclamavam, assombrados com a Firebolt.

— Onde foi que você arranjou essa vassoura, Harry?
— Deixa eu dar uma voltinha?
— Você já andou nela, Harry?
— Corvinal não vai ter a menor chance, o pessoal lá usa Cleansweep 7!
— Me deixa só *segurá-la* um pouquinho, Harry?

Passados uns dez minutos mais ou menos, durante os quais a Firebolt passou de mão em mão, e foi admirada de todos os ângulos, a garotada se dispersou e Harry e Rony puderam ver Hermione direito, a única pessoa que não tinha corrido ao encontro dos garotos, curvada sobre seu trabalho, evitando encontrar o olhar deles. Harry e Rony se aproximaram da mesa e finalmente Hermione ergueu a cabeça.

— Me devolveram a vassoura — disse Harry, sorrindo para a amiga e erguendo a Firebolt no ar.

— Está vendo, Mione? Não havia nada errado com ela — disse Rony.

— Bem... mas *podia* ter havido! Quero dizer, pelo menos agora você sabe que ela é segura!

— É, suponho que sim — disse Harry. — É melhor eu ir guardá-la lá em cima...

— Eu levo! — disse Rony ansioso. — Tenho que dar o tônico a Perebas.

Rony apanhou a vassoura e, segurando-a como se fosse de vidro, levou-a escada acima para o dormitório dos meninos.

— Posso me sentar, então? — perguntou Harry a Hermione.

— Suponho que sim — disse a garota, tirando uma grande pilha de pergaminhos de uma cadeira.

Harry deu uma olhada na mesa atravancada, no longo trabalho de Aritmancia em que a tinta ainda estava molhada, no trabalho ainda mais longo de Estudos dos Trouxas ("Explique por que os trouxas precisam de eletricidade") e na tradução de runas em que Hermione trabalhava agora.

— Como é que você está conseguindo dar conta de tudo isso? — perguntou o garoto.

— Ah, bem... você sabe, trabalhando à beça. — De perto, Harry viu que ela parecia quase tão cansada quanto Lupin.

— Por que você não tranca algumas matérias? — perguntou o garoto, observando-a erguer os livros para procurar o dicionário de runas.

— Eu não poderia fazer isso! — respondeu Hermione, escandalizada.

— Aritmancia parece horrível — comentou Harry, apanhando uma complicada tabela numérica.

— Ah, não, é maravilhosa! — respondeu Hermione séria. — É a minha matéria favorita! É...

Mas exatamente o que era maravilhoso na Aritmancia, Harry jamais chegou a saber. Naquele exato momento, um grito estrangulado ecoou pela escada do dormitório dos meninos. Todos na sala se calaram e olharam petrificados para a subida. Então ouviram os passos apressados de Rony, cada vez mais fortes... e em seguida ele apareceu, arrastando um lençol.

— OLHA! — berrou ele, se dirigindo à mesa de Hermione. — OLHA! — berrou de novo, sacudindo o lençol na cara da garota.

— Rony, que...?
— PEREBAS! OLHE! PEREBAS!

Hermione procurava afastar o corpo, com uma expressão de total perplexidade. Harry olhou para o lençol que Rony segurava. Havia alguma coisa vermelha nele. Alguma coisa que se parecia horrivelmente com...

— SANGUE! — bradou Rony no silêncio de atordoamento que invadiu a sala. — ELE DESAPARECEU! E SABE O QUE TINHA NO CHÃO?

— N... não — respondeu Hermione com a voz trêmula.

Rony atirou uma coisa em cima da tradução de runas de Hermione. Ela e Harry se curvaram para ver. Em cima das estranhas formas pontiagudas havia vários pelos de felino, compridos e amarelo-avermelhados.

13

GRIFINÓRIA VERSUS CORVINAL

Parecia o fim da amizade entre Rony e Hermione. Estavam tão zangados um com o outro que Harry não conseguia ver como poderiam, um dia, fazer as pazes.

Rony estava enfurecido porque Hermione nunca levara a sério as tentativas de Bichento para devorar Perebas, não se dera o trabalho de vigiá-lo de perto e continuava a fingir que o gato era inocente, sugerindo que Rony procurasse Perebas embaixo das camas dos garotos. Por sua vez, Hermione insistia ferozmente que Rony não tinha provas de que Bichento devorara Perebas, que os pelos talvez estivessem no dormitório desde o Natal, e que o garoto alimentara preconceitos contra o gato desde que Bichento aterrissara na cabeça dele na Animais Mágicos.

Pessoalmente, Harry tinha certeza de que Bichento comera Perebas, e quando tentou mostrar a Hermione que todas as evidências apontavam nessa direção, a garota zangara-se com ele também.

— Tudo bem, fique do lado do Rony, eu sabia que você ia fazer isso! — disse ela com voz aguda. — Primeiro a Firebolt, agora Perebas, tudo é minha culpa, não é? Então me deixe em paz, Harry, tenho muito trabalho a fazer.

Rony estava realmente sofrendo muito com a perda do rato.

— Vamos, Rony, você vivia dizendo que Perebas era chato — disse Fred para consolá-lo. — E seu rato estava doente havia séculos, estava definhando. Provavelmente foi melhor para ele morrer depressa, de uma engolida, provavelmente nem sofreu.

— Fred! — exclamou Gina, indignada.

— Ele só fazia comer e dormir, Rony, você mesmo dizia — argumentou Jorge.

— Ele mordeu Goyle para nos defender uma vez! — disse Rony, infeliz. — Lembra, Harry?

— É, é verdade — confirmou o amigo.

— Foi o ponto alto da vida dele — disse Fred, incapaz de manter a cara séria. — Que a cicatriz no dedo de Goyle seja uma homenagem eterna à memória de Perebas. Ah, sai dessa, Rony, vai até Hogsmeade e compra um rato novo. Que adianta ficar se lamentando?

Numa última tentativa de animar Rony, Harry o convenceu a ir ao último treino do time da Grifinória, antes da partida com Corvinal, para poder dar uma volta na Firebolt quando terminassem. Isto pareceu, por um momento, desviar os pensamentos de Rony em Perebas ("Grande! Posso tentar fazer uns *gols* montado na vassoura?"), e os dois saíram para o campo de quadribol juntos.

Madame Hooch, que continuava a supervisionar os treinos da Grifinória para vigiar Harry, ficou tão impressionada com a Firebolt quanto todo mundo que a vira. A professora pegou a vassoura antes da decolagem e expôs aos jogadores sua opinião profissional.

— Olhem só o equilíbrio deste modelo! Se a série Nimbus tem algum defeito, é uma ligeira queda para a cauda, observa-se que depois de alguns anos isto se transforma num arrasto. Atualizaram o cabo também, mais fino do que as Cleansweeps, lembra as antigas Silver Arrows, uma pena que tenham parado de fabricá-las. Foi nelas que aprendi a voar, e também eram excelentes vassouras...

E a professora continuou nessa disposição por algum tempo até que Olívio a interrompeu:

— Hum... Madame Hooch? Será que a senhora podia devolver a vassoura a Harry? Temos que treinar...

— Ah, certo... tome aqui, Potter — disse ela. — Vou me sentar ali adiante com Weasley...

Ela e Rony deixaram o campo e foram se sentar na arquibancada, e o time da Grifinória se agrupou em torno de Olívio para ouvir as últimas instruções para o jogo do dia seguinte.

— Harry, acabei de descobrir quem vai jogar como apanhador na Corvinal. É a Cho Chang: uma garota do quarto ano e muito boa... Para ser sincero eu tinha esperanças de que ela não tivesse voltado à forma, ela teve alguns problemas com contusões... — Olívio fez cara feia para assinalar seu desagrado pela plena recuperação de Cho Chang, depois continuou: — Por outro lado ela monta uma Comet 260, que vai parecer uma piada ao lado da Firebolt. — Olívio lançou um olhar de fervorosa admiração à vassoura de Harry, depois disse: — Muito bem, pessoal, vamos...

Então, finalmente, Harry montou na Firebolt, e deu impulso para levantar voo.

Foi melhor do que ele jamais sonhara. A Firebolt virava ao menor toque; parecia obedecer a seus pensamentos em vez de suas mãos; ela atravessou o campo a tal velocidade que o estádio se transformou em um borrão verde e cinza; Harry mudou de direção tão instantaneamente que Alícia Spinnet soltou um grito, e no instante seguinte ele entrou em um mergulho absolutamente controlado, raspando o gramado com as pontas dos pés antes de tornar a subir nove, doze, quinze metros no ar.

— Harry, vou soltar o pomo! — gritou Olívio.

O garoto virou a vassoura e apostou corrida com um balaço em direção às balizas; venceu-o com facilidade, viu o pomo disparar das costas de Olívio e em dez segundos já o tinha seguro na mão.

O time aplaudiu enlouquecido. Harry tornou a soltar o pomo, deu-lhe um minuto de dianteira e disparou atrás dele, desviando-se dos outros jogadores; depois, localizou-o próximo ao joelho de Katie Bell, fez uma volta em torno da garota e apanhou o pomo mais uma vez.

Foi o melhor treino que ele já fizera; os jogadores, inspirados pela presença da Firebolt na equipe, realizavam movimentos impecáveis, e, no momento em que voltaram ao chão, Olívio não teve uma única crítica a fazer, o que, como Jorge Weasley enfatizou, era a primeiríssima vez que acontecia.

— Não vejo o que é que vai nos deter amanhã! — disse Olívio. — A não ser que... Harry, você resolveu o seu problema com o dementador, não resolveu?

— Resolvi — disse Harry pensando no seu débil Patrono e desejando que ele fosse mais forte.

— Os dementadores não vão aparecer outra vez, Olívio. Dumbledore explodiria — disse Fred, confiante.

— Bem, esperemos que não — disse Olívio. — Em todo o caso... bom trabalho, pessoal. Vamos voltar para a Torre... dormir cedo...

— Eu vou ficar mais um pouco; Rony quer dar uma volta na Firebolt — avisou Harry a Olívio, e, enquanto os outros jogadores se dirigiam aos vestiários, Harry foi ao encontro de Rony, que saltou a barreira que separava o campo das arquibancadas com o mesmo fim. Madame Hooch adormecera onde estava.

— Manda ver — disse Harry, entregando ao amigo a Firebolt.

Rony, uma expressão de êxtase no rosto, montou na vassoura e disparou pela crescente escuridão, enquanto Harry andava em volta do campo, observando-o. Já anoitecera quando Madame Hooch acordou assustada, ralhou com os garotos por não a terem acordado e insistiu que voltassem ao castelo.

Harry pôs a Firebolt no ombro, e ele e Rony saíram do estádio sombrio, discutindo o desempenho suavíssimo da vassoura, sua fenomenal aceleração e suas curvas precisas. Estavam na metade do trajeto para o castelo quando Harry, olhando para a esquerda, viu uma coisa que fez seu coração dar uma cambalhota no peito — um par de olhos que luziam na escuridão.

Harry paralisou, o coração martelando as costelas.

— Que foi? — perguntou Rony.

Harry apontou. Rony puxou a varinha e murmurou:

— Lumus!

Um raio de luz se projetou pelo gramado, bateu no pé de uma árvore e iluminou seus ramos; lá, agachado entre as folhas que brotavam, estava Bichento.

— Dá o fora daqui! — bradou Rony curvando-se para apanhar uma pedra caída no chão, mas antes que pudesse fazer mais alguma coisa, Bichento havia desaparecido com um único movimento do longo rabo amarelo-avermelhado.

"Está vendo?", exclamou Rony, furioso, largando a pedra no chão. "Ela continua deixando o gato andar por onde quer, provavelmente comendo uns dois passarinhos como guarnição para acompanhar o Perebas..."

Harry não comentou nada. Inspirou profundamente sentindo o alívio invadi-lo; por um momento tivera certeza de que aqueles olhos pertenciam ao Sinistro. Os dois garotos retomaram, mais uma vez, a caminhada para o castelo. Um pouco envergonhado pelo momento de pânico, Harry não comentou nada com Rony — nem olhou mais para a esquerda nem para a direita até chegarem ao bem iluminado saguão de entrada.

Harry desceu para tomar café na manhã seguinte com os outros garotos do dormitório, todos os quais pareciam achar que a Firebolt merecia uma espécie de guarda de honra. Quando Harry entrou no Salão Principal, as cabeças se voltaram para a vassoura, e houve muitos comentários animados. Harry viu, com enorme satisfação, que todo o time da Sonserina fazia cara de assombro.

— Você viu a cara dele? — perguntou Rony com vontade de rir, virando-se para olhar Malfoy. — Ele nem consegue acreditar! Genial!

Olívio, também, usufruía da glória que a Firebolt refletia.

— Ponha ela aqui, Harry — sugeriu o capitão, ajeitando a vassoura no meio da mesa e girando-a cuidadosamente de modo a deixar a marca visível.

Os alunos das mesas da Corvinal e da Lufa-Lufa não demoraram a ir olhá-la de perto. Cedrico Diggory se aproximou para cumprimentar Harry por ter adquirido uma substituta tão esplêndida para sua Nimbus e a namorada de Percy, Penelope Clearwater, da Corvinal, chegou a perguntar se podia segurar a Firebolt.

— Ora, ora, Penelope, nada de sabotagem! — disse Percy cordialmente, enquanto ela mirava a Firebolt.

— Penelope e eu fizemos uma aposta — contou ele ao time. — Dez galeões no vencedor da partida!

A garota tornou a pousar a vassoura, agradeceu a Harry e voltou à sua mesa.

— Harry, não deixe de ganhar — recomendou Percy, num sussurro urgente. — *Eu não tenho dez galeões.* Estou indo, Penny! — E correu para comer uma torrada com a garota.

— Tem certeza que você sabe montar nessa vassoura, Potter? — disse uma voz arrastada e fria.

Draco Malfoy chegara para dar uma espiada, seguido de perto por Crabbe e Goyle.

— Acho que sim — disse Harry, descontraído.

— Tem muitas características especiais, não é? — disse Malfoy, os olhos brilhando de malícia. — Pena que não venha com um paraquedas, para o caso de você chegar muito perto de um dementador.

Crabbe e Goyle deram risadinhas.

— Pena que você não possa acrescentar braços na sua, Draco — retrucou Harry. — Assim ela poderia apanhar o pomo para você.

Os jogadores da Grifinória deram grandes gargalhadas. Os olhos claros de Draco se estreitaram e ele se afastou. Os dois garotos observaram Draco se reunir aos demais jogadores da Sonserina, que juntaram as cabeças, sem dúvida para perguntar a ele se a vassoura de Harry era realmente uma Firebolt.

Às quinze para as onze, o time da Grifinória saiu em direção ao vestiário. O tempo não poderia estar mais diferente do que o do dia da partida com Lufa-Lufa. Fazia um dia claro e frio com uma levíssima brisa; desta vez não haveria problemas de visibilidade e Harry, embora nervoso, estava começando a sentir a animação que somente uma partida de quadribol era capaz de produzir. Eles ouviram o resto da escola entrando, mais além, no estádio. Harry despiu as vestes pretas da escola, tirou a varinha do bolso e enfiou-a na camiseta que ia usar por baixo do uniforme de quadribol. Só esperava que não fosse preciso usá-la. De repente lhe ocorreu uma dúvida: se o Prof. Lupin estaria no meio da multidão, assistindo à partida.

– Vocês sabem o que temos de fazer – disse Olívio quando o time se preparava para deixar o vestiário. – Se perdermos esta partida, estaremos fora do campeonato. Vocês só têm que voar como fizeram no treino de ontem, e vamos nos dar bem!

Os jogadores saíram do vestiário para o campo debaixo de tumultuosos aplausos. O time da Corvinal, vestido de azul, já estava parado no meio do campo. A apanhadora, Cho Chang, era a única menina da equipe. Era mais baixa do que Harry quase uma cabeça, e, por mais nervoso que estivesse, ele não pôde deixar de reparar que era uma garota muito bonita. Cho sorriu para ele quando os times ficaram frente a frente, atrás dos capitães, e o garoto sentiu um ligeira pulsação na região do baixo-ventre que ele achou que não tinha relação alguma com o seu nervosismo.

– Wood, Davies, apertem-se as mãos – disse Madame Hooch, eficiente, e Olívio apertou a mão do capitão da Corvinal.

"Montem nas vassouras... quando eu apitar... três, dois, um..."

Harry deu o impulso para subir, e a Firebolt voou mais alto e mais veloz do que qualquer outra vassoura; ele sobrevoou o estádio e começou a espiar para todos os lados à procura do pomo, prestando atenção aos comentários que estavam sendo irradiados pelo amigo dos gêmeos Weasley, Lino Jordan.

"Foi dado início à partida, e a grande novidade é a Firebolt que Harry Potter está montando pelo time da Grifinória. Segundo a *Qual vassoura*, a Firebolt será a montaria escolhida pelos times nacionais para o Campeonato Mundial deste ano..."

– Jordan, você se importa de nos dizer o que está acontecendo no campo? – interrompeu-o a voz da Prof.ª McGonagall.

– Certo, professora, eu só estava situando os ouvintes...

"A Firebolt, aliás, tem um freio automático e..."

– Jordan!

"OK, OK, Grifinória tem a posse da goles, Katie Bell da Grifinória está voando em direção à baliza..."

Harry passou veloz por Katie, à procura de um reflexo dourado, e reparou que Cho Chang o seguia muito de perto. Não havia dúvida de que a garota era um excelente piloto – não parava de cortar sua frente, forçando-o a mudar de direção.

– Mostre a ela sua aceleração, Harry! – berrou Fred ao passar disparado em perseguição de um balaço que seguia na direção de Alícia.

Harry estugou a Firebolt quando contornaram as balizas da Corvinal, e Cho ficou para trás. No momento exato em que Katie conseguia marcar o primeiro gol da partida e o lado do campo da Grifinória enlouquecia de entusiasmo, Harry viu... o pomo estava perto do chão, esvoaçando próximo à barreira.

Harry mergulhou; Cho percebeu o seu movimento e disparou atrás dele. O garoto foi aumentando a velocidade, tomado de animação; os mergulhos eram sua especialidade, estava a três metros...

Então um balaço, arremessado por um dos batedores da Corvinal, saiu a toda, Harry nem viu de onde; ele mudou de rumo, evitando o petardo por um dedo, e, naqueles segundos cruciais, o pomo sumiu.

Houve um grande "ooooooh" de desapontamento da torcida da Grifinória, mas muitos aplausos da Corvinal para o seu batedor. Jorge Weasley deu vazão ao que sentia lançando um segundo balaço diretamente contra o autor do arremesso, que, por sua vez, foi forçado a dar uma cambalhota em pleno ar para evitar a colisão.

"Grifinória lidera por oitenta pontos a zero, e olhe só o desempenho daquela Firebolt! Potter agora está realmente mostrando o que ela é capaz de fazer, vejam como muda de direção — a Comet de Chang simplesmente não é páreo para ela, o balanceamento preciso da Firebolt é visível nesses longos..."

— JORDAN! VOCÊ ESTÁ GANHANDO PARA ANUNCIAR FIREBOLTS? VOLTE A IRRADIAR O JOGO!

Corvinal começou a jogar na retranca; já tinha marcado três gols, o que deixava Grifinória apenas cinquenta pontos à frente — se Cho apanhasse o pomo antes dele, Corvinal ganharia a partida. Harry reduziu a altitude, evitando por um triz um artilheiro da Corvinal, e esquadrinhou nervosamente o campo — um lampejo de ouro, um adejar de asinhas — o pomo estava circulando a baliza da Grifinória...

Harry acelerou, os olhos fixos no pontinho dourado à frente — mas nesse instante, Cho apareceu de repente, bloqueando sua visão...

— HARRY, ISSO NÃO É HORA PARA CAVALHEIRISMOS! — berrou Olívio quando o garoto deu uma guinada para evitar a colisão. — SE FOR PRECISO, DERRUBE-A DA VASSOURA!

Harry se virou e avistou Cho; a garota estava sorrindo. O pomo sumira outra vez. Ele apontou a vassoura para o alto e logo chegou a sessenta metros sobre o campo. Pelo canto do olho, ele viu Cho seguindo-o... Ela resolvera marcá-lo em vez de procurar o pomo sozinha. Muito bem, então... se queria segui-lo, teria que arcar com as consequências...

Harry mergulhou outra vez, e Cho, pensando que ele avistara o pomo, tentou acompanhá-lo; ele desfez o mergulho abruptamente; Cho continuou a descida veloz; ele subiu mais uma vez, como uma bala, e então viu-o, pela terceira vez – o pomo cintilava muito acima do campo, do lado da Corvinal.

Harry acelerou; a muitos metros abaixo Cho fez o mesmo. Ele foi reduzindo a distância, se aproximando mais do pomo a cada segundo... então...

– Oh! – gritou Cho, apontando.

Distraído, Harry olhou para baixo.

Três dementadores, três dementadores altos, pretos, lá embaixo, olhavam para ele.

Harry nem parou para pensar. Enfiou a mão pelo decote de suas vestes, sacou a varinha e berrou: "*Expecto Patronum!*"

Uma coisa branco-prateada, uma coisa enorme, irrompeu de sua varinha. Ele percebeu que apontara diretamente para os dementadores, mas não parou para ver o efeito; sua mente continuava milagrosamente clara, ele olhou para a frente – estava quase lá. Estendeu a mão que ainda segurava a varinha e conseguiu fechar os dedos sobre o pequeno pomo que se debatia.

Soou o apito de Madame Hooch. Harry se virou no ar e viu seis borrões vermelhos voando em sua direção; no momento seguinte, o time o abraçava com tanta força que ele quase foi arrancado da vassoura. Ouvia-se lá embaixo os brados da torcida da Grifinória em meio aos espectadores.

– Aí, garoto! – Olívio não parava de berrar. Alícia, Angelina e Katie, todas, tinham beijado Harry; Fred o abraçara com tanta força que ele achou que sua cabeça ia saltar do corpo. Em completa desordem, o time conseguiu voltar ao campo. Harry desmontou a vassoura, levantou a cabeça e viu um bando de torcedores da Grifinória saltar para dentro do campo, Rony à frente. Antes que desse por si, fora engolfado pela turma que gritava aplaudindo-o.

– Sim! – gritava Rony, puxando com força o braço de Harry e erguendo-o no ar. – Sim! Sim!

– Grande partida, Harry! – disse Percy, feliz. – Dez galeões para mim! Preciso procurar Penelope, com licença...

– Parabéns, Harry! – bradou Simas Finnigan.

– Brilhante! – berrou Hagrid por cima das cabeças dos alunos da Grifinória que acorriam.

— Foi um Patrono impressionante — disse uma voz no ouvido de Harry.

Harry se virou e viu o Prof. Lupin, que parecia ao mesmo tempo abalado e satisfeito.

— Os dementadores não me afetaram nada! — exclamou Harry, animado. — Eu não senti nada!

— Foi porque eles... hum... não eram dementadores — explicou o professor. — Venha ver...

Ele desvencilhou Harry da aglomeração até poderem ver a lateral do campo.

— Você deu um grande susto no Sr. Malfoy — disse Lupin.

Harry arregalou os olhos. Amontoados no chão estavam Malfoy, Crabbe, Goyle e Marcos Flint, o capitão do time da Sonserina, lutando para se despir das vestes pretas e longas com capuzes. Pelo jeito Malfoy estivera em pé nos ombros de Goyle. Parada ao lado deles, com uma expressão de fúria no rosto, estava a Profª Minerva.

— Um truque indigno! — bradava ela. — Uma tentativa baixa e covarde de sabotar o apanhador da Grifinória! Detenção para todos e menos cinquenta pontos para Sonserina! Vou falar com o Prof. Dumbledore, não se iludam! Ah, aí vem ele agora!

Se alguma coisa podia selar a vitória da Grifinória, era isso. Rony, que pelejara para chegar até Harry, se dobrava de tanto rir, ao contemplar Malfoy tentando sair da veste, a cabeça de Goyle ainda presa lá dentro.

— Vamos, Harry! — disse Jorge procurando se aproximar. — Festa! Sala comunal da Grifinória, agora!

— Certo — respondeu Harry, sentindo-se mais feliz do que se lembrava de ter se sentido havia muito tempo. Ele e o restante do time abriram caminho, ainda de vestes vermelhas, para fora do estádio e de volta ao castelo.

A sensação era de que já tinham ganhado a Taça de Quadribol; a festa durou o dia inteiro e se prolongou até tarde da noite. Fred e Jorge Weasley desapareceram algumas horas e voltaram com braçadas de garrafinhas de cerveja amanteigada, abóbora espumante e vários sacos de doces da Dedosdemel.

— Como foi que você fez isso?! — gritou Angelina Johnson quando Jorge começou a atirar sapos de menta nos colegas.

— Com uma ajudinha de Aluado, Rabicho, Almofadinhas e Pontas — murmurou Fred ao ouvido de Harry.

Somente uma pessoa não participava da comemoração. Hermione, por incrível que pareça, estava sentada a um canto, tentando ler um enorme livro intitulado *Vida doméstica e hábitos sociais dos trouxas britânicos*. Harry se afastou da mesa em que Fred e Jorge começavam a fazer malabarismos com as garrafinhas de cerveja amanteigada e foi até a amiga.

— Você ao menos foi ao jogo? — perguntou ele.

— Claro que fui — respondeu Hermione numa voz estranhamente aguda, sem levantar a cabeça. — E estou muito contente que a gente tenha ganhado, e acho que você jogou realmente bem, mas tenho que ler isso aqui até segunda-feira.

— Vamos, Mione, venha comer alguma coisa — convidou Harry, enquanto olhava para Rony e se perguntava se ele teria suficiente bom humor para guardar a machadinha de guerra.

— Não posso, Harry. Ainda tenho quatrocentas e vinte e duas páginas para ler! — respondeu a garota, agora num tom ligeiramente histérico. — De qualquer modo... — a garota olhou para Rony, também —, *ele* não quer a minha companhia.

Quanto a isso, não havia o que discutir, porque Rony escolheu aquele momento para dizer em voz alta:

— Se Perebas não tivesse sido *devorado*, ele poderia ter comido uma mosca de chocolate. Ele gostava tanto...

Hermione caiu no choro. Antes que Harry pudesse dizer alguma coisa, ela meteu o enorme livro embaixo do braço e, ainda soluçando, correu para a escada do dormitório das meninas e desapareceu de vista.

— Será que você não podia dar a ela um tempo? — perguntou Harry a Rony em voz baixa.

— Não — respondeu o garoto com firmeza. — Se ela ao menos mostrasse que lamenta, mas jamais vai admitir que errou, a Hermione. Continua a agir como se Perebas tivesse tirado férias ou qualquer coisa do gênero.

A festa da Grifinória só terminou quando a Profª Minerva apareceu vestida com o seu robe de tecido escocês e os cabelos presos numa rede, à uma hora da manhã, para insistir que todos fossem se deitar. Harry e Rony subiram as escadas para o dormitório, ainda discutindo a partida. Por fim, exausto, Harry se enfiou na cama, ajeitou o cortinado de sua cama para esconder um raio de luar, se deitou de costas e sentiu que adormecia quase instantaneamente...

Teve um sonho muito estranho. Estava andando por uma floresta, a Firebolt ao ombro, seguindo uma coisa branco-prateada. Ela avançava entre as árvores e Harry só conseguia avistá-la entre a folhagem. Ansioso para alcançá-la, estugou o passo, mas ao fazer isso, a coisa que ele perseguia acelerou também. Harry começou a correr e, à frente dele, ouviu cascos que ganhavam velocidade. Agora ele estava correndo desabalado e, à frente, ouvia a coisa galopar. Então ele fez uma curva para dentro de uma clareira e...

— AAAAAAAAAAAAAAAARRRRRRRRRRRRRRRRRRR! NNNÃÃÃÃÃÃ-ÃÃÃÃÃOOOOOOOOOOOO!

Harry acordou subitamente como se alguém o tivesse esbofeteado. Desorientado na escuridão total agarrou as cortinas — ouvia movimentos a sua volta e a voz de Simas Finnigan do outro lado do quarto:

— Que é que está acontecendo?

Harry achou ter ouvido a porta do dormitório bater. Finalmente, encontrando a abertura das cortinas, puxou-as para um lado com violência e, na mesma hora, Dino Thomas acendeu o abajur.

Rony estava sentado na cama, as cortinas rasgadas dos dois lados, uma expressão de absoluto terror no rosto.

— Black! Sirius Black! Com uma faca!

— Quê!

— Aqui! Agorinha mesmo! Cortou as cortinas! Me acordou!

— Você tem certeza de que não sonhou, Rony? — perguntou Dino.

— Olha só as cortinas! Estou dizendo, ele esteve aqui!

Todos os garotos saltaram das camas; Harry alcançou a porta do dormitório primeiro que os outros e desceu correndo as escadas. Portas se abriram às suas costas e vozes cheias de sono chamaram.

— Quem gritou?

— Que é que vocês estão fazendo?

A sala comunal estava iluminada com o brilho das chamas que se extinguiam na lareira, ainda atulhada com os restos da festa. Estava deserta.

— Você tem *certeza* de que não estava dormindo, Rony?

— Estou dizendo que vi Black!

— Que barulheira é essa?

— A Prof.ª McGonagall nos mandou para a cama!

Algumas garotas tinham descido, vestindo os robes e bocejando. Os garotos também foram reaparecendo.

— Que ótimo, vamos continuar? — perguntou Fred Weasley animado.

— Todos de volta para cima! — falou Percy, que entrou correndo na sala comunal prendendo o distintivo de monitor-chefe no pijama enquanto falava.

— Percy... Sirius Black! — disse Rony com a voz fraca. — No nosso dormitório! Com uma faca! Me acordou!

A sala comunal mergulhou em silêncio.

— Que bobagem! — exclamou Percy parecendo espantado. — Você comeu demais, Rony... teve um pesadelo...

— Estou lhe dizendo...

— Agora, francamente, já é demais!

A Profª Minerva estava de volta. Ela bateu o retrato ao entrar na sala comunal e olhou furiosa para todos.

— Estou encantada que a Grifinória tenha ganhado a partida, mas isto está ficando ridículo! Percy, eu esperava mais de você!

— Com certeza eu não autorizei isso, professora! — defendeu-se Percy, se empertigando, indignado. — Estava justamente dizendo a todos para voltarem para a cama! Meu irmão Rony teve um pesadelo...

— NÃO FOI UM PESADELO! — berrou Rony. — PROFESSORA, EU ACORDEI E SIRIUS BLACK ESTAVA PARADO AO MEU LADO SEGURANDO UMA FACA!

A professora encarou-o.

— Não seja ridículo, Weasley, como seria possível ele passar pelo buraco do retrato?

— Pergunte a ele! — respondeu Rony apontando um dedo trêmulo para o avesso do retrato de Sir Cadogan. — Pergunte se ele viu...

Com um olhar penetrante e desconfiado para Rony, a professora empurrou o retrato e saiu. Todos na sala procuraram escutar prendendo a respiração.

— Sir Cadogan, o senhor acabou de deixar um homem entrar na Torre da Grifinória?

— Certamente, minha boa senhora! — exclamou o cavaleiro.

Fez-se um silêncio de espanto, tanto dentro quanto fora da sala comunal.

— O senhor... o senhor *deixou*? Mas... e a senha?

— Ele sabia! — respondeu Sir Cadogan com orgulho. — Tinha as senhas da semana inteira, minha senhora! Leu-as em um pedacinho de papel!

A professora tornou a passar pelo buraco do retrato e encarou os alunos atordoados. Estava branca como giz.

— Quem foi — perguntou ela com a voz trêmula —, quem foi a criatura abissalmente tola que anotou as senhas desta semana e as largou por aí?

Fez-se um silêncio absoluto, quebrado por gritinhos quase inaudíveis de terror. Neville Longbottom, tremendo da cabeça às pontas dos chinelos fofos, ergueu a mão no ar.

14

O RESSENTIMENTO DE SNAPE

Ninguém na Torre da Grifinória dormiu àquela noite. Todos sabiam que o castelo estava sendo revistado novamente e os alunos da casa permaneceram acordados na sala comunal, esperando para saber se Black fora apanhado. A Profª Minerva voltou ao amanhecer para informar que, mais uma vez, ele escapara.

Durante todo o dia, onde quer que fossem, os garotos percebiam sinais de uma segurança mais rigorosa; o Prof. Flitwick podia ser visto, às portas de entrada do castelo, ensinando-os a reconhecer uma grande foto de Sirius Black; Filch, de repente, andava para cima e para baixo nos corredores, pregando tábuas em tudo, desde minúsculas fendas nas paredes até tocas de camundongos. Sir Cadogan fora demitido. Repuseram seu retrato no solitário patamar do sétimo andar e a Mulher Gorda voltou ao seu lugar. Fora competentemente restaurada, mas continuava nervosíssima e só concordara em voltar ao trabalho com a condição de receber mais proteção. Um bando de trasgos carrancudos tinha sido contratado para guardá-la. Eles percorriam o corredor em um grupo ameaçador, falando em rosnados e comparando o tamanho dos seus bastões.

Harry não pôde deixar de reparar que a estátua da bruxa de um olho só, no terceiro andar, continuava sem guarda nem bloqueio. Parecia que Fred e Jorge tinham razão em pensar que eles — e agora Harry Potter, Rony e Hermione — eram os únicos que conheciam a passagem secreta a que a bruxa dava acesso.

— Você acha que devemos contar a alguém? — perguntou Harry a Rony.

— A gente sabe que Black não está entrando pela Dedosdemel — disse Rony descartando a ideia. — Saberíamos se a loja tivesse sido arrombada.

Harry ficou contente que Rony pensasse como ele. Se a bruxa de um olho só também fosse fechada com tábuas, ele não poderia voltar a Hogsmeade.

Rony se transformara numa celebridade instantânea. Pela primeira vez na vida, as pessoas prestavam mais atenção a ele do que a Harry e era evidente que ele estava gostando bastante da experiência. Embora ainda estivesse muito abalado com os acontecimentos da noite anterior, ficava feliz de contar a quantos perguntassem o que acontecera, com riqueza de detalhes.

— ... Eu estava dormindo e ouvi barulho de pano cortado e achei que estava sonhando, sabe? Mas aí senti uma correnteza de ar... acordei e vi que o cortinado de um lado da minha cama tinha sido arrancado... me virei... e vi Black parado ali... como um esqueleto, os cabelos imundos... segurando um facão comprido, devia ter uns trinta centímetros... e ele olhou para mim e eu olhei para ele, então eu soltei um berro e ele se mandou.

"Mas por quê?", Rony acrescentou para Harry, quando o grupo de garotas do segundo ano, que estivera escutando sua história enregelante, se afastou. "Por que foi que ele correu?"

Harry andara se perguntando a mesma coisa. Por que Black, ao verificar que escolhera a cama errada, não silenciara Rony e procurara Harry? Ele já provara doze anos antes que não se importava de matar gente inocente, e desta vez só precisava enfrentar cinco garotos desarmados, quatro dos quais adormecidos.

— Ele devia saber que ia ter problemas para sair do castelo depois que você gritasse e acordasse todo mundo — disse Harry, pensativo. — Teria que matar a casa toda para passar pelo buraco do retrato... e teria dado de cara com os professores...

Neville caiu em total desgraça. A Profª McGonagall estava tão furiosa com ele que o banira de todas as futuras visitas a Hogsmeade, lhe dera uma detenção e proibira todos de lhe informarem a senha para a torre. O coitado era obrigado a esperar do lado de fora da sala comunal, todas as noites, até alguém deixá-lo entrar, enquanto os trasgos da segurança caçoavam dele. Nenhum desses castigos, porém, chegou nem próximo do que sua avó lhe reservara. Dois dias depois da invasão de Black, ela mandou a Neville a pior coisa que um aluno de Hogwarts podia receber na hora do café da manhã — um berrador.

As corujas da escola entraram voando pelo Salão Principal trazendo o correio, como de costume, e Neville se engasgou quando a enorme coruja pousou diante dele com um envelope vermelho preso no bico. Harry e Rony, que estavam sentados em frente, reconheceram imediatamente que a carta era um berrador — Rony recebera um da Sra. Weasley no ano anterior.

— Apanha ela logo, Neville — aconselhou Rony.

Neville não precisou que lhe dissessem duas vezes. Agarrou o envelope e, segurando-o à frente como se fosse uma bomba, saiu correndo do Salão em meio às explosões de riso da mesa da Sonserina. Todos ouviram o berrador disparar no saguão de entrada – a voz da avó de Neville, com o volume normal magicamente ampliado cem vezes, bradava que ele envergonhara a família inteira.

Harry estava tão ocupado sentindo pena de Neville que nem reparou imediatamente que havia uma carta para ele também. Edwiges atraiu sua atenção beliscando-o com força no pulso.

– Ai! Ah... obrigado, Edwiges.

Harry rasgou o envelope enquanto a coruja se servia dos flocos de milho de Neville. O bilhete dentro do envelope dizia o seguinte:

> *Caros Harry e Rony,*
> *Que tal virem tomar chá comigo hoje à tarde por volta das seis?*
> *Irei buscar vocês no castelo.*
> **ESPEREM POR MIM NO SAGUÃO DE ENTRADA; VOCÊS NÃO PODEM SAIR SOZINHOS.**
> *Abraços,*
> *Hagrid*

– Ele provavelmente quer saber as novidades sobre Black! – disse Rony.

Assim, às seis horas daquela tarde, Harry e Rony saíram da Torre da Grifinória, passaram pelos trasgos de segurança e rumaram para o saguão de entrada.

Hagrid já estava à espera.

– Está bem, Hagrid! – exclamou Rony. – Imagino que você queira saber o que aconteceu no sábado à noite, é isso?

– Já soube de tudo – disse Hagrid, abrindo a porta de entrada e levando-os para fora.

– Ah – exclamou Rony, parecendo ligeiramente desconcertado.

A primeira coisa que viram ao entrar na cabana de Hagrid foi Bicuço estirado em cima da colcha de retalhos de Hagrid, as enormes asas fechadas junto ao corpo, apreciando um pratão de doninhas mortas. Ao desviar o olhar dessa visão repugnante, Harry viu um gigantesco traje peludo e uma medonha gravata amarela e laranja pendurados no alto da porta do armário.

— Para que é isso, Hagrid? — perguntou Harry.

— O caso de Bicuço contra a Comissão para Eliminação de Criaturas Perigosas. Nesta sexta-feira. Ele e eu vamos a Londres juntos. Reservei duas camas no Nôitibus...

Harry sentiu uma pontada incômoda de remorso. Esquecera-se completamente que o julgamento de Bicuço estava tão próximo e, a julgar pela expressão constrangida no rosto de Rony, ele também. Os dois tinham se esquecido igualmente da promessa de ajudar Hagrid a preparar a defesa de Bicuço; a chegada da Firebolt tinha varrido a promessa do pensamento dos garotos.

Hagrid serviu chá e ofereceu um prato de pãezinhos aos garotos, que tiveram o bom-senso de não aceitar; tinham muita experiência com a culinária do guarda-caça.

— Tenho uma coisa para conversar com vocês dois — disse Hagrid sentando-se entre os garotos, com o ar anormalmente sério.

— O quê? — perguntou Harry.

— Mione — respondeu Hagrid.

— Que é que tem a Mione? — perguntou Rony.

— Ela está num estado de cortar o coração, é isso que tem. Veio me visitar muitas vezes desde o Natal. Se sente solitária. Primeiro vocês não estavam falando com ela por causa da Firebolt, agora vocês não estão falando por causa do gato...

— ... que comeu Perebas! — interpôs Rony, zangado.

— Porque o gato dela fez o que todos os gatos fazem — insistiu Hagrid. — Ela já chorou muito, sabem. Está passando por um mau momento. Abocanhou mais do que pode mastigar, se querem saber, todo o trabalho que está tentando fazer. E ainda arranjou tempo para me ajudar no caso do Bicuço, vejam bem... Encontrou um material realmente bom para mim... acho que ele terá uma boa chance agora...

— Hagrid, nós devíamos ter ajudado também, desculpe... — começou Harry, sem jeito.

— Não estou cobrando nada — disse Hagrid, dispensando as desculpas. — Deus sabe que você teve muito com que se ocupar. Vi você praticando quadribol todas as horas do dia e da noite, mas tenho que dizer uma coisa, pensei que vocês davam mais valor à amiga do que a vassouras e ratos. É só isso.

Harry e Rony trocaram olhares constrangidos.

— Bem nervosa ela ficou, quando Black quase esfaqueou você, Rony. Ela tem o coração no lugar, a Mione, e vocês se recusando a falar com ela...

— Se ela ao menos se livrasse daquele gato, eu voltaria a falar com ela! — disse Rony, zangado. — Mas ela continua do lado do Bichento. É um tarado e ela não quer ouvir nem uma palavra contra ele!

— Ah, bem, as pessoas podem ser obtusas quando se trata de bichos de estimação — disse Hagrid sabiamente. Às costas dele, Bicuço cuspiu uns ossos de doninha em cima do travesseiro.

Os três passaram o resto da visita discutindo a nova chance da Grifinória concorrer à Taça de Quadribol. Às nove horas, Hagrid acompanhou-os de volta ao castelo.

Um grande grupo de alunos se achava aglomerado em torno do quadro de avisos quando eles chegaram à sala comunal.

— Hogsmeade no próximo fim de semana! — disse Rony, se esticando por cima da cabeça dos colegas para ler o aviso. — Que é que você acha? — acrescentou em voz baixa quando os dois foram se sentar.

— Bem, Filch não mexeu na passagem para a Dedosdemel... — ponderou Harry, ainda mais baixo.

— Harry! — disse alguém bem no seu ouvido direito. Harry se assustou e, ao se virar, viu Hermione, que estava sentada à mesa logo atrás deles e abrira uma brecha na parede de livros que a escondia.

"Harry, se você for a Hogsmeade outra vez... vou contar à Profª McGonagall sobre aquele mapa!", ameaçou ela.

— Você está ouvindo alguém falar, Harry? — rosnou Rony, sem olhar para Hermione.

— Rony, como é que pode deixar ele o acompanhar? Depois do que o Sirius Black fez a *você*! Quero dizer, vou contar...

— Então agora você está tentando provocar a expulsão do Harry! — disse Rony, furioso. — Não acha suficiente o mal que você já fez este ano?

Hermione abriu a boca para responder, mas com um assobio suave, Bichento saltou para o seu colo. A garota lançou um olhar assustado à cara que Rony fazia, recolheu Bichento e saiu correndo para o dormitório das meninas.

— Então, e aí? — perguntou Rony a Harry como se não tivesse havido interrupção. — Vamos, da última vez que fomos você não viu nada. Você ainda nem entrou na Zonko's!

Harry espiou para os lados para verificar se Hermione não estava por perto ouvindo.

— Tudo bem. Mas desta vez vou levar a minha Capa da Invisibilidade.

***

Na manhã de sábado, Harry guardou a Capa da Invisibilidade na mochila, meteu o Mapa do Maroto no bolso e foi tomar café com todo mundo. À mesa, Hermione não parava de lhe lançar olhares desconfiados, mas ele evitou encarar a amiga e teve o cuidado de deixar que ela o visse subindo a escadaria de mármore no saguão de entrada, quando os outros alunos se dirigiam às portas de entrada.

— Tchau! – gritou Harry para Rony. – A gente se vê quando você voltar.

Rony sorriu e piscou um olho.

Harry correu ao terceiro andar, tirando o Mapa do Maroto do bolso enquanto subia. Agachado atrás da bruxa de um olho só, ele o abriu. Um pontinho vinha se movendo em sua direção. Harry apertou os olhos para enxergar melhor. A pequena legenda ao lado informava que era *Neville Longbottom*.

Harry puxou depressa a varinha, murmurou "*Dissendium!*" e enfiou a mochila na estátua, mas antes que pudesse entrar Neville apareceu no canto do corredor.

— Harry! Eu me esqueci que você também não ia a Hogsmeade!

— Oi, Neville – disse Harry, afastando-se rapidamente da estátua e empurrando o mapa para dentro do bolso. – Que é que você vai fazer?

— Nada – disse Neville encolhendo os ombros. – Que tal uma partida de Snap Explosivo?

— Hum... agora não... eu estava indo à biblioteca fazer aquela redação sobre os vampiros que Lupin pediu...

— Eu vou com você! – disse Neville, animado. – Eu também não fiz!

— Hum... espera aí, ah, me esqueci, já terminei ontem à noite!

— Que ótimo, então você pode me ajudar! – disse Neville, o rosto redondo demonstrando ansiedade. – Não consigo entender aquela história do alho, eles têm que comer ou...

Com uma pequena exclamação, ele se calou, espiando por cima do ombro de Harry.

Era Snape. Neville deu um passo rápido para trás de Harry.

— E o que é que vocês estão fazendo aqui? – perguntou Snape, que parou e olhou de um garoto para o outro. – Que lugar estranho para se encontrarem...

Para imensa inquietação de Harry, os olhos pretos de Snape correram para as portas ao lado de cada um deles e em seguida para a bruxa de um olho só.

— Nós não... marcamos encontro aqui. Só nos encontramos, por acaso.

— Verdade? Você tem o hábito de aparecer em lugares inesperados, Potter, e raramente sem uma boa razão... Sugiro que os dois voltem à Torre da Grifinória que é o seu lugar.

Harry e Neville saíram sem dizer mais nada. Quando viraram um canto, Harry olhou para trás. Snape estava passando a mão na bruxa de um olho só, examinando-a atentamente.

Harry conseguiu se livrar de Neville no retrato da Mulher Gorda, dizendo-lhe a senha, e, depois, fingindo que deixara a redação na biblioteca, deu meia-volta. Uma vez longe das vistas dos trasgos de segurança, ele tornou a tirar o mapa do bolso e segurá-lo bem junto ao nariz.

O corredor do terceiro andar parecia estar deserto. Harry examinou o mapa cuidadosamente e viu, com uma sensação de alívio, que o pontinho *Severo Snape* voltara à sua sala.

Correu, então, até a bruxa de um olho só, abriu a corcunda, desceu o corpo por ela e se largou para ir ao encontro de sua mochila no fim do escorrega. Apagou, então, o Mapa do Maroto e saiu correndo.

Harry, inteiramente escondido sob a Capa da Invisibilidade, saiu à luz do sol à porta da Dedosdemel e cutucou Rony nas costas.

— Sou eu — murmurou.

— Que foi que o atrasou? — sibilou Rony.

— Snape estava rondando o corredor...

Os garotos saíram andando pela rua principal.

— Onde é que você está? — Rony perguntava toda hora pelo canto da boca. — Ainda está aí? Que coisa mais estranha...

Eles foram ao correio; Rony fingiu estar verificando o preço de uma coruja para Gui no Egito para que Harry pudesse dar uma boa olhada em tudo. As corujas estavam pousadas e piavam baixinho para ele, no mínimo umas trezentas; desde as cinzentas de grande porte até as muito pequenas ("Somente para entregas locais"), que eram tão mínimas que caberiam na palma da mão do garoto.

Depois, visitaram a Zonko's, que estava tão apinhada de estudantes que Harry precisou tomar um cuidado enorme para não pisar em ninguém e, com isso, desencadear o pânico. Havia logros e brincadeiras para satisfazer até os sonhos mais absurdos de Fred e Jorge; Harry cochichou ordens para Rony e lhe passou um pouco de ouro por baixo da capa. Os dois deixaram a Zonko's com as bolsas de dinheiro bastante mais leves do que quando entraram, mas os bolsos iam estufados de bombas de bosta, soluços doces, sabão de ovas de sapo e, para cada um, uma xícara que mordia o nariz.

Fazia um tempo firme, de brisa suave, e nenhum dos garotos tinha vontade de ficar dentro de casa, por isso eles passaram direto pelo Três Vassouras e subiram uma ladeira para visitar a Casa dos Gritos, o lugar mais mal-assombrado da Grã-Bretanha. Ficava um pouco mais alta do que o resto do povoado, e mesmo durante o dia provocava certos arrepios, com suas janelas fechadas com tábuas e um jardim úmido e malcuidado.

— Até os fantasmas de Hogwarts evitam a casa — disse Rony quando se debruçavam na cerca para apreciá-la. — Perguntei a Nick Quase Sem Cabeça... ele diz que soube que mora aí uma turma da pesada. Ninguém consegue entrar. Fred e Jorge tentaram, é claro, mas todas as entradas estão tampadas...

Harry, cheio de calor por causa da subida estava pensando em tirar a capa por uns minutinhos quando ouviu vozes que se aproximavam. Havia gente subindo em direção à casa pelo outro lado da elevação; momentos depois, Malfoy apareceu, seguido de perto por Crabbe e Goyle. Malfoy vinha falando.

— ... devo receber uma coruja do meu pai a qualquer hora. Ele teve que ir à audiência para depor sobre o meu braço... que ficou inutilizado durante três meses...

Crabbe e Goyle riram.

— Eu bem que gostaria de ouvir aquele paspalhão grisalho se defender... "Ele não tem uma natureza má, honestamente"... aquele hipogrifo pode se considerar morto...

Malfoy de repente avistou Rony. Seu rosto pálido se abriu num sorriso maldoso.

— Que é que você anda fazendo, Weasley?

Malfoy ergueu os olhos para a casa em ruínas, às costas de Rony.

— Acho que você gostaria de morar aqui, não, Weasley? Sonhando com um quarto só para você? Ouvi falar que a sua família toda dorme em um quarto só, é verdade?

Harry segurou as vestes de Rony pelas costas para impedi-lo de pular em cima de Malfoy.

— Deixe-o comigo — sibilou ao ouvido de Rony.

A oportunidade era perfeita demais para ser desperdiçada. Harry caminhou silenciosamente até as costas de Malfoy, Crabbe e Goyle, se abaixou e apanhou no caminho uma mão bem cheia de lama.

— Estávamos mesmo discutindo sobre seu amigo Hagrid — disse Malfoy a Rony. — Tentando imaginar o que ele está dizendo à Comissão para Eliminação de Criaturas Perigosas. Você acha que ele vai chorar quando cortarem...

PAF.

A cabeça de Malfoy foi empurrada para a frente quando a lama o atingiu; e, de repente, de seus cabelos louro-prateados começaram a escorrer lama.

— Que m...?

Rony teve que se segurar na cerca para não cair de tanto rir. Malfoy, Crabbe e Goyle se viraram no mesmo lugar, olhando para todos os lados, agitados, enquanto Malfoy tentava limpar os cabelos.

— Que foi isso? Quem fez isso?

— É muito mal-assombrado isso aqui, não é, não? — falou Rony, com ar de quem está comentando o tempo.

Crabbe e Goyle ficaram assustados. Seus músculos avantajados eram inúteis contra fantasmas. Malfoy examinava, furioso, a paisagem deserta.

Harry se esgueirou pelo caminho até uma poça particularmente cheia de lama esverdeada e malcheirosa.

PLAF.

Desta vez os atingidos foram Crabbe e Goyle. Goyle deu pulos frenéticos, tentando tirar a lama dos olhos miúdos e inexpressivos.

— Veio dali! — disse Malfoy, limpando o rosto e detendo o olhar em um ponto a uns dois metros à esquerda de Harry.

Crabbe avançou inseguro, os braços compridos estendidos à frente, como um morto-vivo.

Harry rodeou Crabbe, apanhou um pedaço de pau e arremessou-o contra as costas dele. E se dobrou com risadas silenciosas quando o garoto fez uma pirueta no ar, tentando ver quem o atacara. Como Rony foi a única pessoa que ele viu, foi para ele que Crabbe avançou, mas Harry esticou a perna. O garoto tropeçou — e seu enorme pé chato se prendeu na barra da capa de Harry. Este sentiu um grande puxão e a capa escorregou do seu rosto.

Por uma fração de segundo, Malfoy arregalou os olhos e o fitou.

— ARRRRR! — berrou ele, apontando para a cabeça de Harry. Então, deu as costas e fugiu a toda, morro abaixo, com Crabbe e Goyle nos seus calcanhares.

Harry puxou a capa para cima, mas o estrago já estava feito.

— Harry! — chamou Rony, avançando aos tropeços até o ponto em que o amigo desaparecera. — É melhor você correr! Se Malfoy contar a alguém, é melhor você já ter voltado ao castelo, depressa...

— Vejo você mais tarde — disse Harry e, sem mais uma palavra, desceu correndo pelo caminho, em direção a Hogsmeade.

Será que Malfoy acreditaria no que vira? Será que alguém acreditaria em Malfoy? Ninguém sabia da existência da Capa da Invisibilidade — ninguém, exceto Dumbledore. O estômago de Harry deu cambalhotas — o diretor saberia exatamente o que acontecera, se Malfoy dissesse alguma coisa...

O garoto voltou à Dedosdemel, à escada que levava ao porão, atravessou a distância que o separava do alçapão e entrou — então tirou a capa, meteu-a debaixo do braço e correu, desabalado, pela passagem... Malfoy chegaria primeiro... quanto tempo levaria para encontrar um professor? Ofegante, uma dor forte do lado, Harry não diminuiu a velocidade até alcançar o escorrega de pedra. Teria que deixar a capa ali, seria muito bandeiroso se Malfoy tivesse avisado um professor. Escondeu-a num canto escuro e começou a subir, o mais depressa que pôde, suas mãos suadas escorregando na borda do escorrega. Quando chegou à corcunda da bruxa, tocou-a com a varinha, meteu a cabeça para fora e deu um impulso para sair; a corcunda se fechou e na hora que ele saltou de trás da estátua ouviu passos que se aproximavam apressados.

Era Snape. Rapidamente o professor alcançou Harry, as vestes pretas farfalhando, e parou diante dele.

— Então — falou.

O professor tinha uma expressão de triunfo reprimido no rosto. Harry tentou parecer inocente, embora muito consciente do seu rosto suado e das mãos enlameadas, que ele escondeu depressa nos bolsos.

— Venha comigo, Potter — disse Snape.

Harry o acompanhou até o andar de baixo, tentando limpar as mãos no avesso das vestes, sem que Snape notasse. Dali desceram às masmorras e à sala de Snape.

O garoto só estivera ali antes uma vez e fora também por um problema muito sério. Desde então Snape adquirira mais umas coisas horríveis e viscosas conservadas em frascos, todos arrumados nas prateleiras atrás de sua escrivaninha, refletindo as chamas da lareira e contribuindo ainda mais para tornar a atmosfera ameaçadora.

— Sente-se — mandou Snape.

Harry se sentou. O professor, no entanto, continuou em pé.

— O Sr. Malfoy acabou de vir me contar uma história estranha, Potter.

Harry ficou calado.

— Ele me contou que estava na Casa dos Gritos quando deparou com Weasley, aparentemente sozinho.

Ainda assim, Harry não falou nada.

— O Sr. Malfoy diz que estava parado, falando com Weasley, quando um pelotaço de lama o atingiu na nuca. Como é que você acha que isso aconteceu?

Harry tentou parecer levemente surpreso.

— Não sei, professor.

Os olhos de Snape perfuravam os de Harry. Era exatamente a mesma sensação de tentar dominar um hipogrifo com o olhar. O garoto fez força para não piscar.

— O Sr. Malfoy então viu uma extraordinária aparição. Você pode imaginar o que teria sido, Potter?

— Não — respondeu Harry, agora tentando parecer inocentemente curioso.

— Foi a sua cabeça, Potter. Flutuando no ar.

Fez-se um longo silêncio.

— Talvez seja bom ele ir procurar Madame Pomfrey — sugeriu Harry. — Se anda vendo coisas como...

— Que é que a sua cabeça estaria fazendo em Hogsmeade, Potter? — perguntou Snape suavemente. — A sua cabeça não tem permissão de ir a Hogsmeade. Nenhuma parte do seu corpo tem permissão de ir a Hogsmeade.

— Eu sei, professor — respondeu Harry, tentando manter o rosto despojado de culpa ou medo. — Parece que Malfoy está sofrendo alucina...

— Malfoy não está sofrendo alucinações — rosnou Snape, se curvando com as mãos apoiadas nos braços da cadeira de Harry, de modo que os rostos dos dois ficaram afastados apenas trinta centímetros. — Se a sua cabeça estava em Hogsmeade, então o resto do seu corpo também estava.

— Estive na Torre da Grifinória. Como o senhor me mandou...

— Alguém pode confirmar isso?

Harry não respondeu. A boca de Snape se torceu num feio sorriso.

— Então — disse ele se endireitando. — Todo mundo, do ministro da Magia para baixo, está tentando manter o famoso Harry Potter a salvo de Sirius Black. Mas o famoso Harry Potter faz as suas próprias leis. Que as pessoas comuns se preocupem com a sua segurança! O famoso Harry Potter vai aonde quer, sem medir as consequências.

Harry ficou calado. Snape estava tentando provocá-lo a dizer a verdade. Pois ele não ia dizer. Snape não tinha provas — ainda.

— É extraordinário como você se parece com o seu pai, Potter — disse Snape de repente, os olhos brilhando. — Ele também era muitíssimo arrogante. Um pequeno talento no campo de quadribol o fazia pensar que estava acima dos demais. Exibia-se pela escola com seus amigos e admiradores... A semelhança entre vocês dois é fantástica.

— Meu pai não se *exibia* — disse Harry, antes que pudesse se refrear. — E eu também não.

— Seu pai também não ligava para as regras — continuou Snape, aproveitando a vantagem obtida, seu rosto magro cheio de malícia. — Regras foram feitas para meros mortais, não para vencedores da Taça de Quadribol. Era tão cheio de si...

— CALE A BOCA!

Harry, de repente, se levantou. Uma raiva como ele não sentia desde a última noite na rua dos Alfeneiros atravessou seu corpo. Ele não se importou que o rosto de Snape tivesse enrijecido, que os olhos pretos lampejassem perigosamente.

— *Que foi que você disse a mim, Potter?*

— Disse para parar de falar do meu pai! — berrou Harry. — Conheço a verdade, está bem? Dumbledore me contou! O senhor nem estaria aqui se não fosse o meu pai!

A pele macilenta de Snape ficou da cor de leite azedo.

— E o diretor lhe contou as circunstâncias em que seu pai salvou a minha vida? — sussurrou. — Ou será que considerou os detalhes demasiado indigestos para os ouvidos delicados do precioso Potter?

Harry mordeu o lábio. Não sabia o que acontecera e não queria admiti-lo — mas Snape parecia ter adivinhado a verdade.

— Eu detestaria que você saísse por aí com uma ideia falsa sobre seu pai, Potter — disse ele, com um sorriso horrível deformando-lhe o rosto. — Será que você andou imaginando um glorioso ato de heroísmo? Então me dê licença para corrigi-lo: o seu santo paizinho e seus amigos me pregaram uma peça muito divertida que teria provocado a minha morte se o seu pai não tivesse se acovardado no último instante. Não houve coragem alguma no que ele fez. Estava salvando a própria pele junto com a minha. Se a peça tivesse chegado ao fim, ele teria sido expulso de Hogwarts.

Os dentes irregulares e amarelados de Snape estavam arreganhados.

— Vire seus bolsos pelo avesso, Potter! — disse ele, de súbito, e com rispidez.

Harry não se mexeu. Sentia o sangue latejar nos ouvidos.

— Vire seus bolsos pelo avesso ou vamos ver o diretor agora! Pelo avesso, Potter!

Gelado de medo, Harry tirou do bolso a saca com artigos da Zonko's e o Mapa do Maroto.

Snape apanhou a saca da Zonko's.

— Foi Rony que me deu — informou Harry, rezando para ter uma chance de avisar Rony antes que Snape o visse. — Ele... trouxe para mim de Hogsmeade da última vez...

— Verdade? E você anda carregando isso desde então? Que comovente... e o que é isto?

Snape apanhara o mapa. Harry tentou com todas as forças manter o rosto impassível.

— Um pedaço de pergaminho — disse, sacudindo os ombros.

Snape revirou-o, mantendo os olhos fixos em Harry.

— Com certeza você não precisa de um pedaço de pergaminho tão *velho*? — comentou. — Por que não... jogá-lo fora?

Ele estendeu a mão para a lareira.

— Não! — exclamou Harry depressa.

— Então — disse Snape com as narinas trêmulas. — Será que é mais um precioso presente do Sr. Weasley? Ou será que é outra coisa? Uma carta, talvez, escrita com tinta invisível? Ou instruções para ir a Hogsmeade sem passar pelos dementadores?

Harry piscou. Os olhos de Snape brilharam.

— Vejamos, vejamos... — murmurou ele, puxando a varinha e alisando o mapa em cima da escrivaninha. — Revele o seu segredo! — disse, tocando o pergaminho com a varinha.

Nada aconteceu. Harry fechou as mãos para impedi-las de tremer.

— Mostre-se! — disse Snape, dando uma batida forte no mapa.

O mapa continuou em branco. Harry inspirou profundamente para se acalmar.

— Severo Snape, professor desta escola, ordena que você revele a informação que está ocultando! — disse ele, batendo no mapa com a varinha.

Como se uma mão invisível estivesse escrevendo, começaram a surgir palavras na superfície lisa do mapa.

O Sr. Aluado apresenta seus cumprimentos ao Prof. Snape e pede que ele não meta seu nariz anormalmente grande no que não é de sua conta.

Snape congelou. Harry arregalou os olhos, para a mensagem, aparvalhado. Mas o mapa não parou aí. Outras frases apareceram embaixo da primeira.

O Sr. Pontas concorda com o Sr. Aluado e gostaria de acrescentar que o Prof. Snape é um safado mal acabado.

Teria sido muito engraçado se a situação não fosse tão grave. E havia mais...

O Sr. Almofadinhas gostaria de deixar registrado o seu espanto de que um idiota desse calibre tenha chegado a professor.

Harry fechou os olhos horrorizado. Quando os reabriu, o mapa tinha dito a última palavra.

O Sr. Rabicho deseja ao Prof. Snape um bom dia e aconselha a esse seboso que lave os cabelos.

Harry esperou a pancada atingi-lo.

— Então — disse Snape suavemente. — Veremos...

O professor foi até a lareira, agarrou um punhado de pó brilhante e atirou-o nas chamas.

— Lupin! — gritou Snape para o fogo. — Quero dar uma palavrinha com você!

Absolutamente perplexo, Harry olhou para o fogo. Surgiu uma sombra enorme que rodopiava muito depressa. Segundos depois, o Prof. Lupin saía da lareira, sacudindo as cinzas das roupas enxovalhadas.

— Você me chamou, Severo? — perguntou Lupin suavemente.

— Claro que chamei — retrucou Snape, o rosto contorcido de fúria ao voltar para sua escrivaninha. — Acabei de pedir a Potter para esvaziar os bolsos. Ele trazia isto com ele.

Snape apontou para o pergaminho, em que as palavras dos Srs. Aluado, Rabicho, Almofadinhas e Pontas ainda brilhavam. Uma expressão estranha e reservada apareceu no rosto de Lupin.

— E daí?

Lupin continuou a olhar fixamente para o mapa. Harry teve a impressão de que ele estava avaliando a situação muito rapidamente.

— E então? — insistiu Snape. — Este pergaminho obviamente está repleto de magia das trevas. Pelo visto isto é a sua especialidade, Lupin. Onde você acha que Potter arranjou uma coisa dessas?

Lupin ergueu a cabeça e, com um levíssimo relanceio na direção de Harry, alertou-o para não interrompê-lo.

— Repleto de magia das trevas? — repetiu ele. — É isso mesmo que você acha, Severo? A mim parece apenas um mero pedaço de pergaminho que insulta quem o lê. Infantil, mas com certeza nada perigoso. Imagino que Harry o tenha comprado numa loja de logros e brincadeiras...

— Verdade? — O queixo de Snape tinha endurecido de raiva. — Você acha que uma loja de logros e brincadeiras podia ter vendido a ele uma coisa dessas? Você não acha que é mais provável que ele o tenha obtido *diretamente dos fabricantes*?

Harry não entendeu o que Snape dizia. E, aparentemente, Lupin também não.

— Você quer dizer, do Sr. Rabicho ou um dos outros? Harry, você conhece algum desses homens?

— Não — respondeu Harry depressa.

— Está vendo, Severo? — disse Lupin voltando-se para Snape. — A mim parece um produto da Zonko's...

Bem na hora, Rony irrompeu pela sala. Estava completamente sem fôlego e parou diante da escrivaninha de Snape, a mão apertando o peito, tentando falar.

— Eu... dei... isso... a... Harry — disse sufocado. — Comprei... na Zonko's... há... séculos...

— Bem! — disse Lupin batendo palmas e olhando à sua volta animado. — Isso parece esclarecer tudo! Severo, vou devolver isto, posso? — Ele dobrou o mapa e o guardou nas vestes. — Harry e Rony, venham comigo, preciso dar uma palavra sobre a redação dos vampiros, você nos dá licença, Severo...

Harry não se atreveu a olhar para Snape ao deixarem a sala do professor. Ele, Rony e Lupin voltaram ao saguão de entrada antes de se falarem. Então Harry se dirigiu a Lupin.

— Professor, eu...

— Não quero ouvir explicações — disse Lupin aborrecido. Espiou o saguão vazio e baixou a voz. — Por acaso eu sei que este mapa foi confiscado pelo Sr. Filch há muitos anos. É, eu sei que é um mapa — disse ele aos surpresos garotos. — Não quero saber como você o obteve. Estou *abismado*, no entanto, que não o tenha entregado a alguém responsável. Especialmente depois do que aconteceu na última vez em que um aluno deixou uma informação sobre o castelo largada por aí. E não posso deixar você ficar com o mapa, Harry.

O garoto esperara isso e estava demasiado ansioso por informações para protestar.

— Por que Snape achou que eu tinha obtido o mapa dos fabricantes?

— Porque... — Lupin hesitou —, porque a intenção desses fabricantes de mapas era atraí-lo para fora da escola. Teriam achado isso muitíssimo divertido.

— O senhor os *conhece*? — perguntou Harry impressionado.

— Já nos encontramos — disse o professor com rispidez. Olhava para Harry mais sério do que jamais olhara.

"Não espere que lhe dê cobertura outra vez, Harry. Não posso fazer você levar Sirius Black a sério. Mas eu teria pensado que o que você ouve quando os dementadores se aproximam teria produzido algum efeito em você. Os seus pais deram a vida para mantê-lo vivo, Harry. É uma retribuição indigente, trocar o sacrifício deles por uma saca de truques mágicos.

O professor se afastou, deixando Harry se sentindo muito pior do que em qualquer momento que passara na sala de Snape. Lentamente, ele e Rony subiram a escadaria de mármore. Quando Harry passou pela bruxa de um olho só, lembrou-se da Capa da Invisibilidade – continuava lá embaixo mas ele não se atreveu a ir buscá-la.

— A culpa é minha – disse Rony sem rodeios. – Eu o convenci a ir. Lupin tem razão, foi uma estupidez e não devíamos ter feito isso...

Ele parou de falar; tinham chegado ao corredor onde os trasgos de segurança estavam patrulhando e Hermione vinha ao encontro dos dois. Uma olhada no rosto dela convenceu Harry de que ela ouvira falar do que acontecera. Sentiu um peso no coração... será que ela contara à Profª McGonagall?

— Veio tripudiar? – perguntou Rony ferozmente quando a garota parou diante deles. – Ou acabou de nos denunciar?

— Não – respondeu Hermione. Ela segurava uma carta nas mãos e seus lábios tremiam. – Só achei que vocês deviam saber... Hagrid perdeu o caso. Bicuço vai ser executado.

15

A FINAL DO CAMPEONATO DE QUADRIBOL

— Ele... ele me mandou isto — disse Hermione entregando a carta.

Harry apanhou-a. O pergaminho estava úmido, e enormes gotas de lágrimas tinham borrado tão completamente a tinta em alguns pontos que era difícil ler a carta.

> *Cara Mione,*
> *Perdemos. Tive permissão de trazer Bicuço de volta a Hogwarts.*
> *A data da execução vai ser marcada.*
> *Bicucinho gostou de Londres.*
> *Não vou esquecer toda a ajuda que você nos deu.*
> *Hagrid*

— Eles não podem fazer isso — disse Harry. — Não podem. Bicuço não é perigoso.

— O pai de Malfoy deve ter intimidado a Comissão para ela fazer isso — disse Hermione, enxugando as lágrimas. — Vocês sabem como ele é. Os outros são um bando de velhos caducos e bobos e ficaram com medo. Mas vai haver recurso, sempre há. Só que não consigo ver nenhuma esperança... Nada vai mudar até lá.

— Vai, sim — disse Rony com ferocidade. — Você não vai ter que fazer o trabalho todo sozinha desta vez, Mione. Eu vou ajudar.

— Ah, Rony!

Hermione atirou os braços ao pescoço de Rony e desabou completamente. Rony, com cara de terror, acariciou muito sem jeito o topo da cabeça da garota. Finalmente, ela se afastou.

— Rony, eu realmente sinto muito, muito mesmo, pelo Perebas... — soluçou ela.

— Ah... bem... ele estava velho — disse Rony, parecendo muitíssimo aliviado por Hermione o ter soltado. — E estava ficando meio inútil. Nunca se sabe, talvez mamãe e papai me comprem uma coruja agora.

As medidas de segurança impostas aos alunos desde a segunda invasão de Black impediram que Harry, Rony e Hermione fossem visitar Hagrid à noite. A única oportunidade que tinham de falar com ele era durante a aula de Trato das Criaturas Mágicas.

Ele parecia ter ficado aparvalhado com o veredicto da Comissão.

— É tudo minha culpa. Me atrapalhei para falar. Eles estavam sentados lá, vestidos de preto, e eu não parava de deixar cair as minhas anotações e esquecer as datas que você viu para mim, Mione. Depois Lúcio Malfoy ficou em pé e falou, e a Comissão fez exatamente o que ele mandou...

— Ainda tem recurso! — disse Rony ferozmente. — Não desista ainda, estamos trabalhando nisso!

Os quatro regressavam ao castelo com o restante da classe. À frente, viam Malfoy, que caminhava com Crabbe e Goyle e não parava de olhar para trás, rindo com ar de deboche.

— Não adianta, Rony — disse Hagrid, muito triste, quando chegavam à entrada do castelo. — Aquela comissão faz o que Lúcio Malfoy manda. Eu só vou tomar providências para que os últimos dias do Bicucinho sejam os mais felizes que teve na vida. Devo isso a ele...

Hagrid deu meia-volta e saiu correndo em direção à sua cabana, o rosto escondido no lenço.

— Olhem só ele chorando feito um bebezão!

Malfoy, Crabbe e Goyle tinham parado às portas do castelo, escutando.

— Vocês já viram uma coisa mais patética? — perguntou Malfoy. — E dizem que ele é nosso professor!

Harry e Rony se voltaram com violência para Malfoy, mas Hermione chegou primeiro.

PÁ!

Ela deu um tapa na cara de Malfoy com toda a força que conseguiu reunir. Malfoy cambaleou. Harry, Rony, Crabbe e Goyle ficaram parados, estupefatos, enquanto Hermione tornava a levantar a mão.

— Não *se atreva* a chamar Hagrid de patético, seu sujo... seu perverso...

— Mione! — exclamou Rony com a voz fraca, e tentou segurar a mão da garota ao vê-la tomar novo impulso.

— Sai, Rony!

Hermione puxou a varinha. Malfoy recuou. Crabbe e Goyle olharam para ele pedindo instruções, inteiramente abobados.

— Vamos — murmurou Malfoy e, num instante, os três tinham desaparecido no corredor que levava às masmorras.

— Mione! — tornou a exclamar Rony, parecendo ao mesmo tempo espantado e impressionado.

— Harry, acho bom você dar uma surra nele na final de quadribol! — disse a garota com a voz esganiçada. — Acho bom dar, porque não vou suportar ver Sonserina vencer!

— Está na hora da aula de Feitiços — disse Rony, ainda olhando para Hermione. — É melhor a gente ir andando.

E os três subiram correndo a escadaria de mármore para chegar à classe do Prof. Flitwick.

— Vocês estão atrasados, garotos! — disse o professor, em tom de censura, quando Harry abriu a porta da sala. — Vamos, depressa, tirem as varinhas, hoje estamos fazendo experiências com os feitiços para animar, já dividimos os pares...

Harry e Rony correram para as carteiras ao fundo e abriram as mochilas. Rony olhou para trás.

— Aonde é que foi a Mione?

Harry também a procurou. Hermione não entrara na sala, no entanto, Harry sabia que a garota estivera bem ao seu lado quando ele abrira a porta.

— Que coisa esquisita — comentou Harry, encarando Rony. — Vai ver... vai ver ela foi ao banheiro ou outra coisa qualquer.

Mas a garota não apareceu durante toda a aula.

— Ela bem que precisava de um feitiço para animar, também — comentou Rony quando os alunos saíram para almoçar, todos muito sorridentes, os feitiços para animar tinham deixado em todos uma sensação de grande contentamento.

Hermione não apareceu no almoço tampouco. Na altura em que terminaram a torta de maçã, os efeitos dos feitiços estavam se dissipando, e Harry e Rony começaram a se preocupar um pouco.

— Você acha que Draco fez alguma coisa a ela? — perguntou Rony, ansioso, quando seguiam apressados para a Torre da Grifinória.

Passaram pelos trasgos de segurança, deram a senha à Mulher Gorda ("Flibbertigibbet") e treparam pelo buraco do retrato para chegar à sala comunal.

Hermione estava sentada à mesa, profundamente adormecida, a cabeça pousada sobre um livro aberto de Aritmancia. Os garotos se sentaram, um de cada lado. Harry cutucou-a de leve para acordá-la.

— Q... quê? — exclamou Hermione, acordando e olhando assustada para os lados. — Já está na hora de ir? Q... qual é a aula que temos agora?

— Adivinhação, mas só daqui a vinte minutos — respondeu Harry. — Mione por que você não foi à aula de Feitiços?

— Quê? Ah não! — guinchou Hermione. — Me esqueci de ir à aula de Feitiços!

— Mas como é que você pôde esquecer? — perguntou Harry. — Você estava conosco até chegarmos à porta da sala de aula!

— Eu não acredito! — lamentou-se Hermione. — O Prof. Flitwick ficou aborrecido? Ah, foi o Malfoy, eu estava pensando nele e me atrapalhei!

— Sabe de uma coisa, Mione? — disse Rony, olhando para o livrão de Aritmancia que a garota estivera usando como travesseiro. — Acho que você está sofrendo um colapso mental. Está tentando fazer coisas demais.

— Não estou, não! — retrucou ela, afastando os cabelos dos olhos e procurando a mochila, com um ar de desamparo. — Foi só um engano! É melhor eu procurar o Prof. Flitwick e pedir desculpas... vejo vocês na aula de Adivinhação!

Hermione se reuniu aos dois garotos ao pé da escada para a sala da Prof.ª Sibila, vinte minutos mais tarde, com um ar extremamente encabulado.

— Não posso acreditar que perdi os feitiços para animar! E aposto como vão cair nos exames; o Prof. Flitwick insinuou que poderiam cair!

Juntos, eles subiram a escada para a sala escura e abafada da torre. Brilhando em cada mesinha havia uma bola de cristal cheia de uma névoa branco-pérola. Harry, Rony e Hermione se sentaram juntos à mesma mesa bamba.

— Pensei que não íamos começar bolas de cristal antes do próximo trimestre — resmungou Rony, lançando à sala um olhar preocupado, à procura da professora, caso ela estivesse espreitando por ali.

— Não reclame, isso significa que terminamos quiromancia — murmurou Harry em resposta. — Eu já estava ficando cheio de ver Trelawney fazer careta de aflição todas as vezes que examinava as minhas mãos.

— Bom dia para todos! — saudou a voz etérea e familiar, e a professora saiu das sombras em sua costumeira e dramática aparição. Parvati e Lilá estremeceram de emoção, os rostos iluminados pelo brilho leitoso das bolas de cristal.

— Resolvi começar a bola de cristal mais cedo do que tinha planejado — disse a professora, sentada de costas para a lareira, olhando para a turma. — As Parcas me informaram que o exame de vocês em junho tratará do orbe, e estou ansiosa para oferecer-lhes muita prática.

Hermione deu uma risadinha.

— Bem, francamente... "as Parcas a informaram"... quem é que prepara o exame? Ela mesma! Que profecia assombrosa! — continuou a garota sem se preocupar em manter a voz baixa. Harry e Rony sufocaram risadinhas.

Era difícil dizer se a professora os ouvira, pois seu rosto estava oculto pelas sombras. Ela, no entanto, continuou como se não tivesse ouvido.

— A vidência com a bola de cristal é uma arte particularmente requintada — disse em tom sonhador. — Por isso não espero que vocês vejam alguma coisa ao procurarem examinar pela primeira vez as profundezas infinitas do orbe. Vamos começar praticando o relaxamento da mente consciente e da visão exterior — Rony começou a soltar risadinhas irrefreáveis e precisou meter o punho na boca para abafar o som — para vocês poderem limpar a visão interior e a supraconsciência. Talvez, se tivermos sorte, alguns de vocês consigam ver alguma coisa antes do fim da aula.

E então começaram a praticar. Harry, pelo menos, sentiu-se extremamente bobo de mirar a bola de cristal, tentando manter a mente vazia, enquanto pensamentos do tipo "que coisa mais idiota" não paravam de lhe ocorrer. Rony não ajudava nada com seus acessos de riso silencioso nem Hermione com seus muxoxos.

— Viram alguma coisa? — perguntou Harry aos dois, depois de manter os olhos fixos na bola uns quinze minutos.

— Já, tem uma queimadura no tampo dessa mesa — disse Rony apontando. — Alguém derrubou uma vela.

— Isto é uma baita perda de tempo — sibilou Hermione. — Eu podia estar praticando alguma coisa útil. Podia estar recuperando a matéria de feitiços para animar...

A Profª Sibila passou farfalhando.

— Alguém gostaria que eu ajudasse a interpretar os portentos obscuros que aparecem em seu orbe? — murmurou sobrepondo a voz ao tilintar dos seus badulaques.

— Eu não preciso de ajuda — sussurrou Rony. — É óbvio o que isto significa. Vai haver um nevoeiro daqueles hoje à noite.

Harry e Hermione explodiram em risadas.

— Ora, francamente! — exclamou a Profª Trelawney quando todas as cabeças dos alunos se viraram em sua direção.

Parvati e Lilá fizeram caras escandalizadas.

— Vocês estão perturbando as vibrações da vidente!

A professora se aproximou da mesa dos garotos e espiou as bolas de cristal dos três. Harry sentiu um grande desânimo. Tinha certeza de que sabia o que viria a seguir...

— Vejo algo aqui! — sussurrou a professora, aproximando o rosto da bola, de modo que esta se refletiu duas vezes em seus enormes óculos. — Alguma coisa que se move... mas o que é isso?

Harry estava preparado para apostar tudo que tinha, inclusive a Firebolt, que, seja o que fosse, não seria uma boa notícia. E não deu outra...

— Meu querido... — sussurrou a professora, erguendo os olhos para ele. — Está aqui, mais claro que antes... meu querido, aproximando-se de você, cada vez mais perto... o Sin...

— Ah, pelo *amor de Deus*! — exclamou Hermione em voz alta. — Não é aquele ridículo Sinistro *outra vez*!

A Prof.ª Sibila ergueu os enormes olhos para a garota. Parvati cochichou alguma coisa com Lilá, e as duas olharam feio para Hermione também. A professora se ergueu, fitando Hermione com inconfundível raiva.

— Sinto dizer que do instante em que você entrou nesta sala, minha *querida*, ficou evidente que não tinha o talento que a nobre arte da Adivinhação exige. Na verdade, eu não me lembro de jamais ter encontrado uma aluna cuja mente fosse tão irreparavelmente terrena.

Seguiu-se um momento de silêncio. Então...

— Ótimo! — exclamou Hermione, de repente, levantando-se e enfiando o exemplar de *Esclarecendo o futuro* na mochila. — Ótimo! — repetiu, atirando a mochila sobre o ombro e quase derrubando Rony da cadeira. — Eu desisto! Vou-me embora.

E para assombro da turma, Hermione se dirigiu ao alçapão, abriu-o com um pontapé e desceu a escada, desaparecendo de vista.

Levou alguns minutos para todos se aquietarem outra vez. A professora parecia ter se esquecido completamente do Sinistro. Deu as costas, bruscamente, à mesa de Harry e Rony, respirando forte e ajeitando o diáfano xale mais perto do corpo.

— Ooooo! — exclamou Lilá de repente, assustando todo mundo. — Oooooo, Prof.ª Sibila, acabei de me lembrar! A senhora viu a Hermione nos deixando, não foi? Não foi, professora? *Na altura da Páscoa, alguém aqui vai deixar o nosso convívio para sempre*! A senhora disse isso há um tempão, professora!

Sibila sorriu suavemente.

— É verdade, minha querida, eu sabia que a Srta. Granger iria nos deixar. Esperemos, no entanto, que tenhamos nos enganado com os sinais... A visão interior pode ser um fardo, sabem...

Lilá e Parvati pareceram profundamente interessadas e trocaram de lugar para que a professora pudesse parar à mesa delas.

— Um dia Hermione vai capotar, hein? — murmurou Rony para Harry, fazendo cara de espanto.

— É...

Harry examinou mais uma vez a bola de cristal, mas não viu nada além de uma névoa espiralada. Será que a professora vira, de fato, o Sinistro novamente? Será que ele, Harry, veria? A última coisa de que precisava era outro acidente quase fatal, com a final de quadribol cada dia mais próxima.

As férias da Páscoa não foram exatamente relaxantes. Os alunos do terceiro ano nunca tinham recebido tantos deveres para casa. Neville Longbottom parecia às vésperas de um colapso nervoso, e não era o único.

— Chamam a isso de férias! — bradou Simas Finnigan certa tarde na sala comunal. — Ainda faltam séculos para os exames, qual é a deles!

Mas ninguém tinha tanto a fazer quanto Hermione. Mesmo sem Adivinhação, ela estava estudando mais matérias do que todos os outros. Em geral era a última a deixar a sala comunal à noite, a primeira a chegar na biblioteca na manhã seguinte; tinha olheiras iguais as de Lupin e parecia estar constantemente prestes a cair no choro.

Rony assumira a responsabilidade pelo recurso de Bicuço. Quando não estava cuidando dos próprios deveres, estava examinando volumes grossíssimos com títulos do tipo *O manual da psicologia do hipogrifo* e *Ave ou vilão? Um estudo sobre a brutalidade do hipogrifo*. Ficou tão absorto que até se esqueceu de ser antipático com o Bichento.

Entrementes, Harry teve que encaixar os deveres entre os treinos diários de quadribol, para não falar das intermináveis discussões de táticas com Olívio. A partida Grifinória-Sonserina fora marcada para o primeiro sábado depois das férias da Páscoa. Sonserina liderava o campeonato por exatos duzentos pontos. Isto significava (conforme Olívio não parava de lembrar ao seu time) que eles precisavam vencer a partida por um número de pontos superior a duzentos para ganhar a Taça. Significava, ainda, que a responsabilidade de vencer cabia em grande parte a Harry, porque capturar o pomo valia cento e cinquenta pontos.

— Por isso você deve capturar o pomo *somente* quando obtivermos uma vantagem de *mais de* cinquenta pontos — dizia Olívio a Harry constantemente. — Só se tivermos mais de cinquenta pontos, Harry, senão ganhamos a partida mas perdemos a taça. Você entendeu bem? Você só pode apanhar o pomo se tivermos...

— JÁ SEI, OLÍVIO! — berrou Harry.

Toda a Grifinória estava obcecada com a próxima partida. A casa não ganhava a Taça de Quadribol desde que o lendário Carlinhos Weasley (o segundo irmão mais velho de Rony) jogara como apanhador. Mas Harry duvidava se alguém no mundo, mesmo Olívio, queria essa vitória tanto quanto ele. A inimizade entre Harry e Malfoy atingira o auge. Malfoy ainda sofria com o incidente da pelota de lama em Hogsmeade e ficara ainda mais furioso que Harry tivesse conseguido escapar do castigo. Harry, por sua vez, não se esquecia da tentativa de Malfoy de sabotá-lo durante o jogo contra Corvinal, mas foi o caso de Bicuço que o deixou ainda mais decidido a vencer Malfoy diante da escola inteira.

Nunca, na lembrança de ninguém, uma partida se aproximara com uma atmosfera tão carregada. Quando as férias terminaram, a tensão entre os dois times e suas casas estava a ponto de explodir. Pequenas brigas irrompiam nos corredores, que culminaram em um incidente perverso, no qual um quartanista da Grifinória e um sextanista da Sonserina acabaram na ala hospitalar, com alhos-porós brotando dos ouvidos.

Harry, pessoalmente, estava passando um mau pedaço. Não podia ir e vir sem que os alunos da Sonserina esticassem as pernas tentando fazê-lo tropeçar; Crabbe e Goyle não paravam de aparecer onde quer que ele estivesse e se afastar desapontados quando o viam cercado de colegas. Olívio dera instruções para que Harry estivesse sempre acompanhado em todo lugar, para a eventualidade de algum aluno da Sonserina querer inutilizá-lo para o jogo. Toda a Grifinória assumiu o desafio com entusiasmo, tornando impossível Harry chegar às aulas na hora certa, porque andava rodeado por uma aglomeração de colegas barulhentos. Mas o garoto se preocupava mais com a segurança da Firebolt do que com a própria. Quando não estava voando, ele trancava a vassoura no malão e muitas vezes dava uma corrida à Torre da Grifinória, nos intervalos das aulas, para verificar se ela continuava lá.

Todas as atividades normais na sala comunal foram abandonadas na véspera do jogo. Até Hermione pusera os livros de lado.

— Não consigo estudar, não consigo me concentrar — comentou ela, nervosa.

Havia uma grande algazarra. Fred e Jorge Weasley enfrentavam a pressão agindo com mais barulho e exuberância que nunca. Olívio estava a um canto debruçado sobre a maquete de um campo de quadribol, empurrando bonequinhos com a varinha e resmungando. Angelina, Alícia e Katie riam das piadas de Fred e Jorge. Harry se sentara com Rony e Hermione afastado do centro das atividades, procurando não pensar no dia seguinte, porque toda vez que o fazia, tinha a terrível sensação de que alguma coisa enorme estava tentando voltar do seu estômago.

— Você vai se sair bem — disse Hermione a ele, embora parecesse decididamente aterrorizada.

— Você tem uma *Firebolt*! — animou-o Rony.

— É... — respondeu Harry, o estômago se revirando.

Foi um alívio quando Wood se levantou e gritou:

— Time! Cama!

Harry dormiu mal. Primeiro, sonhou que perdera a hora e que Olívio gritava: "Onde é que você se meteu? Tivemos que chamar Neville para substituí-lo!" Depois sonhou que Malfoy e o resto do time da Sonserina chegavam para a partida montados em dragões. Harry voava a uma velocidade vertiginosa, tentando evitar o jorro de chamas que saía da boca da montaria de Malfoy, quando percebeu que esquecera sua vassoura. Começou, então, a cair pelo ar e acordou assustado.

Levou alguns segundos para se lembrar que a partida ainda não se realizara, que estava seguro em sua cama, e que, decididamente, o time da Sonserina não teria permissão para jogar montado em dragões. Sentiu uma sede enorme. O mais silenciosamente que pôde, levantou-se da cama de colunas e foi se servir de água de uma jarra de prata sob a janela.

Não havia movimento nem som nos jardins. Nenhum sopro de vento perturbava as copas das árvores na Floresta Proibida; o Salgueiro Lutador estava imóvel e transpirava inocência. Parecia que as condições para a partida seriam perfeitas.

Harry pousou o copo e já ia voltar para a cama quando alguma coisa prendeu sua atenção. Havia um animal rondando o gramado prateado.

Harry correu à sua mesa de cabeceira, apanhou os óculos, colocou-os, e voltou depressa à janela. Não podia ser o Sinistro — não agora — não na véspera da partida...

Ele tornou a espiar os jardins e, depois de uma busca ansiosa, localizou-o. O animal ia contornando a orla da floresta agora... Não era o Sinistro... era um gato... Harry agarrou o peitoril da janela aliviado ao reconhecer aquele rabo de escovinha. Era só o Bichento...

Ou *seria* só o Bichento? Harry apurou a vista, esborrachando o nariz contra a vidraça. Bichento parecia ter parado. O menino teve certeza de que estava vendo outra coisa andando sob a sombra das árvores, também.

E naquele momento, ele apareceu — um cão gigantesco, peludo e preto, que se movia sorrateiramente pelos gramados. Bichento caminhava ao seu lado. Harry arregalou os olhos. Que significaria isso? Se Bichento também via o cão, como é que ele podia ser um agouro da morte de Harry?

— Rony! — sibilou Harry. — Rony! Acorda!

— Hum?

— Preciso que você me diga se vê uma coisa!

— Tá tudo escuro, Harry — murmurou o amigo com a voz empastada. — Do que é que você está falando?

— Ali embaixo...

Harry espiou depressa pela janela.

Bichento e o cão haviam desaparecido. Ele subiu, então, no peitoril para ver lá embaixo, nas sombras do castelo, mas os bichos não estavam mais lá. Aonde teriam ido?

Um forte ronco lhe informou que Rony tornara a cair no sono.

Harry e o resto do time da Grifinória entraram no Salão Principal, no dia seguinte, sob uma tempestade de aplausos. O garoto não pôde deixar de dar um grande sorriso quando viu que as mesas da Corvinal e Lufa-Lufa os aplaudiam também. A mesa da Sonserina vaiou alto quando eles passaram. Harry reparou que Malfoy parecia mais pálido do que de costume.

Olívio passou o café da manhã inteiro insistindo para que o time comesse, sem, contudo, se servir de nada. Depois apressou-os a se dirigirem ao campo antes que os outros tivessem terminado, para terem uma ideia das condições de jogo. Quando saíram do Salão Principal, receberam novos aplausos.

— Boa sorte, Harry! — gritou Cho. Harry sentiu o rosto corar.

— OK... não tem vento... o sol está meio forte, o que pode prejudicar a visão, tomem cuidado... o chão está bem firme, bom, isso vai nos dar um bom impulso inicial...

Olívio andou pelo campo examinando tudo, com o time atrás. Finalmente, eles viram as portas do castelo se abrirem ao longe e o restante da escola se espalhar pelos gramados.

— Vestiário — disse Olívio tenso.

Ninguém falou enquanto se despiam e vestiam os uniformes vermelhos. Harry ficou imaginando se todos estariam se sentindo como ele: como se tivesse comido alguma coisa que se mexia demais dentro da barriga. Não parecia ter transcorrido mais que um segundo quando ele ouviu Olívio dizer:

— OK, pessoal, vamos...

O time entrou em campo sob uma onda gigantesca de aplausos. Três quartos da torcida usavam rosetas vermelhas, agitavam bandeiras vermelhas com o leão da Grifinória ou faixas com palavras de ordem: "PRA FRENTE GRIFINÓRIA!" e "A COPA É DOS LEÕES!". Atrás das balizas da Sonserina, porém, duzentos torcedores se cobriam de verde; a serpente prateada da casa refulgia em suas bandeiras e o Prof. Snape estava sentado na primeira fila, vestindo verde como os demais, exibindo um sorriso muito sinistro.

"E aí vem o time da Grifinória!", bradou Lino Jordan, que, como sempre, fazia a irradiação. "Potter, Bell, Johnson, Spinnet, Weasley, Weasley e Wood. Considerado por todos o melhor time que Hogwarts já viu em muitos anos..."

Os comentários de Lino foram abafados por uma onda de vaias da torcida da Sonserina.

"E aí vem o time da Sonserina, liderado pelo capitão Flint. Ele fez algumas alterações no esquema tático e parece ter preferido o peso à qualidade..."

Mais vaias da torcida da Sonserina. Harry, porém, achou que Lino tinha razão. Malfoy era, sem discussão, o menor jogador do time; todos os outros eram enormes.

— Capitães, apertem-se as mãos! — disse Madame Hooch.

Flint e Wood se aproximaram e se apertaram as mãos com força; davam a impressão de que estavam querendo quebrar os dedos um do outro.

— Montem nas vassouras! — disse Madame Hooch. — Três... dois... um...

O som do seu apito se perdeu no estrondo das torcidas na hora em que as catorze vassouras levantaram voo. Harry sentiu os cabelos voarem para longe da testa; seu nervosismo o abandonou na animação do voo; olhou para os lados e viu Malfoy na sua esteira e aumentou a velocidade para ir à procura do pomo.

"E Grifinória com a posse da bola, Alícia Spinnet da Grifinória com a goles, voando direto para as balizas da Sonserina, em boa forma, Alícia! Arre, não – a goles foi interceptada por Warrington, Warrington da Sonserina partindo em velocidade pelo campo – PAM! – uma boa rebatida de um balaço por Jorge Weasley, Warrington deixa cair a goles, que é apanhada por... Johnson, Grifinória com a posse da bola outra vez, aí Angelina – bom desvio de Montague – *se abaixa Angelina, aí vem um balaço!* – ELA MARCA! DEZ A ZERO PARA GRIFINÓRIA!"

Angelina deu um soco no ar ao sobrevoar o extremo do campo; o mar vermelho nas arquibancadas berrou de felicidade...

– AI!

Angelina quase foi derrubada da vassoura por Marcos Flint ao colidir em cheio com ela.

– Desculpe! – disse Flint enquanto os torcedores lá embaixo vaiavam.
– Desculpe eu não vi a jogadora!

Não demorou muito, Fred Weasley atirou o bastão contra a cabeça de Flint, cujo nariz bateu com força no cabo da vassoura e começou a sangrar.

– Chega! – gritou Madame Hooch, mergulhando entre os dois. – Pênalti contra Grifinória pelo ataque gratuito ao artilheiro do seu adversário! Pênalti contra Sonserina por prejuízo intencional ao artilheiro do *seu* adversário!

– Ah, nem vem! – berrou Fred, mas Madame Hooch apitou e Alícia se adiantou para cobrar o pênalti.

"Aí, Alícia!", gritou Lino no silêncio que se abatera sobre as arquibancadas. "SIM, SENHORES! ELA FUROU O GOLEIRO! VINTE A ZERO PARA GRIFINÓRIA!"

Harry deu uma guinada na Firebolt para ver Flint, ainda sangrando à beça, voar para cobrar o pênalti contra Sonserina. Olívio sobrevoava as balizas da Grifinória, os maxilares contraídos.

"É claro que Wood é um esplêndido goleiro!", comentou Lino Jordan para os ouvintes enquanto Flint aguardava o apito de Madame Hooch. "Esplêndido! Difícil de vazar – muito difícil mesmo – SIM SENHORES! EU NÃO ACREDITO! ELE AGARROU A BOLA!"

Aliviado, Harry se afastou velozmente, espiando para todos os lados à procura do pomo, mas sem perder nenhuma palavra dos comentários de Lino. Era fundamental para ele manter Malfoy afastado do pomo até Grifinória atingir cinquenta pontos de vantagem...

"Grifinória com a posse, não, Sonserina com a posse – não! – Grifinória retoma a posse e é Katie Bell, Katie Bell da Grifinória com a goles, a jogadora corta o campo – FOI INTENCIONAL!"

Montague, um artilheiro da Sonserina, cortou a frente de Katie e em vez de agarrar a goles, agarrou a cabeça da jogadora. Katie deu uma cambalhota no ar, conseguiu continuar montada, mas deixou cair a goles.

O apito de Madame Hooch soou mais uma vez ao sobrevoar Montague e começar a gritar com ele. Um minuto depois, Katie tinha marcado mais um pênalti contra a defesa da Sonserina.

"TRINTA A ZERO! TOMA, SEU SUJO, SEU COVARDE..."

– Jordan, se você não consegue irradiar imparcialmente...

– Estou irradiando o que acontece, professora!

Harry sentiu um grande tremor de animação. Acabara de ver o pomo – refulgia ao pé de uma das balizas da Grifinória –, mas ele não devia apanhá-lo por ora e se Malfoy o visse...

Fingindo uma expressão de súbita concentração, Harry deu meia-volta na Firebolt e correu em direção ao campo da Sonserina – a manobra funcionou. Malfoy saiu a toda velocidade atrás dele, pensando evidentemente que Harry vira o pomo lá...

CHISPA.

Um dos balaços passou voando pela orelha direita de Harry, arremessado pelo gigantesco batedor da Sonserina, Derrick. Então, novamente...

CHISPA.

O segundo balaço roçou pelo cotovelo de Harry. O outro batedor, Bole, vinha se aproximando.

Harry teve um vislumbre fugaz de Bole e Derrick voando em sua direção, com os bastões erguidos...

Virou a Firebolt para o alto no último segundo e os dois batedores colidiram com um baque de provocar náuseas.

"Ha, haaa!", bradou Lino Jordan quando os batedores da Sonserina se separaram, levando as mãos à cabeça.

"Mau jeito, rapazes! Vão ter que acordar mais cedo para vencer uma Firebolt! E Grifinória fica com a posse da bola mais uma vez, quando Johnson toma a goles – Flint emparelhado com ela – mete o dedo no olho dele, Angelina! – foi só uma brincadeira, professora, só uma brincadeira – ah não – Flint toma a bola, Flint voa para as balizas da Grifinória, agora é com você Wood, agarra...!"

Mas Flint marcou; houve uma erupção de vivas do lado da Sonserina e Lino xingou tanto que a Profª Minerva McGonagall tentou arrancar o megafone mágico das mãos dele.

— Desculpe, professora, desculpe! Não vai acontecer de novo! "Então, Grifinória está à frente, trinta a dez, e Grifinória tem a posse..."

O jogo estava deteriorando no mais sujo de que Harry já participara. Enraivecidos porque Grifinória tomara a dianteira desde o início, os adversários estavam rapidamente recorrendo a todos os meios para roubar a goles. Bole atingiu Alícia com o bastão e tentou alegar que pensara que era um balaço. Jorge Weasley foi à forra dando uma cotovelada na cara de Bole. Madame Hooch puniu os dois times e Wood fez mais uma defesa espetacular, elevando o placar para quarenta a dez para Grifinória.

O pomo tornara a desaparecer. Malfoy continuou a acompanhar Harry de perto quando o garoto sobrevoou o campo, procurando, agora, o pomo – quando Grifinória estiver cinquenta pontos à frente...

Katie marcou. Cinquenta a dez. Fred e Jorge Weasley mergulharam cercando a garota, os bastões erguidos, caso os jogadores da Sonserina pensassem em se vingar. Bole e Derrick aproveitaram a ausência de Fred e Jorge para arremessar os dois balaços em Wood; eles o atingiram no estômago, um após o outro, e o goleiro virou de cabeça para baixo no ar, agarrando-se à vassoura, completamente sem ar.

Madame Hooch ficou fora de si.

— *Não se ataca o goleiro a não ser que a goles esteja na área do gol!* — gritou ela para Bole e Derrick. — Pênalti a favor da Grifinória!

E Angelina marcou. Sessenta a dez. Instantes depois Fred Weasley arremessou um balaço contra Warrington, derrubando a goles de suas mãos; Alícia apanhou a bola e enterrou-a no gol da Sonserina – setenta a dez.

A torcida da Grifinória lá embaixo estava rouca de tanto gritar – a casa passara sessenta pontos à frente e se Harry apanhasse o pomo naquele momento, a Taça seria dela. O garoto chegava quase a sentir as centenas de olhos acompanhando-o enquanto sobrevoava o campo, muito acima das equipes, com Malfoy correndo atrás dele.

Então Harry o viu. O pomo estava brilhando seis metros acima dele.

O garoto imprimiu maior velocidade à vassoura; o vento rugiu em seus ouvidos; ele estendeu a mão, mas, de repente, a Firebolt começou a desacelerar...

Horrorizado, ele olhou para os lados. Malfoy se atirara para a frente, agarrara a cauda da Firebolt e procurava atrasá-la.

— Seu...

Harry se enfureceu o suficiente para bater em Malfoy, mas não conseguiu alcançá-lo. Malfoy ofegava com o esforço de segurar a Firebolt, porém seus olhos brilhavam de malícia. Conseguira o seu intento – o pomo tornara a desaparecer.

– Pênalti! Pênalti a favor da Grifinória! Nunca vi uma tática igual! – Madame Hooch guinchava, enquanto velozmente se dirigia até o ponto em que Malfoy deslizava de volta à sua Nimbus 2001.

"SEU SAFADO NOJENTO!", urrava Lino Jordan no megafone, saltando fora do alcance da Prof.ª McGonagall. "SEU SAFADO NOJENTO, FILHO..."

A professora nem se deu o trabalho de ralhar com Lino. Na verdade ela sacudia o dedo na direção de Malfoy, seu chapéu caíra da cabeça, e ela também berrava furiosamente.

Alícia cobrou o pênalti para Grifinória, mas estava tão zangada que errou por mais de meio metro. O time da Grifinória começou a perder a concentração e os jogadores da Sonserina, encantados com a falta de Malfoy em cima de Harry, se sentiam estimulados a tentar voos mais altos.

"Sonserina com a posse, Sonserina corre para o gol... Montague marca...", gemeu Lino. "Setenta a vinte para Grifinória..."

Harry agora estava marcando Malfoy tão de perto que os joelhos dos dois se batiam o tempo todo. Harry não ia deixar Malfoy sequer se aproximar do pomo...

– Sai da frente, Potter! – gritou Malfoy, frustrado, ao tentar se virar e deparar com Harry no bloqueio.

"Angelina Johnson pega a goles para Grifinória, aí Angelina, VAI, VAI!"

Harry olhou para os lados. Todos os jogadores da Sonserina, à exceção de Malfoy, estavam correndo pelo campo em direção a Angelina, inclusive o goleiro do time – todos iam bloqueá-la...

Harry deu meia-volta na Firebolt, curvou-se até deitar o corpo sobre seu cabo, e impeliu-a para a frente. Como uma bala, ele se precipitou em alta velocidade contra os jogadores da Sonserina.

– AAAAAAARRRRRRRE!

Os jogadores se dispersaram quando viram a Firebolt vindo; o caminho de Angelina ficou desimpedido.

"ELA MARCOU! ELA MARCOU! Grifinória lidera por oitenta a vinte!"

Harry, que quase mergulhara de cabeça nas arquibancadas, parou derrapando no ar, inverteu a direção da vassoura e voltou a toda para o meio do campo.

E então ele viu uma coisa que fez o seu coração parar. Malfoy estava mergulhando, uma expressão de triunfo no rosto – lá, a menos de um metro acima do gramado, lá embaixo, havia um minúsculo reflexo dourado.

Harry apontou a Firebolt para baixo, mas Malfoy estava quilômetros à sua frente.

– Vai! Vai! Vai! – Harry dizia à vassoura. A distância que o separava de Malfoy foi diminuindo. Harry deitou-se no cabo da vassoura quando viu Bole arremessar um balaço contra ele, já encostara nos calcanhares de Malfoy, emparelhou...

Harry se atirou à frente, tirou as mãos da vassoura. Afastou o braço de Malfoy do caminho com um empurrão e...

"PEGOU!"

Tirou, então, a vassoura do mergulho, a mão no ar, e o estádio explodiu. Harry sobrevoou as arquibancadas, um zumbido estranho nos ouvidos. A bolinha de ouro estava bem segura em sua mão, batendo inutilmente as asinhas contra seus dedos.

No momento seguinte, Wood veio voando ao seu encontro, quase cego pelas lágrimas; agarrou Harry pelo pescoço e soluçou sem se conter no ombro do garoto. Harry sentiu dois grandes trancos quando Fred e Jorge colidiram com eles; depois as vozes de Alícia e Katie:

– *Ganhamos a Taça! Ganhamos a Taça!*

Embolados num abraço de muitos braços, o time da Grifinória foi descendo, berrando roucamente, de volta ao chão.

Onda sobre onda de torcedores vermelhos saltou as barreiras do campo. Choveram mãos nas costas dos jogadores. Harry teve uma impressão confusa de ruído e corpos que o empurravam. Então ele e o resto do time foram erguidos nos ombros dos torcedores. Empurrado para a luz, ele viu Hagrid, emplastrado de rosetas vermelhas...

– Você os derrotou, Harry, você os derrotou! Espere até eu contar a Bicuço!

Lá estava Percy, pulando que nem maluco, toda a dignidade esquecida. A Profª Minerva soluçava mais até que Wood, enxugando os olhos com uma enorme bandeira da Grifinória; e lá, lutando para chegar a Harry, vinham Rony e Hermione. Faltaram palavras aos amigos. Simplesmente sorriram radiantes ao ver Harry ser carregado para a arquibancada onde Dumbledore aguardava de pé com a enorme Taça de Quadribol.

Se ao menos tivesse havido um dementador por ali... Quando um Wood, soluçante, passou a Taça a Harry e este a ergueu no ar, o garoto sentiu que seria capaz de produzir o melhor Patrono do mundo.

16

A PREDIÇÃO DA PROFª TRELAWNEY

A euforia que Harry sentiu por ter finalmente ganhado a Taça de Quadribol durou pelo menos uma semana. Até o tempo parecia estar comemorando; à medida que junho se aproximava, os dias foram desanuviando e se tornando quentes, e só o que as pessoas tinham vontade de fazer era passear pela propriedade e se largar no gramado com vários litros de suco de abóbora gelado do lado, e talvez jogar uma partida descontraída de bexigas ou apreciar a lula gigantesca nadar, sonhadora, pela superfície do lago.

Mas isso não era possível. Os exames estavam às portas e em lugar de se demorarem pelos jardins, os alunos tinham de permanecer no castelo, e tentar obrigar o cérebro a se concentrar em meio aos sopros mornos de verão que entravam pelas janelas. Até mesmo Fred e Jorge Weasley tinham sido vistos estudando; estavam em vésperas de fazer o exame de N.O.M.s (Níveis Ordinários em Magia). Percy, por sua vez, estava se preparando para os exames de N.I.E.M.s (Níveis Incrivelmente Exaustivos em Magia), o diploma mais avançado que Hogwarts oferecia. Como Percy tinha esperança de ingressar no Ministério da Magia, precisava de notas muito altas. Por isso, a cada dia ficava mais nervoso, e passava castigos severos para qualquer aluno que perturbasse a tranquilidade da sala comunal à noite. De fato, a única pessoa que parecia mais ansiosa do que Percy era Hermione.

Harry e Rony tinham desistido de perguntar à amiga como fazia para frequentar várias aulas ao mesmo tempo, mas não conseguiram se conter, quando viram o horário dos exames que a amiga preparara para si. Na primeira coluna lia-se:

Segunda-Feira
9h – Aritmancia
9h – Transfiguração
Almoço

13h — Feitiços
13h — Runas antigas

— Mione? — perguntou Rony com muita cautela, porque ultimamente ela era bem capaz de explodir se a interrompiam. — Hum... você tem certeza de que copiou esses horários direito?

— Quê? — retrucou Hermione com aspereza, apanhando o horário de exames para conferi-lo. — Claro que copiei.

— Será que adianta perguntar como você vai prestar dois exames na mesma hora? — perguntou Harry.

— Não — respondeu Hermione, impaciente. — Algum de vocês viu o meu livro *Numerologia e gramática*?

— Ah, eu vi, apanhei emprestado para ler na cama antes de dormir — disse Rony, mas bem baixinho. Hermione começou a remexer no monte de rolos de pergaminho que tinha sobre a mesa, à procura do livro. Nesse instante, ouviram um farfalhar à janela e Edwiges entrou com um bilhete bem seguro no bico.

— É do Hagrid — disse Harry, abrindo o bilhete. — É o recurso de Bicuço, está marcado para o dia seis.

— É o dia em que terminamos os exames — disse Hermione, ainda procurando o livro de Aritmancia por toda a parte.

— E eles vêm aqui para o julgamento — disse Harry, continuando a ler o bilhete. — Alguém do Ministério da Magia e... e o carrasco.

Hermione ergueu a cabeça, assustada.

— Vão trazer o carrasco para o julgamento do recurso! Mas assim parece que já decidiram!

— É, parece — disse Harry lentamente.

— Não podem fazer isso! — bradou Rony. — Gastei *séculos* lendo para Hagrid o material que havia; não podem simplesmente desprezar tudo!

Mas Harry teve a terrível sensação de que a Comissão para Eliminação de Criaturas Perigosas já tivera a opinião formada pelo Sr. Lúcio Malfoy. Draco, que andava visivelmente moderado desde a vitória da Grifinória na final de quadribol, nos últimos dias parecia ter recuperado um pouco da sua antiga arrogância. Pelos comentários desdenhosos que Harry ouvia, Malfoy tinha certeza de que Bicuço ia ser eliminado e parecia satisfeitíssimo consigo mesmo por ter provocado tal efeito. Nessas ocasiões, Harry fazia um esforço enorme para não imitar Hermione e meter a mão na cara de Malfoy. E o pior de tudo era que os garotos não tinham tempo nem oportunidade de ir ver

Hagrid, porque as novas e rigorosas medidas de segurança continuavam em vigor, e Harry não recuperara a Capa da Invisibilidade que deixara na entrada da bruxa de um olho só.

A semana dos exames começou e um silêncio anormal se abateu sobre o castelo. Os alunos do terceiro ano saíram do exame de Transfiguração na hora do almoço, na segunda-feira, cansados e pálidos, comparando respostas e lamentando a dificuldade das tarefas propostas, que incluíra transformar um bule de chá em um cágado. Hermione irritou os colegas ao comentar que seu cágado parecia mais uma tartaruga, o que era uma preocupação mínima diante das preocupações dos demais.

— O meu tinha um bico no lugar do rabo, que pesadelo...
— Era para os cágados soltarem vapor?
— No final, o meu continuava com uma pintura de salgueiro estampada no casco, vocês acham que vou perder pontos por isso?

Depois de um almoço apressado, os garotos voltaram direto para cima para fazer o exame de Feitiços. Hermione estava certa; o Prof. Flitwick realmente pediu feitiços para animar. Harry exagerou um pouco nos dele, por puro nervosismo, e Rony, que era seu par, acabou com acessos de riso histérico e precisou ser levado para uma sala sossegada, onde ficou uma hora, até ter condições de fazer o exame. Depois do jantar os alunos voltaram às salas comunais, não para relaxar, mas para começar a estudar Trato das Criaturas Mágicas, Poções e Astronomia.

Hagrid aplicou o exame de Trato das Criaturas Mágicas na manhã seguinte com um ar deveras preocupado; seu coração parecia estar longe dali. Providenciara uma grande barrica com vermes frescos para a turma e avisou que para passar no exame, os vermes de cada aluno deveriam continuar vivos ao fim de uma hora. Uma vez que os vermes se criavam melhor quando deixados em paz, foi o exame mais fácil que qualquer aluno teve de prestar, o que também deu a Harry, Hermione e Rony bastante tempo para conversarem com Hagrid.

— Bicuchinho está ficando um pouco deprimido — contou o amigo, curvando-se sob o pretexto de verificar se o verme de Harry ainda estava vivo. — Está preso em casa há tempo demais. Ainda assim... depois de amanhã a gente vai saber se vão julgar a favor ou contra...

Os três garotos tiveram exame de Poções naquela tarde, que foi um desastre inominável. Por mais que se esforçasse, Harry não conseguia engrossar a sua infusão para confundir, e Snape, observando-o com um ar de satisfação vingativa, lançou em suas anotações uma coisa que lembrava muito um zero, antes de se afastar.

Depois veio o exame de Astronomia à meia-noite, na torre mais alta do castelo; História da Magia na quarta-feira de manhã, em que Harry escreveu tudo que Florean Fortescue lhe contara sobre a caça às bruxas na Idade Média, enquanto desejava ter ali na sala sufocante um daqueles *sundaes* de choconozes. Na quarta-feira à tarde foi a vez de Herbologia, nas estufas, sob um sol de cozinhar os miolos; depois voltaram mais uma vez à sala comunal, com as nucas queimadas, imaginando que no dia seguinte, àquela hora, os exames finalmente teriam terminado.

O antepenúltimo exame, na quinta-feira pela manhã, foi Defesa Contra as Artes das Trevas. O Prof. Lupin preparara o exame mais incomum que eles já tinham feito; uma espécie de corrida de obstáculos ao ar livre, debaixo de sol, em que tinham que atravessar um lago fundo o suficiente para se remar, onde havia um *grindylow*; em seguida, uma série de crateras cheias de barretes vermelhos, depois um trecho de pântano, desconsiderando as informações enganosas dadas por um *hinkypunk*, e, por fim, subir em um velho tronco e enfrentar um novo bicho-papão.

— Excelente, Harry — murmurou Lupin quando Harry desceu do tronco, sorrindo. — Nota máxima.

Animado com o seu sucesso, Harry ficou por ali para ver os exames de Rony e Hermione. Rony foi bem até chegar a vez do *hinkypunk*, que conseguiu confundi-lo e fazê-lo afundar até a cintura em um atoleiro. Hermione fez tudo perfeitamente até chegar ao tronco em que havia o bicho-papão. Depois de passar um minuto ali, a garota saiu correndo aos berros.

— Hermione! — exclamou Lupin, assustado. — Que foi que aconteceu!

— A P... P... Prof.ª McGonagall! — ofegou Hermione apontando para o tronco. — Ela disse que eu levei bomba em tudo!

Demorou um tempinho para Hermione se acalmar. Quando ela finalmente se recuperou do susto, os três amigos voltaram ao castelo. Rony ainda sentia uma ligeira vontade de rir do bicho-papão de Hermione, mas a briga foi adiada quando viram o que os aguardava no alto das escadas.

Cornélio Fudge, um pouco suado sob a capa de risca de giz, se achava parado ali contemplando os terrenos da escola. Assustou-se ao ver Harry.

— Olá, Harry! — exclamou. — Acabou de fazer um exame, suponho? Chegando ao fim?

— Sim, senhor — disse Harry. Hermione e Rony, que nunca haviam falado com o Ministro da Magia, pararam sem jeito um pouco afastados.

— Belo dia — comentou Fudge, lançando um olhar ao lago. — Que pena... que pena...

O ministro soltou um profundo suspiro e olhou para Harry.

— Estou aqui em uma missão desagradável, Harry. A Comissão para Eliminação de Criaturas Perigosas exigiu uma testemunha para a execução do hipogrifo louco. Como eu precisava visitar Hogwarts para verificar o andamento do caso Black, me pediram para cumprir esta tarefa.

— Isso quer dizer que já houve o julgamento do recurso? — interrompeu Rony, adiantando-se.

— Não, não, foi marcado para hoje à tarde — respondeu Fudge, olhando, curioso, para Rony.

— Então, talvez o senhor não precise testemunhar nenhuma execução! — disse Rony corajosamente. — O hipogrifo talvez se salve!

Antes que Fudge pudesse responder, dois bruxos saíram pelas portas do castelo às costas do ministro. Um era tão velho que parecia estar murchando diante dos olhos deles; o outro era alto e forte, com um bigode preto e fino. Harry concluiu que deviam ser os representantes da Comissão para Eliminação de Criaturas Perigosas, porque o velho bruxo apertou os olhos na direção da cabana de Hagrid e disse com voz fraca:

— Ai, ai, estou ficando velho demais para isso... Duas horas, não é, Fudge?

O homem de bigode mexia em alguma coisa no cinto; Harry olhou e viu que ele passava um dedo largo pela lâmina de um machado reluzente. Rony abriu a boca para dizer alguma coisa, mas Hermione cutucou-o com força nas costas e indicou com a cabeça o saguão de entrada.

— Por que é que você não me deixou falar? — perguntou Rony, aborrecido, quando entraram no saguão para ir almoçar. — Você viu? Já prepararam até o machado! Isso não é justiça!

— Rony, o seu pai trabalha para o Ministério, você não pode sair dizendo essas coisas para o chefe dele! — respondeu Hermione, mas ela também parecia muito contrariada. — Desde que hoje o Hagrid mantenha a cabeça no lugar e defenda o caso direito, eles não terão possibilidade de executar o Bicuço...

Mas Harry sabia que Hermione não acreditava realmente no que estava dizendo. À volta deles, as pessoas falavam, animadas, enquanto almoçavam, antegozando o fim dos exames àquela tarde, mas Harry, Rony e Hermione, absortos em suas preocupações com Hagrid e Bicuço, não participavam das conversas.

O último exame de Harry e Rony era Adivinhação; o de Hermione, Estudos dos Trouxas. Eles subiram a escadaria de mármore, juntos; Hermione os deixou no primeiro andar e Harry e Rony prosseguiram até o sétimo, onde muitos colegas já se encontravam sentados na escada circular que levava à sala da Profª Trelawney, tentando enfiar na cabeça mais alguma matéria de última hora.

— Ela vai receber os alunos, um a um — informou Neville quando os dois foram se sentar perto dele. O garoto tinha o seu exemplar de *Esclarecendo o futuro* aberto no colo nas páginas dedicadas à bola de cristal. — Algum de vocês já viu *alguma coisa* numa bola de cristal? — perguntou ele, infeliz.

— Não — respondeu Rony num tom distraído. Ele consultava a toda hora o relógio de pulso; Harry sabia que o amigo estava fazendo a contagem regressiva para o início do julgamento do recurso de Bicuço.

A fila de pessoas fora da sala foi encurtando aos poucos. À medida que cada aluno descia a escada prateada, o resto da classe sussurrava: "Que foi que ela perguntou? Você se deu bem?"

Mas todos se recusavam a responder.

— Ela disse que foi avisada pela bola de cristal que se eu contar a vocês, vou ter um acidente horrível! — falou Neville, esganiçado, ao descer a escada em direção a Harry e Rony, que agora tinham chegado ao patamar.

— Isto é muito conveniente — riu-se Rony. — Sabe, estou começando a achar que Hermione tinha razão sobre a professora — comentou ele indicando com o polegar o alçapão no alto —, ela é uma trapaceira, e das boas.

— É — disse Harry, consultando o próprio relógio. Eram agora duas horas. — Eu gostaria que ela andasse logo...

Parvati desceu a escada com o rosto radiante de orgulho.

— Ela disse que eu tenho o talento de uma verdadeira vidente — informou a Harry e Rony. — Vi um *monte* de coisas... Bem, boa sorte!

A garota desceu depressa a escada circular ao encontro de Lilá.

— Ronald Weasley — chamou lá do alto a voz etérea que já conheciam. Rony fez uma careta para o amigo e subiu a escada de prata, desaparecendo. Harry agora era o único que faltava ser examinado. Ele se acomodou no chão, apoiando as costas contra a parede, e ficou ouvindo uma mosca zumbir na janela ensolarada, seus pensamentos atravessando a propriedade até Hagrid.

Finalmente, uns vinte minutos depois, os enormes pés de Rony reapareceram na escada.

— Como foi? — perguntou Harry se pondo de pé.

— Bobagem. Não vi nada, então inventei alguma coisa. Acho que a professora não se convenceu, embora...

— Encontro você na sala comunal — murmurou Harry quando a voz da professora chamou "Harry Potter!".

Na sala da torre fazia mais calor que nunca; as cortinas estavam fechadas, a lareira acesa e o costumeiro perfume adocicado fez Harry tossir, enquanto se desvencilhava das mesas e cadeiras amontoadas para chegar onde a professora Sibila o esperava, sentada diante de uma grande bola de cristal.

— Bom dia, meu querido — disse ela brandamente. — Quer ter a bondade de examinar o orbe... Pode levar o tempo que precisar... depois me diga o que está vendo...

Harry se curvou para a bola de cristal e olhou, olhou o mais atentamente que pôde, desejando que ela lhe mostrasse algo mais do que a névoa branca em espiral, mas nada aconteceu.

— Então! — estimulou a professora com delicadeza. — Que é que você está vendo?

O calor era insuportável e as narinas do garoto ardiam com a fumaça perfumada que vinha da lareira ao lado dos dois. Ele pensou no que Rony acabara de lhe dizer e resolveu fingir.

— Hum... uma forma escura... hum...

— Com que se parece? — sussurrou a professora. — Pense bem...

Harry vasculhou sua mente à procura de uma ideia e deparou com Bicuço.

— Um hipogrifo — disse com firmeza.

— Realmente! — sussurrou Sibila, tomando notas, com entusiasmo, no pergaminho sobre seus joelhos. — Menino, talvez você esteja vendo o desenlace do problema do coitado do Hagrid com o Ministério da Magia! Olhe com mais atenção... O hipogrifo parece... ter cabeça?

— Sim, senhora — respondeu Harry com firmeza.

— Você tem certeza? — insistiu a professora. — Você tem bastante certeza, querido? Você não está vendo o animal se virando no chão, talvez, e um vulto brandindo um machado contra ele?

— Não! — disse Harry, começando a se sentir meio enjoado.

— Não tem sangue? Não tem Hagrid chorando?

— Não! — respondeu Harry de novo, querendo mais do que nunca escapar da sala e do calor. — Ele está bem... está voando...

A Profª Sibila suspirou.

— Bem, querido, vamos parar por aqui... Um resultado decepcionante... mas tenho a certeza de que você fez o melhor que pôde.

Aliviado, Harry se levantou, apanhou a mochila e se virou para ir embora, mas, então, ouviu uma voz alta e rouca às suas costas.

"*Vai acontecer hoje à noite.*"

Harry se virou depressa. A professora ficara dura na cadeira; seus olhos estavam desfocados e sua boca afrouxara.

— D... desculpe! — disse Harry.

Mas Sibila não pareceu ouvi-lo. Seus olhos começaram a girar. Harry se sentiu invadido pelo pânico. Ela parecia que ia ter uma espécie de acesso. O garoto hesitou, pensando em correr até a ala hospitalar — e então a professora tornou a falar, com a mesma voz rouca, muito diferente da sua voz habitual:

"*O Lorde das Trevas está sozinho e sem amigos, abandonado pelos seus seguidores. Seu servo esteve acorrentado nos últimos doze anos. Hoje à noite, antes da meia-noite... O servo vai se libertar e se juntar ao seu mestre. O Lorde das Trevas vai ressurgir, com a ajuda do seu servo, maior e mais terrível que nunca. Hoje à noite... o servo... vai se juntar... ao seu mestre...*"

A cabeça da professora se pendurou sobre o peito. Ela fez um ruído gutural. Harry continuou ali, os olhos grudados nela. Então, de repente, a Prof.ª Sibila aprumou a cabeça.

— Desculpe, querido — disse com voz sonhadora —, o calor do dia, entende... cochilei por um momento...

Harry continuou parado, os olhos grudados nela.

— Algum problema, meu querido?

— A senhora... a senhora acabou de me dizer que o... Lorde das Trevas vai ressurgir... e que seu servo está indo se juntar a ele...

A Prof.ª Sibila pareceu completamente surpresa.

— O Lorde das Trevas? Aquele-Que-Não-Deve-Ser-Nomeado? Meu querido, isso não é coisa com que se brinque... Ressurgir, realmente...

— Mas a senhora acabou de dizer isso! A senhora disse que o Lorde das Trevas...

— Acho que você deve ter cochilado também, querido! — disse a Prof.ª Sibila. — Eu certamente não me atreveria a predizer uma coisa tão incrível como *essa*!

Harry desceu a escada de corda, depois a circular, pensativo... será que acabara de ouvir a Prof.ª Sibila fazer uma predição de verdade? Ou será que isto era a ideia da professora de um fecho impressionante para os exames?

Cinco minutos depois ele estava passando apressado pelos trasgos de segurança, à entrada da Torre da Grifinória, as palavras da Prof.ª Trelawney ainda ecoando em sua cabeça. As pessoas cruzavam por ele, rindo e brincando, a caminho dos jardins e da liberdade há muito esperada; quando ele alcançou o buraco do retrato e entrou na sala comunal, o lugar estava quase deserto. A um canto, ele viu Rony e Hermione, sentados.

— A Profª Sibila — começou Harry ofegante — acabou de me dizer...

Mas parou abruptamente ao ver os rostos dos amigos.

— Bicuço perdeu — disse Rony com a voz fraca. — Hagrid acabou de nos mandar isso.

O bilhete de Hagrid, desta vez, estava seco, sem lágrimas derramadas, contudo sua mão parecia ter tremido tanto ao escrever que o texto era quase ilegível.

> *Perdemos o julgamento do recurso. Vão executar Bicuço ao pôr do sol.*
> *Vocês não podem fazer nada. Não desçam. Não quero que vocês vejam.*
> *Hagrid*

— Temos que ir — disse Harry na mesma hora. — Ele não pode ficar lá sozinho, esperando o carrasco!

— Mas é ao pôr do sol — disse Rony, que estava espiando pela janela com o olhar meio vidrado. — Nunca nos deixariam... principalmente a você, Harry...

Harry apoiou a cabeça nas mãos, pensando.

Se ao menos tivéssemos a Capa da Invisibilidade...

— Onde é que ela está? — perguntou Hermione.

Harry lhe contou que a deixara na passagem da bruxa de um olho só.

— ... se Snape me vir por ali outra vez, vou entrar numa fria — terminou ele.

— É verdade — concordou Hermione, se levantando. — Se ele vir *você*... Como é mesmo que se abre a corcunda da bruxa?

— A gente dá uma pancada e diz: "Dissendium" — disse Harry. — Mas...

Hermione não esperou o resto da frase; atravessou a sala, empurrou o retrato da Mulher Gorda e desapareceu de vista.

— Ah, não acredito que ela tenha ido buscar! — exclamou Rony, acompanhando-a com o olhar.

Dito e feito. Hermione voltou quinze minutos depois com a capa prateada dobrada com cuidado sob suas vestes.

— Mione, não sei o que deu em você ultimamente! — exclamou Rony, espantado. — Primeiro você mete a mão em Draco Malfoy, depois abandona o curso da Profª Sibila...

A garota fez cara de quem recebera um elogio.

* * *

Os três desceram para jantar com todos os alunos, mas não voltaram à Torre da Grifinória ao terminar. Harry levava a capa escondida na frente das vestes e tinha que manter os braços cruzados para esconder o volume. Entraram sorrateiramente numa sala vazia no saguão de entrada e ficaram escutando, até ter certeza de que o lugar ficara deserto. Ouviram as últimas duas pessoas atravessarem o saguão correndo e uma porta bater. Hermione meteu a cabeça fora da porta.

— Tudo bem — sussurrou —, não tem ninguém... vamos vestir a capa...

Caminhando muito juntos para que ninguém os visse, eles atravessaram o saguão na ponta dos pés, cobertos pela capa, e desceram os degraus de pedra que levavam aos jardins. O sol já ia se pondo atrás da Floresta Proibida, dourando os ramos mais altos das árvores.

Chegaram à cabana de Hagrid e bateram. O amigo levou um minuto para atender e, quando o fez, ficou procurando o visitante por todos os lados, pálido e trêmulo.

— Somos nós — sibilou Harry. — Estamos usando a Capa da Invisibilidade. Deixe a gente entrar para poder tirar a capa.

— Vocês não deviam ter vindo! — sussurrou Hagrid, mas se afastou para os garotos poderem entrar. Depois fechou a porta depressa e Harry arrancou a capa.

Hagrid não estava chorando, nem se atirou ao pescoço deles. Parecia um homem que não sabia onde estava nem o que fazer. Seu desamparo era pior do que as lágrimas.

— Querem um chá? — perguntou aos garotos. Suas mãos enormes tremiam quando apanhou a chaleira.

— Onde é que está o Bicuço, Hagrid? — perguntou Hermione, hesitante.

— Eu... eu levei ele para fora — respondeu Hagrid, derramando leite pela mesa toda ao tentar encher a jarra. — Está amarrado no canteiro de abóboras. Achei que ele devia ver as árvores e... e respirar ar fresco... antes...

A mão de Hagrid tremeu com tanta violência que a jarra de leite escapuliu e se espatifou no chão.

— Eu faço isso, Hagrid — ofereceu-se Hermione depressa, correndo para limpar a sujeira.

— Tem outra no armário de louças — falou Hagrid, sentando-se e limpando a testa na manga. Harry olhou para Rony, que retribuiu seu olhar com desânimo.

— Tem alguma coisa que se possa fazer, Hagrid? — perguntou Harry inflamado, sentando-se ao lado do amigo. — Dumbledore...

— Ele tentou. Mas não tem poder para revogar uma decisão da Comissão. Ele disse aos juízes que Bicuço era normal, mas a Comissão está com medo... Vocês sabem como é o Lúcio Malfoy... imagino que deve ter ameaçado todos eles... e o carrasco, Macnair, é um velho conhecido dos Malfoy... mas vai ser rápido e limpo... e eu vou estar do lado do Bicuço...

Hagrid engoliu em seco. Seus olhos percorriam a cabana como se procurassem um fio de esperança ou de consolo.

— Dumbledore vai descer quando... quando estiver na hora. Me escreveu hoje de manhã. Disse que quer ficar... ficar comigo. Grande homem, o Dumbledore...

Hermione, que andara vasculhando o guarda-louça de Hagrid à procura de outra leiteira, deixou escapar um pequeno soluço, rapidamente sufocado. Ela se endireitou com a nova leiteira nas mãos, lutando para conter as lágrimas.

— Nós vamos ficar com você também, Hagrid — começou ela, mas o amigo sacudiu a cabeça cabeluda.

— Vocês têm que voltar para o castelo. Já disse que não quero que assistam. Aliás, vocês nem deviam estar aqui... Se Fudge e Dumbledore pegarem você fora do castelo sem permissão, Harry, você vai se meter numa grande confusão.

Lágrimas silenciosas escorriam pelo rosto de Hermione, mas ela as escondeu de Hagrid, ocupando-se em fazer o chá. Então, quando apanhou a garrafa de leite para encher a leiteira, ela soltou um grito.

— Rony!... Eu não acredito... é o *Perebas*!

O queixo de Rony caiu.

— Do que é que você está falando?

Hermione levou a leiteira até a mesa e virou-a de boca para baixo. Com um guincho frenético, e muita correria para voltar para dentro da jarra, Perebas, o rato, deslizou para cima da mesa.

— Perebas! — exclamou Rony sem entender. — Perebas, que é que você está fazendo aqui?

Ele agarrou o rato que se debatia e segurou-o próximo à luz. Perebas estava com uma aparência horrível. Mais magro que nunca, perdera grandes tufos de pelos que deixaram pelado seu corpo, o rato se contorcia nas mãos de Rony como se estivesse desesperado para se soltar.

— Tudo bem, Perebas! — tranquilizou-o Rony. — Não tem gatos! Não tem nada aqui para te machucar!

Hagrid se levantou de repente, os olhos fixos na janela. Seu rosto, normalmente corado, estava da cor de pergaminho.

— Aí vem eles...

Harry, Rony e Hermione se viraram depressa. Um grupo de homens descia os distantes degraus, à entrada do castelo. À frente vinha Alvo Dumbledore, a barba prateada refulgindo ao sol poente. Ao seu lado, caminhava, a passo rápido, Cornélio Fudge. Atrás dos dois vinha o membro da Comissão velho e fraco, e o carrasco, Macnair.

— Vocês têm que ir embora — disse Hagrid. Cada centímetro do seu corpo tremia. — Eles não podem encontrar vocês aqui... Vão agora...

Rony enfiou Perebas no bolso, e Hermione apanhou a capa.

— Eu vou abrir a porta dos fundos para vocês — disse Hagrid.

Os garotos o acompanharam até a porta que abria para a horta. Harry se sentiu estranhamente irreal e mais ainda quando viu Bicuço a poucos passos de distância, amarrado a uma árvore atrás do canteiro de abóboras. O hipogrifo parecia saber que alguma coisa estava acontecendo. Virou a cabeça de um lado para o outro e pateou o chão nervosamente.

— Tudo bem, Bicucinho — disse Hagrid com brandura. — Tudo bem... — E se virando para Harry, Rony e Hermione. — Vão. Andem logo.

Mas os garotos não se mexeram.

— Hagrid, não podemos...

— Vamos contar a eles o que realmente aconteceu...

— Não podem matar Bicuço...

— Vão! — disse Hagrid ferozmente. — Já está bastante ruim sem vocês se meterem em confusão!

Os garotos não tiveram escolha. Quando Hermione jogou a capa sobre Harry e Rony, eles ouviram as vozes na entrada da cabana. Hagrid ficou olhando para o lugar de onde os garotos tinham acabado de sumir.

— Vão depressa — disse, rouco. — Não fiquem ouvindo...

E Hagrid tornou a entrar na cabana no momento em que alguém batia à porta.

Lentamente, numa espécie de transe de horror, Harry, Rony e Hermione contornaram a cabana de Hagrid sem fazer barulho. Quando chegaram do outro lado, a porta de entrada se fechou com uma batida seca.

— Por favor, vamos nos apressar — sussurrou Hermione. — Não posso suportar, não posso suportar...

Os três começaram a subir a encosta gramada em direção ao castelo. O sol ia se pondo depressa agora; o céu se tornara cinzento, sem nuvens, e tinto de púrpura, mais para oeste havia uma claridade vermelho-rubi.

Rony parou muito quieto.

— Ah, por favor, Rony — começou Hermione.

— É o Perebas... ele não quer... parar...

Rony se curvou, tentando segurar Perebas no bolso, mas o rato estava ficando furioso; guinchava feito louco, virava e se debatia, tentando ferrar os dentes nas mãos de Rony.

— Perebas, sou eu, seu idiota, é Rony.

Os garotos ouviram a porta fechar às suas costas e o som de vozes masculinas.

— Ah, Rony, por favor, vamos andando, eles vão executar o Bicuço! — murmurou Hermione.

— OK... Perebas, fique quieto...

Eles avançaram; Harry, como Hermione, estava tentando não escutar o ruído surdo das vozes às costas deles. Rony parou mais uma vez.

— Não consigo segurar ele... Perebas, cala a boca, todo mundo vai nos ouvir...

O rato guinchava alucinado, mas não alto o suficiente para abafar os ruídos que vinham do jardim de Hagrid. Ouviu-se um rumor indistinto de vozes masculinas, um silêncio e então, sem aviso, o som inconfundível de um machado cortando o ar e se abatendo sobre o alvo.

Hermione vacilou.

— Executaram Bicuço! — murmurou ela para Harry. — Eu n... não acredito... eles executaram Bicuço!

17

GATO, RATO E CÃO

A cabeça de Harry se esvaziou com o choque. Os três garotos ficaram paralisados de horror sob a Capa da Invisibilidade. Os últimos raios do sol poente lançavam uma claridade sangrenta sobre os imensos campos sombrios da escola. Então, atrás deles, os garotos ouviram um uivo selvagem.

— Hagrid — murmurou Harry. E, sem pensar no que estava fazendo, fez menção de dar meia-volta, mas Rony e Hermione o seguraram pelos braços.

— Não podemos — disse Rony, que estava branco como uma folha de papel. — Hagrid vai ficar numa situação muito pior se souberem que fomos à casa dele...

A respiração de Hermione estava rasa e desigual.

— Como... puderam... fazer... isso? — engasgou-se a garota. — Como puderam?

— Vamos — disse Rony, cujos dentes davam a impressão de estar batendo.

Os três voltaram ao castelo, andando devagar, para se manter escondidos sob a capa. A claridade ia desaparecendo depressa agora. Quando chegaram à área ajardinada, a escuridão desceu, como por encanto, a toda volta.

— Perebas, fica quieto — sibilou Rony, apertando a mão contra o peito. O rato se debatia, enlouquecido. Rony parou de repente, tentando empurrá-lo para o fundo do bolso. — Que é que há com você, seu rato burro? Fica parado aí... AI! Ele me mordeu!

— Rony, fica quieto! — cochichou Hermione com urgência. — Fudge vai nos alcançar em um minuto...

— Ele não quer... ficar... parado...

Perebas estava visivelmente aterrorizado. Contorcia-se com todas as suas forças, tentando se desvencilhar da mão de Rony.

— Que é que há com ele?

Mas Harry acabara de ver — esquivando-se em direção ao grupo, o corpo colado no chão, grandes olhos amarelos que brilhavam lugubremente no escuro — Bichento. Se podia vê-los ou se estava seguindo os guinchos de Perebas, Harry não saberia dizer.

— Bichento! — gemeu Hermione. — Não, vai embora, Bichento! Vai embora!

Mas o gato se aproximava sempre mais...

— Perebas... NÃO!

Tarde demais — o rato escorregou por entre os dedos apertados de Rony, bateu no chão e fugiu precipitadamente. De um salto, Bichento saiu em seu encalço, e antes que Harry ou Hermione pudessem detê-lo, Rony arrancara a Capa da Invisibilidade e se arremessava pela escuridão.

— Rony! — gemeu Hermione.

Ela e Harry se entreolharam e correram atrás do amigo; era impossível correr com desenvoltura com a capa por cima; arrancaram-na e ela ficou voando para trás como uma bandeira, quando os dois saíram desabalados atrás de Rony; ouviram os passos dele à frente e seus gritos para Bichento.

— Fique longe dele... fique longe... Perebas, volta *aqui*...

Ouviu-se um baque sonoro.

— *Te peguei!* Dá o fora, seu gato fedorento...

Harry e Hermione quase caíram em cima de Rony; pararam derrapando diante dele. O amigo estava esparramado no chão, mas Perebas já estava de volta ao bolso; Rony apertava com as duas mãos um calombo trepidante.

— Rony... vamos... volta para baixo da capa... — ofegou Hermione. — Dumbledore... o ministro... eles vão voltar para o castelo já, já...

Mas antes que pudessem se cobrir outra vez, antes que pudessem ao menos recuperar o fôlego, eles ouviram o ruído macio de patas gigantescas. Algo estava saltando da escuridão em sua direção — um enorme cão preto de olhos claros.

Harry tentou pegar a varinha, mas tarde demais — o cão investira dando um enorme salto, e suas patas dianteiras atingiram o garoto no peito; Harry caiu para trás num redemoinho de pelos; sentiu o hálito quente do animal, viu seu dente de mais de dois centímetros...

Mas a força do salto impelira o cão longe demais; ultrapassara Harry. Aturdido, com a sensação de que suas costelas tinham quebrado, o garoto tentou se levantar; ouviu o cão rosnar e derrapar se posicionando para um novo ataque.

Rony estava de pé. Quando o cão saltou contra os dois, ele empurrou Harry para o lado; e, em vez de Harry, as mandíbulas do bicho abocanharam o braço estendido de Rony. Harry se atirou para cima dele, agarrou uma mão cheia de pelos do cão, mas o bruto foi arrastando Rony para longe com a facilidade com que arrastaria uma boneca de trapos...

Então, ele não viu de onde, uma coisa atingiu seu rosto com tanta força que ele foi novamente derrubado no chão. Harry ouviu Hermione gritar de dor e cair também. O menino tateou à procura de sua varinha, piscando para limpar o sangue dos olhos...

— Lumus! — sussurrou.

A luz produzida pela varinha mostrou-lhe um grosso tronco de árvore; tinham corrido atrás de Perebas até a sombra do Salgueiro Lutador, cujos ramos estalavam como se estivessem sendo açoitados por um forte vento, avançavam e recuavam para impedir os garotos de se aproximarem.

E ali, na base do tronco, o cão arrastava Rony para dentro de um grande buraco entre as raízes — o garoto lutava furiosamente, mas sua cabeça e seu tronco foram desaparecendo de vista...

— Rony! — gritou Harry, tentando segui-lo, mas um pesado galho chicoteou ameaçadoramente o ar e ele foi forçado a recuar.

Agora estava visível apenas uma das pernas de Rony, que ele enganchara em torno de uma raiz na tentativa de impedir o cão de arrastá-lo mais para o fundo da terra — mas um estampido terrível cortou o ar feito um tiro; a perna de Rony se partiu e um instante depois, seu pé desaparecera de vista.

— Harry... temos que procurar ajuda... — gritou Hermione; ela também sangrava; o salgueiro a cortara na altura dos ombros.

— Não! Aquela coisa é bastante grande para comer Rony; não temos tempo...

— Harry, nunca vamos conseguir entrar sem ajuda...

Mais um galho desceu como um chicote em sua direção, os raminhos curvados como articulações de dedos.

— Se aquele cão pôde entrar, nós também podemos — ofegou Harry, correndo para um lado e para outro, tentando encontrar uma brecha entre os galhos que varriam com violência o ar, mas não podia se aproximar nem mais um centímetro das raízes da árvore sem ficar ao alcance dos golpes que ela desferia.

— Ah, socorro, socorro — murmurava freneticamente Hermione, dançando no mesmo lugar —, por favor...

Bichento disparou adiante dos garotos. Deslizou por entre os galhos agressores como uma cobra e colocou as patas dianteiras sobre um nó que havia no tronco.

Abruptamente, como se a árvore tivesse se transformado em pedra, ela parou de se movimentar. Sequer uma folha virava ou sacudia.

— Bichento! — sussurrou Hermione insegura. Ela agora apertava o braço de Harry com tanta força que provocava dor. — Como é que ele sabia...?

— Ele é amigo daquele cão — respondeu Harry, sombriamente. — Já os vi juntos. Vamos... e mantenha a varinha na mão...

Os dois venceram a distância até o tronco em segundos, mas antes que pudessem alcançar o buraco nas raízes, Bichento deslizara para dentro com um aceno do seu rabo de escovinha. Harry entrou em seguida; avançou arrastando-se, a cabeça à frente, e escorregou por uma descida de terra até o leito de um túnel muito baixo. Bichento ia mais adiante, os olhos faiscando à luz da varinha de Harry. Segundos depois, Hermione escorregou para junto do garoto.

— Aonde é que foi o Rony? — sussurrou ela com terror na voz.

— Por ali — respondeu Harry, caminhando, curvado, atrás de Bichento.

— Onde é que vai dar esse túnel? — perguntou Hermione, ofegante.

— Eu não sei... Está marcado no Mapa do Maroto, mas Fred e Jorge disseram que ninguém nunca tinha entrado. Ele continua para fora do mapa, mas parecia que ia em direção a Hogsmeade...

Os garotos caminharam o mais rápido que puderam, quase dobrados em dois; à frente, o rabo de Bichento entrava e saía do seu campo de visão. E a passagem não tinha fim; dava a impressão de ser no mínimo tão longa quanto a que levava à Dedosdemel. Harry só conseguia pensar em Rony e no que aquele canzarrão podia estar fazendo com o seu amigo... Ele respirava em arquejos curtos e dolorosos, correndo agachado...

E então o túnel começou a subir; momentos depois se virou e Bichento tinha desaparecido. Em vez do gato, Harry viu um espaço mal iluminado por meio de uma pequena abertura.

Ele e Hermione pararam, procurando recuperar o fôlego, depois avançaram cautelosamente. Os dois ergueram as varinhas para ver o que havia além.

Era um quarto, muito desarrumado e poeirento. O papel descascava das paredes; havia manchas por todo o chão; cada móvel estava quebrado como se alguém o tivesse atacado. As janelas estavam vedadas com tábuas.

Harry olhou para Hermione, que parecia muito amedrontada, mas concordou com um aceno de cabeça.

Harry saiu pelo buraco, olhando para todos os lados. O quarto estava deserto, mas havia uma porta aberta à direita, que levava a um corredor sombrio. Hermione, de repente, tornou a agarrar o braço de Harry. Seus olhos arregalados percorreram as janelas vedadas.

— Harry — cochichou ela —, acho que estamos na Casa dos Gritos.

Harry olhou a toda volta. Seus olhos se detiveram em uma cadeira de madeira, próxima. Havia grandes pedaços partidos; uma das pernas fora inteiramente arrancada.

— Fantasmas não fazem isso — comentou ele calmamente.

Naquele momento, os dois ouviram um rangido no alto. Alguma coisa se mexera no andar de cima. Os dois olharam para o teto. Hermione apertava o braço de Harry com tanta força que ele estava perdendo a sensibilidade nos dedos. O garoto ergueu as sobrancelhas para ela; Hermione concordou outra vez e soltou-o.

O mais silenciosamente que puderam, os dois saíram para o corredor e subiram uma escada desmantelada. Tudo estava coberto por uma espessa camada de poeira, exceto o chão, onde uma larga faixa brilhante fora aparentemente limpa por uma coisa arrastada para o primeiro andar.

Eles chegaram ao patamar escuro.

— Nox — sussurraram ao mesmo tempo, e as luzes nas pontas de suas varinhas se apagaram. Havia apenas uma porta aberta. Ao se esgueirarem nessa direção, ouviram um movimento atrás da porta; um gemido baixo e em seguida um ronronar alto e grave. Eles trocaram um último olhar e um último aceno de cabeça.

A varinha empunhada com firmeza à frente, Harry escancarou a porta com um chute.

Numa imponente cama de colunas, com cortinas empoeiradas, encontrava-se Bichento, que ronronou alto ao vê-los. No chão ao lado do gato, agarrando a perna estendida num ângulo estranho, encontrava-se Rony.

Harry e Hermione correram para o amigo.

— Rony... você está bem?

— Onde está o cão?

— Não é um cão — gemeu Rony. Seus dentes rilhavam de dor. — Harry é uma armadilha...

— Quê...

— Ele é o cão... ele é um *animago*...

Rony olhava fixamente por cima do ombro de Harry. Este se virou depressa. Com um estalo, o homem nas sombras fechou a porta do quarto.

Uma massa de cabelos imundos e embaraçados caíam até seus cotovelos. Se seus olhos não estivessem brilhando em órbitas fundas e escuras, ele poderia ser tomado por um cadáver. A pele macilenta estava tão esticada sobre os ossos do rosto, que ele lembrava uma caveira. Os dentes amarelos estavam arreganhados num sorriso. Era Sirius Black.

— *Expelliarmus!* — disse com voz rouca, apontando a varinha de Rony para os garotos.

As varinhas de Harry e Hermione saíram voando de suas mãos e Black as recolheu. Então se aproximou. Seus olhos estavam fixos em Harry.

— Achei que você viria ajudar seu amigo. — A voz dava a impressão de que ele perdera o hábito de usá-la havia muito tempo. — Seu pai teria feito o mesmo por mim. Foi muita coragem não correr à procura de um professor. Fico agradecido... vai tornar as coisas muito mais fáceis...

A referência sarcástica ao seu pai ecoou nos ouvidos de Harry como se Black a tivesse gritado. Um ódio escaldante explodiu em seu peito, não deixando lugar para o medo. Pela primeira vez na vida ele desejou ter a varinha nas mãos, não para se defender, mas para atacar... para matar. Sem saber o que estava fazendo, começou a avançar, mas percebeu um movimento repentino de cada lado do seu corpo e dois pares de mãos o puxaram e o mantiveram parado.

— Não, Harry! — exclamou Hermione num sussurro petrificado; Rony, porém, se dirigiu a Black.

— Se você quiser matar Harry, terá que nos matar também! — disse impetuosamente, embora o esforço de ficar de pé tivesse acentuado sua palidez e ele oscilasse um pouco ao falar.

Alguma coisa brilhou nos olhos sombrios de Black.

— Deite-se — disse brandamente a Rony. — Você vai piorar a fratura nessa perna.

— Você me ouviu? — disse Rony com a voz fraca, embora se apoiasse dolorosamente em Harry para se manter de pé. — Você vai ter que matar os três!

— Só vai haver uma morte aqui hoje à noite — disse Black, e seu sorriso se alargou.

— Por quê? — perguntou Harry com veemência, tentando se desvencilhar de Rony e Hermione. — Você não se importou com isso da última vez, não foi mesmo? Não se importou de matar aqueles trouxas todos para atingir Pettigrew... Que foi que houve, amoleceu em Azkaban?

— Harry! — choramingou Hermione. — Fica quieto!

— ELE MATOU MINHA MÃE E MEU PAI! — bradou Harry e, com grande esforço, se desvencilhou de Hermione e Rony que o retinham pelos braços, e avançou...

Harry esquecera a magia – esquecera que era baixo e magricela e tinha treze anos, enquanto Black era um homem alto e adulto –, ele só sabia que queria ferir Black da maneira mais horrível que pudesse e não se importava se fosse ferido também...

Talvez fosse o choque de ver Harry fazer uma coisa tão idiota, mas Black não ergueu as varinhas em tempo – uma das mãos de Harry segurou seu pulso magro, forçando as pontas das varinhas para baixo; o punho de sua outra mão atingiu o lado da cabeça de Black e os dois caíram de costas contra a parede...

Hermione gritava; Rony berrava; houve um relâmpago ofuscante quando as varinhas na mão de Black emitiram um jorro de fagulhas no ar que, por centímetros, não atingiu o rosto de Harry; o garoto sentiu o braço magro sob seus dedos se torcer furiosamente, mas continuou a segurá-lo, a outra mão socando cada parte do corpo de Black que conseguia alcançar.

Mas a mão livre de Black encontrou a garganta de Harry...

– Não – sibilou ele. – Esperei tempo demais...

Seus dedos intensificaram o aperto, Harry ficou sem ar, seus óculos entortaram no rosto.

Então ele viu o pé de Hermione, vindo não sabia de onde, erguer-se no ar. Black largou Harry com um gemido de dor; Rony se atirara sobre a mão com que Black segurava as varinhas e Harry ouviu uma batida leve...

Ele lutou para se livrar dos corpos embolados e viu sua varinha rolando pelo chão; atirou-se para ela mas...

– Arre!

Bichento entrara na briga; o par dianteiro de garras se enterrou fundo no braço de Harry; o garoto se soltou, mas agora o gato corria para sua varinha...

– NÃO VAI NÃO! – berrou Harry, e mirou um pontapé no gato que o fez saltar para o lado, bufando; o garoto agarrou a varinha, virou-se e...

"Saiam da frente! – gritou para Rony e Hermione.

Não foi preciso falar duas vezes. Hermione, ofegante, a boca sangrando, atirou-se para o lado, ao mesmo tempo em que recuperava as varinhas dela e de Rony. O garoto arrastou-se até a cama de colunas e largou-se sobre ela, arquejante, o rosto pálido agora se tingindo de verde, as mãos segurando a perna quebrada.

Black estava esparramado junto à parede. Seu peito magro subia e descia rapidamente enquanto observava Harry se aproximar devagar, a varinha apontada para o seu coração.

— Vai me matar, Harry? — murmurou ele.

O garoto parou bem em cima de Black, a varinha ainda apontada para o seu coração, encarando-o do alto. Um inchaço pálido surgia em torno do olho esquerdo do homem e seu nariz sangrava.

— Você matou meus pais — acusou-o Harry, com a voz ligeiramente trêmula, mas a mão segurando a varinha com firmeza.

Black encarou-o com aqueles olhos fundos.

— Não nego que matei — disse muito calmo. — Mas se você soubesse da história completa...

— A história completa? — repetiu Harry, os ouvidos latejando furiosamente. — Você vendeu meus pais a Voldemort. É só isso que preciso saber.

— Você tem que me ouvir — disse Black, e havia agora uma urgência em sua voz. — Você vai se arrepender se não me ouvir.... Você não compreende...

— Compreendo muito melhor do que você pensa — disse Harry, e sua voz tremeu mais que nunca. — Você nunca a ouviu, não é? Minha mãe... tentando impedir Voldemort de me matar... e foi você que fez aquilo... você é que fez...

Antes que qualquer dos dois pudesse dizer outra palavra, uma coisa alaranjada passou correndo por Harry; Bichento saltou para o peito de Black e se sentou ali, bem em cima do coração. O homem pestanejou e olhou para o gato.

— Saia daí — murmurou o homem, tentando empurrar Bichento para longe.

Mas o gato enterrou as garras nas vestes de Black e não se mexeu. Então virou a cara amassada e feia para Harry e encarou-o com aqueles grandes olhos amarelos... à sua direita, Hermione soltou um soluço seco.

Harry encarou Black e Bichento, apertando com mais força a varinha na mão. E daí se tivesse que matar o gato também? O bicho estava mancomunado com Black... Se estava disposto a morrer para proteger o homem, não era de sua conta... Se o homem queria salvá-lo, isso só provava que se importava mais com Bichento do que com os pais de Harry...

O garoto ergueu a varinha. Agora era o momento de agir. Agora era o momento de vingar seu pai e sua mãe. Ia matar Black. Tinha que matar Black. Era a sua chance...

Os segundos se alongaram. E Harry continuou paralisado ali, com a varinha em posição, Black olhando para ele, com Bichento sobre o peito. Ouvia-se a penosa respiração de Rony próximo à cama; Hermione guardava silêncio.

Então ouviu-se um novo ruído...

Passos abafados ecoaram pelo chão – alguém estava andando no andar de baixo.

– ESTAMOS AQUI EM CIMA! – gritou Hermione de repente. – ESTAMOS AQUI EM CIMA... SIRIUS BLACK... DEPRESSA!

Black fez um movimento assustado que quase desalojou Bichento; Harry apertou convulsivamente a varinha – *Aja agora*! disse uma voz em sua cabeça –, mas os passos reboavam escada acima e Harry ainda não agira.

A porta do quarto se escancarou com um jorro de faíscas vermelhas e Harry se virou na hora em que o Prof. Lupin irrompeu no quarto, seu rosto exangue, a varinha erguida e pronta. Seus olhos piscaram ao ver Rony, deitado no chão, Hermione encolhida perto da porta, Harry parado ali com a varinha apontada para Black, e o próprio Black, caído e sangrando aos pés do garoto.

– Expelliarmus! – gritou Lupin.

A varinha de Harry voou mais uma vez de sua mão; as duas que Hermione segurava também. Lupin apanhou-as agilmente e avançou pelo quarto, olhando para Black, que ainda tinha Bichento deitado numa atitude de proteção sobre seu peito.

Harry ficou parado ali, sentindo-se subitamente vazio. Não agira. Faltara-lhe a coragem. Black ia ser entregue aos dementadores.

Então Lupin perguntou com a voz muito tensa.

– Onde é que ele está, Sirius?

Harry olhou depressa para Lupin. Não entendeu o que o professor queria dizer. De quem estava falando? Virou-se para olhar Black outra vez.

O rosto do homem estava impassível. Por alguns segundos Black nem se mexeu. Depois, muito lentamente, ergueu a mão vazia e apontou para Rony. Aturdido, Harry se virou para Rony, que por sua vez parecia confuso.

– Mas, então... – murmurou Lupin, encarando Black com tal intensidade que parecia estar tentando ler sua mente – ... por que ele não se revelou antes? A não ser que... – os olhos de Lupin se arregalaram, como se estivesse vendo alguma coisa além de Black, alguma coisa que mais ninguém podia ver – a não ser que *ele* fosse o... a não ser que você tivesse trocado... sem me dizer?

Muito lentamente, com o olhar fundo cravado no rosto de Lupin, Black confirmou com um aceno de cabeça.

– Professor – interrompeu Harry, em voz alta –, que é que está acontecendo...?

Mas nunca chegou a terminar a pergunta, porque o que viu fez sua voz morrer na garganta. Lupin estava baixando a varinha, os olhos fixos em

Black. O professor foi até Black, apanhou a varinha dele, levantou-o de modo que Bichento caiu no chão e abraçou Black como a um irmão.

Harry sentiu como se o fundo do seu estômago tivesse despencado.

— EU NÃO ACREDITO! — berrou Hermione.

Lupin soltou Black e se virou para a garota. Ela se erguera do chão e estava apontando para Lupin, de olhos arregalados.

— O senhor... o senhor...

— Hermione...

— ... o senhor e ele!

— Hermione se acalme...

— Eu não contei a ninguém! — esganiçou-se a garota. — Tenho encoberto o senhor...

— Hermione, me escute, por favor! — gritou Lupin. — Posso explicar...

Harry sentia o corpo tremer, não com medo, mas com uma nova onda de fúria.

— Eu confiei no senhor — gritou ele para Lupin, sua voz se descontrolando —, e o tempo todo o senhor era amigo dele!

— Você está enganado — disse Lupin. — Eu não era amigo de Sirius, mas agora sou... Deixe-me explicar...

— NÃO! — berrou Hermione. — Harry não confie nele, ele tem ajudado Black a entrar no castelo, ele quer ver você morto também... *ele é um lobisomem!*

Houve um silêncio audível. Os olhos de todos agora estavam postos em Lupin, que parecia extraordinariamente calmo, embora muito pálido.

— O que disse não está à altura do seu padrão de acertos, Hermione. Receio que tenha acertado apenas uma afirmação em três. Eu não tenho ajudado Sirius a entrar no castelo e certamente não quero ver Harry morto... — Um estranho tremor atravessou seu rosto. — Mas não vou negar que seja um lobisomem.

Rony fez um corajoso esforço para se levantar outra vez, mas caiu com um gemido de dor. Lupin adiantou-se para ele, parecendo preocupado, mas Rony exclamou:

— *Fique longe de mim, lobisomem!*

Lupin se imobilizou. Depois, com óbvio esforço, virou-se para Hermione e perguntou:

— Há quanto tempo você sabe?

— Há séculos — sussurrou Hermione. — Desde a redação do Prof. Snape...

— Ele ficará encantado — disse Lupin tranquilo. — Passou aquela redação na esperança de que alguém percebesse o que significavam os meus sintomas. Você verificou a tabela lunar e percebeu que eu sempre ficava doente na lua cheia? Ou você percebeu que o bicho-papão se transformava em lua quando me via?

— Os dois — respondeu Hermione em voz baixa.

Lupin forçou uma risada.

— Você é a bruxa de treze anos mais inteligente que já conheci, Hermione.

— Não sou, não — sussurrou Hermione. — Se eu fosse um pouco mais inteligente, teria contado a todo mundo quem o senhor é!

— Mas todos já sabem. Pelo menos os professores sabem.

— Dumbledore contratou o senhor mesmo sabendo que o senhor é um lobisomem?! — exclamou Rony. — Ele é louco?

— Alguns professores acharam que sim — respondeu Lupin. — Ele teve que trabalhar muito para convencer certos professores de que eu sou digno de confiança...

— E ELE ESTAVA ENGANADO! — berrou Harry. — O SENHOR ESTEVE AJUDANDO ELE O TEMPO TODO! — O garoto apontou para Black, que, de repente atravessou o quarto em direção à cama de colunas e afundou nela, o rosto escondido em uma das mãos trêmulas. Bichento saltou para junto dele e subiu no seu colo, ronronando. Rony se afastou devagarinho dos dois, arrastando a perna.

— Eu *não* estive ajudando Sirius — respondeu Lupin. — Se você me der uma chance, eu explico... Olhe...

O professor separou as varinhas de Harry, Rony e Hermione e devolveu-as aos donos. Harry apanhou a dele, espantado.

— Pronto — disse Lupin, enfiando a própria varinha no cinto. — Vocês estão armados e nós, não. Agora vão me ouvir?

Harry não sabia o que pensar. Seria um truque?

— Se o senhor não esteve ajudando — disse, lançando um olhar furioso a Black —, como é que soube que ele estava aqui?

— O mapa. O Mapa do Maroto. Eu estava na minha sala examinando-o...

— O senhor sabe trabalhar com o mapa? — indagou Harry desconfiado.

— Claro que sei — disse Lupin fazendo um gesto impaciente com a mão. — Ajudei a prepará-lo. Eu sou Aluado, esse era o apelido que meus amigos me davam na escola.

— O senhor *preparou*...?

— O importante é que eu estava examinando o mapa atentamente hoje à noite, porque imaginei que você, Rony e Hermione poderiam tentar sair, escondidos, do castelo para visitar Hagrid antes da execução do hipogrifo. E estava certo, não é mesmo?

Lupin começara a andar para cima e para baixo do quarto, com os olhos fixos nos garotos. Pequenas nuvens de pó se levantavam aos seus pés.

— Você poderia estar usando a velha capa do seu pai, Harry...

— Como é que o senhor sabia da capa?

— O número de vezes que vi Tiago desaparecer debaixo da capa... — disse, fazendo outro gesto de impaciência com a mão. — A questão é que, mesmo quando a pessoa está usando a Capa da Invisibilidade, ela continua a aparecer no Mapa do Maroto. Observei vocês atravessarem os jardins e entrar na cabana de Hagrid. Vinte minutos depois, vocês saíram e voltaram em direção ao castelo. Mas, então, iam acompanhados por mais alguém.

— Quê?! — exclamou Harry. — Não, não íamos!

— Eu não podia acreditar no que estava vendo — continuou o professor, prosseguindo a caminhada e fingindo não ter ouvido a interrupção de Harry. — Achei que o mapa não estava registrando direito. Como é que ele podia estar com vocês?

— Não tinha ninguém com a gente!

— Então vi outro pontinho, andando depressa em sua direção, rotulado *Sirius Black*... vi-o colidir com você; observei quando arrastou dois de vocês para dentro do Salgueiro Lutador...

— Um de nós! — corrigiu-o Rony, zangado.

— Não, Rony. Dois de vocês.

Ele parou de andar, os olhos em Rony.

— Você acha que eu poderia dar uma olhada no rato? — perguntou com a voz equilibrada.

— Quê?! — exclamou Rony. — Que é que o Perebas tem a ver com isso?

— Tudo. Posso vê-lo, por favor?

Rony hesitou, depois enfiou a mão nas vestes. Perebas apareceu, debatendo-se desesperadamente; o garoto teve que segurá-lo pelo longo rabo pelado para impedi-lo de fugir. Bichento ficou em pé na perna de Black e sibilou baixinho.

Lupin se aproximou de Rony. Parecia estar prendendo a respiração enquanto examinava Perebas atentamente.

— Quê? — repetiu Rony, segurando Perebas mais perto com um ar apavorado. — Que é que meu rato tem a ver com qualquer coisa?

– Isto não é um rato – disse Sirius Black, de repente, com a voz rouca.
– Que é que você está dizendo... é claro que é um rato...
– Não, não é – confirmou Lupin calmamente. – É um bruxo.
– Um animago – disse Black – que atende pelo nome de Pedro Pettigrew.

18

ALUADO, RABICHO, ALMOFADINHAS E PONTAS

Levou alguns segundos para os garotos absorverem o absurdo desta afirmação. Então Rony disse em voz alta o que Harry estava pensando.

— Vocês dois são malucos.

— Ridículo! — exclamou Hermione baixinho.

— Pedro Pettigrew está morto! — afirmou Harry. — Ele o matou há doze anos! — O garoto apontou para Black, cujo rosto tremeu convulsivamente.

— Tive intenção — vociferou o acusado, os dentes amarelos à mostra —, mas o Pedrinho levou a melhor... mas desta vez não!

E Bichento foi atirado ao chão quando Black avançou para Perebas; Rony berrou de dor ao receber o peso de Black sobre sua perna quebrada.

— Sirius, NÃO! — berrou Lupin atirando-se à frente e afastando Black para longe de Rony. — ESPERE! Você não pode fazer isso assim... eles precisam entender... temos que explicar...

— Podemos explicar depois! — rosnou Black, tentando tirar Lupin do caminho. Ainda mantinha uma das mãos no ar, com a qual tentava alcançar Perebas, que, por sua vez, guinchava feito um porquinho, arranhando o rosto e o pescoço de Rony, tentando escapar.

— Eles têm... o... direito... de... saber... de... tudo! — ofegou Lupin, ainda tentando conter Black. — Ele foi bicho de estimação de Rony! E tem partes dessa história que nem eu compreendo muito bem! E Harry... você deve a verdade a ele, Sirius!

Black parou de resistir, embora seus olhos fundos continuassem fixos em Perebas, firmemente seguro sob as mãos mordidas, arranhadas e sangrentas de Rony.

— Está bem, então — concordou Black, sem desgrudar os olhos do rato. — Conte a eles o que quiser. Mas faça isso depressa, Remo, quero cometer o crime pelo qual fui preso...

— Vocês são pirados, os dois — disse Rony trêmulo, procurando com os olhos o apoio de Harry e Hermione. — Para mim chega. Estou fora.

O garoto tentou se levantar com a perna boa, mas Lupin tornou a erguer a varinha, apontando-a para Perebas.

— Você vai me ouvir até o fim, Rony — disse calmamente. — Só quero que mantenha Pedro bem seguro enquanto me ouve.

— ELE NÃO É PEDRO, ELE É PEREBAS! — berrou Rony, tentando empurrar o rato para dentro do bolso das vestes, mas Perebas resistia com todas as forças; Rony oscilou e se desequilibrou, mas Harry o amparou e empurrou de volta à cama. Então, sem dar atenção a Black, Harry se dirigiu a Lupin.

— Houve testemunhas que viram Pettigrew morrer — disse. — Uma rua cheia...

— Eles não viram o que pensaram que viram! — disse Black ferozmente, ainda vigiando Perebas se debater nas mãos de Rony.

— Todos pensaram que Sirius tinha matado Pedro — confirmou Lupin acenando a cabeça. — Eu mesmo acreditei nisso, até ver o mapa hoje à noite. Porque o Mapa do Maroto nunca mente... Pedro está vivo. Na mão de Rony, Harry.

Harry baixou os olhos para Rony, e quando seus olhares se encontraram, os dois concordaram silenciosamente: Black e Lupin estavam delirando. A história deles não fazia o menor sentido. Como Perebas poderia ser Pedro Pettigrew? Azkaban, afinal, devia ter endoidado Black — mas por que Lupin estava fazendo o jogo dele?

Então Hermione falou, numa voz trêmula que se pretendia calma, como se tentasse fazer o professor falar sensatamente.

— Mas Prof. Lupin... Perebas não pode ser Pettigrew... não pode ser verdade, o senhor sabe que não pode...

— Por que não pode? — perguntou Lupin calmamente, como se estivessem na sala de aula e Hermione apenas levantasse um problema relativo a uma experiência com *grindylows*.

— Porque... porque as pessoas saberiam se Pedro Pettigrew tivesse sido um animago. Estudamos animagos com a Profª McGonagall. E procurei maiores informações quando fiz o meu dever de casa, o Ministério da Magia controla os bruxos e bruxas que são capazes de se transformar em animais; há um registro que mostra em que animal se transformam, o que fazem, quais os seus sinais de identificação e outros dados... e fui procurar o nome da Profª McGonagall no registro e vi que só houve sete animagos neste século e o nome de Pettigrew não constava da lista...

Harry mal tivera tempo de se admirar intimamente com o esforço que Hermione investia nos deveres de casa, quando Lupin começou a rir.

— Certo, outra vez Hermione! — exclamou. — Mas o Ministério nunca soube que havia três animagos não registrados à solta em Hogwarts.

— Se você vai contar a história aos garotos, se apresse, Remo — rosnou Black, que continuava vigiando cada movimento desesperado de Perebas. — Esperei doze anos, não vou esperar muito mais.

— Está bem... mas você precisa me ajudar, Sirius — disse Lupin —, só conheço o início...

Lupin parou. Tinham ouvido um rangido alto às costas dele. A porta do quarto se abriu sozinha. Os cincos olharam. Então Lupin foi até a porta e espiou para o patamar.

— Não há ninguém aí fora...

— Esse lugar é mal-assombrado! — comentou Rony.

— Não é, não — disse Lupin, ainda observando intrigado a porta. — A Casa dos Gritos nunca foi mal-assombrada... Os gritos e uivos que os moradores do povoado costumavam ouvir eram meus.

Ele afastou os cabelos grisalhos da testa, pensou um instante, e disse:

— Foi onde tudo começou, com a minha transformação em lobisomem. Nada poderia ter acontecido se eu não tivesse sido mordido... e não tivesse sido tão imprudente...

Ele parecia sóbrio e cansado. Rony ia interrompê-lo, mas Hermione fez "psiu!". Ela observava Lupin com muita atenção.

— Eu ainda era garotinho quando levei a mordida. Meus pais tentaram tudo, mas naquela época não havia cura. A poção que o Prof. Snape tem preparado para mim é uma descoberta muito recente. Me deixa seguro, entende. Desde que eu a tome uma semana antes da lua cheia, posso conservar as faculdades mentais quando me transformo... e posso me enroscar na minha sala, um lobo inofensivo, à espera da mudança de lua.

"Porém, antes da Poção de Mata-cão ser descoberta, eu me transformava em um perfeito monstro uma vez por mês. Parecia impossível que eu pudesse frequentar Hogwarts. Outros pais não iriam querer expor os filhos a mim.

"Mas, então, Dumbledore se tornou diretor e ele se condoeu. Disse que se tomássemos certas precauções, não havia razão para eu não frequentar a escola...", Lupin suspirou e olhou diretamente para Harry.

"Eu lhe disse, há alguns meses, que o Salgueiro Lutador foi plantado no ano em que entrei para Hogwarts. A verdade é que ele foi plantado *porque* eu entrei para Hogwarts. Esta casa", Lupin correu os olhos cheios de tristeza pelo quarto, "e o túnel que vem até aqui foram construídos para meu uso.

Uma vez por mês eu era trazido do castelo para cá, para me transformar. A árvore foi colocada na boca do túnel para impedir que alguém se encontrasse comigo durante o meu período perigoso."

Harry não conseguia imaginar onde a história iria chegar, mas, mesmo assim, ouvia arrebatado. O único som, além da voz de Lupin, eram os guinchos assustados de Perebas.

— As minhas transformações naquele tempo eram... eram terríveis. É muito doloroso alguém virar lobisomem. Eu era separado das pessoas para morder à vontade, então eu me arranhava e me mordia. Os moradores do povoado ouviam o barulho e os gritos e achavam que estavam ouvindo almas do outro mundo particularmente violentas. Dumbledore estimulava os boatos... Ainda hoje, que a casa tem estado silenciosa há anos, os moradores de Hogsmeade não têm coragem de se aproximar...

"Mas tirando as minhas transformações, eu nunca tinha sido tão feliz na vida. Pela primeira vez, eu tinha amigos, três grandes amigos. Sirius Black... Pedro Pettigrew... e, naturalmente, seu pai, Harry... Tiago Potter.

"Agora, meus três amigos não puderam deixar de notar que eu desaparecia uma vez por mês. Eu inventava todo o tipo de histórias. Dizia que minha mãe estava doente, que tinha ido em casa vê-la... Ficava aterrorizado em pensar que eles me abandonariam se descobrissem o que eu era. Mas é claro que eles, como você, Hermione, descobriram a verdade...

"E não me abandonaram. Em vez disso, fizeram uma coisa por mim que não só tornou as minhas transformações suportáveis, como me proporcionou os melhores momentos da minha vida. Eles se transformaram em animagos."

— Meu pai também? — perguntou Harry, espantado.

— Certamente. Eles gastaram quase três anos para descobrir como fazer isso. Seu pai e Sirius eram os alunos mais inteligentes da escola, o que foi uma sorte, porque se transformar em animago é uma coisa que pode sair barbaramente errada, é uma das razões por que o Ministério acompanha de perto os que tentam. Pedro precisou de toda a ajuda que pôde obter de Tiago e Sirius. Finalmente no nosso quinto ano, eles conseguiram. Podiam se transformar em um animal diferente quando queriam.

— Mas como foi que isso ajudou o senhor? — perguntou Hermione, intrigada.

— Eles não podiam me fazer companhia como seres humanos, então me faziam companhia como animais. Um lobisomem só apresenta perigo para gente. Eles saíam escondidos do castelo todos os meses, encobertos pela

Capa da Invisibilidade de Tiago. E se transformavam... Pedro, por ser o menor, podia passar por baixo dos ramos agressivos do salgueiro e empurrar o botão para imobilizá-lo. Os outros dois, então, podiam escorregar pelo túnel e se reunir a mim. Sob a influência deles, eu me tornei menos perigoso. Meu corpo ainda era o de um lobo, mas minha mente se tornava menos lupina quando estávamos juntos.

— Anda logo, Remo — rosnou Black, que continuava a observar Perebas com uma espécie de voracidade no rosto.

— Estou chegando lá, Sirius, estou chegando lá... bom, abriram-se possibilidades extremamente emocionantes para nós do momento em que conseguimos nos transformar. Não demorou muito e começamos a deixar a Casa dos Gritos e perambular pelos terrenos da escola e pelo povoado à noite. Sirius e Tiago se transformavam em animais tão grandes que conseguiam controlar o lobisomem. Duvido que qualquer aluno de Hogwarts jamais tenha descoberto mais a respeito dos terrenos da escola e do povoado de Hogsmeade do que nós... E foi assim que acabamos preparando o Mapa do Maroto, e assinando-o com os nossos apelidos Sirius é Almofadinhas, Pedro é Rabicho, e Tiago era Pontas.

— Que tipo de animal...? — Harry começou a perguntar mas Hermione o interrompeu.

— Mas a coisa continuava a ser realmente perigosa! Andar no escuro em companhia de um lobisomem! E se o senhor tivesse fugido deles e mordido alguém?

— É um pensamento que ainda me atormenta — respondeu Lupin deprimido. — E muitas vezes escapávamos por um triz. Nós nos ríamos disso depois. Éramos jovens, irresponsáveis, empolgados com a nossa inteligência.

"Por vezes eu sentia remorsos por trair a confiança de Dumbledore, é óbvio... ele me aceitara em Hogwarts, coisa que nenhum outro diretor teria feito, e sequer desconfiava que eu estivesse desobedecendo às regras que ele estabelecera para a segurança dos outros e a minha própria. Ele nunca soube que eu tinha induzido três colegas a se transformarem ilegalmente em animagos. Mas eu sempre conseguia esquecer meus remorsos todas as vezes que nos sentávamos para planejar a aventura do mês seguinte. E não mudei..."

O rosto de Lupin endurecera, e havia desgosto em sua voz.

— Durante todo este ano, lutei comigo mesmo, me perguntando se devia contar a Dumbledore que Sirius era um animago. Mas não contei. Por quê? Porque fui covarde demais. Porque isto teria significado admitir que eu traíra sua confiança enquanto estivera na escola, admitir que influenciara outros... e a confiança de Dumbledore significava tudo para mim. Ele me admitira em Hogwarts quando garoto, e me dera um emprego quando eu fora desprezado toda a minha vida adulta, incapaz de encontrar um trabalho remunerado porque sou o que sou. Então me convenci de que Sirius estava penetrando na escola por meio das artes das trevas que aprendera com Voldemort, que o fato de ser um animago não entrava em questão... então, de certa forma, Snape tinha razão quanto à minha pessoa.

— Snape? — exclamou Black com a voz rouca, desviando os olhos de Perebas pela primeira vez nos últimos minutos para olhar Lupin. — Que é que Snape tem a ver com isso?

— Ele está aqui, Sirius — respondeu Lupin sério. — É professor em Hogwarts também. — E ergueu os olhos para Harry, Rony e Hermione. — O Prof. Snape frequentou a escola conosco. Ele se opôs fortemente à minha nomeação para o cargo de professor de Defesa Contra as Artes das Trevas. Passou o ano inteiro dizendo a Dumbledore que eu não sou digno de confiança. Ele tem suas razões... entendam, o Sirius aqui pregou uma peça nele que quase o matou, uma peça de que participei...

Black emitiu uma exclamação de desdém.

— Foi bem feito para ele — zombou. — Espionando, tentando descobrir o que andávamos aprontando... na esperança de que fôssemos expulsos...

— Severo tinha muito interesse em saber aonde eu ia todo mês — disse Lupin a Harry, Rony e Hermione. — Estávamos no mesmo ano, entendem, e não... hum... não nos gostávamos muito. Ele não gostava nada de Tiago. Ciúmes, acho eu, do talento de Tiago no campo de quadribol... em todo o caso, Snape tinha me visto atravessar os jardins com Madame Pomfrey certa noite quando ela me levava em direção ao Salgueiro Lutador para eu me transformar. Sirius achou que seria... hum... divertido, contar a Snape que ele só precisava apertar o nó no tronco da árvore com uma vara longa para conseguir entrar atrás de mim. Bem, é claro, que Snape foi experimentar, e se tivesse chegado até a casa teria encontrado um lobisomem adulto... mas seu pai, que soube o que Sirius tinha feito, foi procurar Snape e puxou-o para fora, arriscando a própria vida... Snape, porém, me viu, no fim do túnel. Dumbledore o proibiu de contar a quem quer que fosse, mas desde então ele ficou sabendo o que eu era...

— Então é por isso que Snape não gosta do senhor — disse Harry lentamente —, porque achou que o senhor estava participando da brincadeira?

— Isso mesmo — zombou uma voz fria vinda da parede atrás de Lupin.

Severo Snape removia a Capa da Invisibilidade e segurava a varinha apontada diretamente para Lupin.

19

O SERVO DE LORDE VOLDEMORT

Hermione gritou. Black se levantou de um salto. Harry teve a sensação de que levara um tremendo choque elétrico.

— Encontrei isso ao pé do Salgueiro Lutador — disse Snape, atirando a capa para o lado, mas tendo o cuidado de manter a varinha apontada diretamente para o peito de Lupin.

— Muito útil, Potter, obrigado...

Snape estava ligeiramente sem fôlego, mas o rosto expressava contido triunfo.

— Vocês talvez estejam se perguntando como foi que eu soube que estavam aqui — disse com os olhos brilhantes. — Acabei de passar por sua sala, Lupin. Você esqueceu de tomar sua poção hoje à noite, então resolvi lhe levar um cálice. E foi uma sorte... sorte para mim, quero dizer. Encontrei em cima de sua mesa um certo mapa. Bastou uma olhada para me dizer tudo que eu precisava saber. Vi você correr por essa passagem e desaparecer de vista.

— Severo... — começou Lupin, mas Snape atropelou-o.

— Eu disse ao diretor várias vezes que você estava ajudando o seu velho amigo Black a entrar no castelo, Lupin, e aqui tenho a prova. Nem mesmo eu poderia sonhar que você teria o topete de usar este lugar antigo como esconderijo...

— Severo, você está cometendo um engano — disse Lupin com urgência na voz. — Você não sabe de tudo, posso explicar, Sirius não está aqui para matar Harry...

— Mais dois para Azkaban esta noite — disse Snape, os olhos agora brilhando de fanatismo. — Vou ficar curioso para saber como é que Dumbledore vai encarar isso... Ele estava convencido de que você era inofensivo, sabe, Lupin... um lobisomem *manso*...

— Seu tolo — disse Lupin com brandura. — Será que um ressentimento de criança é suficiente para mandar um homem inocente de volta a Azkaban?

BANGUE! Cordas finas que lembravam cobras jorraram da ponta da varinha de Snape e se enrolaram em torno da boca de Lupin, dos seus punhos e tornozelos; ele perdeu o equilíbrio e caiu no chão, incapaz de se mexer. Com um rugido de cólera, Black avançou para Snape, mas este apontou a varinha entre os olhos de Black.

– É só me dar um motivo – sussurrou o professor. – É só me dar um motivo, e juro que faço.

Black se imobilizou. Teria sido impossível dizer qual dos dois rostos revelava mais ódio.

Harry continuou ali, paralisado, sem saber o que fazer ou em quem acreditar. Olhou para Rony e Hermione. Seu amigo parecia tão confuso quanto ele e ainda tentava segurar um Perebas rebelde. Hermione, porém, adiantou-se, hesitante, para Snape e disse, respirando com dificuldade:

– Professor... não faria mal ouvirmos o que eles têm a dizer, f... faria?

– Senhorita Granger, a senhorita já vai enfrentar uma suspensão – bufou Snape. – A senhorita, Potter e Weasley estão fora dos limites da escola em companhia de um criminoso sentenciado e de um lobisomem. Pelo menos uma vez na sua vida, *cale a boca*.

– Mas se... se houve um engano...

– FIQUE QUIETA, SUA BURRINHA! – berrou Snape, parecendo de repente muito perturbado. – NÃO FALE DO QUE NÃO ENTENDE! – Saíram algumas fagulhas da ponta de sua varinha, que continuava apontada para o rosto de Black. Hermione se calou.

"A vingança é muito doce", sussurrou Snape para Black. "Como desejei ter o privilégio de apanhá-lo..."

– Você é que vai fazer papel de tolo outra vez, Severo – rosnou Black. – Se esse garoto levar o rato dele até o castelo – e indicou Rony com a cabeça... – Eu vou sem criar caso...

– Até o castelo? – retrucou Snape, com voz insinuante. – Acho que não precisamos ir tão longe. Basta eu chamar os dementadores quando sairmos do salgueiro. Eles vão ficar muito satisfeitos em vê-lo, Black... satisfeitos o suficiente para lhe dar um beijinho, eu me arriscaria a dizer...

A pouca cor que havia no rosto de Black desapareceu.

– Você... você tem que ouvir o que tenho a dizer – disse ele, rouco. – O rato... olhe aquele rato...

Mas havia um brilho alucinado nos olhos de Snape que Harry nunca vira antes. O professor parecia incapaz de ouvir.

— Vamos, todos. — Snape estalou os dedos e as pontas das cordas que amarravam Lupin voaram para suas mãos. — Eu puxo o lobisomem. Talvez os dementadores tenham um beijo para ele também...

Antes que se desse conta do que estava fazendo, Harry atravessou o quarto em três passadas e bloqueou a porta.

— Saia da frente, Potter, você já está suficientemente encrencado — rosnou Snape. — Se eu não estivesse aqui para salvar sua pele...

— O Prof. Lupin poderia ter me matado cem vezes este ano — disse Harry. — Estive sozinho com ele montes de vezes, tomando aulas de defesa contra dementadores. Se ele estava ajudando Black, por que não me liquidou logo?

— Não me peça para imaginar como funciona a cabeça de um lobisomem — sibilou Snape. — Saia da frente, Potter.

— O SENHOR É PATÉTICO! — berrou Harry. — SÓ PORQUE ELES FIZERAM O SENHOR DE BOBO NA ESCOLA, O SENHOR NÃO QUER NEM ESCUTAR...

— SILÊNCIO! NÃO ADMITO QUE FALEM ASSIM COMIGO! — gritou Snape, parecendo mais louco que nunca. — Tal pai, tal filho, Potter! Acabei de salvar seu pescoço; você devia me agradecer de joelhos! Teria sido bem feito se Black o tivesse matado! Você teria morrido como seu pai, arrogante demais para acreditar que poderia ter se enganado com um amigo... agora saia da frente, ou eu vou *fazer* você sair. SAIA DA FRENTE, POTTER!

Harry se decidiu em uma fração de segundo. Antes que Snape pudesse sequer dar um passo em sua direção, o garoto ergueu a varinha.

— *Expelliarmus!* — berrou, só que sua voz não foi a única a gritar. Houve uma explosão que fez a porta sacudir nas dobradiças; Snape foi levantado e atirado contra a parede, depois escorregou por ela até o chão, um filete de sangue escorrendo por baixo dos cabelos. Fora nocauteado.

Harry olhou para os lados. Rony e Hermione também tinham tentado desarmar Snape exatamente no mesmo instante. A varinha do professor voou no ar descrevendo um arco e caiu em cima da cama, ao lado de Bichento.

— Você não devia ter feito isso — censurou Black olhando para Harry. — Devia tê-lo deixado comigo...

Harry evitou o olhar de Black. Não tinha certeza, mesmo agora, de que agira certo.

— Atacamos um professor... Atacamos um professor... — choramingou Hermione, olhando assustada para o inconsciente Snape. — Ah, vamos nos meter numa confusão tão grande...

Lupin lutava para se livrar das cordas. Black se abaixou depressa e o desamarrou. O professor se ergueu, esfregando os braços onde as cordas o tinham machucado.

— Obrigado, Harry — agradeceu.

— Não estou dizendo com isso que já acredito no senhor — disse o garoto.

— Então está na hora de lhe apresentarmos alguma prova. Você, garoto... me dê o Pedro, por favor. Agora.

Rony apertou Perebas mais junto ao peito.

— Nem vem — disse o garoto com a voz fraca. — O senhor está tentando dizer que Black fugiu de Azkaban só para pôr as mãos em *Perebas*? Quero dizer... — e olhou para Harry e Hermione à procura de apoio —, tudo bem, vamos dizer que Pettigrew pudesse se transformar em rato, há milhões de ratos, como é que Black vai saber qual é o que está procurando se estava trancafiado em Azkaban?

— Sabe, Sirius, a pergunta é justa — disse Lupin, virando-se para Black com a testa ligeiramente franzida. — Como foi que você descobriu onde estava o rato?

Black enfiou uma das mãos, que lembravam garras, dentro das vestes e tirou um pedaço de papel amassado, que ele alisou e mostrou aos outros.

Era a foto de Rony com a família, que aparecera no *Profeta Diário* no último verão, e ali, no ombro de Rony, estava Perebas.

— Onde foi que você arranjou isso? — perguntou Lupin a Black, perplexo.

— Fudge — disse Black. — Quando ele foi inspecionar Azkaban no ano passado, me cedeu o jornal que levava. E lá estava Pedro, na primeira página... no ombro desse garoto... reconheci-o na mesma hora... quantas vezes o vi se transformar? E a legenda dizia que o menino ia voltar para Hogwarts... onde Harry estava...

— Meu Deus — exclamou Lupin baixinho, olhando de Perebas para a foto no jornal e de volta ao rato. — A pata dianteira...

— Que é que tem a pata? — disse Rony em tom de desafio.

— Tem um dedinho faltando — afirmou Black.

— Claro — murmurou Lupin. — Tão simples... tão *genial*... ele mesmo o cortou?

— Pouco antes de se transformar — confirmou Black. — Quando eu o encurralei, ele gritou para a rua inteira que eu havia traído Lílian e Tiago. Então, antes que eu pudesse lhe lançar um feitiço, ele explodiu a rua com a varinha escondida às costas, matou todo mundo em um raio de seis metros, e fugiu para dentro do bueiro com os outros ratos...

— Você já ouviu falar, não Rony? – perguntou Lupin. – O maior pedaço do corpo de Pedro que acharam foi o dedo.

— Olha aqui, Perebas com certeza brigou com outro rato ou coisa parecida! Ele está na minha família há séculos, certo...

— Doze anos, para sermos exatos – disse Lupin. – Você nunca estranhou que ele tenha vivido tantos anos?

— Nós... nós cuidamos bem dele!

— Mas ele não está com um aspecto muito saudável no momento, não é? – comentou Lupin. – Imagino que esteja perdendo peso desde que ouviu falar que Sirius fugiu...

— Ele tem andado apavorado com aquele gato maluco! – justificou Rony, indicando com a cabeça Bichento, que continuava a ronronar na cama.

Mas isso não era verdade, ocorreu a Harry de repente... Perebas já estava com cara de doente antes de conhecer Bichento... desde que Rony voltara do Egito... desde que Black escapara...

— O gato não é maluco – disse Black, rouco. Ele estendeu a mão ossuda e acariciou a cabeça peluda de Bichento. – É o gato mais inteligente que já encontrei. Reconheceu na mesma hora o que Pedro era. E quando me encontrou, percebeu que eu não era cachorro. Levou um tempinho para confiar em mim. No fim eu consegui comunicar a ele o que estava procurando e ele tem me ajudado...

— Como assim? – murmurou Hermione.

— Ele tentou trazer Pedro a mim, mas não pôde... então roubou para mim as senhas de acesso à Torre da Grifinória... Pelo que entendi, ele as tirou da mesa de cabeceira de um garoto...

O cérebro de Harry parecia estar fraquejando sob o peso do que ouvia. Era absurdo... contudo...

— Mas Pedro soube o que estava acontecendo e se mandou... – falou Black. – Este gato... Bichento, foi o nome que lhe deu?... me disse que Pedro tinha sujado os lençóis de sangue... suponho que tenha se mordido... Ora, fingir-se de morto já tinha dado certo uma vez...

Essas palavras sacudiram o torpor mental de Harry.

— E sabe por que é que ele se fingiu de morto? – perguntou o garoto impetuosamente. – Porque sabia que você ia matar ele como tinha matado os meus pais!

— Não – disse Lupin. – Harry...

— E agora você veio acabar com ele!

— É verdade, vim – disse Black, lançando um olhar maligno a Perebas.

— Então eu devia ter deixado Snape levar você! — gritou Harry.

— Harry — disse Lupin depressa —, você não está vendo? Todo este tempo pensamos que Sirius tinha traído seus pais e que Pedro o perseguira... mas foi o contrário, você não está vendo? Pedro traiu sua mãe e seu pai... Sirius perseguiu Pedro...

— NÃO É VERDADE! — berrou Harry. — ELE ERA O FIEL DO SEGREDO DELES! ELE DISSE ISSO ANTES DO SENHOR APARECER. ELE CONFESSOU QUE MATOU MEUS PAIS!

O garoto apontava para Black, que sacudia a cabeça devagarinho; de repente seus olhos fundos ficaram excessivamente brilhantes.

— Harry... foi o mesmo que ter matado — disse, rouco. — Convenci Lílian e Tiago a entregarem o segredo a Pedro no último instante, convenci-os a usar Pedro como fiel do segredo, em vez de mim... A culpa é minha, eu sei... Na noite em que eles morreram, eu tinha combinado procurar Pedro para verificar se ele continuava bem, mas quando cheguei ao esconderijo ele não estava. Mas não havia sinais de luta. Achei estranho. Fiquei apavorado. Corri na mesma hora direto para a casa dos seus pais. E quando vi a casa destruída e os corpos deles... percebi o que Pedro devia ter feito. O que eu tinha feito.

A voz dele se partiu. Ele virou as costas.

— Basta — disse Lupin, e havia um tom inflexível em sua voz que Harry nunca ouvira antes. — Tem uma maneira de provar o que realmente aconteceu. Rony, *me dê esse rato*.

— Que é que o senhor vai fazer com ele se eu der? — perguntou Rony, tenso.

— Obrigá-lo a se revelar — disse Lupin. — Se ele for realmente um rato, não se machucará.

Rony hesitou. Então, finalmente estendeu a mão e entregou Perebas a Lupin. O rato começou a guinchar sem parar, se contorcendo, os olhinhos pretos saltando das órbitas.

— Está pronto, Sirius? — perguntou Lupin.

Black já apanhara a varinha de Snape na cama. Aproximou-se de Lupin e do rato que se debatia e seus olhos úmidos pareceram, de repente, arder em seu rosto.

— Juntos? — perguntou em voz baixa.

— Acho melhor — confirmou Lupin, segurando Perebas apertado em uma das mãos e a varinha na outra. — Quando eu contar três. Um... dois... TRÊS!

Lampejos branco-azulados irromperam das duas varinhas; por um instante, Perebas parou no ar, o corpinho cinzento revirando-se alucinadamente

— Rony berrou — o rato caiu e bateu no chão. Seguiu-se novo lampejo ofuscante e então...

Foi como assistir a um filme de uma árvore em crescimento. Surgiu uma cabeça no chão; brotaram membros; um momento depois havia um homem onde antes estivera Perebas, apertando e torcendo as mãos. Bichento bufava e rosnava na cama; os pelos das costas eriçados.

Era um homem muito baixo, quase do tamanho de Harry e Hermione. Seus cabelos finos e descoloridos estavam malcuidados e o cocuruto da cabeça era careca. Tinha o aspecto flácido de um homem gorducho que perdera muito peso em pouco tempo. A pele estava enrugada, quase como a pelagem do Perebas, e havia um ar ratinheiro em volta do seu nariz fino e dos olhos muito miúdos e lacrimosos. Ele olhou para os presentes, um a um, respirando raso e depressa. Harry viu seus olhos correrem para a porta e voltarem.

— Ora, ora, olá, Pedro — saudou-o Lupin educadamente, como se fosse frequente ratos virarem velhos colegas de escola à sua volta. — Há quanto tempo!

— S... Sirius R... Remo. — Até a voz de Pettigrew lembrava um guincho. Novamente seus olhos correram para a porta. — Meus amigos... meus velhos amigos...

A varinha de Black se ergueu, mas Lupin agarrou-o pelo pulso, lançando-lhe um olhar de censura, depois tornou a se virar para Pettigrew, com a voz leve e displicente.

— Estávamos tendo uma conversinha, Pedro, sobre os acontecimentos da noite em que Lílian e Tiago morreram. Você talvez tenha perdido os detalhes enquanto guinchava na cama...

— Remo — ofegou Pettigrew, e Harry observou que se formavam gotas de suor em seu rosto lívido —, você não acredita nele, acredita...? Ele tentou me matar, Remo...

— Foi o que ouvimos dizer — respondeu Lupin, mais friamente. — Eu gostaria de esclarecer algumas coisas com você, Pedro, se você quiser ter...

— Ele veio tentar me matar outra vez! — guinchou Pettigrew de repente, apontando para Black, e Harry percebeu que o homem usara o dedo médio, porque lhe faltava o indicador. — Ele matou Lílian e Tiago e agora vai me matar também... Você tem que me ajudar, Remo...

O rosto de Black parecia mais caveiroso que nunca ao fixar os olhos fundos em Pettigrew.

— Ninguém vai tentar matá-lo até resolvermos umas coisas — disse Lupin.

— Resolvermos umas coisas? — guinchou Pettigrew, mais uma vez olhando desesperado para os lados, registrando as janelas pregadas e, mais uma vez, a única porta. — Eu sabia que ele viria atrás de mim! Sabia que ele voltaria para me pegar! Estou esperando isso há doze anos!

— Você sabia que Sirius ia fugir de Azkaban? — perguntou Lupin, com a testa franzida. — Sabendo que ninguém jamais fez isso antes?

— Ele tem poderes das trevas com os quais a gente só consegue sonhar! — gritou Pettigrew com voz aguda. — De que outro jeito fugiria de lá? Suponho que Aquele-Que-Não-Deve-Ser-Nomeado tenha lhe ensinado alguns truques!

Black começou a rir, uma risada horrível, sem alegria, que encheu o quarto todo.

— Voldemort me ensinou alguns truques?

Pettigrew se encolheu como se Black tivesse brandido um chicote contra ele.

— Que foi, se apavorou de ouvir o nome do seu velho mestre? — perguntou Black. — Não o culpo, Pedro. O pessoal dele não anda muito satisfeito com você, não é mesmo?

— Não sei o que você quer dizer com isso, Sirius... — murmurou Pettigrew, respirando mais rapidamente que nunca. Todo o seu rosto brilhava de suor agora.

— Você não andou se escondendo de mim esses doze anos. Andou se escondendo dos seguidores de Voldemort. Eu soube de umas coisas em Azkaban, Pedro... Todos pensam que você está morto ou já o teriam chamado a prestar contas... Ouvi-os gritar todo o tipo de coisa durante o sono. Parece que acham que o traidor os traiu também. Voldemort foi à casa dos Potter confiando em uma informação sua... e Voldemort perdeu o poder lá. E nem todos os seguidores dele foram parar em Azkaban, não é mesmo? Ainda há muitos por aí, esperando a hora, fingindo que reconheceram seus erros... Se chegarem a saber que você continua vivo, Pedro...

— Não sei... do que está falando... — respondeu Pettigrew, mais esganiçado que nunca. Ele enxugou o rosto na manga e ergueu os olhos para Lupin. — Você não acredita nessa... nessa loucura, Remo...

— Devo admitir, Pedro, que acho difícil compreender por que um homem inocente iria querer passar doze anos sob a forma de um rato.

— Inocente, mas apavorado! — guinchou Pettigrew. — Se os seguidores de Voldemort estivessem atrás de mim, seria porque mandei um dos seus melhores homens para Azkaban, o espião, Sirius Black!

O rosto de Black se contorceu.

— Como é que você se atreve? — rosnou ele, parecendo de repente o cachorro do tamanho de um urso que ele fora há pouco. — Eu, espião do Voldemort? Quando foi que andei espreitando gente mais forte e mais poderosa do que eu? Agora você, Pedro, jamais vou entender por que não reparei desde o começo que você era o espião; você sempre gostou de amigos grandalhões que o protegessem, não é mesmo? Você costumava nos acompanhar... a mim e ao Remo... e ao Tiago...

Pettigrew tornou a enxugar o rosto; estava quase ofegando, sem ar.

— Eu, espião... você deve ter perdido o juízo... nunca... não sei como pode dizer uma...

— Lílian e Tiago só fizeram de você o fiel do segredo porque eu sugeri — sibilou Black, tão venenosamente que Pettigrew deu um passo atrás. — Achei que era o plano perfeito... um blefe... Voldemort com certeza viria atrás de mim, jamais sonharia que os dois usariam um sujeito fraco e sem talento como você... Deve ter sido a hora mais sublime de sua vida infeliz quando você contou a Voldemort que podia lhe entregar os Potter.

Pettigrew resmungava, perturbado; Harry entreouvia palavras como "extravagante" e "demência", mas não conseguia deixar de prestar mais atenção à palidez do rosto de Pettigrew e ao jeito com que seus olhos continuavam a correr para as janelas e a porta.

— Prof. Lupin — disse Hermione timidamente. — Posso... posso dizer uma coisa?

— Claro, Hermione — disse Lupin cortesmente.

— Bem... Perebas... quero dizer, esse... esse homem... ele dormiu no quarto de Harry durante três anos. Se está trabalhando para Você-Sabe-Quem, como é que ele nunca tentou fazer mal a Harry antes?

— Taí! — exclamou Pettigrew com voz esganiçada, apontando para Hermione a mão mutilada. — Muito obrigado! Está vendo, Remo? Nunca toquei em um fio de cabelo de Harry! Por que iria fazer isso?

— Vou lhe dizer o porquê — falou Black. — Porque você nunca fez nada, nem a ninguém nem para ninguém, sem saber o que poderia ganhar com isso. Voldemort está foragido há doze anos, dizem que está semimorto. Você não ia matar bem debaixo do nariz de Alvo Dumbledore, por causa de um bruxo moribundo que perdeu todo o poder, ia? Não, você ia querer ter certeza de que ele era o valentão do colégio antes de voltar para o lado dele, não ia? Por qual outra razão você procurou uma família de bruxos para o acolher? Para ficar de ouvido atento às novidades, não é mesmo, Pedro? Caso o seu velho protetor recuperasse a antiga força e fosse seguro se juntar a ele...

Pettigrew abriu a boca e tornou a fechá-la várias vezes. Parecia ter perdido a capacidade de falar.

— Hum... Sr. Black... Sirius? — disse Hermione.

Black se assustou ao ouvir alguém tratá-lo assim, com tanta polidez, e encarou Hermione como se nunca tivesse visto nada parecido.

— Se o senhor não se importar que eu pergunte, como... como foi que o senhor fugiu de Azkaban, se não usou artes das trevas?

— Muito obrigado — exclamou Pettigrew, acenando freneticamente com a cabeça na direção da garota. — Exatamente! Precisamente o que eu...

Mas Lupin o fez calar com um olhar. Black franziu ligeiramente a testa para Hermione, mas não porque estivesse aborrecido com ela. Parecia estar considerando a pergunta.

— Não sei como foi que fugi — disse lentamente. — Acho que a única razão por que nunca perdi o juízo é porque sabia que era inocente. Isto não era um pensamento feliz, então os dementadores não podiam sugá-lo de mim... mas serviu para me manter lúcido e consciente de quem eu era... me ajudou a conservar meus poderes... e quando tudo se tornava... excessivo... eu conseguia me transformar na cela... virar cachorro. Os dementadores não conseguem enxergar, sabe... — Ele engoliu em seco. — Aproximam-se das pessoas se alimentando de suas emoções... Eles percebiam que os meus sentimentos eram menos... menos humanos, menos complexos quando eu era cachorro... mas achavam, é claro, que eu estava perdendo o juízo como todos os prisioneiros de lá, por isso não se incomodavam. Mas eu fiquei fraco, muito fraco, e não tinha esperança de afastá-los sem uma varinha...

"Mas, então, vi Pedro naquela foto... e compreendi que ele estava em Hogwarts com Harry... perfeitamente colocado para agir, se lhe chegasse a menor notícia de que o partido das trevas estava reunindo forças novamente..."

Pettigrew sacudia a cabeça, murmurando em silêncio, mas todo o tempo seus olhos se fixavam em Black como se estivesse hipnotizado.

— ... pronto para atacar no momento em que se certificasse de que contava com aliados... e para entregar o último Potter. Se lhes entregasse Harry, quem se atreveria a dizer que traíra Lorde Voldemort? Pedro seria recebido de volta com todas as honras...

"Então, entendem, eu tinha que fazer alguma coisa. Era o único que sabia que ele continuava vivo..."

Harry se lembrou do que o Sr. Weasley contara à mulher: "Os guardas dizem que ele anda falando durante o sono... sempre as mesmas palavras... 'Ele está em Hogwarts.'"

— Era como se alguém tivesse acendido uma fogueira na minha cabeça, e os dementadores não pudessem destruí-la... Não era um pensamento feliz... era uma obsessão... mas isso me deu forças, clareou minha mente. Então, uma noite quando abriram a porta para me trazer comida, eu passei por eles em forma de cachorro... Para eles é tão mais difícil perceberem emoções animais que ficaram confusos... eu estava magro, muito magro... o bastante para passar entre as grades... ainda como cachorro nadei até a costa... viajei para o norte e entrei escondido nos terrenos de Hogwarts, como cachorro. Desde então vivi na floresta, exceto nas horas em que saía para assistir ao quadribol, é claro. Você voa bem como o seu pai, Harry...

Black se virou para o garoto, que não evitou seu olhar.

— Acredite-me — disse, rouco. — Acredite-me, Harry. Nunca traí Tiago e Lílian. Teria preferido morrer a traí-los.

E, finalmente, Harry acreditou. A garganta apertada demais para falar, fez um aceno afirmativo com a cabeça.

— Não!

Pettigrew caíra de joelhos como se o aceno de Harry fosse a sua sentença de morte. Arrastou-se de joelhos, humilhou-se, as mãos juntas diante do peito como se rezasse.

— Sirius... sou eu... Pedro... seu amigo... você não...

Black deu um chute no ar e Pettigrew se encolheu.

— Já tem sujeira suficiente nas minhas vestes sem você tocar nelas! — exclamou Black.

— Remo! — esganiçou-se Pettigrew, virando-se para Lupin, implorando com as mãos e os joelhos no chão. — Você não acredita nisso... Sirius não teria lhe contado se eles tivessem mudado os planos?

— Não, se pensasse que eu era o espião, Pedro. Presumo que foi por isso que você não me contou, Sirius? — perguntou ele, pouco interessado, por cima da cabeça de Pettigrew.

— Me perdoe, Remo — disse Black.

— Tudo bem, Almofadinhas, meu velho amigo — respondeu Lupin, que agora enrolava as mangas das vestes. — E você me perdoa por acreditar que *você* fosse o espião?

— Claro. — E a sombra de um sorriso perpassou o rosto ossudo de Black. Ele, também, começou a enrolar as mangas. — Vamos matá-lo juntos?

— Acho que sim — concordou Lupin sombriamente.

— Vocês não me matariam... não vão me matar! — exclamou Pettigrew. E correu para Rony.

"Rony... eu não fui um bom amigo... um bom bichinho? Você não vai deixá-los me matarem, Rony, vai... você está do meu lado, não está?"

Mas Rony olhava Pettigrew com absoluto nojo.

– Eu deixei você dormir na minha *cama*! – exclamou ele.

– Bom garoto... bom dono... – Pettigrew se arrastou até Rony – você não vai deixá-los fazerem isso... eu fui o seu rato... fui um bom bicho de estimação...

– Se você foi um rato melhor do que foi um homem, não é coisa para se gabar, Pedro – disse Black com aspereza. Rony, empalidecendo ainda mais de dor, puxou a perna quebrada para longe do alcance de Pettigrew. Ainda de joelhos, este se virou e cambaleou para a frente, agarrando a bainha das vestes de Hermione.

– Garota meiga... garota inteligente... você... você não vai deixar que eles... Me ajude.

Hermione puxou as vestes para longe das mãos de Pettigrew e recuou contra a parede, horrorizada.

Pettigrew continuou ajoelhado, tremendo descontroladamente, e foi virando lentamente a cabeça para Harry.

– Harry... Harry... você é igualzinho ao seu pai... igualzinho...

– COMO É QUE VOCÊ SE ATREVE A FALAR COM HARRY? – rugiu Black. – COMO TEM CORAGEM DE OLHAR PARA ELE? COMO TEM CORAGEM DE FALAR DE TIAGO NA FRENTE DELE?

– Harry – sussurrou Pettigrew, arrastando-se em direção ao garoto, com as mãos estendidas. – Harry, Tiago não iria querer que eles me matassem... Tiago teria compreendido, Harry... Teria tido piedade...

Black e Lupin avançaram ao mesmo tempo, agarraram Pettigrew pelos ombros e o atiraram de costas no chão. O homem ficou ali, contorcendo-se de terror, olhando fixamente para os dois.

– Você vendeu Lílian e Tiago a Voldemort – disse Black, que também tremia. – Você nega isso?

Pettigrew prorrompeu em lágrimas. A cena era terrível, ele parecia um bebezão careca, encolhendo-se.

– Sirius, Sirius, o que é que eu podia ter feito? O Lorde das Trevas... você não faz ideia... ele tem armas que você não imagina... tive medo, Sirius, eu nunca fui corajoso como você, Remo e Tiago. Eu nunca desejei que isso acontecesse... Aquele-Que-Não-Deve-Ser-Nomeado me forçou...

– NÃO MINTA! – berrou Black. – VOCÊ ANDOU PASSANDO INFORMAÇÕES PARA ELE DURANTE UM ANO ANTES DE LÍLIAN E TIAGO MORREREM! VOCÊ ERA ESPIÃO DELE!

— Ele estava assumindo o poder em toda parte! — exclamou Pettigrew. — Que é que eu tinha a ganhar recusando o que me pedia?

— Que é que você tinha a ganhar lutando contra o bruxo mais maligno que já existiu? — perguntou Black, com uma terrível expressão de fúria no rosto. — Apenas vidas inocentes, Pedro!

— Você não entende! — choramingou Pettigrew. — Ele teria me matado, Sirius!

— ENTÃO VOCÊ DEVIA TER MORRIDO! — rugiu Black. — MORRER EM VEZ DE TRAIR SEUS AMIGOS, COMO TERÍAMOS FEITO POR VOCÊ!

Black e Lupin estavam ombro a ombro, as varinhas erguidas.

— Você devia ter percebido — disse Lupin com a voz controlada —, que se Voldemort não o matasse, nós o mataríamos. Adeus, Pedro.

Hermione cobriu o rosto com as mãos e se virou para a parede.

— NÃO! — berrou Harry. E se adiantou, colocando-se entre Pettigrew e as varinhas. — Vocês não podem matá-lo — disse afobado. — Não podem.

Black e Lupin fizeram cara de espanto.

— Harry, esse verme é a razão por que você não tem pais — rosnou Black. — Esse covardão teria olhado você morrer, sem levantar um dedo. Você ouviu o que ele disse. Dava mais valor à pele nojenta do que a toda sua família.

— Eu sei — ofegou Harry. — Vamos levar Pedro até o castelo. Vamos entregar ele aos dementadores. Ele pode ir para Azkaban... mas não o matem.

— Harry! — exclamou Pettigrew, e atirou os braços em torno dos joelhos de Harry. — Você... obrigado... é mais do que eu mereço... obrigado...

— Tire as mãos de cima de mim — vociferou Harry, empurrando as mãos de Pettigrew, enojado. — Não estou fazendo isso por você. Estou fazendo isso porque acho que meu pai não ia querer que os melhores amigos dele virassem assassinos... por sua causa.

Ninguém se mexeu nem fez qualquer ruído exceto Pettigrew, cuja respiração saía em arquejos, e ele levava as mãos ao peito. Black e Lupin se entreolharam. Então, com um único movimento, baixaram as varinhas.

— Você é a única pessoa que tem o direito de decidir, Harry — disse Black. — Mas pense... pense no que ele fez...

— Ele pode ir para Azkaban — repetiu Harry. — Se alguém merece aquele lugar é ele...

Pettigrew continuava a arquejar às costas do garoto.

— Muito bem — disse Lupin. — Saia da frente, então.

Harry hesitou.

— Vou amarrá-lo — disse Lupin. — Só isso, juro.

Harry saiu do caminho. Cordas finas saíram da varinha de Lupin, desta vez, e no momento seguinte Pettigrew estava se revirando no chão, amarrado e amordaçado.

— Mas se você se transformar, Pedro — rosnou Black, a varinha também apontada para Pettigrew —, nós *o mataremos*. Concorda, Harry?

Harry olhou a figura lastimável no chão e concordou com a cabeça de modo que Pettigrew pudesse vê-lo.

— Certo — disse Lupin, subitamente eficiente. — Rony, não sei consertar ossos tão bem quanto Madame Pomfrey, por isso acho melhor só imobilizar sua perna até o entregarmos na ala hospitalar.

Ele foi até Rony, se abaixou, tocou a perna dele com a varinha e murmurou:

— *Férula!* — Ataduras se enrolaram à perna de Rony e a prenderam firmemente a uma tala. Depois, o professor ajudou o garoto a se levantar; Rony, desajeitado, apoiou no chão o peso da perna e não fez careta.

— Está melhor. Obrigado.

— E o Prof. Snape? — perguntou Hermione com a voz fraquinha, contemplando o professor encostado à parede.

— Ele não tem nenhum problema sério — disse Lupin se curvando para Snape e tomando seu pulso. — Vocês só se entusiasmaram um pouquinho demais. Continua desacordado. Hum... talvez seja melhor não o reanimarmos até estar a salvo no castelo. Podemos levá-lo assim...

Lupin murmurou:

— *Mobilicorpus!* — Como se fios invisíveis tivessem sido amarrados aos pulsos, pescoço e joelhos de Snape, ele foi posto de pé, a cabeça pendendo molemente, como a de um títere grotesco. Ele flutuava a alguns centímetros do chão, os pés frouxos sacudindo. Lupin apanhou a Capa da Invisibilidade e guardou-a em segurança no bolso.

— E dois de nós devemos nos acorrentar a essa coisa — disse Black, cutucando Pettigrew com o pé. — Só para garantir.

— Eu faço isso — disse Lupin.

— E eu — disse Rony decidido, mancando até o prisioneiro.

Black conjurou pesadas algemas do nada; e logo Pettigrew estava novamente de pé, o braço esquerdo preso ao direito de Lupin, o direito preso ao esquerdo de Rony. O garoto estava muito sério. Parecia ter tomado a verdadeira identidade de Perebas como uma ofensa pessoal. Bichento saltou com leveza da cama e abriu caminho para fora do quarto, o rabo de escovinha elegantemente erguido no ar.

20

O BEIJO DO DEMENTADOR

Harry nunca fizera parte de um grupo tão esquisito. Bichento descia as escadas à frente; Lupin, Pettigrew e Rony vinham a seguir, parecendo competidores de uma corrida de seis pernas. Depois vinha o Prof. Snape, flutuando feito um fantasma, os pés batendo em cada degrau que descia, seguro por sua própria varinha, que Sirius apontava para ele. Harry e Hermione fechavam o cortejo.

Voltar ao túnel foi difícil. Lupin, Pettigrew e Rony tiveram que se virar de lado para consegui-lo; Lupin continuava a cobrir Pettigrew com a varinha. Harry os via avançar lentamente pelo túnel em fila indiana. Bichento sempre à frente. Harry logo atrás de Black, que continuava a fazer Snape flutuar à frente com a cabeça mole batendo sem parar no teto baixo. O menino tinha a impressão de que Black não estava fazendo nada para evitar as batidas.

— Você sabe o que isso significa? — perguntou Black abruptamente a Harry enquanto faziam seu lento progresso pelo túnel. — Entregar Pettigrew?

— Você fica livre... — respondeu Harry.

— É. Mas eu também sou, não sei se alguém lhe disse, eu sou seu padrinho.

— Eu soube — disse Harry.

— Bem... os seus pais me nomearam seu tutor — disse Black formalmente. — Se alguma coisa acontecesse a eles...

Harry esperou. Será que Black queria dizer o que ele achava que queria?

— Naturalmente, eu vou compreender se você quiser ficar com seus tios — disse Black. — Mas... bem... pense nisso. Depois que o meu nome estiver limpo... se você quiser uma... uma casa diferente...

Uma espécie de explosão ocorreu no fundo do estômago de Harry.

— Quê, morar com você? — perguntou, batendo a cabeça, sem querer, numa pedra saliente do teto. — Deixar a casa dos Dursley?

— Claro, achei que você não ia querer — disse Black apressadamente. — Eu compreendo, só pensei que...

— Você ficou maluco? — disse Harry, com a voz quase tão rouca quanto a de Black. — Claro que quero deixar a casa dos Dursley! Você tem casa? Quando é que eu posso me mudar?

Black virou-se completamente para olhar o garoto; a cabeça de Snape raspou o teto, mas Black não pareceu se importar.

— Você quer? — perguntou ele. — Sério?

— Sério! — respondeu Harry.

O rosto ossudo de Black se abriu no primeiro sorriso verdadeiro que Harry já o tinha visto dar. A diferença que fazia era espantosa, como se uma pessoa dez anos mais nova se projetasse através da máscara de fome; por um instante ele se tornou reconhecível como o homem que estava rindo no casamento dos pais de Harry.

Os dois não se falaram mais até chegar ao fim do túnel. Bichento saiu correndo à frente; evidentemente apertara o nó do tronco com a pata, porque Lupin, Pettigrew e Rony subiram penosamente mas não houve ruídos de galhos ferozes.

Black fez Snape passar pelo buraco, depois se afastou para Harry e Hermione passarem. Finalmente todos conseguiram sair.

Os jardins estavam muito escuros agora; as únicas luzes vinham das janelas distantes do castelo. Sem dizer uma palavra, eles começaram a andar. Pettigrew continuava a arquejar e, ocasionalmente, a choramingar. A cabeça de Harry zumbia. Ele ia deixar os Dursley. Ia morar com Sirius Black, o melhor amigo dos seus pais... Sentia-se atordoado... Que iria acontecer quando dissesse aos Dursley que ia morar com o preso que tinham visto na televisão!

— Um movimento errado, Pedro — ameaçou Lupin que ia à frente. Sua varinha continuava apontada de viés para o peito de Pettigrew.

Em silêncio eles avançaram pelos jardins, as luzes do castelo crescendo com a aproximação. Snape continuava a flutuar de maneira fantasmagórica à frente de Black, o queixo batendo no peito. Então...

Uma nuvem se mexeu. Inesperadamente surgiram sombras escuras no chão. O grupo foi banhado pelo luar.

Snape se chocou com Lupin, Pettigrew e Rony, que pararam abruptamente. Black congelou. Ele esticou um braço para fazer Harry e Hermione pararem.

O garoto viu a silhueta de Lupin. O professor enrijecera. Então as pernas de Harry começaram a tremer.

— Ah, não! — exclamou Hermione. — Ele não tomou a poção hoje à noite. Ele está perigoso!

— Corram — sussurrou Black. — Corram. Agora.

Mas Harry não podia correr. Rony estava acorrentado a Pettigrew e Lupin. Ele deu um salto para frente, mas Black o abraçou pelo peito e o atirou para trás.

— Deixe-o comigo... CORRA!

Ouviu-se um rosnado medonho. A cabeça de Lupin começou a se alongar. O seu corpo também. Os ombros se encurvaram. Pelos brotavam visivelmente de seu rosto e suas mãos, que se fechavam transformando-se em patas com garras. Os pelos de Bichento ficaram outra vez em pé e ele estava recuando...

Quando o lobisomem se empinou, batendo as longas mandíbulas, Sirius desapareceu do lado de Harry. Transformara-se. O enorme cão semelhante a um urso saltou para a frente. E quando o lobisomem se livrou da algema que o prendia, o cão agarrou-o pelo pescoço e puxou-o para trás, afastando-o de Rony e Pettigrew. Atracaram-se, mandíbula contra mandíbula, as garras se golpeando...

Harry parou, petrificado com a visão, demasiado absorto com a batalha para prestar atenção em outra coisa. Foi o grito de Hermione que o alertou...

Pettigrew tinha mergulhado para apanhar a varinha caída de Lupin. Rony, mal equilibrado na perna enfaixada, caiu. Houve um estampido, um clarão... e Rony ficou estirado, imóvel, no chão. Outro estampido... Bichento voou pelo ar e tornou a cair na terra fofa.

— *Expelliarmus!* — berrou Harry, apontando a própria varinha para Pettigrew; a varinha de Lupin voou muito alto e desapareceu de vista. — Fique onde está! — gritou Harry, correndo em frente.

Tarde demais. Pettigrew se transformara. Harry viu seu rabo pelado passar pela algema no braço estendido de Rony e o ouviu correr pelo gramado.

Um uivo e um rosnado prolongado e surdo ecoaram; Harry se virou e viu o lobisomem fugindo; galopando para a floresta...

— Sirius, ele fugiu, Pettigrew se transformou — berrou Harry.

Black sangrava; havia cortes profundos em seu focinho e nas costas, mas ao ouvir as palavras de Harry ele tornou a se levantar depressa e, num instante, o ruído de suas patas foi morrendo até cessar ao longe.

Harry e Hermione correram para Rony.

— Que foi que Pettigrew fez com ele? — sussurrou Hermione. Os olhos de Rony estavam apenas semicerrados, a boca frouxa e aberta; sem dúvida, estava vivo, eles o ouviam respirar, mas não parecia reconhecer os amigos.

— Não sei.

Harry olhou desesperado para os lados. Black e Lupin, os dois tinham se ido... não havia mais nenhum adulto em sua companhia exceto Snape, que ainda flutuava, inconsciente, no ar.

— É melhor levarmos os dois para o castelo e contarmos a alguém — disse Harry, afastando os cabelos dos olhos, tentando pensar direito. — Vamos...

Mas então, para além do seu campo de visão, eles ouviram latidos, um ganido; um cachorro em sofrimento...

— Sirius — murmurou Harry, olhando para o escuro.

Ele teve um momento de indecisão, mas não havia nada que pudessem fazer por Rony naquele momento, e pelo que ouviam, Black estava em apuros...

Harry saiu correndo, Hermione em seu encalço. Os latidos pareciam vir da área próxima ao lago. Eles saíram desabalados naquela direção, e Harry, correndo sem parar, sentiu o frio sem perceber o que devia significar...

Os latidos pararam abruptamente. Quando os garotos chegaram ao lago viram o porquê: Sirius se transformara outra vez em homem. Estava caído de quatro, com as mãos na cabeça.

— Nãããão — gemia —, nãããão... *por favor*...

Então Harry os viu. Dementadores, no mínimo uns cem deles, deslizando em torno do lago num grupo escuro que vinha em sua direção. O menino se virou, o frio de gelo seu conhecido penetrando suas entranhas, a névoa começando a obscurecer sua visão; eles não estavam somente surgindo da escuridão por todo o lado; estavam cercando-os...

— Hermione, pense em alguma coisa feliz! — berrou Harry, erguendo a varinha, piscando furiosamente para tentar clarear sua visão, sacudindo a cabeça para livrá-la da leve gritaria que começara dentro dela...

Eu vou morar com o meu padrinho. Vou deixar os Dursley.

Ele se forçou a pensar em Black, e somente em Black, e começou a cantar:

— *Expecto Patronum! Expecto Patronum!*

Black estremeceu, rolou de barriga para cima e ficou imóvel no chão, pálido como a morte.

Ele vai ficar bem. Eu vou morar com ele.

— *Expecto Patronum!* Hermione, me ajude! *Expecto Patronum*...

— Expecto... — murmurou Hermione — *Expecto... Expecto...*

Mas ela não conseguia. Os dementadores estavam mais próximos, agora a menos de três metros deles. Formavam uma muralha sólida em torno de Harry e Hermione, cada vez mais próximos...

— EXPECTO PATRONUM! — berrou Harry, tentando abafar a gritaria em seus ouvidos. — EXPECTO PATRONUM!

Um fiapinho prateado saiu de sua varinha e pairou como uma névoa diante dele. No mesmo instante, Harry sentiu Hermione desmaiar ao seu lado. Estava só... completamente só...

— *Expecto... Expecto Patronum...*

Harry sentiu os joelhos baterem na grama fria. O nevoeiro nublou seus olhos. Com um enorme esforço, ele lutou para se lembrar... Sirius era inocente... inocente... *Ele vai ficar bem... Eu vou morar com ele...*

— *Expecto Patronum!* — exclamou.

À luz fraca do seu Patrono informe, ele viu um dementador parar, muito perto dele. Não conseguiu atravessar a nuvem de névoa prateada que Harry conjurara. A mão morta e viscosa deslizou para fora da capa. Ela fez um gesto como se quisesse varrer o Patrono para o lado.

— Não... não... — ofegou Harry. — Ele é inocente... *Expecto... Expecto Patronum...*

Ele sentia que os dementadores o observavam, ouvia a respiração deles vibrar como um vento maligno ao seu redor. O dementador mais próximo parecia estar avaliando-o. Então ergueu as duas mãos podres... e baixou o capuz para trás.

Onde devia haver olhos, havia apenas uma pele sarnenta e cinza, esticada por cima das órbitas vazias. Mas havia uma boca... um buraco escancarado e informe, que sugava o ar com o ruído de uma matraca que anuncia a morte.

Um terror paralisante invadiu Harry de modo que ele não conseguia se mexer nem falar. Seu Patrono piscou e desapareceu.

O nevoeiro branco o cegava. Ele tinha que lutar... *Expecto Patronum...* ele não conseguia ver... ao longe ouvia os gritos já familiares... *Expecto Patronum...* ele tateou pela névoa à procura de Sirius, e encontrou seu braço... os dementadores não iam levá-lo...

Mas um par de mãos pegajosas e fortes, de repente, se fechou em torno do pescoço de Harry. Forçavam-no a erguer o rosto... Ele sentiu seu hálito... Ia se livrar dele primeiro... Harry sentiu seu hálito podre... Sua mãe gritava em seus ouvidos... Ia ser a última coisa que ele ouviria...

E então, através do nevoeiro que o afogava, ele achou que estava vendo uma luz prateada que se tornava cada vez mais forte... Ele sentiu que estava emborcando na grama...

O rosto no chão, demasiado fraco para se mexer, nauseado e trêmulo, Harry abriu os olhos. O dementador devia tê-lo soltado. A luz ofuscante iluminava o gramado a seu redor... Os gritos tinham cessado, o frio estava diminuindo...

Alguma coisa estava obrigando os dementadores a recuar... Girava em torno dele, de Black e Hermione... Os dementadores estavam se afastando... O ar reaquecia...

Com cada grama de força que ele conseguiu reunir, Harry ergueu a cabeça uns poucos centímetros e viu um animal envolto em luz, distanciando-se a galope através do lago. Os olhos embaçados de suor, Harry tentou distinguir o que era... Era fulgurante como um unicórnio. Lutando para se manter consciente, viu-o diminuir o galope ao chegar à margem oposta do lago. Por um momento, Harry viu, à sua claridade, alguém que lhe dava as boas-vindas... erguendo a mão para lhe dar uma palmadinha... alguém que lhe pareceu estranhamente familiar... mas não podia ser...

Harry não entendeu. Não conseguiu mais pensar. Sentiu que suas últimas forças o abandonavam e sua cabeça bateu no chão quando ele desmaiou.

21

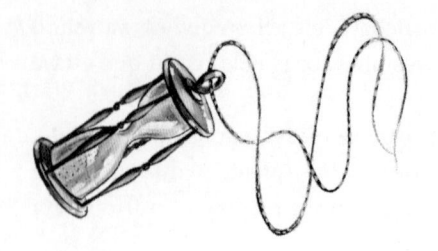

O SEGREDO DE HERMIONE

— Uma história chocante... chocante... milagre que ninguém tenha morrido... nunca ouvi nada igual... pelo trovão, foi uma sorte você estar lá, Snape...
— Muito obrigado, ministro.
— Ordem de Merlim, Segunda Classe, eu diria. Primeira Classe, se eu puder convencê-los.
— Muito obrigado mesmo, ministro.
— Que corte feio você tem aí... obra do Black, suponho?
— Na realidade, foram Potter, Weasley e Granger, ministro...
— Não!
— Black havia enfeitiçado os garotos, vi imediatamente. Um feitiço Confundus, a julgar pelo comportamento deles. Pareciam acreditar que havia possibilidade de o homem ser inocente. Não foram responsáveis por seus atos. Por outro lado, a interferência deles talvez tivesse permitido a Black fugir... Os garotos obviamente pensaram que iam capturá-lo sozinhos. Já escaparam com muita estripulia até agora... Receio que isso os tenha feito se acharem superiores... e, naturalmente, Potter sempre recebeu uma extraordinária indulgência do diretor...
— Ah, bom, Snape... Harry Potter, sabe... todos somos um pouco cegos quando se trata dele.
— Contudo... será que é bom para ele receber tanto tratamento especial? Por mim, procuro tratá-lo como qualquer outro aluno. E qualquer outro aluno seria suspenso, no mínimo, por colocar seus amigos em situação tão perigosa. Considere, ministro: contrariando todas as regras da escola... depois de todas as precauções que tomamos para sua proteção... fora dos limites da escola, à noite, em companhia de um lobisomem e de um assassino... e tenho razões para acreditar que ele andou visitando Hogsmeade ilegalmente, também...

— Bem, bem... veremos, Snape, veremos... O garoto sem dúvida foi tolo...

Harry estava deitado com os olhos bem fechados. Sentia-se muito tonto. As palavras que ouvia pareciam viajar muito lentamente dos ouvidos para o cérebro, por isso estava difícil compreender. Suas pernas e braços pareciam feitos de chumbo; as pálpebras demasiado pesadas para abri-las... ele queria ficar deitado ali, naquela cama confortável, para sempre...

— O que mais me surpreende é o comportamento dos dementadores... você realmente não tem ideia do que os fez se retirar, Snape?

— Não, ministro... quando recuperei os sentidos eles estavam voltando aos seus postos na entrada...

— Extraordinário. E, no entanto, Black, Harry e a garota...

— Todos inconscientes quando cheguei. Amarrei e amordacei Black, naturalmente, conjurei macas e os trouxe diretamente para o castelo.

Houve uma pausa. O cérebro de Harry parecia estar trabalhando um pouco mais rápido e, quando isso aconteceu, surgiu uma sensação desagradável na boca do seu estômago...

O garoto abriu os olhos.

Tudo estava levemente embaçado. Alguém tirara seus óculos. Ele estava deitado na escura ala hospitalar. Em um extremo da enfermaria, avistou Madame Pomfrey de costas para ele, curvada sobre um leito. Harry apertou os olhos. Os cabelos ruivos de Rony estavam visíveis por baixo do braço de Madame Pomfrey.

Harry virou a cabeça no travesseiro. Na cama à sua direita estava Hermione. O luar banhava a cama. Os olhos dela também estavam abertos. Parecia petrificada e, quando viu que Harry estava acordado, levou o dedo aos lábios e apontou para a porta da enfermaria. Estava entreaberta, e entravam por ela as vozes de Cornélio Fudge e Snape, vindas do corredor.

Madame Pomfrey agora vinha andando com passos enérgicos pela enfermaria escura até a cama de Harry. O garoto se virou para olhá-la. A enfermeira trazia a maior barra de chocolate que ele já vira na vida. Parecia um pedregulho.

— Ah, você acordou! — disse ela com animação. Pousou o chocolate na mesa de cabeceira de Harry e começou a parti-lo em pedaços com um martelinho.

— Como está o Rony? — perguntaram Harry e Hermione, juntos.

— Vai sobreviver — respondeu Madame Pomfrey de cara feia. — Quanto a vocês dois... vão continuar aqui até eu me convencer que... Potter o que é que você acha que está fazendo?

O garoto estava se sentando, colocando os óculos e apanhando a varinha.

— Preciso ver o diretor — disse.

— Potter — disse Madame Pomfrey, acalmando-o —, está tudo bem. Apanharam Black. Ele está trancado lá em cima. Os dementadores vão-lhe dar o beijo a qualquer momento...

— O QUÊ?

Harry saltou da cama; Hermione fizera o mesmo. Mas o seu grito fora ouvido no corredor lá fora; no segundo seguinte, Cornélio Fudge e Snape entraram na enfermaria.

— Harry, Harry, que foi que houve? — perguntou Fudge, parecendo agitado. — Você devia estar na cama, ele já comeu o chocolate? — perguntou, ansioso, o ministro a Madame Pomfrey.

— Ministro, ouça! — pediu Harry. — Sirius Black é inocente! Pedro Pettigrew fingiu a própria morte! Nós o vimos hoje à noite. O senhor não pode deixar os dementadores fazerem aquilo com Sirius, ele...

Mas Fudge estava sacudindo a cabeça com um sorrizinho no rosto.

— Harry, Harry, você está muito confuso, passou por uma provação terrível, deite-se, agora, temos tudo sob controle...

— O SENHOR NÃO TEM, NÃO! — berrou Harry. — O SENHOR PEGOU O HOMEM ERRADO!

— Ministro, por favor, ouça — disse Hermione; ela correra para o lado de Harry e olhava, suplicante, o rosto de Fudge. — Eu também o vi. Era o rato de Rony, ele é um animago, o Pettigrew, quero dizer e...

— O senhor está vendo, ministro — disse Snape. — Confusos, os dois... Black fez um bom serviço...

— NÃO ESTAMOS CONFUSOS! — berrou Harry.

— Ministro! Professor! — disse Madame Pomfrey aborrecida. — Devo insistir que os senhores saiam. Potter é meu paciente e não deve ser angustiado!

— Não estou angustiado, estou tentando contar o que aconteceu! — disse Harry furioso. — Se eles ao menos me escutassem...

Mas Madame Pomfrey, de repente, meteu um pedação de chocolate na boca de Harry; ele se engasgou, e a enfermeira aproveitou a oportunidade para forçá-lo a voltar para a cama.

— Agora, *por favor*, ministro, essas crianças precisam de cuidados médicos. Por favor, saiam...

A porta tornou a se abrir. Era Dumbledore. Harry engoliu o bocado de chocolate com grande dificuldade e se levantou outra vez.

— Prof. Dumbledore, Sirius Black...

— Pelo amor de Deus! — exclamou Madame Pomfrey, histérica. — Isto é ou não é uma ala hospitalar? Diretor, eu devo insistir...

— Eu peço desculpas, Papoula, mas preciso dar uma palavra com o Sr. Potter e a Srta. Granger — disse Dumbledore calmamente. — Acabei de falar com Sirius Black...

— Suponho que ele tenha lhe narrado o mesmo conto de fadas que implantou na mente de Potter? — bufou Snape. — A história de um rato e de Pettigrew ter sobrevivido...

— Esta, de fato, é a história de Black — disse Dumbledore, examinando Snape atentamente através dos seus óculos de meia-lua.

— E o meu testemunho não vale nada? — rosnou Snape. — Pedro Pettigrew não estava na Casa dos Gritos, nem vi qualquer sinal dele nos terrenos da escola.

— Isto foi porque o senhor foi nocauteado, professor! — disse Hermione com convicção. — O senhor não chegou em tempo de ouvir...

— Srta. Granger, CALE A BOCA!

— Ora, Snape — disse Fudge, espantado —, a mocinha está perturbada, precisamos dar o devido desconto...

— Eu gostaria de falar com Harry e Hermione a sós — disse Dumbledore bruscamente. — Cornélio, Severo, Papoula... por favor, nos deixem.

— Diretor! — repetiu Madame Pomfrey com veemência. — Eles precisam de tratamento, eles precisam de descanso...

— Isto não pode esperar — disse Dumbledore. — Devo insistir.

Madame Pomfrey mordeu os lábios e saiu em direção à sua sala, na extremidade da enfermaria, batendo a porta ao passar. Fudge consultou o grande relógio de ouro que trazia pendurado no colete.

— A esta hora os dementadores já devem ter chegado — disse. — Vou ao encontro deles. Dumbledore, vejo você lá em cima.

O ministro se dirigiu à porta e a segurou aberta para Snape passar, mas o professor não se mexeu.

— O senhor certamente não acredita em uma palavra da história de Black? — sussurrou Snape, os olhos fixos no rosto de Dumbledore.

— Eu gostaria de falar com Harry e Hermione a sós — repetiu Dumbledore.

Snape deu um passo em direção ao diretor.

— Sirius Black demonstrou que era capaz de matar com a idade de dezesseis anos. O senhor se esqueceu disto, diretor? O senhor se esqueceu que no passado ele tentou *me* matar?

— Minha memória continua boa como sempre, Severo — disse Dumbledore, em voz baixa.

Snape girou nos calcanhares e saiu decidido pela porta que Fudge ainda segurava aberta. A porta se fechou à passagem dos dois e o diretor se virou para Harry e Hermione. Os dois desataram a falar ao mesmo tempo.

— Professor, Black está dizendo a verdade, nós vimos Pettigrew...

— ... ele fugiu quando o Prof. Lupin virou lobisomem...

— ... ele é um rato...

— ... a pata dianteira de Pettigrew, quero dizer, o dedo, ele cortou fora...

— ... Pettigrew atacou Rony, não foi Sirius...

Mas Dumbledore ergueu a mão para interromper o dilúvio de explicações.

— É a vez de vocês ouvirem, e peço que não me interrompam, porque o tempo é muito curto — disse Dumbledore em voz baixa. — Não existe a mínima evidência para sustentar a história de Black, exceto a palavra de vocês... e a palavra de dois bruxos de treze anos não irá convencer ninguém. Uma rua cheia de testemunhas jurou que viu Sirius matar Pettigrew. Eu mesmo prestei depoimento ao ministério que Sirius era o fiel do segredo dos Potter.

— O Prof. Lupin pode lhe contar... — falou Harry, incapaz de se refrear.

— O Prof. Lupin no momento está embrenhado na floresta, incapaz de contar o que quer que seja a alguém. Quando voltar à forma humana, será tarde demais, Sirius estará mais do que morto. E eu poderia acrescentar que a maioria do nosso povo desconfia tanto de lobisomens que o apoio dele contará muito pouco... e o fato de que ele e Sirius são velhos amigos...

— Mas...

— Ouça, Harry. É tarde demais, você entende? Você precisa admitir que a versão do Prof. Snape sobre os acontecimentos é muito mais convincente do que a sua.

— Ele odeia Sirius — disse Hermione, desesperada. — Tudo por causa de uma peça idiota que Sirius pregou nele...

— Sirius não agiu como um homem inocente. O ataque à Mulher Gorda... a entrada na Torre da Grifinória com uma faca... sem Pettigrew, vivo ou morto, não temos chance de derrubar a sentença de Sirius.

— *Mas o senhor acredita em nós.*

— Acredito — respondeu Dumbledore em voz baixa. — Mas não tenho o poder de fazer os outros verem a verdade, nem de passar por cima do ministro da Magia...

Harry encarou seu rosto sério e sentiu como se o chão estivesse se abrindo debaixo dos seus pés. Acostumara-se à ideia de que Dumbledore podia resolver qualquer coisa. Esperara que o diretor tirasse alguma solução surpreendente do nada. Mas não... a última esperança dos garotos desaparecera.

– Precisamos – disse Dumbledore lentamente, e seus claros olhos azuis correram de Harry para Hermione – é de mais *tempo*.

– Mas... – começou Hermione. Então seus olhos se arregalaram. – AH!

– Agora, prestem atenção – continuou o diretor, falando muito baixo e muito claramente. – Sirius está preso na sala do Prof. Flitwick no sétimo andar. A décima terceira janela a contar da direita da Torre Oeste. Se tudo der certo, vocês poderão salvar mais de uma vida inocente hoje à noite. Mas lembrem-se de uma coisa, os dois: *vocês não podem ser vistos*. Srta. Granger, a senhorita conhece as leis, sabe o que está em jogo... *Vocês... não... podem... ser vistos*.

Harry não tinha a menor ideia do que estava acontecendo. Dumbledore deu as costas aos garotos e virou-se para olhá-los ao chegar à porta.

– Vou trancá-los. Faltam... – ele consultou o relógio – cinco minutos para a meia-noite. Srta. Granger, três voltas devem bastar. Boa sorte.

– Boa sorte? – repetiu Harry quando a porta se fechou atrás de Dumbledore. – Três voltas? Do que é que ele está falando? Que é que ele espera que a gente faça?

Mas Hermione estava mexendo no decote das vestes, puxando de dentro dele uma corrente de ouro muito longa e fina.

– Harry, vem aqui – disse ela com urgência. – *Depressa!*

Harry foi até a garota, completamente confuso. Ela estendia a corrente. E o garoto viu que havia pendurada nela uma minúscula ampulheta.

– Tome...

Hermione atirara a corrente em torno do pescoço dele também.

– Pronto? – disse Hermione ofegante.

– Que é que estamos fazendo? – perguntou Harry completamente perdido.

Hermione girou a ampulheta três vezes.

A enfermaria escura desapareceu. Harry teve a sensação de que estava voando muito rápido, para trás. Um borrão de cores e formas passou veloz por ele, seus ouvidos latejaram, ele tentou gritar, mas não conseguiu ouvir a própria voz...

E então sentiu que havia um chão firme sob seus pés, e todas as coisas tornaram a entrar em foco...

Ele se achava parado ao lado de Hermione no saguão deserto do castelo e um feixe de raios dourados de sol que entrava pelas portas de carvalho abertas incidia sobre o piso de pedra. Harry olhou agitado para os lados à procura de Hermione, a corrente da ampulheta machucando seu pescoço.

— Hermione, que...?

— Aqui! — a garota agarrou o braço de Harry e arrastou-o pelo saguão até a porta do armário de vassouras; abriu o armário, empurrou o garoto para o meio dos baldes e esfregões, e fechou a porta depois de entrar.

— Quê... como... Hermione, que foi que aconteceu?

— Voltamos no tempo — sussurrou ela, tirando a corrente do pescoço de Harry no escuro. — Três horas...

Harry procurou a própria perna e se deu um beliscão com muita força. Doeu para valer, o que pelo visto eliminava a possibilidade de estar tendo um sonho muito esquisito.

— Mas...

— Psiu! Ouve! Tem alguém vindo! Acho... acho que deve ser a gente!

Hermione tinha o ouvido encostado na porta do armário.

— Passos pelo saguão... é, acho que somos nós indo para a casa de Hagrid!

— Você está me dizendo — cochichou Harry — que estamos aqui dentro do armário e estamos lá fora também?

— É — confirmou Hermione, o ouvido ainda colado à porta. — Tenho certeza de que somos nós. Pelo eco não devem ser mais de três pessoas... e estamos andando devagar por causa da Capa da Invisibilidade...

Ela parou de falar, mas continuou a prestar atenção.

— Descemos os degraus da entrada...

Hermione se sentou em um balde virado de boca para baixo, parecendo aflitíssima, mas Harry queria respostas para algumas perguntas.

— Onde foi que você *arranjou* essa coisa feito uma ampulheta?

— Chama-se vira-tempo — sussurrou Hermione —, ganhei da Prof.ª McGonagall no primeiro dia depois das férias. Estou usando desde o início do ano para assistir a todas as minhas aulas. A professora me fez jurar que não contaria a ninguém. Ela teve que escrever um monte de cartas ao Ministério da Magia para eu poder usar isso. Teve que dizer que eu era uma aluna modelo, e que nunca, nunca mesmo usaria o vira-tempo para nada a não ser para estudar... Eu o tenho usado para voltar no tempo e poder reviver as horas e é assim que assisto a mais de uma aula ao mesmo tempo, entende? Mas...

"Harry, eu não estou entendendo o que é que Dumbledore quer que a gente faça. Por que ele mandou a gente voltar três horas no tempo? Como é que isso vai ajudar o Sirius?"

Harry encarou de frente o rosto escuro da garota.

— Deve ter alguma coisa que aconteceu por volta de agora que ele quer que a gente mude — disse Harry lentamente. — Que foi que aconteceu? Estávamos indo a casa de Hagrid três horas atrás...

— Agora *estamos* atrasados três horas e *estamos* indo à casa de Hagrid — disse Hermione. — Acabamos de ouvir a gente sair...

Harry franziu a testa; tinha a sensação de que estava franzindo o cérebro todo para se concentrar.

— Dumbledore acabou de dizer... acabou de dizer que a gente poderia salvar mais de uma vida inocente... — Então fez-se a luz no cérebro de Harry. — Hermione, nós vamos salvar Bicuço!

— Mas... como é que isso vai ajudar Sirius?

— Dumbledore disse... acabou de nos dizer onde fica a janela... a janela da sala de Flitwick! Onde prenderam Sirius! Temos que voar no Bicuço até a janela e salvar Sirius! Ele pode fugir no hipogrifo... eles podem fugir juntos!

Pelo que Harry pôde enxergar no rosto de Hermione, ela estava aterrorizada.

— Se conseguirmos fazer isso sem ninguém nos ver, vai ser um milagre!

— Bom, vamos ter que tentar, não é? — disse Harry. Ele se levantou e encostou o ouvido à porta.

— Parece que não tem ninguém aí fora... Vamos, anda...

Harry abriu a porta do armário. O saguão estava deserto. O mais silenciosa e rapidamente possível eles saíram correndo do armário e desceram os degraus de pedra. As sombras já estavam se alongando, os topos das árvores na Floresta Proibida mais uma vez iam se tingindo de ouro.

— Se alguém estiver olhando pela janela... — falou Hermione com a voz esganiçada, virando-se para espiar o castelo.

— Vamos correr o mais depressa possível — disse Harry, decidido. — Direto para a floresta, está bem? Teremos que nos esconder atrás de uma árvore ou de outra coisa para poder vigiar...

— Está bem, mas vamos dar a volta pelas estufas! — sugeriu Hermione sem fôlego. — Temos que evitar que nos vejam da porta de entrada de Hagrid! Já devemos estar quase na casa dele agora!

Ainda tentando entender o que a amiga queria dizer, Harry saiu disparado com Hermione logo atrás. Os dois transpuseram as hortas em direção às estufas, pararam por um instante ocultos por elas, depois recomeçaram a correr, a toda velocidade, contornando o Salgueiro Lutador, e, ainda desabalados, em direção à floresta para se esconderem.

Seguro sob a sombra das árvores, Harry se virou; segundos depois, Hermione o alcançou, ofegante.

– Certo – disse ela sem ar. – Precisamos chegar sem ser vistos à casa de Hagrid. Procura ficar escondido, Harry...

Os dois caminharam em silêncio entre as árvores, acompanhando a orla da floresta. Então, quando avistaram a frente da cabana, ouviram uma batida na porta. Eles se ocultaram depressa atrás de um grosso carvalho e espiaram pelos lados. Hagrid, trêmulo e pálido, aparecera à porta procurando ver quem batera. E Harry ouviu a própria voz.

– Somos nós. Estamos usando a Capa da Invisibilidade. Deixe a gente entrar para poder tirar a capa.

– Vocês não deviam ter vindo! – sussurrou Hagrid, mas se afastou para os garotos poderem entrar.

– Esta foi a coisa mais estranha que já fizemos – disse Harry com veemência.

– Vamos continuar – cochichou Hermione. – Precisamos chegar mais perto de Bicuço!

Eles avançaram cautelosamente entre as árvores até verem o hipogrifo nervoso, amarrado à cerca em volta do canteiro de abóboras de Hagrid.

– Agora? – sussurrou Harry.

– Não! – exclamou Hermione. – Se o roubarmos agora, o pessoal da Comissão vai pensar que Hagrid soltou o bicho! Temos que esperar até verem que Bicuço está amarrado do lado de fora!

– Isso vai nos dar uns sessenta segundos – disse Harry. A coisa estava começando a parecer impossível.

Naquele instante, os garotos ouviram louça se partindo na cabana de Hagrid.

– É o Hagrid quebrando a leiteira – cochichou a garota. – Vou encontrar Perebas agora mesmo...

Não deu outra, alguns minutos depois, eles ouviram Hermione dar um grito agudo de surpresa.

– Mione – disse Harry de repente –, e se nós... nós entrarmos lá e agarrarmos Pettigrew...

– Não! – exclamou Hermione num sussurro aterrorizado. – Você não compreende? Estamos violando uma das leis mais importantes da magia!

Ninguém pode mudar o tempo! Você ouviu o que Dumbledore falou, se formos vistos...

— Mas só seríamos vistos por nós mesmos e por Hagrid!

— Harry, que é que você faria se visse você mesmo entrando pela casa de Hagrid? — perguntou Hermione.

— Eu acharia... acharia que tinha ficado maluco — respondeu Harry — ou acharia que estava usando magia das trevas...

— *Exatamente!* Você não entenderia, você poderia até se atacar! Você não entende? A Prof.ª McGonagall me contou as coisas horríveis que aconteceram quando bruxos mexeram com o tempo... Montes deles acabaram matando os eus passados ou futuros por engano!

— OK! — concordou Harry. — Foi só uma ideia. Pensei...

Mas Hermione cutucou-o e apontou para o castelo. Harry espiou pelo lado para ter uma visão mais clara das portas de entrada. Dumbledore, Fudge, o velhote da Comissão e Macnair, o carrasco, vinham descendo os degraus.

— Já estamos de saída! — sussurrou Hermione.

E assim foi, momentos depois a porta dos fundos da cabana se abriu e Harry viu a si mesmo, Rony e Hermione saírem com Hagrid. Foi, sem dúvida, a sensação mais esquisita de sua vida, parado ali atrás da árvore, observando a si mesmo no canteiro de abóboras.

— Tudo bem, Bicucinho, tudo bem... — disse Hagrid ao bicho. Então se virou para os três garotos. — Vão. Andem logo.

— Hagrid, não podemos...

— Vamos contar a eles o que realmente aconteceu...

— Não podem matar Bicuço...

— Vão! Já está bastante ruim sem vocês se meterem em confusão!

Harry observou Hermione jogar a Capa da Invisibilidade sobre ele e Rony no canteiro de abóboras.

— Vão depressa. Não fiquem ouvindo...

Ouviu-se uma batida na porta de entrada da cabana. A comissão de execução chegara. Hagrid se virou para entrar em casa, deixando a porta dos fundos entreaberta. Harry observou a grama se achatar em certos pontos a toda volta da cabana de Hagrid e ouviu três pares de pés recuarem. Ele, Rony e Hermione tinham ido embora... mas o Harry e a Hermione escondidos no meio das árvores escutavam, pela porta dos fundos, o que estava acontecendo no interior da cabana.

— Onde está o animal? — disse a voz fria de Macnair.

— Lá... lá fora — respondeu Hagrid, rouco.

Harry escondeu a cabeça quando o rosto de Macnair apareceu à janela da cabana, para espiar Bicuço. Então os garotos ouviram a voz de Fudge.

— Nós... hum... temos que ler para você a notificação oficial da execução, Hagrid. Vou ser rápido. Depois, você e Macnair precisam assiná-la. Macnair, você precisa escutar também, é a praxe...

O rosto do carrasco desapareceu da janela. Era agora ou nunca.

— Espera aqui — cochichou Harry para Hermione. — Eu faço.

Quando a voz de Fudge recomeçou, Harry saiu correndo do seu esconderijo atrás da árvore, saltou a cerca para o canteiro de abóboras e se aproximou de Bicuço.

"*Por decisão da Comissão para Eliminação de Criaturas Perigosas o hipogrifo Bicuço, doravante chamado condenado, será executado no dia seis de junho ao pôr do sol...*"

Cuidando para não piscar, Harry encarou os ferozes olhos cor de laranja de Bicuço mais uma vez e fez uma reverência. O hipogrifo dobrou os joelhos escamosos e em seguida tornou a se levantar. Harry começou a desamarrar a corda que prendia o hipogrifo à cerca.

— *... por decapitação, a ser executada pelo carrasco nomeado pela Comissão, Walden Macnair...*

— Vamos Bicuço — murmurou Harry —, vamos, nós vamos te ajudar. Quietinho... quietinho...

— ... *conforme testemunham abaixo.* Hagrid, você assina aqui...

Harry jogou todo o seu peso contra a corda, mas Bicuço cravara as patas dianteiras na terra.

— Bem, vamos acabar com isso — disse a voz aguda do velhote da Comissão dentro da cabana. — Hagrid, talvez seja melhor você ficar aqui dentro...

— Não, eu... eu quero ficar com ele... não quero que ele fique sozinho...

Soaram passos dentro da cabana.

— Bicuço, anda! — sibilou Harry.

Harry puxou com mais força a corda presa ao pescoço dele. O hipogrifo começou a andar, farfalhando as asas com irritação. Ele e Harry ainda estavam a três metros da floresta, bem à vista da porta dos fundos da cabana.

— Um momento, por favor, Macnair — ouviram a voz de Dumbledore. — Você precisa assinar também. — Os passos pararam. Harry puxou a corda com força. Bicuço deu um estalo com o bico e andou um pouco mais rápido.

O rosto pálido de Hermione aparecia pelo lado do tronco da árvore.

— Harry, depressa! — murmurou ela.

O garoto ainda ouvia a voz de Dumbledore dentro da cabana. Deu outro puxão na corda. Bicuço começou a trotar de má vontade. Alcançaram as árvores...

— Depressa! Depressa! — gemia Hermione, que saiu de trás da árvore, agarrou também a corda e acrescentou seu peso para fazer Bicuço andar mais depressa. Harry espiou por cima do ombro; agora tinham desaparecido de vista; mas também não podiam ver a horta de Hagrid.

— Pare! — disse ele a Hermione. — Poderiam nos ouvir...

A porta dos fundos da cabana se abriu com violência. Harry, Hermione e Bicuço ficaram muito quietos; até o hipogrifo parecia estar prestando atenção.

Silêncio... então...

— Onde está ele? — perguntou a voz fraquinha do velhote da Comissão. — Onde está o bicho?

— Estava amarrado aqui! — disse o carrasco, furioso. — Eu o vi! Bem aqui!

— Que extraordinário! — exclamou Alvo Dumbledore. Havia um tom de riso em sua voz.

— Bicuço! — exclamou Hagrid, rouco.

Ouviu-se o ruído de uma lâmina cortando o ar e a pancada de um machado. O carrasco, enraivecido, aparentemente brandira o machado contra a cerca. Então, ouviu-se um berreiro e desta vez eles distinguiram as palavras de Hagrid entre os soluços.

— Foi-se! Foi-se! Abençoado seja ele, *foi embora*! Deve ter se soltado! Bicucinho, que garoto inteligente!

Bicuço começou a puxar a corda com força, tentando voltar para Hagrid. Harry e Hermione seguraram a corda com firmeza e enterraram os saltos no chão da floresta para reter o bicho.

— Alguém o desamarrou! — rosnou o carrasco. — Devíamos revistar a propriedade, a floresta...

— Macnair, se Bicuço foi realmente roubado, você acha que o ladrão o levou a pé? — perguntou Dumbledore, ainda em tom divertido. — Procurem nos céus, se quiserem... Hagrid, uma xícara de chá me cairia bem. Ou um bom cálice de conhaque.

— C... claro, professor — disse Hagrid, que parecia fraco de tanta felicidade. — Entre, entre...

Harry e Hermione apuraram os ouvidos. Ouviram passos, o carrasco xingando baixinho, o clique da porta e, então, mais uma vez o silêncio.

— E agora? — sussurrou Harry, olhando para os lados.

— Vamos ter que nos esconder aqui — disse Hermione, que parecia muito abalada. — Precisamos esperar até eles voltarem para o castelo. Depois esperamos até poder voar com Bicuço em segurança até a janela de Sirius. Ele não vai demorar lá mais duas horas... Ah, isso vai ser difícil...

A garota espiou, nervosa, por cima do ombro as profundezas da floresta. O sol ia se pondo.

— Vamos ter que mudar de lugar — disse Harry se concentrando. — Temos que poder ver o Salgueiro Lutador ou não vamos saber o que está acontecendo.

— OK — concordou Hermione, segurando a corda de Bicuço com mais firmeza. — Mas temos que ficar onde ninguém possa nos ver, Harry, lembre-se...

Os dois saíram pela orla da floresta, a noite escurecendo tudo à volta, até poderem se esconder atrás de um grupo de árvores, entre as quais eles podiam avistar o salgueiro.

— Olha lá o Rony! — exclamou Harry de repente.

Um vulto escuro ia correndo pelos jardins e seu grito ecoava pelo ar parado da noite.

— Fique longe dele... fique longe... Perebas, volta *aqui*...

Então os garotos viram mais dois vultos se materializarem do nada. Harry observou ele próprio e Hermione correrem atrás de Rony. Depois viram Rony mergulhar.

— *Te peguei!* Dá o fora, seu gato fedorento...

— Olha lá o Sirius! — exclamou Harry. A forma enorme de um cão saltou das raízes do salgueiro. Eles o viram derrubar Harry, depois agarrar Rony...

— Parece ainda pior visto daqui, não é? — comentou Harry, observando o cão puxar Rony para baixo das raízes. — Ai... olha, acabei de levar uma baita lambada da árvore... e você também... que coisa *esquisita*...

O Salgueiro Lutador rangia e dava golpes com os ramos mais baixos; os garotos se viam correndo para cá e para lá, tentando chegar até o tronco. E então a árvore se imobilizou.

— Isso foi o Bichento apertando o nó — disse Hermione.

— E lá vamos nós... — murmurou Harry. — Entramos.

No momento em que eles desapareceram, a árvore recomeçou a se agitar. Segundos depois, os garotos ouviram passos muito próximos. Dumbledore, Macnair, Fudge e o velhote da Comissão estavam regressando ao castelo.

— Logo depois de termos descido pela passagem! — exclamou Hermione. — Se *ao menos* Dumbledore tivesse ido conosco...

— Macnair e Fudge teriam ido também — disse Harry amargurado. — Aposto o que você quiser como Fudge teria mandado Macnair matar Sirius na hora...

Os garotos observaram os quatro homens subirem os degraus do castelo e desaparecer de vista. Durante alguns minutos os jardins ficaram desertos. Então...

— Aí vem Lupin! — disse Harry ao ver outro vulto descer correndo os degraus de pedra e se dirigir ao salgueiro. Harry olhou para o céu. As nuvens estavam obscurecendo completamente a luz.

Os dois acompanharam Lupin apanhar um galho seco do chão e empurrar com ele o nó do tronco. A árvore parou de lutar, e o professor, também, desapareceu no buraco entre as raízes.

— Se ao menos ele tivesse apanhado a capa — lamentou Harry. — Está caída bem ali...

E, virando-se para Hermione.

— Se eu desse uma corrida agora e apanhasse a capa, Snape nunca poderia se apoderar dela e...

— Harry, *não podemos ser vistos!*

— Como é que você aguenta isso? — perguntou ele a Hermione impetuosamente. — Ficar parada aqui olhando a coisa acontecer? — Ele hesitou. — Vou apanhar a capa!

— Harry, não!

Hermione agarrou Harry pelas costas das vestes bem na hora. Naquele instante, ouviu-se uma cantoria. Era Hagrid, ligeiramente trôpego, a caminho do castelo, cantando a plenos pulmões. Um garrafão balançava em suas mãos.

— *Viu?* — sussurrou Hermione. — *Viu o que teria acontecido? Temos que ficar escondidos! Não, Bicuço!*

O hipogrifo fazia tentativas frenéticas para chegar até Hagrid; Harry agarrou a corda também, fazendo força para manter o animal parado. Os garotos observaram Hagrid caminhar, bêbado, até o castelo. Bicuço parou de brigar para ir embora. Deixou a cabeça pender tristemente.

Não havia se passado nem dois minutos e as portas do castelo tornaram a se escancarar, era Snape que saía decidido, e rumava para o salgueiro.

Os punhos de Harry se fecharam quando eles viram Snape parar derrapando próximo à árvore, olhando para os lados. Depois, apanhou a capa e levantou-a.

— Tira suas mãos imundas daí — rosnou Harry para si mesmo.

— Psiu!

Snape apanhou o galho seco que Lupin usara para imobilizar a árvore, cutucou o nó e desapareceu de vista ao se cobrir com a capa.

— Então é isso — disse Hermione baixinho. — Estamos todos lá embaixo... e agora temos que esperar até voltarmos da passagem...

A garota pegou a ponta da corda de Bicuço e amarrou-a bem segura na árvore mais próxima, então, sentou-se no chão seco, os braços em torno dos joelhos.

— Harry, tem uma coisa que eu não entendo... Por que os dementadores não pegaram Sirius? Eu me lembro deles chegando, aí acho que desmaiei... havia tantos...

Harry se sentou também. E explicou o que vira; que na hora em que o dementador mais próximo chegou a boca junto à de Harry, uma coisa grande e prateada viera galopando do lago e forçara os dementadores a se retirarem.

A boca de Hermione estava ligeiramente aberta quando Harry terminou.

— Mas o que era a coisa?

— Só tem uma coisa que podia ter sido, para fazer os dementadores irem embora — disse Harry. — Um Patrono de verdade. Bem poderoso.

— Mas quem o conjurou?

Harry não respondeu nada. Estava relembrando a pessoa que vira na outra margem do lago. Sabia quem ele pensara que era... mas como *seria* possível?

— Você não viu com quem se parecia? — perguntou Hermione ansiosa. — Foi um dos professores?

— Não — disse Harry. — Não era um professor.

— Mas deve ter sido um bruxo realmente poderoso, para fazer todos aqueles dementadores irem embora... Se o Patrono era tão brilhante, a luz não iluminava ele? Você não pôde ver...?

— Claro que vi — disse Harry lentamente. — Mas talvez... eu tenha imaginado que vi... eu não estava pensando direito... desmaiei logo em seguida...

— *Quem foi que você pensou que viu?*

— Acho... — Harry engoliu em seco, sabendo como era estranho o que ia dizer. — Acho que foi o meu pai.

Harry olhou para Hermione e viu que a boca da menina se abrira de vez. Ela o olhava com uma mistura de susto e piedade.

— Harry, seu pai está... bem... *morto* — disse ela baixinho.

— Eu sei — respondeu Harry depressa.

— Você acha que viu o fantasma dele?

— Não sei... não... parecia sólido...

— Mas então...

— Vai ver eu andei vendo coisas — disse Harry. — Mas... pelo que pude ver... parecia ele... tenho fotos dele...

Hermione continuava a mirá-lo como se estivesse preocupada com a sanidade do amigo.

— Sei que parece doideira — falou Harry, sem animação. E se virou para olhar Bicuço, que enterrava o bico no chão, aparentemente à procura de vermes. Mas na realidade o garoto não estava olhando para Bicuço.

Estava pensando no pai e nos três amigos mais antigos do pai... Aluado, Rabicho, Almofadinhas e Pontas... Será que os quatro tinham estado em Hogwarts esta noite? Rabicho reaparecera quando todos pensavam que estivesse morto... Seria tão impossível que o mesmo acontecesse com o seu pai? Será que andara vendo coisas no lago? O vulto estava demasiado longe para vê-lo com clareza... contudo, Harry tivera uma certeza momentânea antes de perder a consciência...

A folhagem no alto rumorejava baixinho à brisa. A lua aparecia e desaparecia por trás das nuvens que deslizavam pelo céu. Hermione, sentada com o rosto virado para o salgueiro, aguardava.

Então, finalmente, passada uma hora...

— Aí vêm eles! — sussurrou Hermione.

Ela e Harry se levantaram. Bicuço ergueu a cabeça. Então os garotos viram Lupin, Rony e Pettigrew saindo desajeitados do buraco nas raízes. Depois veio Hermione... o inconsciente Snape, flutuando estranhamente. Em seguida subiram Harry e Black. Todos saíram caminhando em direção ao castelo.

O coração de Harry começou a bater muito depressa. Ele olhou para o céu. A qualquer momento agora, aquela nuvem ia se afastar e mostrar a lua...

— Harry — murmurou Hermione como se soubesse exatamente o que ele estava pensando —, temos que ficar parados. Não podemos ser vistos. Não tem nada que a gente possa fazer...

— Então vamos deixar Pettigrew escapar outra vez... — protestou Harry baixinho.

— Como é que você espera encontrar um rato no escuro? — retrucou Hermione irritada. — Não tem nada que a gente possa fazer! Voltamos para ajudar Sirius; não é para fazer mais nada!

— *Está bem!*

A lua deslizou para fora da cobertura de nuvens. Os dois viram os pequenos vultos que atravessavam os jardins pararem. Então perceberam um movimento...

— Lá vai Lupin — cochichou Hermione. — Ele está se transformando...

— Hermione! — disse Harry de repente. — Temos que mudar de lugar!

— Já disse que não podemos...

— Não podemos interferir! Mas Lupin vai correr para dentro da floresta, bem por onde estamos!

Hermione prendeu a respiração.

— Depressa! — gemeu ela, correndo para soltar Bicuço. — Depressa! Aonde é que nós vamos? Onde é que vamos nos esconder? Os dementadores vão chegar a qualquer momento...

— Vamos voltar para a cabana de Hagrid! — disse Harry. — Está vazia agora... vamos!

Os garotos correram a toda velocidade, Bicuço atrás deles. Ouviam o lobisomem uivando em sua cola...

Avistaram a cabana; Harry derrapou diante da porta, escancarou-a, e Hermione e Bicuço passaram como relâmpagos por ele; o garoto se atirou para dentro e trancou a porta. Canino, o cão de caçar javalis, latiu com força.

— Psiu, Canino, somos nós! — disse Hermione, correndo a coçar atrás das orelhas do cão para sossegá-lo. — Essa foi por pouco! — disse ela a Harry.

— É...

Harry espiava pela janela. Era muito mais difícil ver o que estava acontecendo dali de dentro. Bicuço parecia muito feliz de se encontrar outra vez na cabana de Hagrid. Deitou-se diante da lareira, dobrou as asas, satisfeito, e pareceu pronto para tirar um cochilo.

— Acho melhor sair, sabe — disse Harry lentamente. — Não consigo ver o que está acontecendo... não vamos saber quando for a hora...

Hermione ergueu a cabeça. Tinha uma expressão desconfiada.

— Não vou tentar interferir — disse Harry depressa. — Mas se não virmos o que está acontecendo, como é que vamos saber quando temos que salvar Sirius?

— Bem... OK, então... Fico esperando aqui com o Bicuço... mas Harry, tenha cuidado, tem um lobisomem solto lá fora... e os dementadores...

Harry saiu e contornou a cabana. Ouvia latidos ao longe. Isto significava que os dementadores estavam fechando o cerco sobre Sirius... Ele e Hermione iriam correr para Sirius a qualquer instante...

Harry espiou para as bandas do lago, seu coração produzindo uma espécie de batuque no seu peito... Quem quer que tivesse mandado o Patrono iria aparecer a qualquer momento...

Por uma fração de segundo ele parou, indeciso, diante da porta da cabana. *Você não pode ser visto*. Mas ele não queria ser visto. Queria ver... Tinha que saber...

E lá estavam os dementadores. Emergiam da noite, vindos de todas as direções, deslizando pela orla do lago... Estavam se distanciando do ponto em que Harry se encontrava, em direção à margem oposta... Ele não teria que se aproximar deles...

Harry começou a correr. Não tinha outro pensamento na cabeça senão o pai... Se fosse ele... se fosse realmente ele... Harry precisava saber, precisava descobrir...

O lago estava cada vez mais próximo, mas não havia sinal de ninguém. Na margem oposta, Harry vislumbrou minúsculos pontos prateados — suas próprias tentativas de produzir um Patrono...

Havia uma moita bem na beirinha da água. Harry se atirou atrás dela, e espiou desesperado entre as folhas. Na margem oposta, os reflexos prateados de repente se extinguiram. Uma mescla de terror e animação percorreu seu corpo — a qualquer momento agora...

— Vamos! — murmurou, olhando com atenção para os lados. — Onde é que você está! Papai, anda...

Mas não veio ninguém. Harry ergueu a cabeça para olhar o círculo de dementadores do outro lado do lago. Um deles estava despindo o capuz. Estava na hora do salvador aparecer — mas ninguém ia aparecer para ajudar desta vez...

E então a explicação lhe ocorreu — ele compreendeu. Não vira o pai — vira a si mesmo...

Harry se precipitou para fora da moita e puxou a varinha.

— EXPECTO PATRONUM! — berrou.

E da ponta de sua varinha irrompeu, não uma nuvem informe, mas um animal prateado, deslumbrante, ofuscante. Ele apertou os olhos tentando ver o que era. Parecia um cavalo. Galopava silenciosamente se afastando dele, atravessando a superfície escura do lago. Ele viu o animal abaixar a cabeça e investir contra o enxame de dementadores... Agora, a galope, ele cercava os vultos escuros no chão, e os dementadores recuavam, se dispersavam, batiam em retirada na noite... Desapareciam.

O Patrono deu meia-volta. Veio em direção a Harry atravessando a superfície parada das águas. Não era um cavalo. Não era um unicórnio, tampouco. Era um cervo. Reluzia intensamente ao luar... estava retornando a ele...

Parou na margem. Seus cascos não deixaram pegadas no chão macio quando ele encarou Harry com os grandes olhos prateados. Lentamente, ele curvou a cabeça cheia de galhos. E Harry percebeu...

— *Pontas* — sussurrou.

Mas quando os dedos trêmulos de Harry se estenderam para o bicho, ele desapareceu.

Harry continuou parado ali, a mão estendida. Então com um grande salto no coração, ele ouviu o ruído de cascos às suas costas — virou-se e viu Hermione correndo para ele, arrastando Bicuço.

— Que foi que você fez? — perguntou ela com raiva. — Você disse que ia ficar vigiando!

— Acabei de salvar as nossas vidas... — disse Harry. — Vem aqui para trás, atrás dessa moita, eu explico.

Hermione ouviu o relato do que acabava de acontecer, outra vez boquiaberta.

— Alguém viu você?

— Está vendo, você não ouviu nada! Eu me vi e achei que era o meu pai! Tudo bem!

— Harry, nem posso acreditar... Você conjurou um Patrono que espantou todos aqueles dementadores! Isto é magia muito adiantada, mas muito mesmo...

— Eu sabia que podia fazer isso desta vez — disse Harry —, porque já tinha feito antes... Faz sentido?

— Não sei... Harry, olha o Snape!

Juntos eles olharam para a outra margem. Snape recuperara os sentidos. Estava conjurando macas e erguendo as formas inertes de Harry, Hermione e Black para cima delas. Uma quarta maca, sem dúvida carregando Rony, já estava flutuando ao seu lado. Então, com a varinha segura à frente, ele os transportou para o castelo.

— Certo, está quase na hora — disse Hermione olhando, tensa, para o relógio. — Temos uns quarenta e cinco minutos até Dumbledore fechar a porta da ala hospitalar. Temos que salvar Sirius e voltar à enfermaria antes que alguém perceba que estamos ausentes...

Os dois esperaram, observando o reflexo das nuvens que se moviam sobre o lago, enquanto a moita ao lado sussurrava à brisa. Bicuço, entediado, estava novamente bicando a terra à procura de vermes.

— Você acha que ele já está lá em cima? — perguntou Harry, consultando o relógio. Em seguida olhou para o castelo e começou a contar as janelas à direita da Torre Oeste.

— Olha! — sussurrou Hermione. — Quem é aquele? Alguém está saindo do castelo!

Harry olhou para o escuro. O homem estava correndo pelos jardins, em direção a uma das entradas. Uma coisa reluzente faiscava em seu cinto.

— Macnair! — exclamou Harry. — O carrasco! Ele foi chamar os dementadores! É agora, Mione...

Hermione pôs as mãos nas costas de Bicuço e Harry a ajudou a montar. Então ele apoiou o pé em um dos galhos mais baixos da moita e montou à frente da garota. Depois puxou a corda de Bicuço por cima do pescoço e amarrou-a como se fossem rédeas.

– Pronta? – cochichou para Hermione. – É melhor você se segurar em mim...

E bateu os calcanhares nos lados de Bicuço.

O bicho saiu voando pela noite. Harry comprimiu os flancos de Bicuço com os joelhos, sentindo as grandes asas erguerem-se com força por baixo deles. Hermione segurava Harry muito apertado, pela cintura; ele a ouvia reclamar baixinho.

– Ah, não... não estou gostando disso... ah, não estou gostando nem um pouco disso...

Harry estugou Bicuço para fazê-lo avançar. Eles começaram a voar silenciosamente em direção aos andares superiores do castelo... Harry puxou com força o lado esquerdo da corda e Bicuço virou para aquele lado. O garoto tentava contar as janelas que passavam velozes...

– Ôôô! – comandou puxando a corda para si com toda a força que pôde.

O hipogrifo reduziu a velocidade e eles pararam, salvo se considerarmos o fato de que continuavam a subir e descer quase um metro de cada vez, quando o bicho batia as asas para se manter no ar.

– Ele está ali! – disse Harry apontando para Sirius quando emparelharam com uma janela. O garoto estendeu a mão e, quando as asas de Bicuço baixaram, conseguiu dar umas pancadinhas na vidraça.

Black olhou. Harry viu o queixo dele cair de espanto. O homem saltou da cadeira, correu à janela e tentou abri-la, mas estava trancada.

– Se afaste! – pediu Hermione tirando a varinha, ainda agarrando as vestes de Harry com a mão esquerda.

– *Alohomora!*

A janela se escancarou.

– Como... *como*...?! – exclamou Black com a voz fraca, olhando para o hipogrifo.

– Sobe, não temos muito tempo – disse Harry, segurando Bicuço com firmeza pelos lados do pescoço escorregadio para mantê-lo parado. – Você tem que sair daqui, os dementadores estão chegando, Macnair foi buscar eles.

Black colocou as mãos dos lados da janela e ergueu a cabeça e os ombros para fora. Foi uma sorte estar tão magro. Em segundos, ele conseguiu passar uma perna por cima do lombo de Bicuço e montar o bicho atrás de Hermione.

— OK, Bicuço, para cima! — disse Harry, sacudindo a corda. — Para a torre, anda!

O hipogrifo bateu uma vez as asas possantes e eles recomeçaram a voar para o alto, até o topo da Torre Oeste. Bicuço pousou com um ruído de cascos nas ameias do castelo e os garotos escorregaram para o chão.

— Sirius, é melhor você ir depressa — ofegou Harry. — Eles vão chegar na sala de Flitwick a qualquer momento, e vão descobrir que você fugiu.

Bicuço pateou o chão, sacudindo a cabeça pontuda.

— Que aconteceu com o outro garoto? Rony! — perguntou Sirius rouco.

— Ele vai ficar bom. Ainda está desacordado, mas Madame Pomfrey diz que vai dar um jeito nele. Depressa, vai...

Mas Black continuava a olhar para Harry.

— Como é que vou poder lhe agradecer...

— VAI! — gritaram ao mesmo tempo Harry e Hermione.

Black fez Bicuço virar para o céu aberto.

— Nós vamos nos ver outra vez — disse ele. — Você é bem filho do seu pai, Harry...

E, então, apertou os flancos de Bicuço com os calcanhares. Harry e Hermione deram um salto para trás quando as enormes asas se ergueram mais uma vez... O hipogrifo saiu voando pelos ares... Ele e seu cavaleiro foram ficando cada vez menores enquanto Harry os observava... Então uma nuvem encobriu a lua... E eles desapareceram.

22

NOVO CORREIO-CORUJA

— Harry!

Hermione estava puxando a manga do garoto, com os olhos no seu próprio relógio.

— Temos exatamente dez minutos para voltar à ala hospitalar sem que ninguém nos veja, antes que Dumbledore tranque a porta...

— OK — disse Harry, parando de contemplar o céu —, vamos...

Os dois saíram pela porta às costas deles e desceram uma escada de pedra circular muito estreita. Quando chegaram embaixo ouviram vozes. Colaram o corpo contra a parede e escutaram. Pareciam as vozes de Fudge e Snape. Os dois caminhavam depressa pelo corredor no qual terminava a escada.

— ... Só espero que Dumbledore não crie dificuldades — dizia Snape. — O beijo será executado imediatamente?

— Assim que Macnair voltar com os dementadores. Todo esse caso Black tem sido muitíssimo constrangedor. Nem posso lhe dizer como estou ansioso para informar ao *Profeta Diário* que finalmente o capturamos... Acho provável que queiram entrevistá-lo, Snape... e quando Harry tiver voltado ao normal, espero que se disponha a contar ao *Profeta* exatamente como foi que você o salvou...

Harry cerrou os dentes. Viu de relance o sorriso presunçoso de Snape, quando o professor e Fudge passaram pelo lugar em que ele e Hermione estavam escondidos. O eco dos passos dos homens foi se distanciando. Os dois garotos esperaram alguns minutos para ter certeza de que tinham realmente ido embora, então começaram a correr na direção oposta. Desceram uma escada, depois outra, correram por um corredor — então ouviram uma risada escandalosa à frente.

— *Pirraça!* — murmurou Harry, agarrando o pulso de Hermione. — Aqui!

Eles se precipitaram para dentro de uma sala de aula à esquerda, na hora H. Ao que parecia, Pirraça vinha saltitando pelo corredor apregoando bom humor, rindo de se acabar.

— Ah, ele é horrível! — sussurrou Hermione, o ouvido encostado à porta. — Aposto como está nessa animação toda porque os dementadores vão liquidar Sirius... — Ela tornou a consultar o relógio. — Três minutos, Harry!

Os garotos aguardaram a voz satisfeita de Pirraça sumir ao longe, então abandonaram a sala e desataram a correr.

— Hermione, que é que vai acontecer, se não conseguirmos voltar antes de Dumbledore trancar a porta? — ofegou Harry.

— Nem quero pensar! — gemeu Hermione, verificando novamente o relógio. — Um minuto!

Os dois tinham chegado ao fim do corredor em que ficava a entrada para a ala hospitalar.

— OK... Estou ouvindo Dumbledore — disse Hermione tensa. — Vamos Harry!

Saíram sorrateiramente pelo corredor. A porta da enfermaria se abriu. Apareceram as costas de Dumbledore.

— Vou trancá-los — os garotos o ouviram dizer. — Faltam cinco minutos para a meia-noite. Srta. Granger, três voltas devem bastar. Boa sorte.

Dumbledore recuou para fora da enfermaria, fechou a porta e puxou a varinha para trancá-la magicamente. Em pânico, Harry e Hermione correram ao seu encontro. Dumbledore ergueu os olhos e apareceu um largo sorriso sob seus compridos bigodes prateados.

— Então? — perguntou ele baixinho.

— Conseguimos! — disse Harry ofegante. — Sirius já foi, montado em Bicuço...

Dumbledore sorriu radiante para os garotos.

— Muito bem! Acho que... — Ele escutou atentamente para verificar se havia algum ruído no interior da ala hospitalar. — É, acho que vocês também já foram: entrem, vou trancá-los...

Harry e Hermione entraram na enfermaria. Estava vazia exceto por Rony, que continuava deitado imóvel na cama ao fundo. Ao ouvirem o clique da fechadura, Harry e Hermione voltaram às suas camas, e a garota guardou o vira-tempo, dentro das vestes. Um instante depois, Madame Pomfrey saiu de sua sala.

— Foi o diretor que eu ouvi saindo? Será que já posso cuidar dos meus pacientes?

A enfermeira estava muito mal-humorada. Harry e Hermione acharam melhor aceitar o chocolate que ela trazia sem resistência. Madame Pomfrey ficou vigiando para ter certeza de que eles o comessem. Mas Harry mal conseguia engolir. Ele e Hermione estavam esperando, escutavam, os nervos vibrando desafinados... Então, quando aceitaram o quarto pedaço de chocolate de Madame Pomfrey, eles ouviram ao longe o ronco de fúria que ecoava em algum ponto do andar acima...

– Que foi isso? – perguntou Madame Pomfrey assustada.

Agora ouviam vozes raivosas, que iam se avolumando sem parar. A enfermeira tinha os olhos na porta.

– Francamente, vão acordar todo mundo! Que é que eles acham que estão fazendo?

Harry tentava ouvir o que as vozes diziam. Elas foram se aproximando...

– Ele deve ter desaparatado, Severo. Devíamos ter deixado alguém na sala vigiando. Quando isto vazar...

– ELE NÃO DESAPARATOU! – vociferou Snape, agora muito próximo. – NÃO SE PODE APARATAR NEM DESAPARATAR DENTRO DESTE CASTELO! ISTO... TEM... DEDO... DO... POTTER!

– Severo... seja razoável... Harry está trancado...

PAM.

A porta da ala hospitalar se escancarou.

Fudge, Snape e Dumbledore entraram na enfermaria. Somente o diretor parecia calmo. De fato, parecia que estava se divertindo. Fudge tinha uma expressão zangada. Mas Snape estava fora de si.

– DESEMBUCHE, POTTER! – berrou ele. – QUE FOI QUE VOCÊ FEZ?

– Professor Snape! – protestou esganiçada Madame Pomfrey. – Controle-se!

– Olhe aqui, Snape, seja razoável – ponderou Fudge. – A porta esteve trancada, acabamos de constatar...

– ELES AJUDARAM BLACK A ESCAPAR, EU SEI! – berrou Snape, apontando para Harry e Hermione. Seu rosto estava contorcido; voava cuspe de sua boca.

– Acalme-se, homem! – ordenou Fudge. – Você está falando disparates!

– O SENHOR NÃO CONHECE POTTER! – berrou Snape em falsete. – FOI ELE, EU SEI QUE FOI ELE QUE FEZ ISSO...

– Chega, Severo – disse Dumbledore em voz baixa. – Pense no que está dizendo. A porta esteve trancada desde que deixei a enfermaria dez minutos atrás. Madame Pomfrey, esses garotos saíram da cama?

— Claro que não! — respondeu Madame Pomfrey com eficiência. — Eu os teria ouvido!

— Aí está, Severo — disse Dumbledore calmamente. — A não ser que você esteja sugerindo que Harry e Hermione sejam capazes de estar em dois lugares ao mesmo tempo, receio que não haja sentido em continuar a perturbá-los.

Snape ficou parado ali, procurando, olhando de Fudge, que parecia extremamente chocado com o procedimento do professor, para Dumbledore cujos olhos cintilavam por trás dos óculos. Snape deu meia-volta, as vestes rodopiando para trás, e saiu enfurecido da enfermaria.

— O homem parece que é bem desequilibrado — disse Fudge, acompanhando-o com o olhar. — Eu me precaveria se fosse você, Dumbledore.

— Ah, ele não é desequilibrado — disse Dumbledore em voz baixa. — Apenas sofreu um grave desapontamento.

— Ele não é o único! — bufou Fudge. — O *Profeta Diário* vai ter um grande dia! Tivemos Black encurralado e ele nos escapa entre os dedos outra vez! Só falta agora a história da fuga do hipogrifo vazar, para eu virar motivo de pilhérias! Bom... é melhor eu ir notificar o Ministério...

— E os dementadores? — disse Dumbledore. — Serão retirados da escola, eu espero.

— Ah, claro, eles terão que se retirar — disse Fudge, passando os dedos, distraidamente, pelos cabelos. — Nunca sonhei que tentariam executar o beijo em um garoto inocente... completamente descontrolado... Não, mandarei despachá-los de volta a Azkaban ainda hoje à noite... Talvez devêssemos estudar a colocação de dragões à entrada da escola...

— Hagrid iria gostar — disse Dumbledore, sorrindo para Harry e Hermione. Quando o diretor e Fudge iam saindo do quarto, Madame Pomfrey correu até a porta e tornou a trancá-la. E resmungando, aborrecida, voltou à sua salinha.

Ouviu-se um gemido baixo na outra ponta da enfermaria. Rony acordara. Eles o viram sentar-se, esfregar a cabeça e olhar para todos os lados.

— Que... que aconteceu? — gemeu ele. — Harry? Por que estamos aqui? Aonde é que foi o Sirius? Aonde é que foi o Lupin? Que está acontecendo?

Harry e Hermione se entreolharam.

— Você explica — pediu Harry, servindo-se de mais um pedaço de chocolate.

* * *

Quando Harry, Rony e Hermione deixaram a ala hospitalar ao meio-dia do dia seguinte, foi para encontrar um castelo quase deserto. O calor sufocante e o fim dos exames sinalizavam que todos estavam aproveitando ao máximo mais uma visita a Hogsmeade. Nem Rony nem Hermione, porém, tiveram vontade de ir, assim, os dois e Harry perambularam pelos jardins, ainda discutindo os acontecimentos extraordinários da noite anterior e se perguntando onde estariam Sirius e Bicuço naquela hora. Sentados perto do lago, observando a lula gigante agitar preguiçosamente seus tentáculos à superfície das águas, Harry perdeu o fio da conversa contemplando a margem oposta do lago. O cervo galopara em sua direção ali, ainda na noite anterior...

Uma sombra caiu sobre eles e, ao olharem, depararam com um Hagrid de olhos muito vermelhos, enxugando o rosto úmido de suor com um lenço do tamanho de uma toalha de mesa, e sorrindo para os três.

— Sei que não devia me sentir feliz depois do que aconteceu ontem à noite — disse ele. — Quero dizer, a nova fuga de Black e tudo o mais, mas sabem de uma coisa?

— O quê? — perguntaram os garotos em coro, fingindo curiosidade.

— Bicuço! Ele fugiu! Está livre! Passei a noite toda festejando!

— Que fantástico! — exclamou Hermione lançando a Rony um olhar de censura porque ele parecia prestes a cair na risada.

— É... não devo ter amarrado ele direito — concluiu Hagrid, apreciando os jardins. — Estive preocupado hoje de manhã, vejam bem... achei que ele podia ter topado com o Prof. Lupin por aí, mas o professor disse que não comeu nada ontem à noite...

— Quê? — perguntou Harry depressa.

— Caramba, vocês não souberam? — disse Hagrid, o sorriso se desfazendo. Em seguida, baixou a voz, ainda que não houvesse ninguém à vista. — Hum... Snape anunciou para os alunos da Sonserina hoje de manhã... Achei que, a essa altura, todo mundo já soubesse... O Prof. Lupin é lobisomem, entendem. E esteve solto na propriedade ontem à noite. Ele está fazendo as malas agora, é claro.

— Ele está *fazendo as malas*? — repetiu Harry alarmado. — Por quê?

— Vai embora, não é? — disse Hagrid, parecendo surpreso que Harry tivesse feito uma pergunta daquela. — Pediu demissão logo de manhã. Diz que não pode arriscar que isto aconteça de novo.

Harry levantou-se depressa.

— Vou ver o professor — avisou a Rony e Hermione.

— Mas se ele se demitiu...

— ... parece que não há nada que a gente possa fazer...

— Não faz diferença. Continuo querendo ver o professor. Encontro vocês aqui depois.

A porta da sala de Lupin estava aberta. O professor já guardara a maior parte dos seus pertences. O tanque vazio do grindylow estava ao lado de sua mala surrada, aberta e quase cheia. Lupin curvava-se sobre alguma coisa em sua escrivaninha e ergueu a cabeça quando Harry bateu na porta.

— Vi-o chegando — disse Lupin com um sorriso. E apontou para o pergaminho que estivera examinando. Era o Mapa do Maroto.

— Acabei de encontrar Hagrid — disse Harry. — E soube dele que o senhor pediu demissão. Não é verdade, é?

— Receio que seja. — Lupin começou a abrir as gavetas da escrivaninha e a esvaziá-las.

— Por quê? — perguntou Harry. — O Ministério da Magia não está achando que o senhor ajudou Sirius, está?

Lupin foi até a porta e fechou-a.

— Não. O Prof. Dumbledore conseguiu convencer Fudge que eu estava tentando salvar as vidas de vocês. — Ele suspirou. — Isso foi a gota d'água para Severo. Acho que a perda da Ordem de Merlim o deixou muito abalado. Então ele... hum... *acidentalmente* deixou escapar hoje, no café da manhã, que eu era lobisomem.

— O senhor não está indo embora só por causa disso! — espantou-se Harry.

Lupin sorriu enviesado.

— Amanhã a essa hora, vão começar a chegar as corujas dos pais... Eles não vão querer um lobisomem ensinando a seus filhos, Harry. E depois de ontem à noite, eu entendo. Eu poderia ter mordido um de vocês... Isto não pode voltar a acontecer nunca mais.

— O senhor é o melhor professor de Defesa Contra as Artes das Trevas que já tivemos! — disse Harry. — Não vá embora!

Lupin sacudiu a cabeça e ficou calado. Continuou a esvaziar as gavetas. Então, enquanto Harry tentava pensar em um bom argumento para convencê-lo a ficar, Lupin falou:

— Pelo que o diretor me contou hoje de manhã, vocês salvaram muitas vidas ontem à noite, Harry. Se eu tenho orgulho de alguma coisa que fiz este ano, foi o muito que você aprendeu comigo... me conte sobre o seu Patrono.

— Como é que o senhor soube? — perguntou Harry espantado.

— Que mais poderia ter afugentado os dementadores?

Harry contou a Lupin o que acontecera. Quando terminou, o professor voltara a sorrir.

— É, seu pai se transformava sempre em cervo. Você acertou... é por isso que o chamávamos de Pontas.

Lupin jogou seus últimos livros em uma caixa, fechou as gavetas da escrivaninha e virou-se para fitar Harry.

— Tome, trouxe isto da Casa dos Gritos ontem à noite — disse, devolvendo a Harry a Capa da Invisibilidade. — E... — ele hesitou e em seguida devolveu o Mapa do Maroto também. — Não sou mais seu professor, por isso não me sinto culpado por lhe devolver isso também. Não serve para mim, e me arrisco a dizer que você, Rony e Hermione vão encontrar utilidade para o mapa.

Harry recebeu o mapa e sorriu.

— O senhor me disse que Aluado, Rabicho, Almofadinhas e Pontas tinham querido me atrair para fora da escola... o senhor disse que eles teriam achado graça.

— E teríamos — respondeu Lupin, abaixando-se para fechar a mala. — Não tenho dúvida em afirmar que Tiago teria ficado muitíssimo desapontado se o filho dele jamais descobrisse as passagens secretas para fora do castelo.

Ouviu-se uma batida na porta. Harry guardou apressadamente o Mapa do Maroto e a Capa da Invisibilidade no bolso.

Era o Prof. Dumbledore. Ele não pareceu surpreso de encontrar Harry ali.

— O seu coche já está no portão, Remo — anunciou ele.

— Obrigado, diretor.

Lupin apanhou sua velha mala e o tanque vazio do *grindylow*.

— Bom... adeus, Harry — disse sorrindo. — Foi realmente um prazer ser seu professor. Tenho certeza de que voltaremos a nos encontrar. Diretor, não precisa me acompanhar até o portão, posso me arranjar...

Harry teve a impressão de que Lupin queria sair o mais rápido possível.

— Adeus, então, Remo — disse Dumbledore sério. Lupin empurrou ligeiramente o tanque do *grindylow* para poder apertar a mão de Dumbledore. Então, com um último aceno para Harry e um breve sorriso, Lupin saiu da sala.

Harry se sentou na cadeira desocupada, olhando tristemente para o chão. Ouviu a porta se fechar e ergueu a cabeça. Dumbledore continuava na sala.

— Por que tão infeliz, Harry? — perguntou em voz baixa. — Você deveria estar se sentindo muito orgulhoso depois do que fez à noite passada.

— Não fez nenhuma diferença — disse Harry com amargura. — Pettigrew conseguiu fugir.

— Não fez nenhuma diferença? — repetiu Dumbledore baixinho. — Fez toda a diferença do mundo, Harry. Você ajudou a desvendar a verdade. Salvou um homem inocente de um destino terrível.

Terrível. A palavra despertou uma lembrança na cabeça de Harry. *Maior e mais terrível que nunca...* A predição da Prof. Trelawney!

— Prof. Dumbledore, ontem, quando eu estava fazendo o exame de Adivinhação, a Profª Trelawney ficou muito... muito estranha.

— Verdade? — disse o diretor. — Hum... mais estranha do que de costume, você quer dizer?

— É... a voz dela engrossou e os olhos giraram e ela falou... que o servo de Voldemort ia se juntar a ele antes da meia-noite... Disse que o servo ia ajudá-lo a voltar ao poder. — Harry ergueu os olhos para Dumbledore. — E então ela meio que voltou ao normal, mas não conseguiu se lembrar de nada que tinha falado. Era... ela estava fazendo uma predição de verdade?

Dumbledore pareceu levemente impressionado.

— Sabe, Harry, acho que talvez estivesse — disse pensativo. — Quem teria imaginado? Isso eleva para duas o total de predições verdadeiras que ela já fez. Eu devia dar à professora um aumento de salário...

— Mas... — Harry olhou, perplexo, para o diretor. Como é que Dumbledore podia ouvir uma notícia dessas com tanta calma?

— Mas... eu impedi Sirius e o Prof. Lupin de matarem Pettigrew! Assim vai ser minha culpa se Voldemort voltar!

— Não vai, não — disse Dumbledore em voz baixa. — A sua experiência com o vira-tempo não lhe ensinou nada, Harry? As consequências de nossos atos são sempre tão complexas, tão diversas, que predizer o futuro é uma tarefa realmente difícil... A Profª Trelawney, abençoada seja, é a prova viva disso... Você teve um gesto muito nobre salvando a vida de Pettigrew...

— Mas se ele ajudar Voldemort a voltar ao poder...!

— Pettigrew lhe deve a vida. Você mandou a Voldemort um emissário que está em dívida com você... Quando um bruxo salva a vida de outro, forma-se um certo vínculo entre os dois... e estarei muito enganado se Voldemort aceitar um servo em dívida com Harry Potter.

– Eu não quero ter nenhum vínculo com Pettigrew! – exclamou Harry. – Ele traiu os meus pais!

– Assim é a magia no que ela tem de mais profundo e impenetrável, Harry. Mas confie em mim... quem sabe um dia você se alegrará por ter salvado a vida de Pettigrew.

Harry não conseguiu imaginar quando seria isso. Dumbledore parecia ter adivinhado o que o garoto estava pensando.

– Conheci seu pai muito bem, tanto em Hogwarts quanto depois, Harry – disse o diretor com carinho. – Tiago teria salvado Pettigrew também, tenho certeza.

Harry olhou para o diretor. Dumbledore não riria – podia lhe contar...

– Ontem à noite, eu pensei que tinha sido o meu pai que tinha conjurado o meu Patrono. Quero dizer, pensei que estava vendo ele quando me vi atravessando o lago...

– Um engano normal – disse Dumbledore gentilmente. – Imagino que já esteja cansado de ouvir dizer, mas você é *extraordinariamente* parecido com Tiago. Exceto nos olhos... você tem os olhos de sua mãe.

Harry sacudiu a cabeça.

– Foi burrice minha pensar que era ele – murmurou o garoto. – Quero dizer, eu sei que ele está morto.

– Você acha que os mortos que amamos realmente nos deixam? Você acha que não nos lembramos deles ainda mais claramente em momentos de grandes dificuldades? O seu pai vive em você, Harry, e se revela mais claramente quando você precisa dele. De que outra forma você poderia produzir aquele Patrono? Pontas reapareceu ontem à noite.

Levou um momento para Harry compreender o que Dumbledore acabara de dizer.

– Ontem à noite Sirius me contou como eles se tornaram animagos – disse o diretor sorrindo. – Uma realização fantástica, e não é menos fantástico que tenham ocultado isso de mim. Então me lembrei da forma muito incomum que o seu Patrono assumiu, quando investiu contra o Sr. Malfoy na partida de quadribol contra Corvinal. Sabe, Harry, de certa forma você realmente viu o seu pai ontem à noite... Você o encontrou dentro de si mesmo.

E Dumbledore saiu da sala deixando Harry com seus pensamentos muito confusos.

Ninguém em Hogwarts sabia a verdade do que acontecera na noite em que Sirius, Bicuço e Pettigrew desapareceram, exceto Harry, Rony, Hermione e o Prof. Dumbledore. À medida que o trimestre foi chegando ao fim, Harry ouviu muitas teorias diferentes sobre o que realmente acontecera, mas nenhuma delas sequer se aproximava da verdadeira.

Malfoy estava enfurecido com a fuga de Bicuço. Acreditava que Hagrid encontrara um jeito de contrabandear o hipogrifo para um lugar seguro, e parecia indignado que ele e o pai tivessem sido enganados por um guarda-caça. Entrementes, Percy Weasley tinha muito a dizer sobre a fuga de Sirius.

— Se eu conseguir entrar para o ministério, apresentarei várias propostas sobre a execução das leis da magia! — disse ele à única pessoa que queria escutá-lo, sua namoradinha Penelope.

Embora o tempo estivesse perfeito, embora a atmosfera estivesse tão animada, embora ele soubesse que tinham realizado quase o impossível ao ajudar Sirius a continuar livre, Harry jamais chegara tão desanimado a um final de ano letivo.

Com certeza não era o único aluno que lamentava a partida do Prof. Lupin. A turma inteira de Defesa Contra as Artes das Trevas amargara a demissão do professor.

— Quem será que vão nos dar no ano que vem? — perguntou Simas Finnigan deprimido.

— Quem sabe um vampiro — sugeriu Dino Thomas esperançoso.

Não era apenas a partida do Prof. Lupin que estava pesando na cabeça de Harry. Ele não podia deixar de pensar, e muito, na predição da Profª Sibila Trelawney. Ficava imaginando onde estaria Pettigrew, se já teria procurado guarida com Voldemort. Mas o que mais deprimia o ânimo de Harry era a perspectiva de regressar à casa dos Dursley. Durante talvez meia hora, uma gloriosa meia hora, acreditara que iria passar a morar com Sirius... o melhor amigo dos seus pais... Seria a segunda melhor coisa do mundo depois de ter o seu pai de volta. E ainda que não ter notícias de Sirius Black fosse decididamente uma boa notícia, pois significava que ele conseguira se esconder com sucesso, Harry não podia deixar de se entristecer quando pensava no lar que poderia ter tido e na circunstância de isso ter se tornado impossível.

Os resultados dos exames foram divulgados no último dia do ano letivo. Harry, Rony e Hermione tinham passado em todas as matérias. Harry se admirou de ter se dado bem em Poções. Suspeitava, muito perspicazmente, que Dumbledore talvez tivesse interferido para impedir Snape de reprová-lo de propósito. O comportamento de Snape com relação a Harry na última semana tinha sido alarmante. O garoto não teria achado possível que a aversão do professor por ele pudesse aumentar, mas sem dúvida isto acontecera.

Um músculo tremia incomodamente no canto da boca fina de Snape toda vez que ele olhava para Harry, e o bruxo flexionava os dedos todo o tempo, como se eles comichassem para apertar o pescoço de Harry.

Percy conseguira excelentes notas nos exames de N.I.E.M.s; Fred e Jorge passaram raspando nos exames para obter seus N.O.M.s. Entrementes, a casa da Grifinória, em grande parte graças ao seu espetacular desempenho na conquista da Taça de Quadribol, ganhara o Campeonato das Casas, pelo terceiro ano consecutivo. Isto significou que a festa de encerramento do ano letivo se realizou em meio a decorações vermelhas e douradas, e que, na comemoração geral, a mesa da Grifinória foi a mais barulhenta do Salão. Até Harry, enquanto comia, bebia, conversava e ria com todos, conseguira esquecer a viagem de regresso à casa dos Dursley no dia seguinte.

Quando o Expresso de Hogwarts deixou a estação na manhã seguinte, Hermione comunicou a Harry e a Rony uma notícia surpreendente.

— Fui ver a Prof.ª McGonagall hoje de manhã, pouco antes do café. Resolvi abandonar Estudos dos Trouxas.

— Mas você passou na prova com trezentos e vinte por cento! — exclamou Rony.

— Eu sei — suspirou Hermione —, mas não vou poder viver outro ano igual a este. Aquele vira-tempo estava me levando à loucura. Eu o devolvi. Sem Estudos dos Trouxas e Adivinhação, vou poder ter um horário normal outra vez.

— Ainda não consigo *acreditar* que você não tenha nos contado. Pensávamos que éramos seus *amigos*.

— Prometi que não contaria a *ninguém* — disse Hermione com severidade.

Ela se virou para olhar para Harry, que observava Hogwarts desaparecer de vista por trás de um morro. Dois meses inteiros até poder revê-la...

— Ah, se anima, Harry! — disse Hermione triste.

— Eu estou bem — se apressou o garoto a dizer. — Estou só pensando nas férias.

— É, eu também tenho pensado nelas — disse Rony. — Harry você tem que vir ficar conosco. Vou combinar com mamãe e papai, depois te ligo. Agora já sei usar um feletone...

— Um *telefone*, Rony — corrigiu-o Hermione. — Sinceramente, *você* é quem devia fazer Estudos dos Trouxas no ano que vem...

Rony fingiu que não tinha ouvido o comentário.

— Vai haver a Copa Mundial de Quadribol agora no verão! Que é que você acha, Harry? Vem ficar com a gente e aí podemos assistir aos jogos! Papai geralmente arranja entradas no ministério.

Esta proposta teve o efeito de animar Harry bastante.

— É... aposto que os Dursley iriam gostar que eu fosse... principalmente depois do que fiz com a tia Guida...

Sentindo-se bem mais alegre, Harry jogou várias partidas de Snap Explosivo com Rony e Hermione e, quando a bruxa com a carrocinha de lanches chegou, ele comprou uma enorme refeição, mas nada que tivesse chocolate.

Mas a tarde já ia avançada quando aconteceu a coisa que o deixou realmente feliz...

— Harry — chamou-o Hermione de repente, espiando por cima do seu ombro. — Que é essa coisa do lado de fora da sua janela?

Harry se virou para olhar. Havia uma coisa muito pequena e cinzenta que aparecia e desaparecia de vista do lado de fora da janela. Ele se levantou para ver melhor e concluiu que era uma coruja minúscula, carregando uma carta demasiado grande para o seu tamanho. A coruja era tão pequena, na realidade, que não parava de dar cambalhotas no ar, impelida para cá e para lá pelo deslocamento de ar do trem. Harry baixou depressa a janela, esticou o braço e recolheu-a. Ao tato, ela lembrava um pomo de ouro muito fofo. O garoto recolheu a coruja cuidadosamente para dentro. A ave deixou cair a carta no banco e começou a voar pela cabine dos garotos, aparentemente muito satisfeita consigo mesma por ter se desincumbido de sua tarefa. Edwiges deu um estalo com o bico numa espécie de digna censura. Bichento se aprumou no assento, acompanhando a coruja com os seus enormes olhos amarelos. Rony, reparando nisso, segurou a coruja para protegê-la do perigo iminente.

Harry apanhou a carta. Vinha endereçada a ele. O garoto abriu a carta e gritou:

— É do Sirius!

— Quê?! — exclamaram Rony e Hermione, animados. — Leia em voz alta!

Caro Harry,

Espero que esta o encontre antes de você chegar à casa dos seus tios. Não sei se eles estão acostumados com correios-coruja.

Bicuço e eu estamos escondidos. Não vou lhe dizer onde, caso esta coruja caia em mãos indesejáveis. Tenho minhas dúvidas se ela é confiável, mas foi a melhor que consegui encontrar e ela me pareceu ansiosa para se encarregar da entrega.

Acredito que os dementadores ainda estejam me procurando, mas eles não têm a menor esperança de me encontrar aqui. Estou planejando deixar os trouxas me verem em breve, muito longe de Hogwarts, de modo que a segurança sobre o castelo seja relaxada.

Há uma coisa que não cheguei a lhe dizer durante o nosso breve encontro. Fui eu que lhe mandei a Firebolt...

— Ah! — exclamou Hermione triunfante. — Estão vendo! Eu disse a vocês que tinha sido ele!

— É, mas ele não tinha enfeitiçado a vassoura, tinha? — retrucou Rony.

— Ai! — A corujinha, agora piando feliz em sua mão, bicara-lhe um dedo, no que parecia ser uma demonstração de carinho.

Bichento levou a ordem de compra à Agência-Coruja para mim. Usei o seu nome, mas mandei sacarem o ouro do meu cofre em Gringotes. Por favor, considere a vassoura o equivalente a treze anos de presentes do seu padrinho.

Gostaria também de me desculpar pelo susto que lhe dei àquela noite, no ano passado, quando você abandonou a casa do seu tio. Minha esperança era apenas dar uma olhada em você antes de iniciar viagem para o norte, mas acho que a minha aparição o assustou.

Estou anexando outro presente para você, e acho que ele tornará o seu próximo ano em Hogwarts mais prazeroso.

Se algum dia precisar de mim, mande me dizer. Sua coruja me encontrará.

Escreverei novamente em breve.

Sirius

Harry espiou ansioso dentro do envelope. Havia outro pedaço de pergaminho. Examinou-o depressa e se sentiu inesperadamente aquecido e satisfeito como se tivesse bebido uma garrafa de cerveja amanteigada quente, de um gole só.

Pela presente, eu, Sirius Black, padrinho de Harry Potter, dou-lhe permissão para visitar Hogsmeade nos fins de semana.

— Dumbledore vai aceitar esta autorização! — exclamou Harry alegremente. O garoto tornou a olhar para a carta de Sirius.

— Espera aí, tem um P.S...

Achei que o seu amigo Rony talvez quisesse ficar com a coruja, pois é minha culpa que ele não tenha mais um rato.

Os olhos de Rony se arregalaram. A corujinha continuava a piar agitada.

— Ficar com a coruja? — perguntou o garoto hesitante. Ele mirou a ave um momento; depois, para grande surpresa de Harry e Hermione, ofereceu-a para Bichento cheirar.

— Qual é a sua avaliação? — perguntou Rony ao gato. — Isto é decididamente uma coruja?

Bichento ronronou.

— Para mim é o suficiente — disse Rony feliz. — É minha.

Harry leu e releu a carta de Sirius até a estação de King's Cross. E continuava a apertá-la na mão quando ele, Rony e Hermione passaram a barreira da plataforma 9¾. Harry localizou o tio Válter imediatamente. Estava parado a uma boa distância do Sr. e da Sra. Weasley, espiando-os desconfiado, e, quando a Sra. Weasley abraçou Harry, as piores suspeitas do tio a respeito do casal pareceram se confirmar.

— Eu ligo para falar da Copa Mundial! — gritou Rony para Harry quando o amigo acenou um adeus para ele e Hermione, e saiu empurrando o carrinho com seu malão e a gaiola de Edwiges em direção ao tio, que o cumprimentou da maneira habitual.

— Que é isso? — rosnou, olhando para o envelope que Harry ainda segurava na mão. — Se é outro formulário para eu assinar, pode tirar o cavalinho...

— Não é, não — respondeu Harry alegremente. — É uma carta do meu padrinho.

— Padrinho? — engrolou o tio Válter. — Você não tem padrinho!

— Tenho, sim — respondeu Harry animado. — Era o melhor amigo da minha mãe e do meu pai. E é um assassino condenado, mas fugiu da prisão dos bruxos e está foragido. Mas ele gosta de manter contato comigo... saber das minhas notícias... verificar se estou feliz...

E, abrindo um largo sorriso ao ver a cara de horror do tio Válter, Harry rumou para a saída da estação, Edwiges chocalhando à frente, para o que prometia ser um verão muito melhor do que o anterior.

MARY GRANDPRÉ ilustrou mais de vinte livros para crianças, incluindo as capas das edições brasileiras dos livros da série Harry Potter. Os trabalhos da ilustradora norte-americana estamparam as páginas da revista New Yorker e do Wall Street Journal, e seus quadros foram exibidos em galerias de todo os Estados Unidos. GrandPré vive com a família em Sarasota, na Flórida.

KAZU KIBUISHI é o criador da série Amulet, bestseller do New York Times, e Copper, uma compilação de seus populares quadrinhos digitais. Ele também é fundador e editor da aclamada antologia Flight. As obras de Kibuishi receberam alguns dos principais prêmios dedicados à literatura para jovens adultos nos Estados Unidos, inclusive os concedidos pela prestigiosa Associação dos Bibliotecários da América (ALA). Ele vive e trabalha em Alhambra, na Califórnia, com a mulher Amy Kim, que também é cartunista, e os dois filhos do casal. Visite Kibuishi no site www.boltcity.com.